Brandilyn Collins · Puppen weinen nicht

Brandilyn Collins

Puppen weinen nicht

Roman

Aus dem amerikanischen Englisch
von Dr. Friedemann Lux

johannis

Bibliografische Information Der Deutschen Bibliothek
Die Deutsche Bibliothek verzeichnet diese Publikation in der Deutschen Nationalbibliografie; detaillierte bibliografische Daten sind im Internet über http://dnb.ddb.de abrufbar.

ISBN-10: 3-501-01527-5
ISBN-13: 978-3-501-01527-8

Bestell-Nr. 72 457

Titel der amerikanischen Originalausgabe: *Dead of Night*

Umschlaggestaltung: Wilfrid Schroeder, Karlsbad
Lektorat: Sylvia Kepler-Albert/Dr. Ulrich Parlow
Gesamtherstellung:
St.-Johannis-Druckerei, Lahr/Schwarzwald
Printed in Germany 16248/2006

www.johannis-verlag.de

Meiner lieben Freundin und
Marketingassistentin, Gayle DeSalles
Sprüche 31,26

An meine Leser

Ich hatte nicht vorgehabt, dieses Buch zu schreiben. So mutig bin ich nicht. Aber es scheint, dass Gott seine eigenen Pläne hatte.

Dieser Roman stellt das Böse so dar, wie es ist: elend, erschreckend und auf die Lügen des Teufels gegründet. Die Welt, in der wir heute leben, ist sehr böse. Aber das ist – Gott sei Dank – noch nicht die ganze Wahrheit. Die Wahrheit, das ist letztlich Gottes Gnade und Macht. Wir Menschen haben eine Wahl. Wir können die Hand, die Gott uns entgegenstreckt, ergreifen und wir können sie ablehnen und selber hinaus in das Leben gehen – wie Soldaten, die ohne Waffen in den Krieg ziehen.

Beim Schreiben dieser Geschichte haben mehrere Personen mir sehr geholfen. Mein herzlicher Dank geht an die »üblichen Verdächtigen« – meine exzellente Mannschaft beim Verlag Zondervan, darunter nicht zuletzt meine Lektorin Karen Ball und Sue Brower, die beste aller Marketing-Gurus. Ebenso an meinen freien Lektor Dave Lambert, Niwana Briggs, die mit ihren üblichen Adleraugen als Erste das Manuskript las, und Sally Ball, die mir geholfen hat, die Stadt Redding und Umgebung zu beschreiben.

Ein Danke auch an Paul E. Sheppard, Pastor der Abundant Life Christian Fellowship in Mountain View (Kalifornien), für seine Erlaubnis, eine seiner Predigten zu zitieren. Falls Sie mehr Informationen über Pastor Paul, seine Leben verändernden Predigten und seine Radioarbeit *Enduring Truth* wünschen, besuchen Sie im Internet www.pastorpaul.net.

Und schließlich möchte ich den Menschen in und um Redding (Kalifornien), dem Schauplatz dieser Romanserie, danken. Sie werden vertraute Orientierungspunkte und Straßen wiedererkennen, aber auch sehen, dass ich gewisse Orte, wie die Tully Road oder Annies Wohnviertel Grove Landing, erfunden habe. Für die gesamte Serie habe ich mir auch die Freiheit genommen, der Sheriffbehörde des Bezirks Shasta County ihr eigenes Gebäude in Redding zu verpassen. Das *Record Searchlight*, das Lokalblatt von Redding, gibt es wirklich, die in diesem Buch erscheinenden Reporter nicht.

Es ist immer ein Kunststück, sich zu überlegen, wo man die Realität verlassen und in den Abgrund der Fiktion springen soll. Aber ich nehme an, Sie wollen eine spannende Geschichte lesen, und ich hoffe, ich habe Sie jetzt hinreichend auf sie vorbereitet. Alles klar? Steigen Sie ein, schnallen Sie sich an und holen Sie tief Luft ...

Brandilyn Collins

»Denn wir haben nicht mit Fleisch und Blut zu kämpfen,
sondern mit Mächtigen und Gewaltigen,
nämlich mit den Herren der Welt,
die in dieser Finsternis herrschen, mit den bösen
Geistern unter dem Himmel.«

Epheser 6,12

Prolog

Nein, im Tod bist du nicht mehr so schön.

Kopf verdreht, Rücken gekrümmt. Mund verzerrt, Augen weit vor Schock, Glieder starr.

Jetzt siehst du außen gerade so aus wie drinnen: eine schwarze Seele, eine schmutzige Seele, eine entsetzte und entsetzende Seele auf dem Weg in die schwarze Grube, in die Tiefen der Finsternis für alle Ewigkeit.

Die Haut noch warm, die Kleider verrutscht, das weißblonde Haar zerzaust um deinen tückischen Kopf, ein paar dünne Strähnen gefangen von deiner bösen Zunge. Tot, tot, tot, und wer wird dich vermissen?

Ich setze mich und betrachte dich. Du hast es verdient, das Werk meiner Hände. Ich sehe deine Schuhe, die du in deinen Krämpfen abgestreift hast, deine verbogenen Handgelenke, die Finger, verkrümmt wie die Zweige eines kranken Baumes, das eine Knie zur Brust hochgezogen.

Wie tief sie fallen, die Stolzen und Eitlen und Flachen.

Aber ...

Ich schiebe das grobe gelbweiße Haar zur Seite. Da ist er. Ein schöner Ohrring. Hübsch und glänzend, mit einem großen blauen Stein und um ihn herum lauter kleine weiße Steine, die wie Elfen in allen Regenbogenfarben glänzen. Mein Finger an deinem Ohrläppchen, er schiebt den Ring hin und her, betrachtet die im Licht tanzenden Farben. Jetzt ist er mein *Ohrring, jetzt darf* ich *ihn behalten und glitzern lassen und dabei lächeln.*

Abmachen. Aber wie? Er geht durch dein Ohrläppchen durch. Dumme, hochnäsige Ziege, die sich im Namen der Schönheit Löcher in den Leib machen ließ. Wie sie. *Sie dachte immer nur an den nächsten Flirt, machte den Männern schö-*

ne Augen, wackelte mit den Hüften, schmollte mit den Lippen, und das Kind sah und wurde nicht gesehen, und keiner sonst wusste es und keinem sonst war es wichtig, und wer kümmerte sich um das Kind?

Ziehen. Reißen. Der Ohrring löst sich immer noch nicht, wie ein Egel klebt er an deinem Ohr. Selbst im Tod trotzt du mir, schreist mich stumm an, dass du deinen Schmuck behalten, dieses Glitzerzeichen deines elenden Flitterkramherzens nicht hergeben willst.

Meine Schritte auf dem Küchenboden, rasch, um zu packen, was ich brauche. Da ist der Griff, der eine Finger prüft die Klinge. Ich werde dir die Beute abnehmen und dein gähnender Mund wird stumm schreien, aber keiner sonst weiß es und keinem sonst ist es wichtig, und wer wird sich um dich kümmern?

Da.

Der Ohrring gehört mir.

Ich halte ihn dicht an meine Augen. Betaste mit meinem Finger die Härte des Steines, kippe ihn, drehe ihn, schaue dem Spiel des Lichts zu, dem verblassenden Licht der untergehenden Sonne. Dunkelheit kriecht auf die Erde zu, wie sie über dich gekrochen ist, und in die Erde wirst du kommen, Asche zu Asche, Staub zu Staub, und keiner wird sich an dich erinnern und du wirst verwesen und verrotten.

In der Schwärze der Nacht wirst du sterben, und wie die Nacht, so wirst du sein, für immer.

Dienstag, 21. Juni

KAPITEL 1

Es begann damit, dass ich in meinem Schlafzimmer stand und Wäsche zusammenfaltete.

Im letzten Jahr habe ich eine Art sechsten Sinn entwickelt – ein Überbleibsel von meinen Zusammenstößen mit dem Tod. Ein Sinn, der mich den Kopf heben und mit den Augen suchen lässt, während meine Ohren auf das leiseste Geräusch achten. Ein Prickeln, das in meinem Nacken beginnt und dann die Arme und Wirbelsäule hinabläuft. Die Nervensignale sausen durch meinen Körper, fast noch bevor ich wahrnehme, was sie verursacht hat. Manchmal sind sie richtig, manchmal nur Überreaktionen auf etwas Überraschendes.

Die Erfahrung hat mich gelehrt, in solchen Situationen auf Nummer Sicher zu gehen. Die fünf Morde, die es in ebenso vielen Monaten in unserer Gegend gegeben hatte, sie reichten mir.

Da war was ... unten, im Erdgeschoss ...

Meine Arme blieben über dem Bett stehen, das halb zusammengefaltete Hemd hing in der Luft.

»Hallo!« Die männliche Stimme echote aus dem großen Wohnzimmer herauf. Ich kannte sie nicht. Sie klang bestimmt, war kehlig und knurrend, ein wenig wie Kies unter den Schuhsohlen.

Warum hab ich die Türklingel nicht gehört?

»Hallo!« Wieder die Stimme, ungeduldig.

Meine Gedanken schossen zu Kelly, meiner vierzehnjährigen Tochter. Sie war da unten eingeschlafen, auf dem großen Sofa beim Kamin. Meine Tochter schutzlos allein, einem Fremden ausgeliefert, den ich nicht kannte ...

Jetzt schnappte Kelly nach Luft, so laut, dass ich es hörte. Der Holzparkettboden und die Wandvertäfelung im Wohnzimmer lassen jedes Geräusch hallen. Die Angst in Kellys Aufkeuchen löste eine Sperre in mir. Ich merkte, wie ich zu dem Nachttisch rannte, wo meine Handtasche lag. Meine Finger wühlten in der Tasche, hektisch suchend, dann fanden sie es, das kalte Metall meiner Pistole, halb Trost, halb Schrecken.

Ich riss die Waffe heraus.

Keine Zeit zum Nachdenken, meine Instinkte übernahmen das Kommando, gerade so, wie Chetterling es vorhergesagt hatte. Die Pistole in der Hand, Abzugfinger bereit, hastete ich lautlos den Flur entlang. Unter mir kam durch das Holzgeländer das Wohnzimmer in den Blick. An der Treppe hielt ich abrupt an, fast hätte ich die Pistole fallen lassen. Meine entsetzten Augen registrierten das Profil eines Mannes, den ich nicht kannte und der wie ein Kleiderschrank über Kelly gebeugt stand. Er war Anfang zwanzig, groß gewachsen – vielleicht 1,90 Meter –, sein Bizeps prall und mit dicken Adern. Breite Nase und Lippen eines Afroamerikaners, aber die Haut eher sandfarben. Hellbraunes Haar mit dicken Rastalocken. Kelly hatte sich halb aufgerichtet, auf den einen Ellbogen gestützt, der Mund offen, ihr Gesicht ein Bild des Schocks.

Meine Beine gingen in die Stellung, die Chetterling mir beigebracht hatte. Füße auseinander und fest auf den Boden gepresst, beide Arme nach vorne gestreckt, über das Geländer, den Lauf der der Waffe auf den Kopf des Fremden gerichtet. »Stop!«

Er drehte sich abrupt in meine Richtung, seine Augen wurden groß, er hob beide Arme bis in Schulterhöhe, die großen Finger breiteten sich. »Hallo. Augenblick, ich will nur zu Stephen.«

Seine kultivierte Stimme überraschte mich so, dass ich die Waffe fast wieder senkte. So wie er aussah, hatte ich mehr eine Hip-Hop-Stimme erwartet. *Pass auf, Annie, der steht direkt neben Kelly!* Ich starrte den Mann an, mein Atem zitterte. Was war hier los? Ich hielt eine *Pistole* auf jemand gerichtet.

Jemand, der auf Tuchfühlung neben meiner Tochter stand. »Gehen Sie von ihr weg.«

Er machte einen Schritt zurück.

Was, wenn das der Mann war, der diese fünf Frauen ermordet hatte? »Noch mehr.«

»Könnten Sie vielleicht die Knarre weglegen?« Er schlurfte zwei weitere Schritte zurück. Viel weiter gehen konnte er nicht; noch drei Schritte und er würde mit dem Sessel vor dem Kamin zusammenstoßen. Links von ihm stand der große Glascouchtisch, rechts das Sofa, auf dem Kelly lag.

Jeden Augenblick konnte der Kerl sie packen und als lebenden Schutzschild vor sich halten. Was würde ich dann machen? *Chetterling, das hier haben wir nie geübt!*

»Hören Sie her.« Seine Stimme wurde halb beleidigt, halb arrogant. »Ich wollte sie nur gerade wegen Stephen fragen, Sie können das Ding ruhig weglegen.«

Meine Eingeweide zitterten, meine Hände nicht. Als ich sprach, klang in meiner Stimme der Zynismus eines Streifenpolizisten, der einen Einbrecher auf frischer Tat ertappt hat. »Ich kann mich nicht erinnern, dass ich Sie reingelassen hätte.«

»Die Tür war nicht abgeschlossen.«

Nicht abgeschlossen. Aber doch auch nicht offen! Meine Zähne bissen sich zusammen. »Machen Sie das öfter, einfach so in anderer Leute Häuser reingehen?«

Er zuckte die Achseln.

Die Wut schoss mir den Rücken hoch. Wie konnte er es wagen, so nonchalant zu tun? »Da haben Sie sich das falsche Haus ausgesucht!«

»Hab's gemerkt.« Die Andeutung eines Grinsens ging über seine Lippen. »Ist Stephen da?«

Kelly lag immer noch auf dem Sofa. Er konnte sie schneller packen, als ich bis Eins zählen konnte.

Gott, hilf mir! Wie bring ich sie in Sicherheit?

»Kelly.« Ich hielt die Augen auf den Fremden geheftet. »Steh auf, *jetzt*! Lauf in mein Büro und schließ die Tür hinter dir ab!«

Meine Tochter blinzelte, als versuche sie, aus einem Albtraum aufzuwachen. Dann rappelte sie sich hoch und kam auf die Füße. Ich hielt den Lauf der Chief Special weiter auf den Kopf des Fremden gerichtet, den Finger dicht am Abzug; mit diesem Revolvertyp konnte man sofort schießen, ohne den Hahn zu spannen.

Aus dem Augenwinkel heraus sah ich, wie Kelly von dem Mann zurückwich, sich umdrehte und dann auf mein Arbeitszimmer zu rannte, bis sie unter dem Treppenabsatz, auf dem ich stand, verschwand. Ihre nackten Füße klatschten auf den Holzfußboden. Dann knallte die Tür meines Büros, und ich hörte, wie das Schloss ging.

Erleichterung. Meine Tochter war in Sicherheit. Ich wusste, dass sie gleich die Polizei anrufen würde. Wer das hinter sich hatte, was wir erlebt hatten, fackelte nicht lange.

»Schön.« Ich zwang meine Stimme, kräftig zu klingen. »Wer sind Sie?«

Er schoss einen ungeduldigen Blick zur Decke hoch. »Tun Sie die Kanone jetzt weg, oder nicht?«

»Ich habe Sie was gefragt!«

Er sah mich kalt an. »Blake.«

Blake? Der Kerl konnte mir viel erzählen. »Blake? Und wie weiter?«

»Smith, okay? S-m-i-t-h.«

Seine Großspurigkeit nervte mich. Dies war nicht jemand, der klein beigab, wenn er einen Polizisten sah. Ich spürte, wie der Schweiß mir auf die Stirn trat. Hoffentlich sah er es nicht. »Was wollen Sie von meinem Sohn?«

Seine Arme senkten sich, bis seine Hände, Finger noch ausgebreitet, vor seiner Brust schwebten. »Ich muss ihn sprechen.«

»Sprechen? Wegen was?«

»Geschäftlich.«

Geschäftlich? »Und was für ein Geschäft soll das sein?«

Er schob seine Zunge unter die oberen Schneidezähne, dann zog er sie mit einem saugenden Geräusch wieder zurück. »Sie sind sicher seine Mutter? Die berühmte Gerichtszeichnerin?«

Wie er die Worte aussprach. Wie einen Schlag mit dem Handrücken. Wenn er nahe genug gewesen wäre, er hätte sich auf mich gestürzt und mir die Pistole aus der Hand gerissen. Meine Handteller wurden klamm. Ich packte die Waffe noch fester.

Blake beäugte mich heftig, dann ließ er langsam seine linke Hand sinken und zeigte mit dem rechten Zeigefinger in meine Richtung. »Sie können Stephen was von mir ausrichten.«

Die Wut blähte meine Lunge auf, dass meine Brust platzen wollte. Der wollte *mir* Vorschriften machen? Nachdem er in *mein* Haus eingedrungen war? Neben meiner schlafenden, unschuldigen Tochter gestanden hatte? Meine Finger begannen zu zittern. »Verlassen Sie mein Haus!«

»Okay, ich geh ja schon.«

Er drehte mir den Rücken zu, als ob er meine Pistole vergessen hatte, und schlenderte um die hintere Ecke des Couchtischs herum wie ein Löwe, der gerade aus dem Mittagsschlaf aufgewacht ist. Fast erwartete ich, dass er gähnen würde. Er umrundete auch das Sofa, genauso langsam. Dann sah er mich noch einmal an.

»Sagen Sie Ihrem Sohn, dass Blake ihn sucht, hören Sie? Er weiß schon, warum. Und sagen Sie ihm noch was.« Seine Augen wurden zu Schlitzen, nein zu Messerklingen. »Vor mir kann er sich nicht verstecken.«

Er drehte sich höhnisch grinsend auf dem Absatz um und ging – wie ein Wolf von dem Reh, für das er gerade zu satt ist.

Ich stand wie angewurzelt da, die Waffe weiter auf ihn gerichtet. Er trat auf die Eingangsveranda und knallte die Haustür hinter sich zu.

Meine Knie waren wie Gummi, als ich die elegant geschwungene Holztreppe nach unten ging. *Mein Gott, was jetzt?* Erst all diese furchtbaren Morde um Redding, und jetzt das. Ich hörte mit halbem Ohr eine zuklatschende Autotür und kreischende Reifen. Eine kalte Angst um Stephen packte mich. Was hatte er diesmal angestellt? Seit einiger Zeit schon, vor allem aber in den letzten zwölf Monaten hatte mein Siebzehnjähriger mir nichts als Sorgen gemacht. Vor einem Jahr hatte er das erste Mal vor einem Richter gestanden wegen Drogenbesitz und sechs Monate mit Bewährung bekommen. Er hatte sich nicht an die Bewährungsauflagen gehalten, und die Arbeitseinsätze am Wochenende waren gekommen, dann das Jugendheim. In der letzten Zeit hatte ich den Verdacht, dass er mit Drogen handelte. Wie sonst war er an seine neuen Kleider gekommen und die ständigen neuen CDs? Seine »Die hat ein Freund mir geschenkt«-Masche nahm ich ihm schon lange nicht mehr ab.

Ich sprang auf den Parkettboden und rannte quer durch das riesige Wohnzimmer, die Pistole weiter in der einen Hand. Ich verschloss und verriegelte die Haustür, dann lugte ich durch eines der hohen Fenster nach draußen. Kein Blake, kein unbekanntes Auto. Einen Augenblick lang lehnte ich mich an das Glas, die Stirn auf meinem Arm, und versuchte, langsamer zu atmen.

Erst jetzt dachte ich an meine Schwester. Jenna würde stolz auf mich sein. Was hatte sie mich gedrängt, endlich schießen zu lernen; heute hatte es sich ausgezahlt.

Im Flur hinter mir klickte das Schloss der Tür zu meinem Büro. »Mama?« Kellys Stimme war klein vor Angst.

Ich drehte mich um. »Es ist gut, Schatz. Er ist weg.« Ich versuchte, meine Stimme leicht zu machen. Sie klang wie Blei.

Kelly kam aus dem Flur heraus, ein Schluchzen unterdrückend. Sie rannte zu mir, Hände ausgestreckt; dass ich immer noch die geladene Waffe in der Hand hielt, schien sie nicht zu bemerken. Ich konnte das Ding gerade noch auf die Fensterbank legen, bevor sie sich aufweinend an meine Brust warf. »Oh Kelly, das tut mir so leid.« Ich schlang meine Arme um sie und wiegte sie, als ob sie ein kleines Mädchen wäre. »Es ist jetzt gut. Er wollte dir nichts tun, er wollte dich nur wecken, um dich was wegen Stephen zu fragen.«

Ihr Körper zitterte heftig. »Ich hab gedacht ...«

Was hätte sie sonst denken sollen? »Ich weiß, ich weiß.« Obwohl die Morde am anderen Ende von Redding passiert waren, hätte jedes Mädchen in Kellys Lage dasselbe gedacht wie sie. Als sie im März die dritte Leiche gefunden hatten, hatten die Dementis aufgehört. In unserer Gegend war ein Serienmörder aktiv. Ein ausgebuffter Killer, der seine Opfer auf eine makabre Art und Weise ins Jenseits beförderte.

»Aber wer war das?« Kellys Stimme flatterte. »Ich hab den noch nie gesehen, und ich kenn einige von Stephens Freunden.«

Ich schloss die Augen. Wenn ich nur mein Gehirn auch so hätte schließen können. Kelly hatte gerade ihr erstes Schuljahr an der High School hinter sich, Stephen sein vorletztes. Zum ersten Mal, seit wir nach Grove Landing gezogen waren, gingen sie in dieselbe Schule, was Kelly eine nur zu lebhafte Bekanntschaft mit den Kids verschafft hatte, mit denen Stephen sich herumtrieb. Aber selbst der Schlimmste von ihnen konnte es nicht mit diesem Blake Smith aufnehmen. Falls er denn wirklich so hieß.

»Er sah älter aus als ein Oberschüler.« Ich rieb Kellys Rücken. »Deswegen hast du ihn wohl noch nie gesehen.«

Aber was hatte Stephen mit *so einem* zu tun? Ich konnte mir nur einen Grund vorstellen: Drogen. Es lief mir kalt den Rücken hinunter.

»Kelly.« Ich versuchte, meine Stimme so sanft wie möglich zu halten. »Du hast vergessen, die Haustür abzuschließen, als du von Erin zurückgekommen bist. Ich weiß, dass es nicht leicht ist, jetzt im Sommer daran zu denken, wenn ihr beide dauernd hin- und herrennt, aber es muss einfach sein, echt.«

»Das weiß ich doch. Entschuldige bitte. Ich vergess das nie mehr.«

Ich tätschelte ihr den Rücken.

Sie schaute zu mir hoch, die Augen rot. »Ich hab die Polizei angerufen. Ruf du sie am besten noch mal an. Ich hab erst gesehen, dass der Typ weggefahren ist, als ich aufhing.«

»Ja, gut.« Ich schob eine braune Haarsträhne von ihrer Wange weg und staunte zum millionsten Mal über ihre Schönheit. Seit wann war meine Tochter genauso groß wie ich? »Du bist tapfer gewesen, Kelly. Das muss ja echt ein Schreck gewesen sein.«

Sie atmete heftig aus, machte einen Schritt zurück und nahm den ganzen Mut ihrer vierzehn Jahre zusammen. »Kann mal wohl sagen. Ich hab dich noch nie mit 'ner Pistole erlebt.«

»Ich meinte den *Mann*, Kelly.«

»Ach so.«

Wir quetschten jede ein Lächeln hervor.

Ach ja, die Pistole. Ich musste sie wieder weglegen. Aber erst musste ich die Sheriffbehörde von Shasta County anrufen. Wenn Kommissar Ralph Chetterling den Anruf mitbekommen hatte, würde er wie der Blitz kommen, und bei seinen Kollegen wäre es nicht anders. Seit die Fahndung nach dem Frauenmörder angelaufen war, lagen die Nerven der Polizei blank.

»Kelly, ich mach eben den Anruf.« Ich trat zu der Fensterbank zurück und nahm den Revolver in die Hand. Kelly bog sich instinktiv zurück. Schusswaffen wirkten auf sie genauso wie auf mich; sie machten ihr eine Heidenangst.

Ich ging in die Küche, wo das Telefon war. Meine Gerichtszeichnerinstinkte traten in Aktion und speicherten Blake Smiths Gesichtszüge. Die breite Nase, die tief liegenden Augen, die dicken, fast geraden Augenbrauen. Sobald ich Zeit hatte, würde ich eine Zeichnung von dem Gesicht fertigen und sie Chetterling geben. Vielleicht konnte er sie unter seinen Kollegen umgehen lassen, vielleicht kannte jemand den Typen. Ehrlich gesagt, ich wusste nicht, was schlimmer wäre: wenn einer von der Kripo Blake kannte ... oder wenn keiner ihn kannte.

Was hatte Stephen bloß angestellt?

Ich legte die Pistole auf die Küchentheke und nahm das Telefon, um den Polizeinotruf zu wählen. Was sollte nur aus meinem Jungen werden? Wie konnte ich verhindern, dass er sich vollends kaputt machte?

Schon beim ersten Klingeln nahm jemand ab. Ich sagte: »Hallo, hier Annie Kingston.«

»Annie! Ist alles in Ordnung? Was ist los bei euch? Wir haben 'nen Wagen losgeschickt.«

»Danke. Die akute Gefahr ist vorbei, ihr braucht euch nicht zu beeilen. Aber es wär schon gut, wenn jemand kommt und den Fall aufnimmt.« Ich berichtete, was vorgefallen war, und beschrieb Blake. »Der Kollege, der zu mir kommt, sollte vielleicht nach dem Kerl Ausschau halten. Leider hab ich nicht gesehen, was für ein Auto er fuhr.«

»Okay. Unsere Leute sind in etwa fünf Minuten bei dir. Pass gut auf dich auf, Annie.«

Pass gut auf dich auf. Das kannst du laut sagen.

Als ich wieder in meinem Schlafzimmer stand und die Waffe zurück in meine Handtasche legte, legte eine dunkle Vorahnung sich auf meine Seele. Ich hatte Blake aus meinem Haus vertrieben, aber nicht aus unserem Leben. Diesmal hatte Stephen ein echtes Problem.

Nein, nicht mit dem Arm des Gesetzes, sondern mit den Verbrechern.

Kapitel 2

Eine Stunde nachdem sein Kollege gegangen war, rief Chetterling an. »Annie, ich hab gehört, du hattest zu Hause ein Problem. Wollte nur hören, wie's dir geht.« Als ob der Mann nichts Besseres zu tun hatte; er leitete die Sonderkommission über den Serienmörder.

»Danke, Ralph, wir haben uns wieder beruhigt. Es war schon eine Nummer, diesen riesigen Kerl im Wohnzimmer zu sehen, wie er über Kelly gebeugt stand. Als es vorbei war, hab ich gemerkt, dass er uns gar nichts tun wollte. Aber er hat Stephen gesucht, und das macht mir wiederum Angst. Ich weiß nicht, in was mein Sohn sich diesmal reingeritten hat. Der Mann sagte, er heißt Blake Smith. Kennt ihr so jemand?«

»Blake Smith.« Chetterling hielt kurz inne. »Nee, ich glaube nicht.«

»Dein Kollege kannte ihn auch nicht. Ich hab 'ne Zeichnung von ihm gemacht, die ich dir gerne zeigen würde, aber du bist ja jetzt so beschäftigt mit dieser –«

»Annie, ich bin nie zu beschäftigt, wenn du was brauchst, das solltest du doch allmählich wissen.«

»Ja, sicher.« Ich suchte nach meinen nächsten Worten. Manchmal konnte ich nicht schlau werden aus Chetterling. Vor einem Jahr hatte er mir sogar einen Rosenstrauß geschickt – aber das war natürlich wegen jenes Falles gewesen, an dem wir beide gearbeitet hatten.

Ich hörte, wie er die Hand auf den Hörer legte und jemanden bat, einen Augenblick zu warten. »'tschuldigung«, fuhr er fort. »Sag mir einfach, wenn ich dir helfen kann. Kann schon stimmen, dass der Typ euch diesmal nichts wollte, aber wenn Stephen weitergemacht hat mit dieser Drogengeschichte, hat er jetzt womöglich mit Leuten zu tun, die echt heftig sind. Bei denen muss man mit allem rechnen.«

»Versteh schon.« *Oh Gott, bitte schütze uns! Besonders Stephen!*

»Wo ist dein Sohn gerade? Bei dir zu Hause?«

»Gerade ist er auf seiner Arbeit in dem Videoladen. Ich hab ihn dort angerufen, um ganz sicher zu gehen. Groß fragen konnte ich ihn nicht; sein Chef stand neben ihm, der ist allergisch gegen Privatgespräche. Ich hab ihm aber gesagt, er soll gleich nach der Arbeit nach Hause kommen, weil ich ihm was Wichtiges sagen muss. Vielleicht ist seine Neugierde stärker und er hört mir zu.«

»Okay, gut.« Wieder die Hand auf dem Hörer. Chetterling seufzte auf. »Ich hab gleich 'ne Besprechung, die lassen mir keine Ruhe. Möchtest du mir die Zeichnung faxen? Ich schau sie mir an, sobald ich dazu komm.«

»Okay, Ralph, machen wir das so. Noch mal vielen, vielen Dank, dass du angerufen hast.«

Ich legte auf und faxte die Zeichnung an die Sheriffbehörde, zu Chetterlings Händen. Dann ging ich ins Fernsehzimmer, um nach Kelly zu sehen. Sie sah sich gerade, sichtlich gelangweilt, irgendeine Reality-Show an; Erin und ihr Vater waren gerade unterwegs. Nichts sieht missmutiger aus als eine Teenagerin, die ihre beste Freundin vermisst.

»Kelly, ich muss hinten im Garten dieses Unkraut jäten. Könntest du mir bitte helfen?«

Sie verzog das Gesicht. »Das ist so warm da draußen.«

»Nicht mehr so warm wie am Mittag. Und es ist sowieso direkt bei den Bäumen, da ist es schattig.«

»*Muss* ich das, Mama?«

Ich wollte sie nicht alleine im Haus lassen. »Ja.«

Kelly gehorchte grummelnd.

Fünf Minuten später hockten wir beide in der Ecke unseres großen Gartens, direkt am Waldrand. Unser Haus steht ganz am Ende von Barrister Court, das eine Sackgasse ist, und gleich hinter den Gärten beginnt der Wald. Die Luft roch nach Erde, Laub und Rinde. Ich zog ein paar Unkräuter heraus, dass eine kleine Blütenstaubwolke hochstieg. Ich musste niesen.

»Gesundheit.« Kelly fächelte sich mit der Hand über das Gesicht.

»Danke.«

Ein paar Minuten und ich begann zu schwitzen. Mein Nacken kratzte unter meinem T-Shirt-Kragen, aber ich zwang mich, weiterzumachen. Vielleicht sollte ich jeden Tag etwas im Garten arbeiten, um diese zehn Pfund loszuwerden, damit meine Figur perfekt wurde – nun ja, so perfekt, wie es ging.

»Bist du gestern Abend lange bei Erin gewesen?«, fragte ich, während ich eine Hand voll Unkraut in eine Plastiktüte warf. »Das kenn ich ja gar nicht von dir, dass du mitten am Tag einschläfst.«

»Ja. Wir haben uns halt bis nach drei Uhr Filme angeschaut. Und dann sind wir irgendwie ziemlich früh wach geworden und konnten nicht mehr einschlafen.«

Die Energie der Jugend. »Kein Wunder, dass du müde warst.«

Ein paar Minuten arbeiteten wir in harmonischem Schweigen. Dann seufzte Kelly theatralisch. »Weißt du noch, wie wir vor einem Jahr in Hawaii waren? Das war echt schön.«

»Ja, das stimmt.«

»Ich wollte, wir könnten dieses Jahr wieder hin.«

Das wollte ich auch, aber mit Stephens Ferienjob ging das nicht. Man lässt keinen Sohn allein zu Hause, der im Drogensumpf festsitzt. Solche Söhne stehlen, betrügen und lügen einen unverblümt an. Und ihre Freunde sind alle aus demselben Holz geschnitzt. Wenn ich Stephen auch nur eine Woche allein ließ, ich würde das Haus nicht mehr wiedererkennen.

»Ich weiß, Kelly, aber das geht leider nicht.«

Es war nicht fair, dass Kelly so unter den Eskapaden ihres Bruders leiden musste. Einige ihrer Freundinnen aus der Kirchengemeinde durften sie schon nicht mehr besuchen wegen Stephen. Ein älterer Bruder, der schon im Jugendknast gewesen war, wirkt nicht gerade beruhigend auf die Mütter halb flügger Töchter.

Wir schoben uns auf den Knien weiter auf dem Rasen. Ich wünschte mir, eine Flasche Wasser mit nach draußen genommen zu haben. Aber vielleicht würden wir auch bald Schluss machen. Ich schaute auf meine Uhr. Kurz nach sechs; bald würde Stephen nach Hause kommen.

Na, prima. Ich würde ihn zum tausendsten Mal ausquetschen und versuchen, aus seinen ausweichenden Antworten die Wahrheit herauszufiltern. Würde er überhaupt zugeben, einen Blake Smith zu kennen?

Ich ging in die Hocke und wischte mir den Schweiß aus der Stirn. Wir waren in ein kleines Stück Sonne gekommen, und die Hitze sprang uns an. Dann und wann taumelte eine Hummel vorbei. Ich beachtete sie nicht, aber Kelly zuckte jedes Mal zurück. Ein paar Minuten später waren wir wieder im Schatten; wenn ich blinzelte, sah ich noch rote Flecken von der Sonne.

Kelly warf ihren dicken Pferdeschwanz zur Seite. »Wann fliegt Tante Jenna zurück, Mama?«

»Morgen Abend. Sie muss bei Stephen bleiben, wenn du und ich das Dinner mit Dave und Erin haben.«

»Ach so, gut. Und weißt du, was? Sie hat gesagt, dass sie vielleicht mit mir und Erin nach Disneyland fliegt, wenn sie fertig ist.«

»Ich weiß, Kelly. Das wär echt toll.«

»Ja. Tante Jenna kreischt bestimmt noch lauter als wir auf der Achterbahn.« Kelly lachte, dann kratzte sie sich an der Wange; es gab einen braunen Erdstrich. »Ich wollte nur, du könntest auch mit.«

Das wollte ich auch. Wenn nur Stephen nicht gewesen wäre. Immer wieder Stephen.

Wir hatten die Mitte des Rasens erreicht. Endlich ein leichter Wind. Seine Finger kitzelten den Schweiß auf meinem Gesicht. Und sie trugen einen unbestimmten Geruch herbei.

»Was ist das?« Kelly verzog die Nase.

In meinem Nacken kribbelte es. »Wahrscheinlich irgendein totes Tier im Wald.«

»Na toll.«

»Warte, der Wind bringt gleich frische Luft.«

Aber die Luft wurde nicht frischer. Nach ein paar Metern war der Geruch entschieden stärker. Nein, nicht überwältigend stark, aber süßlich-penetrant wie verrottendes Gemüse.

Ich kannte diesen Geruch.

Ich habe in meinem Kopf einen privaten Projektor, der ein Eigenleben führt. Zu sagen, dass er mich zu einem visuell orientierten Menschen macht, hieße Eulen nach Athen tragen. Der Geruch, den der Wind herbeitrug, schaltete diesen Projektor ein, ohne dass ich etwas dagegen machen konnte. Es machte *klick* und ...

... es ist einen Monat früher und ich stehe im Leichenschauhaus, in der einen Hand, wie ein Stück Blei, meine Kamera. Vor mir auf dem Tisch liegt das fünfte Opfer des Giftmörders, das Gesicht aufgedeckt. Ich schlucke heftig und atme die Luft in winzigen Portionen ein. Der Gestank ist so penetrant, dass ich eine Gänsehaut bekomme. Ich schiele zu Chetterling und dem Gerichtsmediziner, Harry Fleck, hin. Hoffentlich haben sie nichts gemerkt. Vor dieser Mordserie habe ich noch nie in ein Leichenschauhaus gehen müssen, um meine Zeichnungen zu fertigen. Falls Harry meine Reaktion gesehen hat, lässt er es sich nicht anmerken.

Chetterling lächelt matt. »Es wird nie einfacher, Annie.«

Ich nicke, nicht ganz sicher, ob das ein Trost ist ...

Kellys Hand ging an ihre Nase. »Mama, das stinkt ja immer mehr.«

Komisch, ich weigerte mich, auf meinen sechsten Sinn zu hören, der doch erst vor kurzem so bewiesen hatte, was er konnte. Aber irgendwo tief drinnen wusste ich, dass ich nicht auf ihn hören *konnte*. Wir Menschen haben eine exzellente Anti-Angst-Barriere zur Verfügung, wenn wir dem Bösen zu nahe kommen, und diese Barriere heißt: *Verdrängung.* Was diesem Menschen passiert ist, *dir* kann es nicht passieren, weil bei dir – ja, etwas anders ist. Bei uns war das andere die geografische Lage. Alle fünf Opfer des Serienmörders hatte man in Waldstücken westlich von Redding gefunden, während Grove Landing etwa zehn Autominuten nordöstlich der Stadt lag. Die armen Leute im Westen, *sie* hatten allen Grund, Angst zu haben, aber *wir* waren in Sicherheit.

Und hatte ich nicht um Schutz für mich und die Meinen gebetet? Wir hatten in den letzten zwei Jahren unser Quantum an Krisen abbekommen; jetzt würde Gott uns beschützen, bestimmt! Vor allem, nachdem ich vor einem Jahr zum Glauben gekommen war. Ich war jetzt Gottes Kind, mir konnte, mir *würde* nichts Böses geschehen – klarer Fall.

Mein Herz pochte. »Kelly, wir machen für heute Schluss. Den Rest können wir ein andermal machen.« Ich stand auf und bückte mich, um meine halb tauben Waden zu reiben. Ich biss mir in die Wange und schielte in den Wald hinein.

Kelly erhob sich ebenfalls, um einiges schneller als ich. Der süßliche Geruch war immer noch da. Wir schauten uns an.

»Warte eben hier«, sagte ich. »Ich guck mir das eben mal an. Wenn da ein totes Tier liegt, wird das bis morgen echt stinken und ich muss jemand anrufen, der uns das wegholt.«

»Wenn's dir Spaß macht.« Kelly zuckte die Achseln.

»Danke der Nachfrage.« Ich drehte mich um und ging unter die Bäume.

Der Geruch führte mich. Was immer es war, zu weit weg

konnte es nicht sein. Sicher ein Eichhörnchen. Oder doch etwas Größeres, vielleicht ein Luchs? Ich hatte noch nie einen gesehen, aber ...

Ich schob mich durch Bäume und Gestrüpp durch, vielleicht zehn Meter weit. Nichts. Der Wind drehte und der Gestank verschwand. Ich drehte mich zu Kelly um; ihr Kopf und ihre Schultern waren noch gut zu sehen. »Alles in Ordnung bei dir?«

»Ja.«

Ich zögerte. Sollte ich noch weiter gehen?

Es prickelte wieder in meinem Nacken. Plötzlich gefiel mir die Sache überhaupt nicht mehr.

Ich musterte das Unterholz vor mir. Nichts. Ich schaute nach rechts. Nichts als Wald. Dann nach links.

Da, unter dem Strauch. Da schaute etwas Weißes hervor.

Ich beugte mich näher, die Augen zusammengekniffen. Das sah fast so aus wie ...

... wie ein Fuß. Ein Fuß in einem weißen Schuh. Ein elektrischer Stoß fuhr mir durch die Glieder.

Nein. Das konnte nicht sein, da musste es eine andere Erklärung geben! *Hier,* gleich hinter unserem Garten – unmöglich!

Ich ruckte meinen Kopf zurück in Kellys Richtung. Sie stand am Rand der Bäume, den Blick auf mich geheftet. »Was ist, Mama?« Ihre Stimme klang angespannt.

»Bleib, wo du bist, okay? Ich muss eben ...« Ich ging nach links. Geknickte Zweige, verfilztes Gras. Hier war jemand gewesen. Und auf einmal wusste ich auch, was er gemacht hatte. Mein Mund wurde trocken. Der Wind drehte zurück, wie um sich über mich lustig zu machen, und der Gestank traf mich wie ein Faustschlag im Gesicht.

Meine Glieder wurden starr. Ich leckte mir die Lippen, zwang mich zu drei zögernden Schritten. Mein Gehirn begann, Bilder auszuspucken. Farblose Gesichter auf dem kalten Leichenschauhaustisch. Debbie Lille, das erste Opfer: Wanda Deminger, Nummer drei ...

Er war hier gewesen. Er hatte dieses Opfer hierhin geschleppt. Ich hatte den Schauplatz eines Verbrechens betreten, und ich wusste, was mich erwartete. Meine Arme prickelten von der Gänsehaut, während mein Gehirn darum kämpfte, klar zu denken. *Pass auf, wo du hintrittst, Annie, die Kripo will nicht, dass was verändert wird ...*

Da war der Strauch. Die Fußspur ging um ihn herum. Fliegen summten. Ich sah den Fuß, dann den unteren Teil eines Beins, das in einer Jeanshose steckte. Mein Atem stockte.

Ich warf einen letzten, nervösen Blick in Kellys Richtung, dann schob ich mich weiter, bis ich direkt neben dem Strauch stand. Ich nahm meinen Mut zusammen und schaute um ihn herum.

Die Frau lag auf dem Rücken, der Hals seitlich verdreht. Ihre Schultern gruben sich in den Boden, die Brust war nach oben gewölbt, das eine Bein hochgewinkelt. Ihre Arme waren verbogen, die Finger zu erstarrten Klauen gekrümmt. Und ihr Gesicht ... oh Gott, ihr Gesicht! Eine Maske des Entsetzens, Augen weit aufgerissen, die Lippen zu einem schweigenden Schrei verzerrt.

Meine Zähne bissen sich zusammen gegen den Brechreiz. Luft stöhnte aus meiner Kehle.

Gott, hilf mir! Hilf uns allen.

Ich wollte auf dem Absatz herumwirbeln, dann – ich staunte über mich selber – fing ich mich. *Kelly.* Sie wäre auch so geschockt genug, ich brauchte nicht auch noch wie eine halbe Irre aus dem Wald herausrennen. Mit polterndem Herzen, trockener Kehle und starrem Rücken ging ich langsam von dem Strauch weg, die Ruhe auf meinem Gesicht ein nasses Pflaster, das jederzeit abgehen konnte.

Da vorne wartete Kelly auf mich, mit hängenden Schultern. Meine schöne Tochter. So lieb, so voller Leben ...

Meine guten Vorsätze waren weg. Die Panik stieß mich in den Rücken. Mit einem halb unterdrückten Schrei stürzte ich aus dem Wald, packte Kellys Arm, riss sie mit mir, hinein in unser Haus und sein bisschen Sicherheit, und die Mauern meiner Verdrängung stürzten ein.

Kapitel 3

21. Juni – der längste Tag des Jahres. Die Ermittler von der Sheriffbehörde Shasta County würden das Extra-Tageslicht brauchen.

Chetterling war in fast Rekordzeit zu unserer Sackgasse gerast, gefolgt von einem zweiten Fahrzeug mit Jim Cisneros. Als Dritter kam Matt Stanish, der Untersuchungsbeamte für Todesfälle. Noch mehr Autos, Blaulichter, knallende Türen, Stimmen. Dann Nachbarn aus dem halben Viertel, erst neugierig, dann weiß um die Nase. Geflüsterte Kommentare über den Mord an Lisa Willit vor zwei Jahren, der den Menschen nur zu gut in Erinnerung war.

Ich schaute zu, und das bekannte Schuldgefühl kam über mich. Im Laufe des letzten Jahres hatte ich sie recht erfolgreich verdrängt; jetzt war sie wieder voll da, die schreckliche Wahrheit: Seit ich hierhin nach Grove Landing gezogen war, hatte das Viertel keine Ruhe.

Und da kam, wie von meinem Schuldkomplex heraufbeschworen, Dave Willit in seinem Lexus an, neben ihm seine Tochter Erin. Er fuhr mit quietschenden Reifen in seine Garage, dann kam er auf mich zugerannt, Angst in seinem gebräunten Gesicht, Erin hinterher, dass ihr weißblondes Haar auf ihrem Rücken tanzte.

»Erin!« Kelly sprang aus unserem Hauseingang und auf ihre Freundin zu. Erin sah sie und schwenkte zu ihr hin. Sie fielen sich auf der Straße um den Hals.

»Annie.« Dave packte meine Schultern. »Bist du okay? Was ist passiert?«

Ich suchte seine grünen Augen. In meine stachen plötzliche Tränen. »Danke, es geht schon. Ich hab hinter dem Haus eine Leiche gefunden. Eine von dem Kerl ...« Mein Gewissen quetschte mein Herz. Hier stand ich schon wieder vor Dave und mutete ihm die Hölle zu.

Die nächste halbe Stunde war ein Nebel aus Geschäftigkeit. Noch mehr Beamte. Dave nahm Kelly in seine Obhut, während ich mich darauf vorbereitete, die Ermittler zu der Leiche zu führen. Mitten in dem ganzen Chaos Stephen, der endlich von seiner Arbeit zurückkam. Er schoss mit seinem Auto die Straße herauf, kam mit kreischenden Reifen vor Daves Haus zum Stehen und sprang heraus, ein Bild der Panik.

Ich nahm ihn rasch beiseite und erzählte ihm flüsternd, was vorgefallen war. Er hörte mir verbissen zu, die Augen gegen die untergehende Sonne zusammengekniffen. Konnte es sein, dass ich einen Augenblick lang Erleichterung in ihnen sah? Wenn ja, überdeckte er sie sofort mit einem besorgten Blick, aber alles andere – sein kurz geschorenes blondes Haar, die ausgebeulten Jeans und die Art, wie er die Hände in die Hüften stemmte – strahlte die Großspurigkeit aus, die ich nur zu gut an ihm kannte.

Er verzog wie angewidert das Gesicht. »Warum kann der Typ nicht in seiner Ecke von der Stadt bleiben? Schon wieder direkt vor unserm Haus, das ist ja voll ätzend!«

Sein vorwurfsvoller Ton tat mir weh. »Ich hab das nicht bestellt.«

»Ist schon klar. Aber es ist die nächste Leiche, die du jetzt zeichnen musst, oder? Und da *du* sie gefunden hast, hast du sie erst recht am Hals.«

»Stephen, das ist nicht nur eine Leiche, das ist ein *Mensch.* Wo ist dein Mitgefühl? Die Frau kann nicht älter als 25 sein.«

Sein Gesicht wurde etwas weicher. Er schaute zu dem Ameisenhaufen der Kripobeamten hin und biss sich in die Wange. Ich merkte, wie meine Empörung verflog und stattdessen der bekannte Mutterschmerz hochkam. *Oh Stephen, wenn du doch nur …* Ich verstand seine zwiespältige Reaktion so gut – und hasste ihre Ursache. So, wie er sein Leben führte in der letzten Zeit, war die Polizei der Feind, selbst dann, wenn er eigentlich ihren Schutz brauchte.

»Stephen, ich möchte, dass du im Haus bleibst. Sieh zu, dass die Türen alle verschlossen sind, und stell die Alarmanlage an.«

»Aber …«

»Ich weiß, ich weiß, all die Leute hier. Tu es trotzdem, für mich. Kelly übernachtet bei Erin, sie ist ziemlich fertig.«

Er schnaubte und drehte sich, um zu gehen. »Okay.«

Bevor ich mich bremsen konnte, fasste ich ihn an der Schulter. »Was ist?«, fragte er.

Ich fixierte seine Augen. »Kennst du einen gewissen Blake Smith?«

Ein kurzes Flackern auf seinem Gesicht, dann war es wieder weg. Er machte einen halben Schritt zurück. »Nee. Wieso?«

»Er hat uns heute besucht.«

Eine halbe Sekunde Zögern. »Besuch? Was für 'n Besuch?«

»Er sagte …«

»Annie!« Chetterlings Ruf unterbrach mich. »Wir sind bereit!«

»Okay, ich komme!« Ich sah Stephen wieder an. »Wir reden nachher weiter.«

»Aber was hat der gewollt?«

»Nicht jetzt.«

»*Mama!*«

»*Später,* Stephen. Tu ausnahmsweise das, was ich dir sage.« Und ich drehte mich auf dem Absatz um und ging zu den wartenden Männern.

Kapitel 4

Halb neun abends. Ich stand in meinem Garten und schaute zu, wie Chetterling, Cisneros und Matt Stanish das Opfer untersuchten. Sobald sie mir mein Zeichen gaben, würde ich zu ihnen treten. Wieder dieses gemarterte Gesicht anschauen – mir wurde schier schlecht bei dem Gedanken.

Die drei Männer suchten systematisch nach Indizien, zuerst auf dem Waldboden. Jede Spur, die von dem Mörder stammen konnte, war wichtig. Zuerst fotografierte Cisneros, noch aus einiger Entfernung, den Mordplatz und das Opfer. Dann arbeiteten die drei sich langsam zu dem Opfer durch.

Überall flatterten die gelben Absperrbänder. Die Abendluft war warm und drückend, selbst unter den Bäumen. In der letzten Stunde hatte der Wald sein Gesicht geändert. Er war nicht mehr schön und einladend, er stank nach Tod und Verwesung.

Selbst wenn sie den Täter fassten – würde ich je wieder hier spazieren gehen können?

Nein, nicht *wenn* sie den Täter fassten, sondern *nachdem* sie ihn gefasst hatten. Dass diese Schwärze für immer über uns hängen würde wie eine Regenwolke, die sich nicht öffnen wollte, ich konnte es mir nicht vorstellen.

Chetterling und Cisneros traten wieder von dem Opfer zurück, zeigten auf verschiedene Spuren, machten Notizen und weitere Fotos. Als Untersuchungsbeamter für Todesfälle durfte Stanish sogar die Leiche berühren. Wenn sie die Frau nicht identifizieren konnten, wäre ich nur zu bald im Leichenschauhaus, um meine eigenen Fotos von dem Gesicht zu machen. Aufgrund dieser Bilder könnte ich dann zu rekonstruieren versuchen, wie das Opfer ausgesehen hatte, als es noch lebte, und eine entsprechende Zeichnung für die Medien liefern. Irgendwo da draußen hatte ja eine Mutter ihre Tochter verloren oder vielleicht ein Mann seine Geliebte. Ein unidentifiziertes Mordopfer machte alles nur noch schlimmer.

Stanish hockte sich neben das verzerrte Gesicht der Frau. »Schätze, das ist das sechste Opfer unseres Mannes. Bestimmt wieder Strychnin, nur dass wir sie diesmal früh genug gefunden haben, um zu sehen, wie heftig dieser Tod ist.«

Trotz der Wärme schlug ich die Arme um meine Brust. Wie alle anderen wusste auch ich, dass sämtliche Opfer des Killers junge Frauen waren und dass sie an einer tödlichen Dosis Strychnin gestorben waren. Sie zeigten alle keinerlei Anzeichen für eine Gewalteinwirkung vor dem Tod – keine Indizien für eine Vergewaltigung, keine Spuren von Schlägen oder Stichen, keine Würgemale.

Aber weil ich an den Fällen gearbeitet hatte, wusste ich mehr als das allgemeine Publikum.

Der Tod durch Vergiften passte nicht recht zu einem typischen Serienmörder, aber etwas anderes passte dafür umso besser: Dieser Mörder nahm jedem seiner Opfer etwas weg – etwas, das für Weiblichkeit stand. Bei dem ersten Opfer fehlte ein Stück von der Perlenstickerei auf der Bluse, bei dem zweiten ein paar Strähnen von dem blonden Haar, beim dritten ein goldener Armring. Die letzten beiden »Trophäen« waren makabrer gewesen. Beim vierten Opfer, das lange rote Fingernägel hatte, hatte der Killer die Spitze des linken Zeigefingers abgeschnitten, beim fünften, das bemalte Fußnägel hatte, den kleinen Zeh vom rechten Fuß.

Ich schielte zu Chetterling hin. Sein Gesicht sah grau aus. So erfahren er war und so groß und stämmig er aussah, er hatte schon mehr als ein Mal bewiesen, dass er ein Herz hatte. Er hatte mehr für mich getan, als ich ihm je vergelten konnte.

Er fuhr sich mit der Hand über die Augenbraue. »Sie kann noch nicht sehr lange tot sein, Matt, so starr, wie sie ist.«

Stanish wandte sich ab, um zu husten. »Stimmt. Höchstens 24 Stunden. Der Gestank kommt eher von der Hitze, da geht alles schneller. Ihre Muskeln werden bald schlaff werden.« Er atmete tief ein. »Erinnerst du dich, was ich dir über Tod durch Strychnin gesagt hab? Bis heute kannte ich das selber nur vom Hörensagen, es ist ziemlich selten. Siehst du diesen Nackenmuskelstarrkrampf, wie der Hals sich richtig vor und zurück biegt? Die arme Frau hat solche Krämpfe gehabt, dass sie schließlich dran erstickt ist. Das dauert was – ein echt scheußlicher Tod.« Stanish schüttelte den Kopf. »Dieses ›Todesgrinsen‹, es sagt alles.«

Nein, nicht schon wieder ... Aber schon spuckte mein überaktives Gehirn den nächsten Film aus über die letzten Augenblicke des Opfers. Die Zuckungen, die Krämpfe, das Keuchen nach Luft ... Ich schloss die Augen und befahl den Bildern, wegzugehen.

»Mann.« Cisneros klopfte auf seine Kamera. »Kaum zu glauben, dass die Totenstarre so schnell kommt, dass sie den Körper in dieser Position festhält.«

»Ja. Aber sie kommt sogar fast sofort in so 'nem Fall.« Stanish zeigte auf das angewinkelte Bein der Frau. »Die heftigen Kontraktionen entziehen den Muskeln die Enzyme, sodass die Starre sofort beginnt.«

Chetterling schrieb auf seinen Notizblock. »Fehlt irgendwas?«

»Bis jetzt nichts. Es sei denn an der Unterseite.« Stanish legte den Kopf schief und musterte die Leiche. »Warte, lass mich eben gucken ...« Er schob das Haar der Frau beiseite, dann schaute er zu seinen Kollegen hoch, die Stirn gerunzelt. »Hab mich zu früh gefreut.« Er zeigte auf das Ohr, dann beugte er sich näher hin.

Jetzt hob er den Kopf der Frau an, um auch die andere Seite zu inspizieren. »Großer Ohrring.«

Von meinem Standort aus konnte ich nicht sehen, was sie

machten, aber ich konnte es mir vorstellen. Die beiden Kriminalbeamten nickten, ihre Gesichter unverändert. Chetterling schrieb wieder.

Stanish ging in die Hocke, während Cisneros ein Foto von dem einen Ohr machte. Chetterling sah, die Augenbrauen hochziehend, zu Stanish hin, dann neigte er den Kopf leicht in meine Richtung. Stanish nickte.

»Annie«, sagte Chetterling. »Du kannst.«

Ich kann mir nichts Schöneres vorstellen.

Ich atmete so tief ein, wie es in der fauligen Luft möglich war, duckte mich unter das Absperrband und trat zu der Leiche.

Als ich vor zwei Jahren Gerichtszeichnerin für die Kripo geworden war, hatte ich nicht daran gedacht, dass ich eines Tages Leichen würde zeichnen müssen. Der Beruf des Gerichtszeichners hat viele Aspekte, und ich hatte meine Karriere damit begonnen, dass ich Phantombilder von Verdächtigen zeichnete. Dann, vor über einem Jahr, fertigte ich in dem Bill-Bland-Fall eine aktuelle Zeichnung des 21-jährigen flüchtigen Täters als Vorlage für ein Fahndungsfoto. Dann, schon in diesem Jahr, hatte mich der Giftmörder-Fall zum ersten Mal in ein Leichenschauhaus geführt. Von drei der ersten fünf Opfer hatte ich Zeichnungen gemacht für die Identifizierung. Wie Chetterling prophezeit hatte: Einfacher war es nicht geworden.

Ich trat neben Chetterling, der kurz meinen Arm berührte. Ich hatte den Eindruck, dass die drei Männer auf einmal irgendwie feierlicher wurden, gerade so, als ob sie jetzt erst, wo ich kam, das Makabre an der Szene so richtig sahen – durch meine Augen sozusagen. Nicht, dass sie Zyniker waren, aber wie alle in ihrem Beruf hatten sie so viel Tod und Elend gesehen, dass sie schon aus reinem Selbsterhaltungstrieb ihre Gefühle im Zaum halten mussten.

Ich schaute auf das Gesicht der Frau hinunter. Ihr rechtes Ohr. Oh Gott. Das Ohrläppchen war abgeschnitten.

»Okay.« Ich hasste es, wie meine Stimme zitterte. Ich wollte professionell klingen, nicht wie eine Frau, die mit den Nerven fertig war. Ich räusperte mich. »Sie ist nicht mehr ganz so starr, wie als ich sie gefunden hab, aber ich würde gerne warten, bis die Starre ganz weg ist, dann wird es einfacher. Ich fahre morgen ins Leichenschauhaus, um die Fotos zu machen. Falls ihr sie nicht bis dahin identifiziert habt.«

Stanish nickte. »Aber du wolltest sie jetzt schon sehen.«

»Ja, wegen ihrem Haar. Bei den anderen Fällen hatten sie, als ich ins Leichenschauhaus kam, die Leichen schon gewaschen und die Frisur war weg. Die Frau hier hatte eine ziemlich hohe Frisur, das wollte ich gerne festhalten.«

»Okay, machen wir.« Chetterling schoss ein paar Bilder. »Sonst noch was?«

Der Kopf der Frau lag so, dass ich ihr linkes Ohr nicht sehen konnte. Ich sah Matt Stanish an. »Hast du nicht eben gesagt, dass sie einen großen Ohrring hat? Von dem hätte ich gern ein Bild, aber das kann vielleicht besser bis morgen warten, wenn er ab ist.«

Auffällige Schmuck- und Kleidungsstücke konnten wertvoll für die Identifikation sein. Bei dem ersten Opfer hatte ich die mit Perlenstickerei verzierte Bluse gezeichnet, und zahlreiche Anrufer hatten sie erkannt.

Ich musste hier weg! Der Gestank wollte mir den Magen umdrehen, und der Anblick des Gesichts des Opfers, ich konnte ihn nicht mehr ertragen. Ich bibberte unwillkürlich. »Okay, ich bin fertig.« Ich drehte mich um. Jetzt sah ich die Leiche nicht mehr – aber ich *spürte* sie immer noch. Die verkrampften Muskeln, das verzerrte Gesicht – der Film in meinem Hirn wollte wieder von vorne anfangen. »Ralph ...« Ich musste den Namen aus meiner Kehle quetschen. »Ruf mich morgen an, falls ihr mich doch nicht braucht. Sonst komm ich in das Leichenschauhaus.«

»Klar. Bis jetzt ist noch niemand vermisst gemeldet worden, aber ...«

»Weiß schon.« Ich nickte Cisneros zum Abschied zu und sah, wie er und Chetterling sich ansahen. Was hatten die?

»Äh ... warte eben, Annie«, sagte Chetterling. »Ich geh mit dir.«

Er folgte mir durch die gelbe Absperrung, zurück zu dem Pfad. Wir blieben stehen, und ich schaute ihm in die Augen. Sie sahen müde aus. Die Kripo machte schon längst Überstunden wegen des Giftmörders, und jetzt, wo es das nächste Opfer gab, würden Ralph und seine Kollegen wahrscheinlich die nächsten Tage so gut wie gar keinen Schlaf bekommen.

»Bist du okay?« Er stand wie ein Turm vor mir mit seinen ein Meter neunzig.

Ich presste die Lippen zusammen. Plötzlich fühlte ich mich wie ein verängstigtes Mädchen. Jetzt bloß nicht losheulen. »Danke, mir geht's gut.«

Er musterte mich. »Du siehst mitgenommen aus.«

»Danke.«

»Du weißt, was ich meine.«

»Ralph ...« Ich hob erklärend meine Hände. »Es ist ... ein langer Tag gewesen.«

»Kann's mir vorstellen. Gleich zwei Schrecken in der Nachmittagsstunde.« Chetterling schielte zu seinen Kollegen hin. »Ich weiß, dass das kein guter Zeitpunkt ist, aber ich muss dir was sagen, was mir durch den Kopf geht.« Seine eine Hand ging an sein Kinn. »Wo ist Jenna übrigens?«

Er versuchte, Zeit zu gewinnen. Was er mir da sagen wollte, es musste etwas Unangenehmes sein.

»In der Bay Area. Sie kommt morgen zurück. Worum geht's, Ralph?«

Er räusperte sich. »Ein oder zwei Sachen. Du kannst dir vielleicht vorstellen, dass die Medien sich wie die Aasgeier auf die Sache stürzen werden. Mach jede Wette, dass die ersten Reporter schon da waren, damit's noch morgen früh in die Zeitung kann. Und die Burschen kommen wieder. Und da du die

Leiche entdeckt hast ... Ich weiß doch, wie sehr du diesen Rummel hasst.«

Und wie ich ihn hasste. Aber ich lernte allmählich, mit ihm umzugehen. Was auch nötig war, nachdem ich im letzten Jahr so im Rampenlicht gestanden hatte.

»Okay«, sagte ich. »Danke für die Warnung, aber das schaff ich schon. Und das Zweite?«

Ralph seufzte wieder. »Das ist die Frage, die die bestimmt stellen werden. Und die ich mir auch schon gestellt hab, Annie.« Er zögerte. »Sieht ganz so aus, als ob das das nächste Opfer von unserem Mörder ist. Aber warum hat er die Leiche hierher gebracht, keine fünfzig Meter hinter deinem Grundstück? Alle anderen Opfer lagen auf der anderen Seite von Redding im Wald.«

Zack! Das saß. Vor lauter Hektik hatte ich noch gar nicht darüber nachgedacht. »Glaubst du, dass das kein Zufall ist?«

Ralph verzog das Gesicht. »Denk doch mal dran, wie berühmt du in dieser Gegend geworden bist! Zweimal hast du geholfen, 'nen Killer dingfest zu machen und 'nen Serienmörder noch dazu, und von den Opfern von dem hier hast du auch Bilder gezeichnet. Und da glaubst du, dass diese Leiche hier ein Zufall ist? Vergiss es!«

Ich schloss die Augen. *Gott, nicht schon wieder! Warum immer ich? Ich bin doch nur eine Gerichtszeichnerin. Warum hast du mich diesmal nicht beschützt?*

»Annie? Ich will dich nicht verrückt machen, aber du musst aufpassen. Ich hab so ein Gefühl, dass dieser Wahnsinnige seine Taktik geändert hat. Er hat die Leiche praktisch in deinen Garten gelegt, um uns zu ärgern. Jim sieht das auch so.«

Komisch, wie die Wut auf einmal in mir hochstieg. War ich auf Chetterling wütend, weil seine Warnung so überflüssig war wie ein Kropf? Oder auf Gott, weil er diesen ganzen Schlamassel nicht verhindert hatte? Vielleicht war es beides.

Dann war die Wut wieder weg, und an ihrer Stelle kam eine kalte Müdigkeit. Meine Schultern sackten nach unten. Ich fuhr mir mit der Hand über das Gesicht. Erst jetzt merkte ich, dass ich nach der Gartenarbeit ja noch gar nicht geduscht hatte. »Okay, hab dich verstanden. Ich werd extra vorsichtig sein. Danke für die Warnung.«

Ein Hilfssheriff begleitete mich den kurzen Weg zurück zu meinem Garten. Ich schleppte mich in mein Haus, wo mein missratener Sohn war. Meine Gedanken fuhren Karussell, von Blake Smiths Grinsen zu dem verzerrten Gesicht des neuen Mordopfers.

Gott, bitte hilf mir! Hilf uns allen!

Kapitel 5

»Stephen, noch einmal: Kennst du einen gewissen Blake? So einen Großen mit Rastalocken?«

Wir standen in der Küche. Ich hatte mir nicht einmal die Zeit genommen, ein Glas Wasser zu trinken. Es war zu viel auf einmal passiert, ich musste wissen, was Sache war.

»Ich hab dir doch schon gesagt, dass ich nicht weißt, von wem du redest.« Stephens einer Mundwinkel ging hoch. »Warum kommst du schon wieder damit?«

»Dann entschuldige, dass ich damit *komme*. Aber dieser ›Freund‹ von dir ist einfach so bei uns reinspaziert und hat uns zu Tode erschrocken. Er stand über deine Schwester gebeugt, die auf dem Sofa lag und schlief. Ich hab meinen Revolver geholt, Stephen; ich hätt ihn abknallen können.«

Seine Augen wurden groß. »'nen *Revolver*? Bist du verrückt?«

Ich sah ihn fest an. »Hast du vorhin nicht gesagt, dass du ihn nicht kennst?«

»Tu ich auch nicht!«

»Warum regst du dich dann so auf? Hast du etwa mehr Angst um einen komplett Fremden als um deine eigene Schwester?«

Er blinzelte. »Nee.«

»Den Eindruck hab ich nicht!«

»Ist mir egal, was für 'nen Eindruck du hast.«

Die Wut knetete meinen Nacken. Warum vergeudete ich meine Zeit damit, meinen Sohn zu verhören? Er hatte sichtlich keine Lust, mir meine Fragen zu beantworten. Ich zeigte mit zitterndem Finger auf die Tür, die ins Souterrain führte, wo sein Zimmer lag. »Geh, Stephen. Ich will jetzt nicht mehr mit dir reden, und ich will dich auch nicht sehen.«

Er warf mir einen Blick zu, der so viel sagte wie: *Von mir aus,* und stakste durch das große Wohnzimmer. Die Tür zur Treppe öffnete sich, dann knallte sie zu.

Das Strohfeuer meiner Wut war rasch verraucht, und die Angst um meinen Sohn kam wieder. Ich blieb in der Mitte der Küche stehen, eine Hand über meinem Gesicht, und holte Luft und betete. All das hier, es würde, es musste vorübergehen! Wenn ich denn noch so lange lebte ...

Das Telefon klingelte. Mit einem Seufzer trat ich zur Küchentheke und nahm den Hörer. »Ja, hallo?«

»Du, Mama, kann ich über Nacht bei Erin bleiben?«

Ich schaute durch das Fenster über die Straße zu dem Haus der Willits hin. »Klar, Kelly, das geht gut.« *Kann ich auch, bitte, bitte?* »Leih dir einen Pyjama von Erin aus, okay? Ich will nicht, dass du im Dunkeln über die Straße gehst.«

Bevor Kelly aufhing, wollte Dave noch mit mir reden. »Annie, möchtest du auch rüberkommen, und Stephen? Du weißt ja, wir haben für jeden für euch ein Gästezimmer.«

Konnte Dave Gedanken lesen? Ich schaute zu seinem Haus hinüber. Das Haustürlicht war eingeschaltet und warf seinen Schein auf den Vorgarten mit dem Rasen und den bunten Blumen. »Danke, aber das ist nicht nötig. Stephen kriegst du nicht aus seinem Zimmer raus, und wenn eine Bombe auf das Haus fallen würde. Und ich will ihn auch nicht allein lassen ...«

»Gut. Aber ich bin da. Ihr könnt jederzeit ...«

»Ja. Danke, Dave.«

Ich schaltete das Telefon aus und trug es in das Wohnzimmer, wo ich auf eines der Sofas sank. In meinem Kopf pochte ein dumpfer Schmerz. Ich schloss die Augen und rieb mir über die Schläfen. Von unten kam Stephens ewige Rapmusik. Das große Haus, das Jenna und ich von unserem Vater geerbt hatten, stand auf einem Hanggrundstück; von vorne sah man das Erdgeschoss und Obergeschoss, von hinten zusätzlich das Souterrain mit Stephens Zimmer und dem großen Hobbyraum. Aus dem Hobbyraum kam man durch eine große Schiebeglastür hinaus in den Garten. Ach ja, ich musste nachschauen, ob Stephen die Tür abgeschlossen und zusätzlich mit dem abgesägten Besenstiel gesichert hatte.

Und Kelly und Erin mussten jetzt erst recht darauf achten, jedes Mal, wenn sie sich besuchten, die Haustür fest abzuschließen. Und Dave, Jenna oder ich – einer von uns musste dabei sein und aufpassen, wenn sie über die Straße gingen. Die Mädchen allein vor die Haustür lassen – nein, jetzt nicht mehr.

Wieder das Telefon. Ich fuhr zusammen und schaute auf die große Standuhr. Nach halb zehn. Das musste Jenna sein, die mir gute Nacht sagen wollte. Jenna ... Sie würde mir den Kopf abreißen wollen, wenn sie erfuhr, was heute alles passiert war – und ich hatte sie nicht angerufen. Jenna war sieben Jahre jünger als ich, aber – ungelogen – sie war die energischste Mutter, die ein Mensch haben konnte.

Ich ließ das Telefon dreimal klingeln, bevor ich den Hörer nahm. »Hallo.«

»Hallo, Schwesterherz. Was ist?«

Wie schaffte Jenna das – aus einem einzigen Wort herauslesen, wie mir zumute war? Ich presste meine Finger an mein Kinn. Jetzt käme das nächste Verhör, und ich war doch schon so müde. »Vielleicht mein 42. Geburtstag morgen?«

»42. Geburtstag stimmt, aber den 41. hast du doch auch gut weggesteckt. Der nächste Versuch, bitte.«

»Okay, Jenna, der Tag war nicht sehr gut. Was willst du wissen?«

»Alles.«

Dumme Frage. Ich holte tief Luft und spuckte alles aus. »Also, erst einmal ist so 'n Typ mit Rastalocken und Muskeln wie ein Elefant ins Wohnzimmer marschiert, wo Kelly gerade auf dem Sofa lag und schlief. Ich hab ihn gehört und dann sind nach all den Stunden auf dem Schießplatz mit Chetterling meine Scharfschützeninstinkte erwacht und ich hab meine

Knarre genommen und auf den Kerl gerichtet und ihm gesagt, er soll abhauen. Was er auch gemacht hat, aber erst hat er noch 'ne Drohung losgelassen. Gegen Stephen.«

Schweigen am anderen Ende der Leitung.

»Ach ja, und Stephen will mir nicht sagen, wer das war.«

Ich hörte, wie Jenna atmete, ja fast, wie sie ihre möglichen Reaktionen durchging, wie eine Mutter, deren Kind ihr gerade vom großen bösen Wolf erzählt hat. »Okay, Annie, ich setz mich gerade. Könntest du noch mal von vorne anfangen, vielleicht ein bisschen langsamer?«

Sie wollte Einzelheiten, und ich lieferte sie ihr. Alles. Wie drohend und zugleich gelassen der Eindringling gewesen war. Wie er Kelly und mir Angst gemacht hatte. Meine Fragen. Seine Forderungen. Wie er mir und meiner Waffe einfach den Rücken zugekehrt hatte. Ehrlich gesagt, ich war erleichtert, meiner Schwester alles erzählen zu können. Ich wusste nicht, was ich ohne sie machen sollte. Zum Schluss berichtete ich ihr, wie gut ich mit der Pistole zurechtgekommen war.

»Das war's, Jenna. Bist du stolz auf mich?«

»Und wie.«

»Du klingst aber nicht so.«

»Nicht so schnell, okay? Das ist ja wie ein Horrorfilm. Im Augenblick stell ich mir den ›Typ mit Rastalocken und Muskeln wie ein Elefant‹ vor.« Sie verstummte. »Du glaubst also, dass Stephen lügt?«

»Klar. Das stand ihm auf der Nase geschrieben.«

»Aber wenn dieser Typ und Stephen sich kennen, wusste der dann nicht auch, dass Stephen um die Zeit auf seiner Arbeit war?«

Ein vernünftiger Gedanke. Daran hatte ich noch gar nicht gedacht in all der Hektik. »Vielleicht weiß er nicht, wo Stephen arbeitet. Er hat ja 'ne neue Stelle.«

Sie atmete tief aus. »Und *wann* ist das passiert?«

Oh Gott, jetzt kam es. »Ich weiß nicht, so um vier vielleicht.«

»*Vier*? Und du erzählst mir das erst *jetzt*?«

»Jenna, du hast auch ein Leben. Ich bin doch kein kleines Kind, das alle fünf Minuten zu seiner Mama rennt! Und ich hätte auch gar keine Zeit gehabt.«

»Annie, du weiß ganz genau, was wir einander bedeuten. Wer war der Erste, den ich angerufen hab, als ich meine Stelle verloren hab? *Du.*«

»Ich weiß, aber ...«

»Mein Gott, vier Uhr – das ist ja fast sechs Stunden her! Und da sagst du, du hast keine Zeit gehabt?«

Ich presste meine Finger gegen meine Stirn. Ich fühlte mich hundemüde. »Na schön, ich musste halt Chetterling und seine Leute zu dieser Leiche führen, die im Wald hinter unserem Haus lag. Das letzte Opfer unseres netten Frauenmörders hier. Ach ja, und Ralph meint, der hat die Leiche extra wohin gebracht, wo *ich* sie finde. Ist wohl ein neuer Schachzug von ihm, und ich bin der erwählte Bauer.«

Das wirkte. Meine Schwester war fertig mit der Welt. Wenn sie durch die Telefonleitung langen, mich packen und in eine uneinnehmbare Burg hätte stecken können, komplett mit Zugbrücke, sie hätte es getan. Als ich an das Ende meiner kleinen Geschichte kam, war es aus und vorbei mit meiner Ist-alles-nicht-so-schlimm-Fassade; ich kämpfte mit den Tränen.

»Annie, Annie, das tut mir ja so leid, ich kann's schier nicht glauben.« Jenna holte tief Luft. »Das ist alles so ... Ich flieg heute Nacht noch zurück. Gleich sofort.«

Jenna war gerade in ihrem Stadthaus in Redwood Shores, wo sie Termine mit ihren Kunden aus der Bay Area hatte. In ihrer Cessna Turbo 210 konnte sie in weniger als einer Stunde in Grove Landing sein; unser Viertel hatte seinen eigenen kleinen Flugplatz.

»Und dein Software-Projekt?«

»Das – das seh ich dann noch. Aber ich lass dich nicht allein in dem großen Haus, kommt nicht in Frage.«

»Ich bin nicht allein. Stephen ist ja da.«

»Na, wie toll.«

Die liebe Jenna. Fast musste ich lächeln. »Okay. Danke, Schwesterherz. Ich bin echt froh, dass du kommst.«

»Stell dir vor, jetzt bin ich also doch deinen ganzen Geburtstag da.«

»Hm. Hast ja jetzt einen Grund.«

Es hätte mir nichts ausgemacht, ohne Jenna Geburtstag zu feiern. Wir machten nicht viel Trara um unsere Geburtstage. Aber Dave und Erin hatten mich und Kelly für morgen zu einem Restaurantdinner eingeladen. Stephen war auch eingeladen, aber er musste an dem Tag bis nach sieben arbeiten und Lust hatte er sowieso nicht. Was bedeutete, dass Jenna nicht mit zu dem Dinner gehen konnte. Sie würde zu Hause bleiben und Stephens »Babysitter« machen, wenn er von seiner Arbeit zurückkam.

»Annie, bist du noch da?«

Ich legte meinen Kopf auf meinen Arm. »'tschuldige, ich war mit den Gedanken woanders.«

»Ich hab gesagt, dass ich so bald wie möglich losdüse. Mach's gut.«

»Okay.« Ich schaute auf die Uhr. Zehn vor zehn. Wenn Jenna in einer Viertelstunde zum Flugplatz San Carlos fuhr, würde sie noch vor halb zwölf auf der privaten Landebahn von Grove Landing aufsetzen. »Ich wart auf dich und mach dir die Hangartür auf.«

»Das will ich auch hoffen, ich lass schließlich alles liegen und stehen für dich.«

»Das tust du nicht. Du wirst deine Arbeit mitbringen.«

»Du bist 'ne richtig Undankbare, weißt du das?«

»Jenna, komm einfach.«

Ihre Stimme wurde ernst. »Bin unterwegs.«

Mittwoch, 22. Juni

Kapitel 6

Wie ein einziges Ereignis den Gang der Dinge verändern kann! Diese Zeitungsreporter, sie dachten, dass sie Feierabend machen konnten. Und dann ein Anruf, und sie sausen alle in den Wald, wo Kriminalbeamte wie aufgeblasene Ameisen umherwuseln und ihre Befehle bellen und etwas abschirmen, was sie längst hätten abschirmen sollen.

Ich lache euch alle aus. Was bringt es, einen Toten vor neugierigen Blicken zu schützen?

Und du, mein lieber Reporter: Du krähst, dass du alles wissen willst, und weißt doch so wenig. Weißt du nicht, dass sie mit dir spielen? Dir die wichtigsten Einzelheiten vorenthalten? Meine *Einzelheiten.*

Tun sie das, um mir eine Falle zu stellen? Um mich dabei zu erwischen, wie ich mich über etwas an diesen Morden auslasse, das ich nicht wissen kann? Oder um die Verrückten, die sich mit meinen Federn schmücken wollen, besser auszusieben? Oder tun sie es einfach, weil sie sich das leisten können?

Ob sie wissen, wie genau ich sie beobachte?

Ihr Obrigkeitspersonen, die ihr euch so wichtig nehmt. Auch ihr wisst so wenig. Einer von euch fragt sich, ob ich mir etwas dabei gedacht habe, als ich die Leiche so in der Nähe von einem gewissen Garten platzierte. Für was für einen Trottel haltet ihr mich? Und sechs Opfer in ebenso vielen Monaten, sagt ihr, als ob das wichtig wäre. Arbeite ich nach der Uhr? Bin ich so ein Spinner, der immer erst in seinen Mondkalender guckt?

Ich lese eure Worte, ihr Reporter, und stelle mir vor, wie euer Herz schneller schlägt vor Aufregung über eine gute Story. Ich füttere euch, und ihr leckt mir die Hand dafür. »Los, Telefon«, sagt ihr, »klingele! Rufe mich an den nächsten Mordplatz, zu dem nächsten Opfer, damit ich schreiben und auf-

zeichnen und wie ein Teufelsgeiger mit den Gefühlen meiner Leser spielen kann.«

Nun ja, ihr tut nur eure Pflicht.

Die ganze Welt ist eine Bühne, auf der jeder Mensch seine armselige Lebensrolle spielt. Und die armseligste Rolle war ihre. *Das Schicksal, dieser langsame Richter, es hat endlich meine Mutter geholt. Wenn ich vorher gewusst hätte, dass ihr Tod meine Macht freisetzen würde, ich hätte sie selber getötet, schon längst.*

Ich lese dich wieder, du Zeitungsartikel, schwarze Worte auf sauberer weißer Seite. Wie schal du bist! Mein Kaffee riecht stärker als du, er hat Aroma, er beißt in die Zunge. Aber du – bist platt und schmeckst nach nichts, ein Sumpf aus lauter »Er sagt« und »Sie meint«, aus Einzelheiten bombastischer Beamter und Ängsten aufgescheuchter Bürger.

Schaut her und bewundert! Stellt euch hin und seht die Schönheit der Tat! Was habt ihr verloren? Die nächste platte Seele!

Frauen, malt euch nicht an. Schmückt euch nicht. Hübsch, hübsch, es muss alles hübsch sein. Wo sehe ich eine Frau, die züchtig ist? Wo ist eine, die sich ihrer Schlichtheit rühmt, die die Schönheit ihrer Seele sucht und nicht die lüsternen Blicke der Männer?

Genug, genug!

Ich schlage dich, Zeitung, und du rutschst mir aus der Hand. Fällst auf den Tisch, und eine Ecke rollt sich in meine volle Tasse, um durstig Kaffee in ihre Blässe hineinzusaugen. Ich schaue zu, wie der dunkle Fleck wie Blut die Seite hochkriecht.

Trink dich satt.

Ja, und ich werde mich auch satt trinken. Raus aus dieser Küche, weg von deiner ekligen Fadheit! Auf raschen Füßen gehe ich in mein Schlafzimmer, um mich in der Faszination meiner Taten zu sonnen. Meine Schätze. Ich berühre sie, hebe sie hoch, streichele sie, dass ihr Maunzen zum Himmel steigt.

Der Himmel hört euch, ihr Schätze. Jawohl, er hört euch. Und seine Antwort ist eure Verdammnis.

Kapitel 7

Am Mittwochmorgen wachte ich wie gerädert auf. Mein Schlaf war unruhig gewesen, zerrissen von Träumen über Leichen und finstere Männer, die Stephen jagten. Meine schweren Augen wollten sich nicht öffnen, teils vor Erschöpfung, teils vor Angst vor dem neuen Tag. Dann schob sich ein schmutzig grauer Lichtstrahl durch den Fensterladen meines Gehirns. Heute war ja mein Geburtstag!

Herzlichen Glückwunsch zu deinen 42 Jahren, Annie.

Jenna war schon in der Küche, frisch geduscht und bereit für den Tag. Krisen brachten meine Schwester in Hochform. Sie sagte ihre Glückwünsche und fand, dass ich unbedingt etwas essen musste. Natürlich. Seit sie am Abend angekommen war, kommandierte sie mich herum.

»Dass du im Leichenschauhaus umkippst, kannst du nun wirklich nicht brauchen, Annie.« Sie schüttelte den Kopf, die Hände in die Hüften gestemmt, und schob, ohne mich zu fragen, was ich wollte, ein Brötchen in den Toaster.

Wenigstens etwas hatte sich nicht verändert.

Die Zeitung lag schon auf der Küchentheke. Die Schlagzeilen über das neueste Opfer schrien mir entgegen wie die Kerzenflamme der Motte. Ich ließ sie liegen.

Um acht Uhr trat ich, einen Kaffee in der Hand, in mein Arbeitszimmer. Die nächste halbe Stunde verbrachte ich mit Bibellesen und Beten. In so einer Krise an der Morgenandacht sparen – nein, besser nicht. Ich war dabei, etwas zu lernen in meinem neuen Leben mit Gott: Je größer die Probleme, umso mehr Zeit musste ich mir für ihn nehmen, um mit den Problem fertig zu werden.

Ich bat Gott – nein, flehte ihn an, der Polizei zu helfen, den Mörder dingfest zu machen. Ich bat ihn, alle meine Lieben zu beschützen. *Gott, nicht noch mehr Opfer, bitte!* Ich bat um Weisheit mit Stephen und dass ihm nichts passierte. Zum Schluss dankte ich Gott für Jenna und ihre Hilfe mit den Kindern.

Meine Schwester würde genügend Zeit haben für die Arbeit, die sie sich mitgebracht hatte. Kelly wollte den ganzen Tag bei Erin bleiben, und Stephen musste um zehn im Videoladen sein. Jenna informierte mich, dass sie ihn vorher über unseren ungebetenen Besucher verhören würde. Ich glaubte nicht, dass sie viel ausrichten würde; selbst Jenna hatte ihre Grenzen.

***

Neun Uhr. Ich betrat den Ort in der Welt, den ich am wenigsten mochte: das Leichenschauhaus. Kalt funkelnde Tische, Schüsseln, Instrumente. Beißender Putzmittelgeruch und der klebrige Atem des Todes, die wie zwei Raubtiere um ein Opfer kämpften. Ich hatte meine Handtasche und die Digitalkamera dabei. Auf der Fahrt hatte ich mich moralisch vorbereitet. *Konzentrier dich auf die Einzelheiten, Annie, nicht das Ganze. Denke klinisch, nicht persönlich.*

»Hallo, Matt.« Der Untersuchungsbeamte für Todesfälle stand bereits an seinem Posten, bereit, mir zu helfen.

»Morgen, Annie.«

Ich warf einen widerwilligen Blick auf unsere neueste Mrs Unbekannt, das Opfer Nummer sechs. Sie hatten sie gewaschen, und ihr Leichnam lag jetzt entspannt da, die Haut hatte die normale blauweiße Tönung des Todes. Ihr Mund war leicht geöffnet, wie dies für Leichen typisch war.

Matt und ich begannen unsere Arbeit, gründlich und zügig. Sobald wir fertig waren, würde die Obduktion beginnen; Chetterling und Harry Fleck, der Gerichtsmediziner, konnten jeden Augenblick kommen.

Wenn dieses Elend eine positive Seite hatte, dann war es mein enger beruflicher Kontakt zu Ralph Chetterling und den anderen in der Sheriffbehörde von Shasta County. Nicht jeden Gerichtszeichner ließ man so ohne Weiteres an die Opfer heran. Viele mussten sich mit Fotos begnügen, die andere (zum Beispiel der Untersuchungsbeamte für Todesfälle) aufgenommen hatten, die nicht an die besonderen Bedürfnisse der Zeichner dachten, was das Fertigen der Zeichnungen ziemlich erschweren konnte.

Bei meinen eigenen Fotos folgte ich der Methode, die ich in meiner Ausbildung zur Gerichtszeichnerin gelernt hatte. Ich brachte senkrecht zur Kameralinse eine Winkelskala an und fotografierte das Gesicht direkt von oben. Ein falscher Aufnahmewinkel kann das Gesicht auf verschiedene Arten verfälschen, es zum Beispiel zu lang machen. Auch die richtige Beleuchtung ist wichtig. Bei älteren oder übergewichtigen Leichen erhält man die natürlichsten Fotos, wenn der Kopf hoch gelagert ist, sodass die Gesichtszüge der Schwerkraft folgen. Aber unsere Mrs Unbekannt war so jung und schlank, dass dies nicht nötig war.

Matt Stanish und ich sprachen nur das Nötigste bei unserer Arbeit. Aber innen drin in mir kochten und schrien meine Gefühle. Wieder hatte ein gewaltsamer Tod ein Leben fortgerissen. Und direkt neben der Leiche stand ich, lebendig und gesund. Noch vor zwei Tagen war diese Frau genauso lebendig gewesen.

Wie dünn sie war, die Wand zwischen dem Leben und dem Tod.

Gott, bitte hilf uns, den Mörder zu finden. Und bitte beschütze meine Lieben, meine Freunde ...

Ich beugte mich über die Frau, zielte mit der Kamera. *Klick*, und ihr im Tod erstarrtes Gesicht war auf den Film gebannt.

Ein Foto nach dem anderen, Annie. Denk an die Teile, nicht das Ganze.

Ich befahl meinem Gehirn, den Stecker seines Filmprojektors zu ziehen. *Mach das nächste Bild. Ändere den Winkel. Jetzt das nächste. Mach deinen Job.*

»Okay, Matt.« Ich richtete mich auf und machte einen Schritt zurück. »Jetzt muss ich nur noch den Ohrring fotografieren.«

»Okay. Hier ist er.«

Wir legten ihn an eine gut beleuchtete Stelle, und ich beugte mich direkt über ihn, die Kamera senkrecht nach unten gerichtet. Der Anhänger des Ohrrings war eine grellblaue Glasträne, die von mehreren kleineren weißen Glasstücken umgeben war. Billiger, schreiender Modeschmuck. Wer war diese Frau, die ihn getragen hatte? War sie auch eine Anhalterin gewesen, wie Alicia Franz, das vierte Opfer? Oder eine junge Mutter wie die letzte Frau, Christine Ballermo?

Wer hatte sie geliebt, wer vermisste sie jetzt? Wer hatte ihr den Tod gewünscht – und warum?

Kamera ausrichten. Zoomen. *Klick.*

Fertig. Ich schob die Kamera zurück in ihr Futteral. Matt reichte mir einen braunen Umschlag. »Das sind meine Bilder von gestern Abend.«

»Danke.« Ich legte den Umschlag auf einen Tisch.

Chetterling und Harry Fleck kamen. Harry und ich begrüßten uns kurz, dann wandte er sich Matt zu. Ich schaute Chetterling an. Er sah aus, als ob ein Gewicht auf ihm lastete, halb Müdigkeit, halb Verantwortung. Unter seinen Augen waren dunkle Ringe.

»Morgen, Annie.«

»Hallo.« Mehr als ein mattes Lächeln schaffte ich nicht. »Du hast sicher keinen Schlaf gekriegt, wie?«

Er zuckte die Achseln. »Sagen wir, nicht viel. Und seit die Leute heute Morgen ihre Zeitung gelesen haben ...« Er schloss die Augen und fuhr sich über die Stirn. »Seit dem letzten Mord wird's echt heftig. Wir können uns nicht mehr retten vor Anrufen, die Leute wollen wissen, was wir tun, warum wir den Kerl noch nicht gefasst haben und so weiter. Als ob wir die ganze Zeit nur rumsitzen und Däumchen drehen.«

Ich hing mir meine Handtasche um. Seine Worte rissen mir ins Herz. Das Letzte, was Redding jetzt brauchte, war ein Feuersturm der Wut auf die falschen Leute. Vor lauter Angst. »Nimm's nicht so schwer«, sagte ich. »Ihr könnt nur euren Job tun, und den habt ihr immer bestens getan.«

»Hoffe, du hast Recht.«

»Ralph, *nein*!« Die Worte sprangen aus meinem Mund, kantig und rau. Ohne nachzudenken, drückte ich meine Finger in seinen kräftigen Arm. Dass Chetterling etwas sagte, das auch nur um drei Ecken nach Niederlage klang, das hatte es noch nie gegeben. Er musste echt müde sein. Ich suchte in seinem zerklüfteten Gesicht, während ich die Hand vorsichtig wieder zurückzog. »Ich ... ich weiß, wie schwer das alles für dich ist. Ich ... ich bete für dich.«

Täuschte ich mich, oder wurden die Falten in seinem Gesicht etwas glatter? Wir sahen uns an. Mein Magen tat mir weh. Dass ich für ihn betete, ich hatte es ihm noch nie gesagt. Das ganze Jahr hatte ich ihm nichts von meinem neuen Glauben erzählt. Was für ein lausiger Christ war ich? Und jetzt, wo es raus war, wie würde er reagieren?

»Danke, Annie. So was kann ich immer brauchen.«

Ich nickte und schaute zu Boden. »Du hast ja jetzt anderes am Hals, aber hast du dir mal mein Fax angesehen?«

»Ja, bevor diese Leiche kam. Das Gesicht kenn ich leider nicht. Aber wir halten unsere Augen offen.« Er sah mich an, Befremden in den Augen. »Das mit dem Revolver hattest du mir nicht gesagt.«

»Ja, du bist ein guter Lehrer gewesen. Ich brauchte kaum nachzudenken. Wie du immer gesagt hast: Wenn man oft genug geübt hat, geht das von selber.«

Er trat von einem Fuß auf den anderen, die eine Hand ging

an seine Hüfte. »Danke für die Blumen, aber dass du das machen musstest, ist natürlich nicht so gut.« Er überlegte kurz. »Hab den Namen Blake Smith noch nicht in unseren Computer geschmissen; werd's nachholen, sobald ich kann.«

Als ob er Zeit für so etwas hatte. »Danke.« Ich lächelte. »Aber jetzt muss ich gehen, unsere Mrs Unbekannt zeichnen.«

»Okay. Ach, noch was.« Chetterling berührte meine Schulter. »Unsere Soko trifft sich morgen Nachmittag um drei. Wir werden alles durchgehen, was wir bisher haben – das Profil des Mörders, Informationen über Strychnin, alles. Und wir müssen uns natürlich neu das geografische Profil ansehen, nachdem der Täter jetzt auch auf der anderen Seite der Stadt operiert. Wär schön, wenn du auch dabei wärst.«

Mein Kopf ging zurück. Was für eine Einladung! Vertraute er mir so sehr? Ich gehörte doch gar nicht zur Polizei. »Warum?«

Chetterling legte den Kopf zur Seite. »Du bist da drin, Annie, nicht nur als Gerichtszeichnerin, ob du willst oder nicht. Vor allem nach gestern Abend. Versteh mich nicht falsch, ich will nicht, dass du neue Aufgaben übernimmst. Dachte einfach, es hilft dir, wenn du das weißt, was wir auch wissen.«

Er schien in mich hineinzuschauen. »Da hast du Recht. Danke, Ralph, ich werde kommen.«

Ich rief Matt Stanish und Harry Fleck ein kurzes »Auf Wiedersehen« zu. Die Tür des Obduktionsraums schloss sich hinter mir, und ich ging den Flur entlang zur Eingangshalle, das Gesicht gesenkt, meine Gedanken bereits bei der Knochenstruktur und all den Besonderheiten, die das Gesicht von Mrs Unbekannt ausmachten.

»Hey, Annie!«

Ich schaute zu der bekannten Stimme hoch. Gerri Carson, wie immer lächelnd. Ich hatte Gerri durch ihre Arbeit als Krisenseelsorgerin für die Sheriffbehörde kennen gelernt. Ich kannte die mitfühlende, professionelle Art, mit der sie sich um Katastrophenopfer kümmerte, gut. Als ich sie das erste Mal sah, war sie dabei gewesen, Erin zu trösten, die mit einem schweren Schock auf einer Trage lag, an dem Abend, wo Lisa Willit ermordet worden war.

»Hallo, Gerri.« Wir umarmten uns. »Ist das schön, dass du da bist.«

Ich hatte sie seit Monaten nicht mehr gesehen. Ihre grauen Locken waren etwas länger geworden, aber ihre warmen braunen Augen, die wie die Ruhe im Sturm waren, waren noch dieselben. Gerri war Mitte sechzig, aber hatte die Energie einer halb so alten Frau.

Sie schaute zu der leeren Empfangstheke hin. »Wie ruhig das hier ist. Wo sind die alle?«

»Null Ahnung.« Als ich gekommen war, war die Rezeption besetzt gewesen. »Wahrscheinlich ist er gerade woanders.«

Gerri musterte mein Gesicht, ihr Blick halb mitfühlend, halb forschend. »Ich hab bei dir zu Hause angerufen und gehört, dass du hier bist. Dachte, ich komm mal vorbei und seh, wie's dir geht.«

Ich nickte. Ich merkte, wie ich unwillkürlich rot wurde. Irgendwie konnte ich vor Gerri nichts verbergen.

Sie drückte meinen Arm. »Das tut mir so leid. Aber ich bete für dich. Dieser Fall hat es in sich, Annie, aber diesmal weißt du, dass Gott dir helfen wird. Er wird dich nicht im Stich lassen.«

»Ich weiß.« Ich biss mir in die Wange, wollte nichts mehr sagen, aber konnte mich nicht stoppen. »All dieser ... Wahnsinn ist schon schlimm genug, aber gestern Abend war er schier in meinem Garten. Ich versteh das alles nicht. Muss wohl gedacht haben, dass mir so was jetzt, wo ich Christ bin, nicht mehr passieren kann. Weißt du, was ich meine?«

Gerri nickte. »Oh ja. Das ist eine schwierige Frage – warum Gott es zulässt, dass seinen Leuten Böses geschieht. Wir können uns da nur auf Römer 8,28 berufen. Dass Gott selbst das

Schlimmste zu unserem Besten benutzen kann, um uns stärker zu machen. Wenn Jesus wiederkommt, wird die Welt wieder gut werden, so wie er sie vor langer Zeit erschuf. Aber bis dahin ... Annie, Gott benutzt sogar das Böse, das uns doch von ihm trennen will, um uns näher zu ihm zu ziehen. Das nenn ich einen Sieg!« Sie lächelte wie ein staunendes Kind.

Ich konnte nur zurücklächeln. »Okay. So hab ich das noch nicht gesehen.«

Ihr Lächeln verflog. »Nicht, dass du denkst, ich will das bagatellisieren. Wir haben alle Angst gerade. Aber wir können was tun. In meiner Gemeinde ist heute Abend eine Gebetsversammlung. Vielleicht hast du die Einladung in der Zeitung gelesen. Aus deiner Kirche kommen auch ein paar. Was meinst du – kannst du auch kommen?«

Die Zeitung. Ich hatte sie gemieden wie die Pest. »Du, das geht leider nicht. Heut Abend hab ich schon ein Dinner, das kann ich nicht mehr absagen.«

»Das versteh ich.« Ihre Lippen bogen sich zuversichtlich. Gerri, wie sie leibte und lebte. »Geh nur zu deinem Dinner, aber jetzt weißt du also, dass Gottes Leute heute Abend beten werden. Und wie!«

»Gut. Ich ...«

Die Eingangstür flog auf. Ein Mann und eine Frau blieben zögernd auf der Schwelle stehen, ihre Augen weit, als ob sie den Abgrund der Hölle betreten wollten. Dann traten sie zitternd ein. Die Frau packte den Arm des Mannes, ihre Finger weiß. Ihr braunes Haar sah ungekämmt aus, die Augen und Wangen rot und verschwollen. Die breiten Hände des Mannes schlossen und öffneten sich, sein Gesicht sah bleich aus. Sie stolperten zu uns.

»Wir haben gehört ...« Die Worte des Mannes fielen zu Boden wie verschrumpeltes Herbstlaub. Er schluckte, seine Augen suchten in den meinen. »Wir glauben, dass Sie vielleicht ... unsere Tochter haben.«

Kapitel 8

In der Sekunde, die ich nach einer Antwort suchte, übernahm Gerri die Regie. Sie streckte dem Paar beide Hände entgegen. »Ich bin Gerri Carson, Polizeiseelsorgerin. Kann ich Ihnen helfen?«

Der Mann nickte mechanisch. »Wir haben heute Morgen in der Zeitung gelesen, dass Sie wieder ... jemand gefunden haben. Wir wohnen südlich von Red Bluff und sind gleich hierher gefahren, um zu sehen, ob ... Unsere Tochter, Julie, sie ist fünfundzwanzig. Vor zwei Tagen ist sie fortgefahren, um einen neuen Freund zu besuchen, wie sie sagte. Seitdem hat sie sich nicht mehr gemeldet und sie geht nicht an ihr Mobiltelefon.« Die Stimme des Mannes wackelte.

Mir kam ein Kloß in die Kehle. *Oh Gott, hilf diesen armen Menschen!*

Gerris Stimme blieb sanft, aber fest. »Okay, dann wollen wir mal sehen. Möchten Sie sich einen Augenblick setzen? Kann ich Ihnen ein Glas Wasser bringen?«

Die Frau schüttelte ihren Kopf. »Nein, wir wollen nur eben da rein. Wir müssen wissen, ob ...« Ihr Gesicht verzog sich.

»Okay, ich verstehe.« Gerri drehte sich zu mir um; ihre Lippen formten die Worte: »Holst du jemand?« Ich setzte meine Tasche ab und sauste los, die Stimmen wie Brandfackeln in meinem Rücken. Ich dankte Gott still, dass die drei Männer erst in dem allerersten Stadium der Obduktion waren. Ich hörte, wie Gerri die beiden Besucher nach ihren Namen fragte. George und Diane. Ich schlüpfte durch die Tür des Obduktionszimmers und rief Chetterlings Namen. Er, Matt und Harry blickten von ihrer Arbeit auf. Chetterling hatte einen Notizblock und Kugelschreiber in der Hand. Die Frau – Julie? – lag aufgedeckt vor ihnen auf dem Stahltisch. Sie hatten sie noch nicht aufgeschnitten.

»Gerade ist ein Ehepaar gekommen. Sie wollen sie sehen.« Ich wandte meinen Blick von der Leiche ab. »Sie meinen, es könnte ihre Tochter sein.«

Die Männer sahen sich an. »Okay.« Chetterling legte den Notizblock hin. »Ich komme gleich.«

Ich rannte zurück in den Flur, weg von dem Schrecken des Obduktionsraums und zurück zu den verängstigten Stimmen dieser Eltern, die sich gleich zu lauter Trauerklage steigern konnten. Als ich mich der Empfangshalle näherte, konnte ich Gerris beruhigende Worte ausmachen. Sie fragte die beiden, wie groß ihre Tochter war, welche Farbe ihre Augen und ihr Haar hatten. Als Chetterling kam, hatte sie genügend Informationen beisammen, um ihn beiseite zu nehmen und die Beschreibung mit der des Opfers zu vergleichen.

Chetterling nickte langsam. »Klingt so, als ob wir sie reinlassen sollten. Meinst du, die schaffen das?«

Gerri schaute kurz zu dem Paar hin. »Ich glaub, sie schaffen's nicht, wenn sie *nicht* rein dürfen. Du kannst ihnen die Frau noch so gut beschreiben, das reicht nicht.«

»Gut, wir machen sie eben fertig.«

Chetterling ging wieder, und ich stellte mich dem Paar vor. Dann warteten wir. Die Wanduhr tickte ihre endlosen Sekunden. Der Projektor in meinem Kopf spulte die verschiedenen letzten Akte ab, die dieses Drama haben konnte: der verzweifelte Schock des Wiedererkennens, das erleichterte Abschlaffen, weil eine Fremde vor ihnen lag.

»Kommen Sie mit?« Die Frau sah bittend Gerri an, dann mich.

»Natürlich«, sagte Gerri.

Chetterling kam und winkte uns zu. Gerri und ich führten das Paar den Flur entlang zu dem Besichtigungsraum. Keiner von uns sprach.

Wir hielten vor einem Fenster an, das von der anderen Seite her von einem dicken Vorhang verdeckt war. Hinter der Scheibe, das wusste ich, lag der kleine Besichtigungsraum.

Die Frau sackte in die Knie. Ihr Mann und Gerri stützten sie. Ich stand dahinter und versuchte stumm, zu beten, aber mein Gebet zerstob, als ich den zitternden, gebeugten Rücken der Frau sah. Ihr Zittern und wie ihre Finger sich in das Handgelenk ihres Mannes gruben, es sprach Bände.

Ich spürte, wie die nackte Wut in mir hochstieg. Diese elende Ungerechtigkeit! Wie konnte jemand so etwas machen – sechs unschuldige Frauen ermorden? Wie konnte er so vielen Menschen so wehtun?

Und warum tat Gott nichts?

Gerris Stimme kam, leise und ruhig. »Sie ziehen den Vorhang gleich zur Seite.«

»Okay.« Die Frau flüsterte es mühsam.

Ich hielt mich neben ihrem Mann, sein graues Gesicht musternd. Ich versuchte mich in die Lage des Paares zu versetzen. Wie wäre das, wenn *ich* jetzt hier wäre und mich fragte, ob meine Kelly hinter der Glasscheibe lag? Der Gedanke verschloss mir die Kehle.

Die Finger des Mannes gingen zögernd an die Scheibe, als ob er meinte, dass er es in den Fingerspitzen fühlen konnte, ob seine Tochter dort lag – oder nicht. Seine Hand zitterte. Ich hörte, wie seine Frau die Luft einzog.

Der Vorhang glitt zur Seite.

Die Frau keuchte, ihre Kehle rasselte. Ihr Mann seufzte leise auf. »Das ist sie nicht.« Er schaute zur Seite, dann zu Gerri hin, die Augen halb abgewandt. »Das ist nicht Julie.«

Sie fingen beide heftig an zu schluchzen.

Der Vorhang schloss sich wieder, fast unhörbar hinter dem Glas.

Die beiden drehten sich um. Plötzlich konnten sie nicht schnell genug nach draußen gehen, als ob die Wahrheit sich ändern könnte, wenn sie eine Sekunde länger blieben. Sie stolperten, sich krampfig an den Händen haltend, weg von dem Fenster, den Flur entlang, zur Tür hinaus auf die Straße. Gerri hielt sich dicht hinter ihnen; ich wusste, sie würde so lange bei ihnen bleiben, bis sie sich so weit beruhigt hatten, dass sie Auto fahren konnten.

Ich blieb in der Eingangshalle stehen und nahm mit fahrigen Händen meine Handtasche, die Kamera und den Umschlag mit den Fotos wieder an mich. Mein Herz wollte nicht aufhören zu stolpern.

»Annie?«

Ich drehte mich um und sah durch meinen Tränenschleier Chetterling. »Oh Ralph.« Meine Hand ging an meinen Mund. »Das war furchtbar. Das war ...«

Er blieb dicht vor mir stehen und schaute mich voller Mitgefühl an, die Hände in die Hüften gestemmt. »Ich weiß. Tut mir leid, dass du das sehen musstest. Aber wenigstens ...«

»Das ist doch egal!« Ich gestikulierte heftig zur Tür hin. »Nein, so mein ich das jetzt nicht, ich bin echt froh für die beiden. Aber dafür sind jetzt ein anderer Vater und eine andere Mutter ...« Ich zog den Schultergurt meiner Handtasche höher, der Kloß in meinem Hals wurde dicker. »Wir müssen den kriegen, Chetterling. *Jetzt.* Am liebsten möchte ich ihn selber erschießen!«

Chetterling sagte nichts, ließ mich meinen Dampf ablassen. Ich presste die Finger um meine Kamera und schaute zum Fenster hinaus, bis mein Atem ruhiger wurde. »Okay. Danke.« Ich sah ihn wieder an, mein Mund entspannte sich. »Es geht wieder.«

Er nickte, sein Gesicht ruhig. Irgendwie hatte ich den Eindruck, dass er mit mehreren Schwestern aufgewachsen sein musste. Dann lächelte er plötzlich, den Kopf zur Seite gelegt. »Okay. Dann gehen wir am besten wieder an unsere Arbeit.«

Der arme, müde Chetterling. Meine Arbeit wäre um einiges leichter als seine. »Ja.«

»Hey«, rief er mir hinterher, als ich halb zur Tür hinaus war. »Fast hätt ich's vergessen. Herzlichen Glückwunsch!«

Ich sah ihn an. »Wer hat dir denn das gesagt?«

Er zuckte die Achseln. »Niemand. Hab mich gerade dran erinnert, vom letzten Jahr. Nach einem Jahr hat man doch wieder Geburtstag, oder?«

Ich warf ihm einen *Gut kombiniert*-Blick zu und schob mich vollends durch die Tür. Auf dem Parkplatz stand Gerri und redete mit dem Paar, das sich sichtlich beruhigt hatte. Ich riss mich zusammen. Ich musste mich von ihnen verabschieden und ihnen sagen, dass ich erleichtert war und hoffte, dass sie bald von ihrer Tochter hören würden. Ich legte mir die Worte zurecht, als ich in ihre Richtung ging. Aber in meinem Kopf spulte der Film schon weiter. Ich sah mich, wie ich zurück nach Hause fuhr und anfing, das Gesicht von Mrs Unbekannt zu zeichnen.

Damit ihre wirklichen Eltern wider alle Hoffnung hoffend das Leichenschauhaus besuchen konnten, um mit zerbrochenen Träumen wieder hinauszutaumeln.

Kapitel 9

Halb zwölf.

Ich fuhr meinen Wagen in die Garage und stellte den Motor ab. Einen Augenblick legte ich den Kopf zurück, um mich zu sammeln. Die Fahrt zurück nach Hause war nicht lang genug gewesen, um den brodelnden Kessel der Bilder dieses Morgens abkühlen zu lassen. Mit einem Seufzer nahm ich meine Sachen und stieg aus. Ich hatte keine Zeit zu verlieren, meine Arbeit wartete. Wenn alles gut ging, würde ich es schaffen, die Zeichnung fertig zu bekommen, sie zur Sheriffbehörde zu bringen und mich für das Dinner umzuziehen.

Dinner. Ich versuchte, mir vorzustellen, wie das war – gepflegt zusammen essen, sich entspannen, ein netter Abend. Das Bild war wie ein Schmetterling, der mich lockte, nur um gleich wieder fortzuflattern.

Meine Schwester saß in dem großen Gästezimmer vor ihrem Computer und arbeitete an ihrem Projekt. Ich klopfte an die geöffnete Tür. Sie fuhr zusammen.

»Hallo.«

Sie hob ihre Schultern. »Auch hallo. Wie war's?«

Wenn sie nur wüsste. »Toll. Was kann eine schönere Morgenbeschäftigung sein als ein Besuch im Leichenschauhaus?«

Jennas Mund verbog sich mitfühlend.

Ich trat zu ihrem Bett und setzte mich darauf. »Chetterling hat mir zum Geburtstag gratuliert. Nett von ihm, nicht?« Warum hatte ich das jetzt bloß gesagt? Jetzt würde Jenna wieder mit ihrem Kombinieren beginnen.

Aber vielleicht wollte ich das sogar. Nach diesem Morgen sehnte ich mich nach ein paar Minuten zwangloser Unterhaltung, nach Worten, die um das Leben kreisten und nicht um Verbrechen und Tod.

»Echt nett. Hattest du ihm gesagt, dass du Geburtstag hast?«

Aha, da kam es schon. Ich zuckte die Achseln. »Nein. Er hat's halt gewusst.«

»Einfach so?«

»Ja. Man hat ja jedes Jahr am gleichen Tag Geburtstag, hat er gesagt.«

Sie schüttelte den Kopf, als ob sie mich für die Unschuld vom Lande hielt. »Annie, an einen Geburtstag erinnert man sich nicht einfach so, da muss man sich richtig Mühe geben.«

»Okay, Jenna.« Ich breitete die Hände aus. Auf einmal tat es mir leid, dass ich mit diesem Thema angefangen hatte. »Kannst du's damit gut sein lassen? Das Thema brauchen wir nicht schon wieder aufzuwärmen.«

Sie schaute kurz zur Decke hoch. »Was soll das heißen – *schon wieder*? Sagen wir eher, *immer noch.* Das ist der langsamste Film, den ich in meinem Leben gesehen hab.«

Meine Arbeit wartete auf mich. Ich drückte mich von dem Bett hoch. »Vielleicht ist das gar kein Film. Vielleicht meinst du das bloß.«

»Ich hab Augen im Kopf. Der Mann mag dich. Letztes Jahr hat er dir Blumen geschickt. Und das, nachdem du ihn fast ins Jenseits befördert hattest.«

Ich schnalzte abwehrend. »Das Letzte hättest du dir sparen können.«

»Stimmt. 'tschuldigung.« Sie trommelte mit dem nackten Fuß auf den Teppich. »Aber mal echt ... wann wirst du da was machen?«

»*Was* soll ich machen?«

»Ich weiß nicht ... *Sag* ihm was. Zeig ihm, dass ... er dir wichtig ist.«

Bilder von Chetterling blitzten auf meine innere Leinwand. Wie ich ihn vor zwei Jahren kennen gelernt hatte, an dem Abend, wo Lisa Willit ermordet worden war. Seine schiere

Größe, das große, markante Gesicht, die kleinen dunkelbraunen Augen und der dünne Mund, alles strahlte Autorität aus, dass ich mir plötzlich ganz klein vorgekommen war. Dann gestern Abend in dem Waldstück, wie er mich da angeschaut hatte. Und wieder heute Morgen. Beide Male so besorgt, so mitfühlend. Ich wusste, dass er mich als Freund und Kollegen achtete, aber mehr hatte ich nie gespürt. Wollte ich überhaupt mehr spüren?

»Er ist mir *nicht* wichtig, Jenna. Nicht so, wie du meinst.« Ich trat zu ihrem Schreibtisch und schloss die Augen. Was ich im Leichenschauhaus erlebt hatte, fraß immer noch an meinen Nerven. »Und was würde denn passieren, wenn einer von uns beiden *wirklich* was sagen würde oder so und der andere würde nicht darauf reagieren? Unsere berufliche Beziehung wäre nie mehr die gleiche, es wäre dauernd so eine peinliche Barriere da, und das will ich echt nicht.«

Sie musterte mich, sich auf die Unterlippe beißend. »Und da unternimmst du also vor lauter Angst nichts, Punkt, Schluss.«

»Kann sein.« Ich zuckte wegwerfend die Achseln. Was wollte meine Schwester mich verkuppeln, wenn sie selber gar nicht verheiratet und dafür zehnmal schöner war als ich. Jenna hat eine tolle Figur, wunderbares dickes Haar und samtbraune Augen mit langen Wimpern. Meine Augen sind irgendetwas zwischen haselnussbraun und grau, mein Gesicht ist zu rund, meine Taille zu breit, und vor vier Jahren hatte Vic, der Vater meiner lieben Kinder, mich für eine elf Jahre jüngere Herzensbrecherin mit dem Gesicht eines Fotomodells sitzen gelassen, was meine Selbstachtung nicht gerade steigerte.

Ich rieb mir über den Nacken. »Aber das gehört auch gar nicht zum Thema jetzt. Ich wollte mit dir über zwei Dinge reden. Erstens: Hast du was aus Stephen rausgekriegt, bevor er zur Arbeit gefahren ist?«

Jenna lehnte sich aufseufzend auf ihrem Stuhl zurück. »Nichts. Ich hab's versucht, echt, aber der Junge ... Annie, ich weiß nicht, was aus dem werden soll. Der hat eine Stinkwut auf alles, am meisten auf sich selber.«

»Ich weiß.« Mein innerer Filmprojektor kam wieder in Gang. Ich sah wieder, wie Blake Smith trotzig seine Hände sinken ließ, obwohl ich die Waffe auf ihn gerichtet hielt. Ich schob die Bilder beiseite, ich hatte schon so genug am Hals. »Danke, dass du's versucht hast. Und das Zweite ist: Ich wollte dir noch mal Danke schön sagen dafür, dass du hier bei Stephen bleibst, wenn ich heute Abend mit Kelly zu dem Dinner geh. Ich wollte echt, du könntest mit.«

»Mit?« Jenna verschränkte ihre Arme. »Na ja, gehen täte es schon. Ist ja nur ein Geburtstagsdinner, und die beiden Mädchen sitzen zwischen dir und Dave, da ist es wohl kein Rendezvous.«

Was war nur mit meiner Schwester los? Wenn sie mich nicht mit dem einen Mann verkuppeln konnte, versuchte sie es gleich mit dem nächsten. »Natürlich ist das kein Rendezvous, Jenna!«

»Okay, also kein Rendezvous.« Es ärgerte mich, wie selbstgefällig sie grinste. »Ich sag auch nichts mehr drüber. Ich bleib mit Stephen hier und pass auf, dass er nicht das Haus anzündet.«

»Danke.« Ich ging zur Tür und blieb wieder stehen. Ich wollte nicht zu abrupt erscheinen. »Noch mal vielen, vielen Dank, Jenna, du bist die Beste, auch wenn du mich manchmal nervst.«

Sie schüttelte den Kopf und wandte sich wieder ihrem Computer zu. »Was würdest du ohne mich machen?«

Ich ging in mein Arbeitszimmer, um mit dem Zeichnen zu beginnen. Aber dann wanderte mein Blick durch das Fenster zu Daves Haus hin. Nach all dem, was gestern passiert war, musste ich eigentlich nach Kelly sehen. Und Stephen in dem Videoladen anrufen, um zu hören, wie es ihm ging.

Ich begann mit dem Anruf. Ich war froh, dass mein Sohn

sich meldete und nicht der Ladenbesitzer. »Ja, mir geht's gut, Mama.« Stephens Ungeduld war greifbar. »Weiß nicht, warum du dauernd anrufst.«

War er wirklich so selbstsicher oder klang er bloß so? »Hör einfach auf mich und sei vorsichtig, ja? Geh nicht zu weit weg in der Mittagspause und komm sofort nach Hause, wenn du Feierabend hast.«

»Ja, gut. Muss jetzt gehen, hab Kundschaft.«

Ich hing seufzend auf und ging nach unten und über die überbreite Straße. Die Sonne knallte mir auf den Kopf. Das Viertel war ruhig, kein Flugzeug war im Anflug. *Gott, bitte, gib, dass es so bleibt. Ruhig. Bitte keine Leichen mehr!*

Aus Erins Zimmer wummerte Popmusik. Die Mädchen waren in der Küche und dabei, Schokoplätzchen zu backen; auf der Arbeitsplatte waren Reste von Mehl und Butter.

»Mir geht's gut, Mama, hör auf, dir Sorgen zu machen.« Kellys Kopf schaukelte im Takt der Musik. Erin lachte. Zum tausendsten Mal dankte ich Gott für die Freundschaft der beiden.

Dave kam herein. »Hallo. Dachte doch, dass es geklingelt hat.«

Ich lächelte ihn an. »Guten Morgen.« Das hellgrüne Strickhemd, das er trug, betonte die Farbe seiner Augen. Meine Hände fühlten sich plötzlich untätig an. Ich hob einen einsamen Schokoladensplitter auf und warf ihn in die Spüle. »Wie kannst du bloß bei dieser Musik arbeiten?«

Dave besaß mehrere Gewerbeimmobilien in Redding und machte seine Buchhaltung zu Hause. Sein Büro war am Ende eines langen Flurs, gegenüber Erins Zimmer.

Er grinste zu den Mädchen hin. »Ich hab mich dran gewöhnt.«

»Du kannst sie gerne zu uns rüberschicken, wenn du willst. Ich bin den Nachmittag über zu Hause und arbeite. Jenna ist auch da.«

»Annie, vergiss nicht, dich für heute Abend schön zu machen.« Erin zog erwartungsvoll die Schultern hoch. »Wir machen uns alle schön, wir gehen in ein ganz tolles Restaurant!«

»Ich kann's kaum erwarten.« Ich fuhr ihr über ihr seidiges Haar, dann sah ich Dave wieder an. »Noch mal vielen Dank.«

»Mach's halb lang, *wir* haben *dir* zu danken.«

Er sah mir kurz in die Augen. Ich nickte etwas abrupt und drehte mich um, um zu gehen.

»Mama.« Das Zögern in Kellys Stimme ließ mich innehalten. »Bist du heute Morgen dahin gegangen, ich meine, hast du ...?«

Aha, das war es also. Trotz ihrer scheinbaren Teenager-Unbekümmertheit hatte Kelly gestern nicht vergessen. »Ja«, sagte ich.

»Und dann machst du jetzt diese Zeichnung?«

Ich zuckte innerlich zusammen. Wenn Kelly zu Hause war, während ich zeichnete, kam sie nie in mein Arbeitszimmer. Meine Regel war eisern: Das trübe Schlammwasser des Todes, durch das ich neuerdings in meinem Beruf waten musste, war nichts für sie. Aber manchmal fragte ich mich, ob ihre Fantasie nicht genauso grausig war.

»Ja.« Ich umarmte sie kurz und flüsterte ihr ins Ohr: »Hab keine Angst, es wird gut. Heute passiert nichts, Kelly.«

Sie drückte mich. »Ja. Nichts.«

Kapitel 10

Ich saß über meinen Zeichentisch gebeugt, meine Konzentration flatternd wie eine Gardine im offenen Fenster. Ich musste sie immer wieder zurückrufen zu dem Gesicht von Mrs Unbekannt. Ich schaute auf die Fotos, dann auf meinen Zeichenblock, skizzierte die Gesichtszüge, fügte langsam die Einzelheiten ein. Mit das Schwierigste, das ich hatte lernen müssen – und immer noch am lernen war –, bestand darin, die schlaffe Maske einer Leiche mit Leben zu füllen. Bis zu diesen Morden hatte ich nie so richtig gemerkt, wie wichtig die Rolle der Animation bei der Darstellung eines Gesichtes ist. Jetzt versuchte ich fieberhaft, die glasigen Augen unseres Opfers hell und wach zu machen, dem flachen Mund Muskelspannung zu geben ...

Meine Gedanken gingen auf Reisen. Mein innerer Projektor schaltete sich wieder ein, spielte die Szene wieder ab, wie ich die Leiche gefunden hatte. Dann ein imaginärer Film über den Täter, wie er in perverser Faszination zuschaute, wie sein Opfer sich in Krämpfen wand und starb.

Was war das für ein Mensch, der so etwas tun konnte?

Ich schüttelte die Bilder weg, nur um neue vor mir zu sehen. Stephen. Mein Sohn, wie er in einer dunklen Ecke Geld von einer ausgestreckten Hand entgegennahm und ihr dann einen Beutel zuschob. Dann Blake, wie er über Kelly gebeugt stand, mir seine Unverschämtheit entgegenschleuderte.

Gott, was ist das nur? Es bricht alles über uns zusammen.

Ich schaute auf die Uhr. Zwanzig nach zwei. Ich lehnte mich zurück und knetete meine Nackenmuskulatur. Zeit für eine kleine Pause, ein Glas Wasser.

Als ich mich auf die Füße zog, klingelte das Telefon.

Ich ging an meinen Schreibtisch, um abzunehmen. Vielleicht war es Chetterling, der mir sagen wollte, dass sie das Opfer identifiziert hatten. Aber nein, auf dem Display war Stephens Handynummer. Ich starrte sie einen Augenblick an, dann nahm ich den Hörer. »Hallo, Stephen.«

»Mutter.« Seine Stimme war rau. »Dreh nicht durch, ich kann dir jetzt nicht alles sagen. Aber du musst mich holen.«

Ihn holen? »Was soll das heißen? Bist du nicht auf deiner Arbeit?«

»Ich hab gerade Mittagspause.« Er schien heftig zu atmen, fast so, als ob er rasch ging. »Komm einfach, bitte.«

»Ich – wo ist dein Auto?«

»*Mutter!* Hörst du mir mal zu? Ich brauch dich, *jetzt.* Ich hab Probleme. *Ich hab keine Zeit für Fragen!*«

Plötzliche Angst. War Blake hinter ihm her? »Okay, ich komm. Wo bist du?«

Sein Atem kam stoßweise. »Fahr nach Redding und ruf mich unterwegs an, ich kann jetzt nicht anhalten. Ich sag dir dann, wo du mich abholen sollst.«

Eine halbe Minute später fuhr ich aus unserer Einfahrt hinaus, das Herz schlug mir bis zum Hals. Ich hatte mir noch nicht einmal die Zeit genommen, Jenna Bescheid zu sagen. Als ich unser Viertel verließ, drückte ich mein Mobiltelefon ans Ohr. Ich hörte, wie Stephens Handy klingelte. Ich betete, dass er abnehmen würde. Beim zweiten Klingeln meldete er sich; er klang abgehetzt.

»Okay, kennst du Safeway in Shasta Station?«

Shasta Station war ein Einkaufszentrum, das Dave gehörte. »Ja.«

»Fahr zur Rückseite, da wo sie den Müll hinschmeißen. Da bin ich und warte auf dich.«

Ich schnappte nach Luft. »Stephen, was ist los?«

»Das erzähl ich dir, wenn du ...«

»Nein, Stephen, *jetzt*! Du machst mir ja solche Angst.«

»Okay, okay, bleib auf dem Teppich.« Er hantierte mit dem

Telefon. »Ich hab mich mit ein paar Freunden zu Mittag getroffen. Hab mich mit ihnen unterhalten, und da kam dieser Van und sie sagten, ich sollte da rein. Was sollte ich machen? Dann sagten sie, dass ich ihnen Geld schuldete, und fuhren mich zu dem Haus von diesem Typ und haben mich festgehalten und mir mein Portemonnaie abgenommen. Dann gingen ein paar von ihnen und sagten, sie würden wiederkommen. Zwei blieben da. Ich bin ins Klo und dann bin ich durchs Fenster gestiegen und losgerannt.«

Oh Gott. … *dass ich ihnen Geld schuldete.* Für jedes Detail, das Stephen mir da erzählte, ließ er bestimmt ein Dutzend andere aus. Mein Sohn war in Gefahr. *Bitte, Gott, beschütze du ihn!*

»Sind diese ›Freunde‹, wie du sie nennst, immer noch hinter dir her?«

Er zögerte. »Ja.«

Das Auto vor mir war entschieden zu langsam, aber es gab keine Möglichkeit zum Überholen. *Fahr schneller, Mann!* »Aber bis ich komme, bist du doch in Sicherheit, oder? Sie wissen nicht, wo du gerade bist?«

»Ich bin okay. Aber sie wissen, wo mein Auto steht. Und jetzt wissen sie auch, wo ich arbeite, und …«

»Stephen, was sind das für Leute? Gehört dieser Blake dazu?«

»Mutter, du fragst zu viel auf einmal.«

»Zu viel? Ich bin in Todesängsten um dich, ich will wissen, was los ist!«

»Ich sag dir's, wenn du da bist. Komm jetzt einfach, bitte.«

»Ich fahr ja schon so schnell wie möglich.«

»Okay, danke.«

Wie dankbar er auf einmal klang. Wie damals, wenn er sich als kleiner Junge das Knie aufgeschlagen hatte und ich ihn verarztete. Wo war er geblieben, der kleine Junge?

»Stephen, leg nicht auf. Auch wenn wir nichts sagen, ich will einfach wissen, dass du noch da bist und wartest. Ich stecke gerade hinter so einem Langsamen, und ...« Die Stimme wollte mir brechen.

Die Minuten hinkten dahin. Meine Finger waren um Handy und Lenkrad gepresst, mein Fuß wartete ungeduldig auf eine Gelegenheit, das Gaspedal durchzudrücken. Nach einer halben Ewigkeit bog der Wagen vor mir ab. Endlich. Ich schoss nach vorne, Geschwindigkeitsbegrenzung hin und her, und erreichte den Nordosten der Stadt. Shasta Station lag im Süden, auf der anderen Seite. Ich zwang mich, langsamer zu werden. Ich fuhr und überlegte, legte mir einen Schlachtplan zurecht.

Da war endlich die Rückseite von Safeway. Ich hielt an und schaute mich hektisch um. »Stephen, ich bin da. Wo bist du?«

Er trat hinter einem großen blauen Müllcontainer hervor, Telefon in der Hand. *Danke, Gott!* Ich schaltete mein Handy aus und fuhr zu ihm. Als ich nahe genug war, um sein Gesicht sehen zu können, keuchte ich auf. Sie hatten ihn geschlagen, und das nicht nur einmal. Das eine Auge war rotblau verschwollen. Ein zweiter blauer Fleck am linken Unterkiefer, um die Lippen verkrustetes Blut.

»Oh.« Meine Hand ging an meinen Mund, in meine Augen stachen Tränen. Stephen glitt in das Auto.

Er legte den Kopf zur Seite, versuchte mit aller Macht die großspurige Tour. »Ich bin okay, reg dich ab. Fahr einfach los.«

Ich wendete den Wagen. Das Herz schlug mir bis zum Hals, hundert Fragen schossen durch meinen Kopf. Wir fuhren über den riesigen Parkplatz des Einkaufszentrums. Ich schaute hilflos nach vorne auf die Straße. »Wo soll ich hin?«

»Fahr nach rechts.«

Wir waren ein paar Straßen weiter, bevor ich mit einigermaßen fester Stimme sprechen konnte. »Stephen, warum haben die das gemacht? Was wollen die von dir?«

Er schnaubte verächtlich. »Die sind beknackt, das ist alles. Weiß nicht, von was die reden.«

»Und das nennst du *Freunde*?«

Er wandte sich ab und starrte zum Seitenfenster hinaus.

Plötzlich war jeder Passant ein Verdächtiger, in jedem Auto konnten – *sie* sitzen. »Wo ist dein Auto?«

»Am 7-Eleven, an dem Videoladen um die Ecke.« Er schaute auf sein linkes Handgelenk. »Oh, Mann, die Uhr haben sie mir ja auch weggenommen, das vergess ich dauernd.«

Meine Zähne pressten sich zusammen. Die Armbanduhr war ein Weihnachtsgeschenk gewesen.

Wir kamen an eine rote Ampel. Das 7-Eleven und der Videoladen lagen vielleicht drei Kilometer geradeaus. Ich bog nach rechts ab.

»He, was machst du da?«

»Ich fahr dich dorthin, wo du hin musst.«

Er zeigte mit dem Finger quer über seine Brust. »Mein Auto steht in der Richtung.«

»Und das Polizeirevier liegt in dieser.«

»Das Pol... Bist du verrückt, Mama?«

»Stephen, das ist der einzige Ort, wohin ich dich bringen kann. Ein paar Gangster haben dich zusammengeschlagen, dir deine Uhr und dein Geld abgenommen und sind hinter dir her. Und da meinst du, du kannst einfach zurück zu deinem Auto und an deinen Job, als wenn nichts passiert wäre? Wie willst du deinem Chef dein Gesicht erklären?«

»Ich hab nicht gesagt, dass ich weiterarbeiten will, aber ich brauch mein Auto! Ich hab schon im Laden angerufen und gesagt, dass ich 'nen Unfall hatte und heute Nachmittag nicht kommen kann. Aber ich muss doch nach Hause fahren!«

Meine Stimme senkte sich. »Diese Leute wissen, wo du arbeitest. Sie wissen, wo dein Auto steht. Sie wissen, wo du wohnst. Und sie sind hinter dir her. Wie willst du dich vor ihnen schützen?«

Er funkelte mich an. »Und was soll die Polizei da machen?«

»Dich beschützen. Schon mal daran gedacht? Uns alle beschützen. Vergiss nicht, dass einer von deinen *Freunden* gestern bei uns einfach so hereinspaziert ist.«

Stephens Rücken versteifte sich, er hielt die eine Hand hoch, mit dem Handteller nach oben. »Okay, Mutter, und jetzt hörst du *mir* zu. Reg dich ab und hör zu. Ich kann nicht zur Polizei. Die fragen mir nur ein Loch in den Bauch, und ich kann ihnen nichts antworten.«

»Doch, das kannst du. Das ist ganz einfach, Stephen, du brauchst nur deinen Mund aufmachen.«

»Was ...« Er ließ den Kopf in seine Hände sinken. »Du verstehst das nicht. Ich kann das niemand sagen. Ich kann nicht zu den Bullen rennen.«

»So? Und was machst du dann? Oder besser gesagt, was machen *wir*, nachdem du deine ganze Familie da mit reingezogen hast?« Ich schlug auf das Lenkrad, der Frust riss mir in der Kehle. »Was machen wir?«

Mein Handy klingelte. Ich ignorierte es.

»Willst du nicht abnehmen?«

»Nein. Ich rede gerade mit dir, das ist wichtiger.«

Er antwortete nicht. Das Telefon klingelte viermal, dann verstummte es. Ich wusste, dass ich eigentlich abnehmen sollte. Es konnte eine neue Entwicklung in dem Mordfall sein. Oder Jenna, die wissen wollte, wohin ich auf einmal verschwunden war. Egal, ich würde den Anrufbeantworter später abhören.

Da war das Polizeirevier Redding. Ich fuhr auf den Parkplatz und hielt an, stumm betend, dass Stephen nicht wegrennen würde. Seiner Miene nach zu urteilen, dachte er gerade genau daran. Aber wo wollte er hin? Im Augenblick war ich seine einzige Hoffnung.

Ich öffnete die Tür. »Komm.«

»Mutter, *bitte.*«

»Stephen, komm.«

Er schaute weg und schüttelte den Kopf, einen Fluch murmelnd. Ich nahm die Gelegenheit wahr, um sein Handy von der Mittelkonsole aufzuheben und in meine Handtasche zu schieben.

»Na prima.« Er breitete seine Hände aus. »Jetzt nimmst du mir auch noch mein Telefon weg.«

Ich musterte meinen Sohn und sein zugerichtetes Gesicht, sah die Angst, die er so zu verbergen versuchte. Wenn er wirklich eine Wahl gehabt hätte, er hätte schon die Beine in die Hand genommen. Die Polizei hatte ihn wegen Drogengeschichten hinter Gitter gebracht, und ein Teil von mir schreckte zurück vor dem Gedanken, gleich mit meinem finster dreinblickenden, übel zugerichteten Sohn durch die Flure des Polizeireviers zu laufen. Ich hatte in den letzten beiden Jahren bei zahlreichen Fällen mit der Polizei zusammengearbeitet und mich mehr als einmal über Stephens wachsendes Vorstrafenregister geschämt. Zweimal hatte ich bei meiner Arbeit mit dem Beamten sprechen müssen, der erst Tage zuvor meinen Sohn verhaftet hatte. Ich wusste, dass ich als Gerichtszeichnerin einen guten Ruf hatte. Aber als Mutter? Die Polizisten mussten mich als komplette Versagerin betrachten.

Gott, ich will nicht als Mutter versagen! Bitte hilf mir.

»Stephen. Gehn wir.«

Mit der Miene eines Verurteilten, der vor das Exekutionskommando geführt wird, schleppte er sich aus dem Auto und folgte mir in das Gebäude.

KAPITEL 11

Die Frau hinter der Empfangstheke begrüßte mich mit meinem Namen, aber ihr Lächeln verflog, als sie Stephen sah. Mit seinen hängenden Schultern, den blauen Flecken im Gesicht und seinem finsteren Blick sah er wie eine große Maus aus, die die Katze gerade ins Haus getragen hat. »Hallo, Kathy.« Ich versuchte, ruhig zu wirken, aber merkte, wie meine Wangen sich röteten. »Wir müssen mit jemand reden. Vielleicht mit jemand, der mit Drogenfällen zu tun hat.«

»Na, super, Mutter.« Stephen starrte zu der Wand gegenüber hin, sein Unterkiefer arbeitete.

»Kein Problem«, zwitscherte Kathy und nahm das Telefon.

Wir brauchten nicht lange zu warten. Frank Nelson kam, ein kräftig gebauter jüngerer Beamter, den ich nur flüchtig kannte. Zum Glück hatte er Stephen nie verhaften müssen, oder der wäre gleich zurück zur Tür gerannt. Nelson führte uns in ein kleines, überladenes Büro. Sein Pistolenhalfter knarrte, als er sich auf dem abgewetzten Lederstuhl hinter seinem Schreibtisch niederließ. Stephen stellte sich an die Wand, die Arme verschränkt, und sah sich misstrauisch um. Eine schwarze Wolke schien um ihn zu liegen, fast konnte ich sie greifen. Ich bedeutete ihm stumm, sich auf einen der beiden Holzstühle vor dem Schreibtisch zu setzen. Er tat es widerwillig. Ich setzte mich auf den anderen. Ich spürte das Zittern meiner Knie und den bekannten Knoten im Magen. Jedes Mal, wenn ich dabei war, wie mein Sohn vor einem Polizisten oder Richter stand, war es dasselbe: panische Angst um ihn und um unsere Familie.

»Okay, Stephen.« Nelson lehnte sich auf seinem Stuhl zurück, ein einstudiertes Manöver, um uns zu helfen, uns zu entspannen. »Erzähl mir, um was es geht.«

Stephen schlug seine Fingerknöchel zusammen und schaute zu Boden. »Hab Zoff mit ein paar Freunden gehabt, das ist alles.«

»So? Und für so was hat deine Mutter dich hierher gebracht?«

Stephen zuckte die Achseln. »Sie gibt halt keine Ruhe.«

Ich öffnete den Mund, um ihn zurechtzuweisen. Nelson sah mich an, mit einem Blick, der so viel hieß wie: *Lassen Sie mich das machen.* Ich biss mir auf die Zunge.

»Okay, Zoff mit den Freunden. Und wie heißen die Freunde?«

Schweigen.

»Wegen was habt ihr euch gestritten?«

Stephen biss die Lippen zusammen. Sein rechtes Bein fing an, auf und ab zu stampfen, dass der Boden unter meinen Füßen vibrierte.

So geht das nicht weiter. »Er weigert sich, mir zu sagen, wer die anderen waren. Aber er hat gesagt, sie haben ihm seine Geldbörse und die Armbanduhr abgenommen.«

Nelson schob die Zunge zwischen seine Lippen, sein Blick taxierend. »Möchtest du den Diebstahl anzeigen?«

Stephen schüttelte seinen Kopf.

Der Polizist ließ seine Handflächen auf die Armlehnen seines Sessels knallen und beugte sich heftig ausatmend nach vorne. »Okay. Hab den Eindruck, wir kommen nicht recht weiter.« Er sah mich an. »Wenn Sie uns eine Minute allein lassen, bitte?«

Ich nickte stumm. Ich sah kurz zu Stephen hin, dann stand ich auf und ging mit unsicheren Schritten hinaus in den Flur.

Zehn Minuten lang lief ich dort wie ein Tiger hin und her. Dann und wann wechselte ich mit einem Beamten, den ich kannte, einen Gruß. Zum Glück fragte mich keiner, warum ich hier war. Die Klimaanlage wurde zu kalt. Ich rieb mir über die Arme. Meine Gedanken sprangen von einem Problem zum anderen, immer im Kreis. Was sollte aus Stephen werden? Wie konnte ich ihn beschützen? Und das Opferbild, ich hatte es ja noch gar nicht fertig. Wie sollte ich mich wieder darauf konzentrieren können? Ach ja, und das Dinner. Konnte ich da jetzt überhaupt noch hin?

Ich ließ meinen Kopf gegen die Wand sinken. Angst. *Gott, hilf mir da durch, bitte! Ich weiß nicht mehr, was ich machen soll. Und bitte beschütze du meinen Sohn. Und ändere sein Herz ...*

Die Tür öffnete sich, Nelsons Kopf kam heraus. »Möchten Sie wieder reinkommen, Mrs Kingston?«

Ich nickte, ging hinein und setzte mich wieder. Stephen schaute immer noch zu Boden, seine Finger nestelten an seinen Jeans. Sein Unterkiefer schien noch verspannter zu sein, auf seiner Stirn waren neue Falten.

Nelson räusperte sich. »Mrs Kingston, ich muss Ihnen leider sagen, dass ich nichts für Sie und Ihren Sohn tun kann.«

Ich starrte den Mann an. Mein Körper fühlte sich auf einmal schwerer an, so, als ob ich auf einem fremden Planeten war.

Nelson breitete die Hände aus. »Stephen weigert sich, mir irgendetwas zu sagen. Und wenn jemand nicht reden will ... was kann ich da machen?«

Meine Augen schlossen sich. Wenn ich nur meine Zeichnung von Blake dabeigehabt hätte. »Aber *ich* kann Ihnen etwas sagen. Gestern ist jemand in unser Haus eingedrungen und wollte Stephen sprechen. Als ich ihn sah, stand er über meine vierzehnjährige Tochter gebeugt, die auf dem Sofa lag und schlief. Er ... machte mir richtig Angst. Ein großer, muskulöser Mann mit Rastalocken. Ich hab eine Zeichnung von ihm gefertigt, die ich Ihnen zeigen kann. Ich mach jede Wette: Was da heute passiert ist, hat was mit dem zu tun.«

Nelsons Blick ging in Stephens Richtung, seine Augen wurden härter. »Bist du ganz sicher, dass dich das alles nicht juckt,

Mann? Sieht ganz so aus, als ob deine Familie da mit reingezogen wird. Wenn du in Gefahr bist, sind das die anderen vielleicht auch. Oder ist dir das alles egal?«

Stephen warf ihm einen Blick zu, als ob er ihn umbringen wollte, und sprang auf. »Mir reicht's!« Er stieß die Tür auf und ging.

Bevor ich mich es versah, war auch ich auf den Füßen, die Handtasche an mich gepresst. Ich musste hinter ihm her, damit er nicht auf die Straße rannte und verschwand! Jetzt hatte er ja noch nicht einmal mehr sein Handy, wie sollte ich ihn da erreichen? Wie sollte ich wissen, dass er in Sicherheit war?

Nelson schien meine Gedanken gelesen zu haben. Er rutschte auf seinem Stuhl. »Lassen Sie ihn laufen. Vielleicht sind noch ein paar Lektionen von der Straße genau das, was er braucht.«

Ich drehte mich heftig zu ihm hin. Wie jung er war. Wahrscheinlich noch nicht verheiratet und ohne Kinder. Er hatte ja keine Ahnung! »Sie müssen was tun!« Die Worte schossen aus meinem Mund. »Wir können ihn doch nicht einfach ins Messer laufen lassen!«

»Was soll ich denn machen, wenn er sich weigert, zu reden?«

»Ich weiß nicht – irgendwas halt! Ihn zu seiner eigenen Sicherheit in Gewahrsam nehmen, wenn's sein muss.«

»Mrs Kingston, ich kann Ihren Sohn nicht einsperren, wenn er nichts verbrochen hat. Ich bin hier nicht der Boss, ich bin ein kleiner Untergebener, ich muss dem System folgen.«

»Dann stimmt was nicht mit Ihrem System!«

Er breitete die Hände aus, als ob er sagen wollte: *Sagen Sie mir, was nicht stimmt.*

Mir wollte schwindlig werden. Der Mann war ein hoffnungsloser Fall. »Ich würde Ihnen gerne die Zeichnung faxen, die ich von Blake Smith gemacht hab. Können Sie sich die wenigstens ansehen? Vielleicht ist das ja jemand, nach dem Sie gerade fahnden.«

Er erhob sich, ein Zeichen, dass unser Gespräch beendet war. »Gerne. Faxen Sie's zu meinen Händen. Falls wir den Mann kennen, geb ich Ihnen Bescheid.«

Falls er sich die Zeichnung überhaupt ansah.

»Danke.« Die Worte kamen gepresst und kalt aus meinem Mund; es war mir egal. »Ich muss mich jetzt um meinen Sohn kümmern. Einer muss ja dafür sorgen, dass ihm nichts passiert.«

Ich drehte mich auf dem Absatz um und lief zur Tür hinaus.

Kapitel 12

Es gibt keinen Gott, es gibt keinen Gott, es gibt keinen Gott!

Wollt ihr jetzt also gegen mich beten, ihr Christen? Ihr, die ihr zur Kirche rennt und rein sein wollt. Ihr, die ihr mit einem Gott redet, den ihr nicht sehen könnt, und nach einem Glauben lebt, den ihr nicht anfassen könnt, während das Böse dieser Welt sein Zerstörungswerk weitertreibt und niemand stellt sich ihm entgegen.

Meine Mutter ging auch zur Kirche, oh ja. Suchte Gott im Himmel, in der Hölle, in dieser Religion und jener. Suchte ihn ihr ganzes Leben, in den Gesichtern der Männer, in der Berührung ihrer Finger und ihrer Lippen. Suchte ihn in diesem Land und in jenem, lebte ihre »göttliche Mission« als Wahrheitsfinderin und ihre Worte waren so viele Lügenfäden aus den Spinnendrüsen eines schwarzen Herzens. Und ich, das verängstigte, vernachlässigte Kind, konnte nicht weglaufen. Musste mit zu ihrer Göttergalerie beten. Und ihr helfen, sich fertig zu machen für ihre »Zeremonien« mit den Männern.

Die Stadt weint und taumelt wie eine Frau in den Wehen, sie schreit ihr »Aufhören!«. Aber wie sie, so *erntet auch ihr die Früchte, die ihr selber gesät habt. Ihr wollt, dass ich aufhöre, während eure Frauen sich weiter so herausputzen wie* sie, *sich anmalen und ihre Härchen zupfen, als freche Ware durch die Straßen stolzieren. Außen schön, innen stinkend.*

Gut. Sucht. Betet. Bittet, bestürmt! Streckt eure Arme zum Himmel hoch, weint Tränen aus euren selbstzufriedenen Seelen. Schreit zu eurem Gott, seht, ob er euch hört. Gott auf seinem Podium, Gott auf seinem Thron. Aus weiter, weiter Ferne dringt euer Heulen in sein Bewusstsein, belanglos wie das Schwirren von Mücken.

Und was werde ich tun, während ihr betet? Ja, was wohl?

Im Sessel sitzen, essen, trinken, die Fernsehnachrichten sehen? Eure Straßen entlanggehen wie einer von euch, gesehen und doch nicht gesehen, bekannt und doch nicht bekannt?

Oh nein.

Ich werde euch zeigen, was eure Gebete wert sind!

Kapitel 13

Mein Herz wurde weich, als ich Stephen auf dem Parkplatz des Polizeireviers vor meinem Auto sitzen sah. »Was bin ich froh, dass du da bist.« Die Luft in dem Wagen war zum Schneiden dick, als wir einstiegen. Ich startete den Motor und stellte die Klimaanlage auf die höchste Stufe.

»Okay, Stephen.« Ich drehte mich zu ihm hin. Sein Blick war weiter trotzig, auf seiner Stirne stand der Schweiß. »Du hast's geschafft, wir sind alleine. Also gut. Jetzt wirst du mir die ganze Geschichte erzählen. Jetzt. Eher fahr ich nicht los. Offenbar hast du echt ein Problem, sonst wärst du ja jetzt über alle Berge.«

Sein Unterkiefer mahlte. Er schaute durch die Windschutzscheibe zu einem Polizisten hin, der am anderen Ende des Parkplatzes gerade aus seinem Streifenwagen stieg.

»Na gut. Sie haben gesagt, ich hätte Geld gestohlen.«

Das wusste ich bereits. »Wer sind ›sie‹?«

»Ein paar Typen, die ich kenn, eben. Kenny und Dwayne. Und Al und Eddy.«

Die Namen sagten mir nichts. »Die kenn ich alle nicht.«

Er zuckte die Achseln. »Ja.«

»Und ... warum behaupten die, du hättest dieses Geld gestohlen?«

Er verzog spöttisch den Mund. »Weiß nicht, irgend so 'n Drogendeal, den sie gemacht haben. Scheint, dass anschließend was fehlte.«

Drogendeal. Ich zwang meine Stimme, ruhig zu bleiben. »Und hattest du was mit dieser ... Sache zu tun?«

Er schnippte eine Fluse von seiner Hose. »Eigentlich nicht.«

»Was bedeutet *eigentlich nicht*?«

»Ich war ... Guck mich nicht so an! Ich hab am Telefon mit

jemand gesprochen, das war alles. Hab ihm nur was ausgerichtet.«

Mit anderen Worten: Er steckte da drin. Mein Magen klumpte sich zu einem Ball zusammen.

»Ich verstehe. Und wie viel Geld fehlte?«

»Ich hab das Geld nicht, Mama.«

»Freut mich, das zu hören. Und wie viel *behaupten* sie, dass du unterschlagen hast?«

Er schaute einen langen Augenblick durch das Seitenfenster, während er mit den Fingern auf sein eines Knie trommelte. »Zweitausend Dollar.«

Mein Mund klappte offen. Ich weiß nicht, welche Summe ich erwartet hatte, aber jedenfalls nichts in dieser Größenordnung. *»Zweitausend Dollar?«*

»Ich hab dir's ja gesagt, die sind beknackt.«

»Aber ... das ist ja ein Haufen Geld! Und das sind Drogenhändler, und wenn die wirklich glauben, dass du dir das unter den Nagel gerissen hast ...«

Das durfte nicht wahr sein! Kriminelle dieses Kalibers, bei denen es um solche Summen ging, sie würden meinem Sohn nicht den Kopf tätscheln und sagen: *Komm, vergessen wir's.* »Stephen, was wirst du machen? Die werden dich nicht in Ruhe lassen.«

Zum ersten Mal sah ich, wie die Mauer, hinter der er sich verschanzte, einen Riss bekam. Er schaute hinunter auf seinen Schoß; seine eine Hand trommelte weiter ihren Takt.

»Ich nehme an, sie wollen, dass du diese zweitausend Dollar zahlst?«

Seine Hand wurde ruhig. Er presste seine Lippen zusammen und sah mich aus dem Augenwinkel an. »Sie wollen viertausend. Sie sagen, das sind Zinsen.«

Mein Atem stockte mir. *Zinsen. Natürlich.* Genau wie in den Filmen. Zahl uns das Doppelte zurück, und wenn du das nicht machst, dann ... Ich ließ den Kopf gegen mein Seiten-

»Siehst du jemand Verdächtiges?«

Stephen sah sich um. »Nein.«

Ich parkte den Wagen etwas abseits vom Eingang des Ladens. »Ich will nicht, dass *du* dein Auto nach Hause fährst, womöglich erkennt dich jemand. *Ich* werde es also fahren, und du folgst in meinem Auto. Bleib die ganze Zeit hinter mir, okay? Ich geb dir dein Handy solange wieder; lass es eingeschaltet.«

Er nickte, holte seinen Autoschlüssel aus der Hosentasche und reichte ihn mir, und ich spürte, wie unsichtbare Finger mir die Brust zusammendrückten. Diese eine stumme Geste sagte mir mehr als tausend Worte. Mein Sohn kämpfte nicht mehr gegen mich. Nicht, weil sein Herz sich verändert hätte; er hatte schlicht keine andere Wahl.

Kapitel 14

Wir fuhren ohne Zwischenfälle aus Redding heraus. Als wir auf die Straße nach Grove Landing einbogen, nahm ich mein Mobiltelefon zur Hand, um zu Hause anzurufen. Jenna nahm nach dem ersten Klingeln ab. »Annie! Ich hab versucht, dich zu erreichen. Wo bist du?«

Wo sollte ich anfangen? Ich gab ihr einen Kurzbericht, was meiner Schwester natürlich nicht genügte. Als Grove Landing in Sicht kam und ich zum hundertsten Mal in den Rückspiegel geschaut hatte, um zu sehen, ob Stephen noch hinter mir fuhr, hatte ich alles erzählt und meine Kehle war trocken und meine Augen fühlten sich wie Schmirgelpapier an.

Zum zweiten Mal in nur 24 Stunden war es mir gelungen, Jenna sprachlos zu machen. Als sie endlich etwas sagte, waren es kindisch nichts sagende Worte, die mich beruhigen sollten. »Okay, schön, das nächste Problem. Das packen wir auch.«

Natürlich. Packten wir nicht alles? Aber das hier, es war ein bisschen viel auf einmal.

»Hör zu, Jenna, als Erstes müssen wir Stephen in Sicherheit bringen. Er darf nicht an die Haustür und nicht ans Telefon. Er darf überhaupt nicht raus, und wir dürfen ihn nie allein lassen. Zweitens muss ich irgendwie meine Arbeit fertig kriegen. Ich weiß nicht, wo ich die Konzentration hernehmen soll, aber die Zeichnung muss morgen früh in der Zeitung sein. Was bedeutet, dass ich das Original zur Sheriffbehörde bringen muss.«

»Ja, okay.« Jenna machte mobil. »Ich helfe dir. Die Zeichnung nach Redding bringen, das kann *ich* machen. Wie lange brauchst du noch, um sie fertig zu kriegen?«

Ich holte Luft. »Ich weiß nicht. Ich weiß überhaupt nicht viel gerade. Vielleicht zwei Stunden. Wenn ich ... mich konzentrieren kann.«

»Dieses Aas Stephen ... dem dreh ich noch den Kragen um!«

»Jenna, mach mal langsam. Ich ... weiß, wie du das meinst, echt. Aber im Augenblick mach ich mir vor allem Sorgen um *ihn.*«

»Entschuldige, hast ja Recht.« Sie unterbrach sich. »Schaffst du das jetzt noch zu deinem Geburtstagsdinner heute Abend?«

Ach ja, das Dinner. Das hatte ich schon wieder vergessen. »Ich fürchte nein. Ich kann Stephen jetzt nicht allein lassen.«

»Ja.« Sie überlegte. »Aber andererseits ... Möchtest du, dass Kelly das alles erfährt?«

»Nein, das wär zu viel für sie. Das bisschen, was sie weiß, macht ihr schon Angst genug.«

»Das seh ich auch so. Dann solltest du vielleicht doch zu dem Dinner.«

»Aber wie soll das gehen? Ich würde mir nur dauernd Sorgen um Stephen machen, und du hättest ihn zu Hause allein am Hals.«

»Mach dir mal keine Sorgen um mich. Wenn so ein Krimineller kommt, hab ich meine Pistole, das weißt du ja. Du gehst zu deinem Dinner. Tu's für Kelly. Und für Erin. Wir müssen die beiden so gut wie möglich abschirmen von der ganzen Sache, und das heißt, dass das Leben weitergehen muss.«

Sie hatte ja Recht. Und doch ... »Ich weiß nicht. Ich schaff es nie und nimmer, mich pünktlich fertig zu machen.«

»Doch, das schaffst du. Kann sein, dass ihr die Reservierung um 'ne halbe Stunde verschieben müsst, aber das macht Dave für dich. Den Mädchen sagen wir einfach, dass du Überstunden machen musst. Was ja stimmt.«

»Aber wenn die Stephens Gesicht sehen ... Das spricht Bände, glaub mir. Wie erklären wir den Mädchen das?«

»Er hat eine kleine Schlägerei mit seinen Freunden gehabt, Punkt. Kelly kennt seine Freunde, sie wird sich nicht sehr wundern.«

Ich hatte mein Pulver verschossen. Aber sollte ich wirklich zu dem Dinner gehen?

Ich bog in unsere Straße ein, Barrister Court. Stephen folgte mir. Mein Gehirn fuhr Karussell. »Jenna, wir sind da. Bis gleich.«

So war meine Schwester. Wenn mir keine Argumente mehr einfielen, nahm sie an, dass sie mich herumgekriegt hatte. In den zwei Minuten, die wir brauchten, um die Küche zu erreichen, hatte sie ihren Schlachtplan schon fertig gestellt.

»Okay, Annie.« Sie nahm mir die Handtasche ab. Stephen ließ sich auf einen der Küchenstühle fallen. Sein Auge und die Wange waren jetzt schwarzrot geschwollen. Ich sah, wie Jenna zusammenzuckte. »Du gehst an deinen Zeichentisch. Du brauchst Chetterling nicht anzurufen, dass die Zeichnung etwas später kommt, das mach ich. Ich ruf auch Dave an und bitte ihn, eure Reservierung auf, sagen wir, halb acht zu verschieben. Wenn du mit der Zeichnung fertig bist, bring ich sie nach Redding ...« – sie warf Stephen einen heftigen Blick zu – »... während deine Mutter bei dir bleibt, da du offenbar einen Babysitter brauchst.« Sie sah wieder mich an. »Du gehst heut Abend aus, und ich bleib hier bei ihm. Stephen, du wirst das Haus nicht verlassen. Deine Autoschlüssel nehme ich.« Sie streckte ihre Hand aus; ich legte die Schlüssel des Blazer hinein.

Stephen murmelte: »Du brauchst mir nicht zu sagen, dass ich nicht raus soll, ich bin ja wohl nicht blöd.«

Jenna antwortete nicht; ihr Blick sagte alles.

Sie sah mich wieder an, ihre Augen wurden weicher. »Und morgen setzen wir drei uns zusammen und überlegen, was wir machen. Okay?«

Ich nickte. »Jenna, aber Chetterling möchte ich gern selber anrufen. Ich muss selber mit ihm reden über die Zeichnung und ... das alles.«

»Okay, gut. Dann mal los.«

Ich drehte mich zu Stephen hin. »Gib mir wieder dein Handy.«

Er reichte es mir ohne Widerspruch.

Ich ging in mein Arbeitszimmer, schloss die Tür und lehnte mich dagegen, während mein Gehirn versuchte, Ordnung in mein Gedankenchaos zu bringen. Bevor ich Chetterling anrief, musste ich erst noch etwas anderes tun.

Ich ließ mich auf meinen Schreibtischstuhl sinken, neigte den Kopf und betete. Ich bat Gott, mir mit Stephen zu helfen, mir Weisheit und Kraft zu geben. »Und bitte, Herr, dreh ihn um, so wie du das bei mir gemacht hast. Er ist trotzig und furchtbar, und manchmal hass ich ihn, aber du weißt, wie sehr ich ihn liebe. Du weißt, was an Gutem in ihm ist, unter all dem Stolz und der Wut. Bitte bring mich da durch, irgendwie, selber schaff ich es nicht.«

Die Tränen wollten kommen. Ich kämpfte sie zurück. Weinen konnte ich später noch, vielleicht wenn ich im Bett lag und dieser furchtbare Tag hinter mir war. Jetzt musste ich mich zusammenreißen.

Als ich fertig gebetet hatte, fühlte ich mich nicht besser. Aber in dem letzten Jahr hatte ich versucht zu lernen, mein Gottvertrauen nicht von meinen Gefühlen abhängig zu machen. Wie Dave mir einmal erklärt hatte: Gottes Wahrheit bleibt wahr, egal was passiert. Was sollte ich mit einem Gott, dessen Treue davon abhing, wie ich mich gerade fühlte?

Bevor ich Chetterling anrief, faxte ich meine Zeichnung von Blake ans Polizeirevier, zu Händen von Officer Nelson. Auf ein Begleitblatt schrieb ich meine Telefon- und Mobiltelefonnummer und bat ihn, mich zurückzurufen, sobald er die Zeichnung studiert hatte. Ich nahm mir vor, ihm keine Ruhe zu lassen, wenn er sich nicht bald meldete.

Dann wählte ich Chetterlings Durchwahlnummer. Halb war es mir peinlich, ihn mit meinen Problemen belästigen zu müssen, halb hoffte ich, dass er mir helfen konnte. Aber war er jetzt überhaupt da?

Er war. Ich sagte ihm, dass mir die Verspätung leid tat, aber dass er die Zeichnung des Opfers in ein, zwei Stunden in Händen halten würde. Dann erzählte ich ihm die Geschichte mit Stephen. »Er scheint echt Angst zu haben, Ralph, und ich hab den Eindruck, dass er mich ausnahmsweise nicht anlügt. Ich glaube echt, dass er noch mehr in Teufels Küche kommen würde, wenn er bei der Polizei auspacken würde.«

Chetterling überlegte einen Moment, bevor er antwortete. »Ich glaube, du hast Recht. Wenn es sich wirklich um einen Drogenhändlerring handelt – und so was gibt's in Redding –, werden sie ihn nicht in Ruhe lassen. Es geht ja nicht nur um die zweitausend Dollar. Diese Burschen haben einen Ruf, den sie pflegen müssen, um ihre Leute an der Kandare zu halten. Ihre Taktik heißt Einschüchterung. Und was sie Stephen da vorwerfen, wird bald die Runde machen auf den Straßen. Du würdest staunen, wenn du wüsstest, wie gut die organisiert sind.«

Ich rieb mir über die Schläfe. Wenn ich fest genug rieb, konnte ich mich vielleicht aus diesem Elend hinausreiben – die Befreiung des Geistes aus der Flasche. »Was soll ich machen?«

»Glaubst du, dass er bei mir reden würde?«

»Nein. Er hat zu viel Angst, um was zu sagen.«

»Wir können da nicht tatenlos rumsitzen, dazu ist es schon zu weit gekommen. Solange diese so genannten Freunde und dieser Blake auf freiem Fuß sind, sitzt Stephen auf einem Pulverfass. Wie wär's, wenn du ihn für eine Weile aus dem Verkehr ziehst; ginge das? Vielleicht könnte er auf ein paar Wochen zu seinem Vater.«

Vic anrufen? Ich konnte mir gut vorstellen, wie er reagieren würde. Selbstverständlich würde er mir die Schuld geben an Stephens Eskapaden in den letzten beiden Jahren. Wie hatte ich nur *seinen* Sohn (um den er sich, nebenbei gesagt, so gut wie überhaupt nicht kümmerte) in die Drogenszene rutschen lassen können?

»Ich kann's gerne versuchen, aber viel Hoffnung hab ich nicht.«

Ralph seufzte. »Verstehe. Kannst du ihn vielleicht zu Freunden schicken oder so? – Warte eben, Annie, Augenblick.«

Ich hörte ein Geräusch, als ob eine Hand über den Hörer kam, dann gedämpfte Stimmen im Hintergrund.

»Bin wieder da. Sorry, aber ich muss jetzt gehen, wir reden später weiter. Mach erst mal so weiter, wie du gesagt hast. Halte Stephen zu Hause, kein Kontakt zu Freunden. Das wird ihm ziemlich bald stinken. Vielleicht hat er morgen Lust, mit mir zu reden.«

»Okay. Danke, Ralph. Und ... ich schick dir bald das Bild.«

Ich legte auf und starrte zu meinem Zeichentisch hin. Stephen »aus dem Verkehr ziehen« – ja, das war die Lösung. Es würde uns Zeit kaufen. Aber ich zweifelte, ob sein Vater ihn nehmen würde.

Ich fuhr zusammen, als das Telefon klingelte. Es war Officer Nelson. Mein Herz stolperte.

»Tut mir leid, den Mann kenn ich nicht«, sagte er. »Aber ich zeig ihn mal meinen Kollegen, vielleicht weiß jemand anderes was über ihn.«

Es klang so, als ob der junge Polizist doch ein Herz hatte. »Danke«, sagte ich, diesmal ehrlich. Das war wenigstens etwas.

Und danke dir, Gott.

Ich berichtete kurz Jenna von den beiden Telefonaten, dann schaute ich nach Stephen. Er war in seinem Zimmer und hörte seine ewige Rapmusik. Er wollte nicht mit mir reden. Erst wollte ich ihn beknien, dann dachte ich an Chetterlings Worte. Stephen war ein Teenager; er würde es schon bald unerträglich finden, alleine in seinem Zimmer zu sein und mit niemand reden zu können. Kein Handy mehr; bereits letztes Jahr hatte ich ihm die Computertastatur weggenommen, weil er ständig im Internet chattete. Den Nebenapparat des Festnetztelefons im Hobbyraum hatte ich auch konfisziert. Wenn Stephen anrufen wollte, musste er raufkommen.

Morgen, sagte ich mir. *Morgen wird er die Nase voll haben.*

Ich ging die Treppe hinaus, zurück in mein Arbeitszimmer. Die nächste Stunde zwang ich mich mit schierer Willenskraft, mich zu konzentrieren. Langsam bekam meine Zeichnung Gestalt. Ich musste zugeben, dass es ein guter Schachzug gewesen war, den Tatort zu besuchen; die Fotos der Frisur von Mrs Unbekannt würden das Bild viel realistischer machen.

Um fünf Uhr hörte ich, wie Kelly und Erin ins Haus kamen. Kellys Zimmer war direkt über meinem, und es dauerte nicht lange, bevor ich ihre Stimmen und Musik durch die Decke hörte. Ich wusste: Sie machten sich für das Dinner fertig. Wahrscheinlich probierten sie ein Dutzend verschiedene Aufmachungen aus, frisierten einander, legten ihr Make-up auf.

Hoffentlich war Stephen in seinem Zimmer geblieben und die Mädchen hatten sein Gesicht nicht gesehen. Morgen wäre immer noch Zeit für die offizielle Erklärung.

Um halb sieben war Mrs Unbekannt endlich fertig, einschließlich einer Detailzeichnung ihres Ohrrings. Mehrere Minuten saß ich da und starrte das Gesicht an, versuchte mir vorzustellen, was für eine Frau dies gewesen war. Und die Erinnerung an den Todeskampf, der die Gesichtszüge so grässlich verzerrt hatte, beiseite zu schieben.

Herr, hier ist sie. Du kennst sie, du bist für sie am Kreuz gestorben. Bitte hilf uns, sie zu identifizieren.

Um zwanzig vor sieben stieg ich die Treppe zu meinem Schlafzimmer hinauf. Jenna war bereits auf dem Weg nach Redding, meine Zeichnung abliefern. Bis wir gingen, wäre sie wieder zurück.

Vor Kellys Tür blieb ich stehen und versuchte, mein Gesicht fröhlich zu machen. Ich musste kurz zu den Mädchen hineinschauen, ihnen zeigen, wie ich mich auf das Dinner freute.

Noch eine halbe Stunde hatte ich, um mich zu duschen, anzuziehen und so präsentabel wie möglich zu machen.

Heute war mein Geburtstag.

KAPITEL 15

Ich wählte ein ärmelloses Kleid aus schwarzer Seide mit V-Ausschnitt, dazu eine schlichte Perlenkette, die ich von meiner Mutter geerbt hatte. Zum Glück ließ sich mein schulterlanges Haar ohne Probleme föhnen und glätten. Ich frischte mein Make-up auf mit etwas extra Lidschatten und Wimperntusche. Noch etwas Lippenstift und Parfum, und ich war fertig. Als ich um zehn nach sieben – ich konnte nicht glauben, dass ich pünktlich war – die Treppe herabkam, saßen die Mädchen ungeduldig in dem großen Wohnzimmer. Erin sah mich an und grinste. »Wow, Annie, was siehst du hübsch aus!«

»Danke. Und ihr beiden auch.« Ich trat zu ihnen und umarmte sie. Erins weißblondes Haar und helle Haut stachen gut von der rosa Bluse ab. Sie hatte eine kleine weiße Handtasche. Kelly trug ein cremefarbiges Kleid, das hervorragend zu ihrem gebräunten Gesicht und langen braunen Haaren passte. Und das dezente Make-up – wo hatten die Mädchen es gelernt, sich schön zu machen, ohne sich anzustreichen?

»Kommt, gehn wir.« Kelly wippte auf ihren Zehenspitzen hin und her.

Jetzt kam Jenna aus dem Souterrain hoch. Sie lächelte mich an. »Du siehst toll aus.«

»Danke. Alles in Ordnung mit Stephen?« Ich versuchte, meine Stimme unbekümmert zu halten.

»Keine Probleme. Und jetzt fort mit euch. Bis in ein paar Stunden dann.«

Die Mädchen rannten zur Haustür. Ich folgte ihnen langsamer. »Ich hab mein Handy eingeschaltet«, flüsterte ich Jenna zu.

Sie nickte. »Stell dir vor, gerade wollte er schon seins zurückhaben.«

Ich schloss die Augen. Stephen wurde es etwas zu schnell langweilig. Klar, er wollte mit Freunden sprechen – mit Leuten, denen er vertrauen konnte. Begriff er immer noch nicht, dass er im Augenblick niemand trauen konnte?

Wenn du wüsstest, wie gut die organisiert sind ...

Einen Augenblick lang wollte ich das Dinner absagen und zu Hause bei meinem Jungen bleiben. Jenna sah mein Gesicht und schob mich mit fester Hand nach draußen. »Tschüs. Viel Spaß.«

Ich hörte, wie sie die Tür hinter mir schloss.

Dave, ganz der Gentleman, wendete gerade sein Auto, um an unserem Bordstein vorzufahren. Offenbar durfte eine Frau, die Geburtstag hatte, nicht die Straße überqueren müssen. Er stieg aus, um mir die Tür zu öffnen. Mensch, was sah der Mann gut aus! Ich hatte ihn noch nicht oft im besten Anzug gesehen; selbst in der Kirche kleidete man sich eher leger. Und jetzt stand er vor mir in Schlips und Anzug, die grünen Augen leuchtend in seinem gebräunten Gesicht. Daves Gesicht war breit, sein Kinn markant, und sein Mund war meistens traurig gewesen, seit Lisa tot war. Aber jetzt war sein Lächeln richtig warm.

Und dann geschah das Merkwürdigste von der Welt. Eine unsichtbare Faust traf mich an der Brust, dass ich schier keine Luft mehr hatte. Ich lächelte zurück und öffnete meinen Mund, um etwas zu sagen. Irgendetwas, das natürlich und geistreich klingen und meine plötzliche Befangenheit überdecken würde. Die Mädchen sahen es, wie wir da standen und einander anstarrten. Aus dem Augenwinkel heraus sah ich, wie sie einen Blick tauschten. Zu dumm.

Dave nahm meine Hand. »Du siehst schön aus.«

»Du auch, ich meine ...« Ich schüttelte meinen Kopf und glitt in das Auto. *Na prima, Annie.*

Wir erreichten Redding. Die Stadt sah merkwürdig leer aus. Lag es daran, dass dies der Mittwochabend war? Aber nein, dies war eine belagerte Stadt, deren Bewohner sich ängstlich in ihren Häusern verbarrikadierten. Sogar am Wochenende würde, obwohl es jetzt Sommer war, weniger los sein als sonst. Hinten plauderten die beiden Mädchen, aber meine Gedanken schossen in dunkle Tunnel hinein. Wer *war* der Mörder? War er irgendwo unter uns, sah er am Tag wie jeder andere aus? War es der Fußgänger, der eben wartend an der Ampel gestanden hatte? Und die Burschen, die hinter Stephen her waren – waren wir vielleicht auch an ihnen vorbeigefahren?

Wie viele Male war ich schon an dem Bösen vorbeigelaufen, hatte vielleicht seine Schulter gestreift und hatte es nicht gemerkt?

Ich spürte, wie ich plötzlich fröstelte.

»Ist dir zu kalt?« Daves Hand ging an eine der Düsen der Klimaanlage.

»Nein, nein, ist schon gut.«

Dunning's Restaurant ist das beste in Redding. Ich wusste das, war aber selber noch nie drinnen gewesen. Kelly sog die Luft ein, als wir hineingingen. Ihr Blick fuhr über die Holzvertäfelung an den Decken und Wänden. »Mensch, ist das edel hier.«

Erin schaute sich um und nickte zufrieden. »Ich war schon mal hier. Zu Mamas letztem Geburtstag.«

Der Satz ging wie ein Messer durch mich. Dave lächelte verlegen. Ich schaute weg, wusste nicht, was ich sagen solle. Dass er seine Frau hierhin ausgeführt hatte – und jetzt mich ...

Der Oberkellner führte uns an unseren Tisch. Ich merkte, wie er mein Gesicht musterte. Diesen Blick hatte ich im vergangenen Jahr bei vielen Bürgern dieser Stadt gesehen – dieses verwunderte *Wo hab ich die schon mal gesehen?* In dem Medienrummel nach dem Bill Bland-Fall war mein Gesicht in Zeitungen und Illustrierten in halb Amerika erschienen, ganz zu schweigen von der Publicity in unserer Gegend.

Dave zog mir meinen Stuhl heraus, die der Mädchen ebenfalls. Die Geste drückte mir das Herz.

»Na, wen haben wir denn hier? Hallo!« Unsere junge Kellnerin kam, ihr hübsches Gesicht strahlte.

»Karen! Ich wusste ja gar nicht, dass du hier arbeitest.« Ich erwiderte ihr Lächeln, aber innen drin war mir mulmig. Karen Fogerty und ihre Eltern gingen in unsere Kirche. Die Eltern kannte ich nicht weiter, aber Karen arbeitete in dem Jugendkreis für Mädchen mit. Die Mädchen mochten sie sehr. Aber was mochte sie jetzt denken, wo sie uns vier hier beim Dinner sah? Dass zwischen Dave und mir etwas war? Würde sie in der Gemeinde etwas ausplaudern oder zu Hause bei ihren Eltern?

Annie, reiß dich zusammen! Als ob du keine anderen Sorgen hast.

»Hey, Karen!« Kelly und Erin sangen es fast im Chor.

Wir plauderten mit Karen, während sie uns die Speisekarten reichte. Ihre Herzlichkeit leuchtete fast so wie der Topasring an ihrem kleinen Finger. Erin sagte ihr, dass wir meinen Geburtstag feierten. *Danke, Erin, das ist eine gute Erklärung!* Fast hätte ich es laut gesagt.

»Also gut, dann feiert mal schön.« Karen strahlte uns wieder an. Falls sie sich etwas dabei dachte, dass Dave und ich ein Dinner hatten, ließ sie es sich nicht anmerken. »Ich komm gleich wieder, um die Bestellung aufzunehmen.«

Irgendwann im Laufe des Abends gelang es mir, die Ängste in meinem Hinterkopf beiseite zu schieben. Dave und ich fragten die Mädchen, was ihre Freunde so machten – wer mit wem ging und was sie für die Ferien vorhatten. Erin ließ sich lang und breit über ihre frühere Physik- und Biologielehrerin, Miss Beech, aus, die nie recht wusste, ob sie lieber blond, brünett oder rothaarig sein wollte. Was Kelly an ihren Laborpartner erinnerte, einen Jungen namens Elvis, der bei den einfachsten Experimenten zwei linke Hände hatte. Als sie einmal einen toten Frosch seziert hatten, war er ohnmächtig auf Kellys Schoß gesunken.

So viel wie an diesem Abend hatten Dave und ich schon lange nicht mehr gelacht. Es war gut, so zu lachen, erfrischend wie ein offenes Fenster in einem lange nicht gelüfteten Zimmer. Ich wusste: Sobald der Abend vorbei war und ich durch meine Haustür trat, würden sie mit voller Wucht zurückkommen, die Ängste und Sorgen. Aber hier an dem Restauranttisch, mit unseren beiden schönen, strahlenden Mädchen und dem Glitzern in Daves Augen, wenn er mich ansah, war ich für ein paar Stunden auf einer Insel des Friedens.

Jetzt brachte Karen uns den Nachtisch, lächelnd und mit den Mädchen plaudernd. Als sie wieder ging, änderte die Atmosphäre sich auf einmal. Kelly und Erin sahen sich an, dann schauten sie vielsagend zu Dave hin und dann – bildete ich mir das ein oder nickte er ihnen verstohlen zu? Ich tat so, als bemerkte ich es nicht, und goss umständlich Milch in meinen Kaffee. Dann beugte Erin sich nach unten, wie um etwas aus ihrer Handtasche zu holen. Sie hantierte einen Augenblick mit etwas, dann richtete sie sich wieder auf, aber ihre Hand blieb unter dem Tisch. Schob sie Dave etwas zu?

Klar. Ein Geschenk. Die wollten mir ein Geschenk überreichen.

Ich schaute Kelly an, und sie hob wie erwartungsvoll ihre Augenbrauen. Was immer es war, sie war eingeweiht.

»Annie.« Dave hob eine kleine, in Goldgeschenkpapier gewickelte Schachtel aus seinem Schoß und hielt sie mir hin. »Erin und ich wollten dir gerne etwas zum Geburtstag schenken. Es sollte etwas Besonderes sein, nach all dem, was du für uns in den letzten beiden Jahren getan hast. Wir sind zusammen in die Stadt gegangen, und Erin hat dies hier ausgesucht und Kelly hat es genehmigt.«

Ich nahm das Geschenk wortlos entgegen. Alles, was ich für sie getan hatte? Erin war seit Lisas Tod wie meine zweite Tochter gewesen. Ich hatte nichts weiter getan, als ihr die Liebe zu geben, die sie brauchte, hatte mit meiner kleinen Kraft versucht, ihr ein kleines Stück weit die Mutter zu ersetzen, die doch durch nichts ersetzt werden konnte. »Das ... muss aber wirklich nicht sein. Danke.«

Kelly zwirbelte eine Strähne ihres Haars um ihren Finger. »Mach's auf, Mama.«

Ich begann, die Schleife aufzubinden. »Dann weißt du, was drin ist, Kelly?«

»Na, klar.«

Wie drei Adler schauten sie zu, wie ich das Band löste und wegschob und vorsichtig einen Finger unter den Klebestreifen an dem einen Ende der Schachtel schob.

Erin seufzte ungeduldig auf. »Annie, das Papier schonen brauchst du nicht.«

»Ich weiß, ich weiß.«

Bald lag die Schachtel ausgepackt in meiner Hand. Ihrer Größe nach zu urteilen, musste ein Schmuckstück darin liegen. Ich öffnete den Deckel. Drinnen war ein kleines blaues Kästchen. »Oh, das ist ja Samt.« Ich merkte, wie ich wieder verlegen wurde. Ich hob das Kästchen heraus, klappte den Deckel zurück – und schnappte nach Luft. In dem Kästchen lag die schönste Halskette, die ich je gesehen hatte. Ein Anhänger aus filigranem Gold mit drei kleinen Blumen, deren Blüten ein zartes Geflecht aus Saphiren und Rubinen waren; die Blätter waren aus Smaragden. Auch die Kette war aus filigranem Gold.

Ich brachte kein Wort heraus, starrte stumm die Kette an. Wie die Edelsteine blitzten und leuchteten ... Das war doch viel zu teuer. Wie konnte ich Dave das danken? So viel Geld für *mich?* Konnte ich so ein Geschenk überhaupt annehmen?

Aber sollte ich es etwa ablehnen?

»Was ist ...« Ich sah Dave an und hoffte, dass er die Tränen in meinen Augen nicht sah. »Was ist das schön! Ich kann nicht ... ich weiß nicht, was ich sagen soll.«

»Sag einfach Danke, Mama!«

Oh Kelly. Die Unbekümmertheit einer Vierzehnjährigen.

Ich strich mit den Fingern über die Steine. »Erin, das ist wunderbar. Du hast echt einen guten Geschmack.« Ich lachte. »Danke, danke, ihr beiden. Das ... so was hätt ich im Traum nicht erwartet.«

Ich sah wieder zu Dave hoch – und der Atem wollte mir stocken. In seinen Augen war etwas, das ich noch nie in ihnen gesehen hatte. Und auf einmal wusste ich es, und in mir wurde es still, wie Grashalme, wenn der Wind sich gelegt hat. Dieses erlesene, teure Geschenk war Daves Art, mir zu sagen, was er nicht mit Worten sagen konnte, ja was er vielleicht sich selber noch nicht ganz eingestanden hatte.

Er nickte. »Darf ich sie dir anlegen?«

»Ja, gerne!«

Ich nestelte mit zitternden Fingern an dem Verschluss meiner Perlenkette. Als ich sie auf den Tisch legte, erhob Dave sich und trat hinter mich. Ich spürte die warme Berührung seiner Finger auf meiner Nackenhaut, als er mein Haar beiseite schob und die Kette schloss.

»So.« Er setzte sich wieder und beugte sich zu mir. »Und jetzt lass sehen.«

Ich drehte mich zu ihm hin, dann zu den Mädchen.

»Mensch, sieht das toll aus«, flüsterten Erin und Kelly.

»An dir sieht es noch schöner aus als in dem Kästchen.« Dave schlug sich zufrieden in die Hände.

Erin grinste wie ein Honigkuchenpferd. »Dann trägst du die Kette jetzt?«

»Natürlich.«

»Ich meine für immer.«

»Erin«, sagte Dave, »bring Annie nicht in Verlegenheit.«

»Nein, nein, sie bringt mich nicht in Verlegenheit.« Ich ließ meine Finger über die Kette gleiten. »Ich werde sie jeden Tag tragen, obwohl sie so teuer ist.« Ich versuchte zu grinsen. »Was meint ihr, wie sieht die auf einem T-Shirt aus?«

»Super«, erklärte Kelly.

Dave legte kurz seine Hand auf die meine. »Sie wird fantastisch aussehen.«

Als ich wieder zu Hause war und mich auszog, um ins Bett zu gehen, nahm ich die Kette ab und betrachtete sie lange. Jennas Reaktion ging mir durch den Kopf. »Oh«, hatte sie gesagt. Und dann hatte sie mich auf die typische Jenna-Art angeschaut, die Lippen zusammengepresst, die eine Braue leicht hochgezogen, der Kopf weise nickend.

Ganz vorsichtig legte ich die Kette in ihr Samtkästchen, dann stieg ich ins Bett und deckte mich zu, hundemüde. Aber der Schlaf wollte nicht kommen. Ich lag da und schaute zu den hölzernen Deckenbalken hoch, und die Szenen und Stimmen schwammen durch meinen Kopf. Mrs Unbekannt auf dem kalten Tisch. Stephens rotblau anschwellende Wange. Chetterlings Frage: *»Kannst du ihn vielleicht zu Freunden schicken?«* Die zitternden Glieder des Ehepaares im Leichenschauhaus. Der harte Blick, mit dem Frank Nelson Stephen ansah. Erins und Kellys Vorfreude.

Der Blick in Daves Augen bei dem Dinner.

Zweitausend Dollar, die fehlten.

Sechs Frauen, die tot waren.

Die Worte und Gesten flogen und flossen durch mein Gehirn, vereinigten sich zu einer Strömung, einem Fluss. Wurden warm ... schwappten über meine Glieder ... zogen mich nach unten.

Ein letztes Wort von diesem Tag klang nach, als die Wasser des Schlafes mich verschluckten.

»Oh.«

Kapitel 16

Wie still ihr seid.

Der Parkplatz eurer Kirche ist voller Autos, zum Beweis eurer Versammlung. Vielleicht würde ich sogar hineingehen und schauen und zuhören, wenn ich das salbungsvolle Gerede aushalten könnte.

Betet ruhig, ihr Narren. Meine Arbeit ruft. Diese wird anders sein als die letzte.

Jede ist anders, auf ihre eigene Art.

Ich fahre durch die Straßen der Stadt, auf und ab, wachsam, ein Wächter im Dienst, ein Soldat im Tarnanzug. Ich werde richten. Ich werde auswählen …

Sieh da, ein bekanntes Gesicht. Sind wir in der Stadt? Was für ein Omen, was für ein Zeichen! Ja, hier werde ich warten.

Warten erfordert Geduld.

Geduld …

Geduld …

Da kommt sie wieder. Und geht. Also werde ich weiter warten.

Endlich … ah.

Ja.

Ihr fragt euch, mit welcher List ich sie locke. Seht ihr nicht, dass sie zu mir *kommen? Die Mächte, die sie strafen wollen, schicken sie, die Mächte, die wollen, dass nach ihren Seelen auch ihre Körper fallen. Da kommt sie, stolziert auf den Parkplatz, setzt sich in ihr Auto, dass ihr Rock das Bein hochrutscht. Schüttelt ihr Haar, dreht den Kopf zur Seite, um in den Make-up-Spiegel an der Sonnenblende zu schauen und ihr Gesicht, dieses Furnier ihrer Leere, zu prüfen.*

Sie sind alle gleich.

Sie kurbelt das Fenster hinunter, die Nacht ist warm.

Sie startet ihr Auto.

Ich folge ihr.

Jetzt beginnt es, das Katz-und-Maus-Spiel. Sie fährt durch die Straßen, gezogen von ihren dunklen Begierden, die eine Hand am Lenkrad, die Finger der anderen in ihrem braunen Haar. Erreicht den Rand der Stadt und fährt auf die offene Landstraße. Natürlich. Hab ich's nicht gewusst, dass sie es ist? Sie fährt in Richtung Norden. Mir ist egal, wo sie hin will.

Meine Hände jucken, wie immer, und mein Herz schlägt den stetigen Takt der Gerechtigkeit, die in ihrer Robe daherschreitet. Später werde ich Wasser trinken, viel Wasser, und mich reinigen von der Berührung der Frau. Im Augenblick fehlt mir nur noch der Anblick ihres langsamen Sterbens.

Sie biegt nach rechts ab. In der Ferne sind Häuser zu sehen.

Ihre Zeit ist gekommen.

Ich öffne mein Fenster und drücke auf das Gaspedal, bis ich sie überhole. Ich muss mich zwingen, mich nicht zu ihr umzudrehen. Ich fahre, bis ihre Scheinwerfer hinter mir klein geworden sind, dann werde ich langsamer, lasse das Lenkrad wackeln, dass die Straße unter mir sich zu schlängeln beginnt. Ich fahre über die gelbe Mittellinie und wieder zurück. Ich weiß, dass sie mich beobachtet, genieße den Rhythmus unseres Tanzes. Schließlich kommt mein Auto zum Stehen, mitten auf der Straße, und ich lasse mich gegen die Kopfstütze sinken, Augen geschlossen, Mund offen. Ich atme und lausche.

Ich warte.

Jetzt hält hinter mir ein Auto an. Eine Tür öffnet sich. Schritte kommen herbei, vorsichtig, ängstlich in diesen bösen Zeiten. Armreife klimpern. Ich höre, wie sie die Luft einzieht, als sie mein verzerrtes Gesicht sieht und meine Hand, die sich an meine Brust krallt.

»Ist ... Ihnen nicht gut?«

»Irgendwas ... mit meinem Herz. Brauch meine Pillen. Ich wohn gleich da vorne in den Häusern. Können Sie mir helfen?«

»Ja, sicher. Ich wohne selber dort.«

Ich stolpere aus dem Auto, stöhnend und murmelnd. Reiße mich scheinbar zusammen, um ihr den Tipp zu geben, ihr Auto besser weg von der Straße zu stellen, sonst fährt noch jemand drauf. Verspreche ihr, sie zurückzubringen, wenn ich die Pillen genommen habe. Ich lehne mich wie ein nasser Sack gegen mein Auto, während sie gehorcht, ihre Dummheit so groß wie ihre Sünden. Sie kommt zurück und hilft mir auf meinen Beifahrersitz. Sie schlüpft hinter das Lenkrad und fährt los.

Mir wird schlecht, oh wird mir schlecht! Fahren Sie zur Seite, bitte, damit ich mich erleichtern kann. Sie hält an und saust um das Auto, um mir die Tür zu öffnen; die Prinzessin ist zur Magd geworden. Ich lange unter meinen Sitz und hole meinen Zauberstab hervor. Ihr nackter Arm ist braun und pulsierend unter dem aufgehenden Mond.

Ich steche die Nadel ein.

Ihre Augen runden sich, ihre Lippen bilden ein stummes Oh. *Ich springe aus dem Auto, packe sie mit beiden Armen, stoße sie hinein. Der Schock lähmt ihr Denken, macht sie fügsam. Ich renne um das Auto herum zum Fahrersitz, wir fahren los. Zur Ewigkeit. Wir biegen von der Straße auf einen staubigen Feldweg ab, weiter, weiter. Ich schalte die Scheinwerfer aus, ziehe sie aus dem Auto und auf den Boden, Staub und Steinchen das Letzte, was sie von dieser Erde spürt.*

Sie versucht, sich loszureißen, ihrem Schicksal zu entfliehen. Ich halte sie nieder, sage ihr, dass es zu spät ist. Der Sensemann ist da, er schwingt seine Sense und sie wird als seine Ernte fallen.

Und außerdem, flüstere ich, wird jeder Schritt den Tod nur umso schneller durch ihre Adern pumpen.

Der Countdown der Minuten läuft und erreicht null.

Im Licht des Mondes schaue ich zu, wie sie tanzt.

Donnerstag, 23. Juni

Kapitel 17

Am Morgen war meine Mrs-Unbekannt-Zeichnung in der Zeitung, schön groß und in Farbe. Ich wusste, dass die Polizei sie auch an Zeitungen in der Bay Area gefaxt hatte; sie würde auch im Fernsehen kommen.

Gott, hilf uns, den Kerl dingfest zu machen.

In dem Zeitungsartikel hieß es, dass die nächste reguläre Bürgerversammlung im Rathaus von Redding am Abend um sieben stattfinden würde und dass dort Mitglieder der Sonderkommission der Kripo Fragen der Bürger über den Fall beantworten würden. Ich wusste, dass dies ein Schachzug war, um die Gemüter zu beruhigen und den Menschen zu zeigen, dass der Arm des Gesetzes sein Bestes tat. Aber irgendetwas in meinem Bauch sagte mir, dass diese Versammlung alles andere als ruhig sein würde.

Ich war wie gelähmt. Ich blieb in der Küche, trank Kaffee, grübelte. Die Gedanken stießen sich in meinem Gehirn wie Musikfetzen zweier Radiosender, die um den besten Empfang kämpften. Sorgen um Stephen ... Angst und Wut über die Morde ... Erinnerungen an den Abend, an Dave, an sein Geschenk ...

»Die Kette steht dir gut.« Jenna stand an der Küchentheke, die Sonne spielte mit ihrem Haar. Sie hielt einen Kaffeebecher in der Hand, die nackten Füße übereinander gestellt. Kein Fleckchen Make-up bedeckte ihre makellose, leicht gebräunte Gesichtshaut. Und wie immer war diese Aura um sie – jene *Ich hab die Lage im Griff*-Haltung, die ihre Wangen und Lippen und ihre ganze Erscheinung fest machte.

Mein Gott, die hat alles, was ein Mann sich wünschen kann! Was will Dave bloß mit mir?

Meine Finger gingen mechanisch an die Kette.

»Annie, fass die Steine besser nicht an, sonst werden sie schmutzig.«

Ich zog meine Hand weg und sah meine Schwester an. »Gibt es irgendwas, wo du mich nicht rumkommandierst?«

Ihr Kopf ging zurück, als ob sie über meine Frage nachdachte. »Das mach ich ziemlich viel, wie?«

Ich schnaubte kurz.

»Okay, okay, hast ja Recht.« Sie schaute zum Fenster hinaus. »Wahrscheinlich kann ich deswegen keinen Mann lange halten. Die denken alle, ich bin zu ... zu fähig oder was auch immer.«

»*Du* kannst keinen Mann halten? Du bist doch schon mit mehr gegangen, als ich zählen kann.«

Sie legte den Kopf zur Seite. »Das mein ich ja gerade.«

Was war das? Hatte Jenna eine Achillesferse, eine, die mit *Männern* zusammenhing? »Ich hab halt immer gedacht, du wolltest dich nicht binden. Hast ja immer deine Unabhängigkeit geschätzt.«

»Stimmt.«

»Und?«

Sie hob die Schultern und sah mich direkt an. »Manchmal geht mir das auf die Nerven, verstehst du? Auch wenn ich eigentlich nicht an die Ehe glaube – manchmal ist der Gedanke an was Festes doch ganz nett. Aber die meisten Männer sind nicht so, wie du ja weißt. Schau dir unsere Eltern an, mit Vaters dauernden Seitensprüngen. Und Vic und was er mit dir gemacht hat.« Sie schaute finster auf den Fußboden. »Die meisten Männer taugen nichts.«

Mein innerer Projektor schaltete sich wieder ein. Bilder von Dave und Lisa, als wir sie kennen lernten. Wie glücklich sie miteinander waren. Was war bei ihnen anders? Dasselbe wie bei mir inzwischen auch. In der Mitte ihres Lebens war Jesus Christus.

Ich blinzelte. Komisch. Irgendwann im Laufe des vergangenen Jahres schien meine Einstellung zur Ehe sich geändert zu haben. Annie Kingston, verletzt und gebeutelt erst von der unglücklichen Ehe ihrer Eltern und dann von ihrem treulosen Ehemann Vic, schien auf einmal Hoffnung zu sehen in der von Gott geschaffenen Institution der Ehe. Wer hätte das gedacht?

Da saß ich nun, mein Leben, mein Lebenssinn zu neuem Leben erweckt wie der berühmte Phoenix aus der Asche. Aber bisher hatte meine Schwester noch jedes Mal, wenn ich mit ihr über meinen Glauben reden wollte, abgeblockt. Und sie brauchte doch Gottes Hilfe in ihrem Leben. Auch sie – wie wir alle.

Jenna stellte den Kaffeebecher auf die Theke und verschränkte die Arme. »Da wir's gerade von Taugenichtsen haben, was machen wir mit Stephen?«

Ich rieb mir über die Augen. »Ich muss wohl Vic anrufen.«

»So ein Tag, so wunderschön wie heute.« Jenna legte den Kopf zurück und schaute mit ergebener Miene zur Decke hoch.

Ich trank schweigend meinen Kaffee fertig. Halb hoffte ich, sie würde mir die Idee ausreden.

Sie seufzte auf. »Dann bringen wir's am besten gleich hinter uns.«

Mein Kopf nickte. Meinen Ex-Ehemann anrufen – alles in mir sperrte sich dagegen. Und alles in mir hoffte sehnlichst, dass er vielleicht helfen würde. Diese Morde waren gerade schon genug, und jetzt dieses Elend mit Stephen ... Und da war noch etwas anderes, etwas, das ich mir fast nicht eingestehen wollte: Wenn Stephen für den Sommer fort war, es wäre die große Freiheit für uns – Tage, ja Wochen des Aufatmens wie bei einem Asthmatiker, dessen Lunge endlich frei geworden ist. Ich würde mich nicht um die Sicherheit meines Sohnes sorgen, mich nicht dauernd gegen seine Negativhaltung, dieses ständige *Du kannst mich mal* verteidigen müssen. Auch Kelly könnte aufatmen, vielleicht alte Freunde wieder einladen.

Bitte, Gott.

Ich stand auf, um das Telefon zu holen, und mein Gehirn spielte mir eine schöne Szene vor. Vics Stimme, warm und herzlich: *Klar kann unser Sohn für den Sommer zu mir, ich helfe gerne! Du hast mehr als dein Teil getan, um ihn aufzuziehen.*

Ich scheuchte die Märchenszene weg, sank zurück auf meinen Stuhl und wählte die verhasste Nummer. Jenna sah mir zu, die eine Hand, zur Faust geballt, unter ihrem Kinn. Der Ruf ging durch. Okay, vielleicht würde Vic Stephen nicht für den ganzen Sommer nehmen, aber doch für ein paar Wochen. Bestimmt würde er seinen Sohn nicht hier in dieser Gefahr lassen.

Das zweite Klingeln, abrupt abgebrochen durch Vics Stimme. »Vic Kingston.«

Es war jedes Mal dasselbe mit seiner Stimme; mir war, als ob eine eisige Lawine mich packen und einen Berghang hinunterwerfen wollte. »Hallo, Vic, hier Annie.«

»Oh, hallo. Du, ich muss gerade in eine Besprechung, können wir später reden?«

Vic musste immer in Besprechungen. »Dann mach ich's schnell.«

In etwa sechzig Sekunden informierte ich ihn. Über Blake Smith, über Stephens zugerichtetes Gesicht, über das sechste Opfer des Frauenmörders, das sie hinter unserem Haus gefunden hatten. Nicht, dass die beiden Dinge etwas miteinander zu tun hatten, außer dass sie uns auch den letzten Nerv raubten.

Als ich ihm das mit dem Mörder sagte, schnalzte Vic ungeduldig. »Annie, warum reitest du dich dauernd in so was rein? Du hättest nie anfangen dürfen mit dieser Gerichtszeichnerei.«

Ich biss die Zähne zusammen und antwortete nicht.

»Schau her.« Geräusche aus dem Hintergrund; es klang

nach Aktendeckeln, Papieren, rückenden Stühlen. »Am besten geht ihr zur Polizei, die sollen das in die Hände nehmen. Stephen kann sich ja wohl nicht für den Rest seines Lebens bei dir verstecken.«

»Vic, er muss hier weg, wenigstens vorerst. Bis wir das auf die Reihe kriegen und er uns vielleicht ein paar Namen nennt. Solange er nicht redet, kann die Polizei nichts machen.«

»Dann sorge dafür, dass er redet.«

»So einfach ist das nicht. Er ist in Todesängsten, und das zu Recht. Wenn er reden soll, muss er erst einmal hier weg und in Sicherheit sein.«

Schweigen. Dann: »Soll ich das so verstehen, dass du willst, dass er hierher zu mir kommt?«

»Daran hab ich gedacht, ja. Schließlich bist du ja sein Vater.«

»Du brauchst mich nicht daran zu erinnern, wer ich bin. Aber ... – Ja!« Gedämpfte Geräusche, Vics Hand schien auf dem Hörer zu liegen. Zwei Männerstimmen. Vic, immer noch gedämpft: »Sag ihm, ich komm in einer Minute.« Ein leichter Bums. »Okay, bin wieder da. Aber ich muss gleich in diese Besprechung.«

Meine Finger umklammerten den Hörer. Die Schärfe in Vics Stimme schnitt durch meine Hoffnungsfäden.

»Tut mir leid, Annie, du musst da alleine durch. Ich kann Stephen jetzt nicht nehmen. Die Kids können gerne die Woche im August kommen, wie geplant. Aber jetzt müssen Sheryl und ich arbeiten, das gäb nur Ärger mit Stephen.«

»Den Ärger haben wir schon, Vic.«

»Das mein ich ja.«

»Aber ... hier geht das nicht weiter mit ihm. In Texas kennt er wenigstens niemand.«

»Ja, willst du etwa, dass er den ganzen Tag bei mir zu Hause sitzt und fernsieht?«

»Das wär besser, als wenn er hier ermordet wird!« Aus dem Augenwinkel sah ich, wie Jenna angewidert ihr Gesicht verzog. Ich versuchte, nicht hinzuschauen, meine eigene Wut reichte mir gerade. »Und es gibt keinen Grund, warum er bei euch keinen Job kriegen sollte; der Sommer hat doch gerade erst angefangen.«

»Annie, nein.«

»Warum nicht, Vic? Ist dir dein Sohn so egal?«

»Er ist auch *dein* Sohn. Du bist schließlich seine Mutter.«

Der Topf meiner Wut kochte über, versengte meine Brust, meine Glieder. Meine Kehle zog sich so zusammen, dass ich einen Augenblick lang kein Wort hervorbrachte. »Bitte, Vic, nur dieses eine Mal. Wir brauchen deine Hilfe.«

Ein Schnauben, als ob ich gerade eine Million von ihm verlangt hätte. »Du weißt, dass ich gerne helfen würde, aber es geht wirklich nicht. Wir haben gerade genug um die Ohren zu Hause, da können wir Stephen echt nicht brauchen.«

Wirklich? Lief bei Vic auch ein Serienmörder herum? »Was kann denn so wichtig sein, dass du nicht in der Lage bist, deinen Sohn zu retten?«

In dem Augenblick, wo ich die Frage hervorstieß, bereute ich sie schon wieder. Irgendwo tief drinnen wusste ich, dass die Antwort nicht angenehm wäre. War es der Instinkt von zehn Jahren als Gerichtszeichnerin? Oder das Erbe meines Vaters, der Strafverteidiger gewesen war? Ich kannte es, das große Mantra jedes Prozessanwalts: Stelle nie eine Frage, zu der du nicht die Antwort weißt.

»Annie, das ist jetzt nicht der richtige Augenblick.«

»Doch, das ist es.« War ich eine Masochistin? Warum musste ich so penetrant sein?

»Ich muss in meine Besprechung.«

»Wovor hast du solche Angst, Vic?« Zur moralischen Unterstützung schaute ich über meine Schulter zu Jenna hin. Die rümpfte die Nase und schlug mit der Faust in die Luft. »Ich bin drei Staaten entfernt und hab die Fähigkeit, dir Schuldgefühle zu machen, vor Jahren verloren.«

So. Gleich würde er wütend auflegen.

»Schön, Annie, du willst es nicht anders. Sheryl ist im dritten Monat und spuckt wie ein Weltmeister. Sie kann kaum zur Arbeit fahren, sie wäre hilflos mit Stephen.«

Die Worte waren wie ein heißes Bügeleisen, das jemand mir gegen die Wange stieß. Ich spürte, wie mein Mund offen stand und meine Finger klamm wurden. Sheryl schwanger. Die Frau, für die meine Kinder Luft waren. Vic wurde zum dritten Mal Vater, obwohl er keinen Finger rührte für die beiden Kinder, die er schon hatte und die ihn so brauchten.

Und Stephens selbstmörderischer Trotz – kam er nicht auch daher, dass sein Vater ihn so verraten und verlassen hatte?

Ich hörte meinen eigenen Atem im Hörer. Mein einziger Trost, klein und jämmerlich, war die Pause am anderen Ende der Leitung. Offenbar war selbst Vic begrenzt schamfähig.

»Die Besprechung – ich muss jetzt gehn, Annie.«

Ich starrte auf die Maserung der Tischplatte; komisch, wie unregelmäßig sie war, wie gesprenkelt die Farbe. Aber so war Holz nun einmal – wie ein Bild für die Unberechenbarkeit der Welt, wo der Zufall System hatte.

»*Jetzt* gehn, Vic? Du bist vor Jahren gegangen.«

Ich schaltete das Telefon aus und legte es langsam auf den Tisch.

»Was hat er gesagt?« Jenna trat näher, ihre Finger wickelten sich um die Rückenlehne eines Stuhls.

Ich sah sie einen eisigen Augenblick lang an. »Sheryl ist schwanger.«

Ihr Kinn ruckte, ihre Wangen liefen rot an. Sie spuckte ein paar nicht druckreife Worte aus. Ich saß reglos da, am Ende meiner seelischen Energie, während sie sich wie eine Wilde in der Küche zu schaffen machte, die Klappe des Geschirrspülers aufriss, mit Tellern klapperte, Löffel und Messer in die Schublade warf. Sie gab einer Schranktür einen Tritt. Ich beneidete sie. Wo war meine eigene Wut geblieben? Besser so ein rasendes Feuer als das langsame Schmelzwasser, das in meinem Herzen zusammenlief.

Das Telefon klingelte. Einen Moment starrte ich es ungläubig an, bevor ich es nahm. Dass Vic zurückrief – unmöglich.

Auf dem Display erschien »Privat«. Na prima, jemand, der seine Nummer nicht angeben wollte. Vielleicht so ein Reporter. Sollte ich überhaupt abnehmen? Mein Finger zögerte, dann drückte er den Knopf. »Hallo?«

Jenna blieb stehen, zwei Gläser in der Hand, und sah zu mir hin.

»Hallo. Spreche ich ... mit Annie Kingston?«

Eine Frauenstimme, zu zögernd für einen Reporter. »Ja.«

»Sie kennen mich nicht, ich bin Naomi, die Mutter von Jeff Waite. Er ist ein Freund von Stephen.«

Ich hob meine Augenbrauen in Jennas Richtung. Jeff Waite war uns ein Begriff. Jeff war vor über einem Jahr zusammen mit Stephen verhaftet worden und hatte wegen Drogenbesitz (Marihuana in seinem Auto) und Trunkenheit am Steuer vor dem Richter gestanden.

»Hallo, Naomi. Ich ... Nett, dass Sie anrufen.«

Sie holte rasch Luft. »Sie fragen sich vielleicht, warum ich anrufe, aber es ist nicht einfach, seine Kinder großzukriegen, und ... Ich hab also gehört, was Stephen gestern passiert ist, und dann hat Jeff, der normalerweise nicht mit mir redet, mir was gesagt, und ich finde, das sollten Sie wissen. Vielleicht hat er's auch schon Stephen erzählt, das weiß ich nicht ...«

Gott, was kommt jetzt? Noch mehr pack ich nicht. Jenna zog den Stuhl neben meinem hervor und setzte sich darauf, mein Gesicht musternd.

»Nein, ich hab nichts gehört. Erzählen Sie's mir.«

»Okay. Gestern Abend bekam Jeff einen Anruf von jemand, den er und Stephen kennen. Von wem, wollte er mir nicht sagen. Aber der Anrufer wollte wissen, wo Stephen war. Er sagte, dass Stephen nicht an sein Handy geht und dass er gestern

Nachmittag nicht an seiner Arbeitsstelle war. Jeff sagte, dass er keine Ahnung hatte, worauf der Anrufer ihm klar machte, dass der, der sagt, wie man ›an Stephen rankommt‹, eine Belohnung von fünfhundert Dollar kriegt.«

Zum zweiten Mal in nur ein paar Minuten saß ich wie erstarrt da. Diesmal spürte ich nicht das Feuer der Wut oder das Eis der Angst, diesmal spürte ich ... nichts. Ein schwarzes Loch, als ob jemand mein Herz umgestülpt und ausgeleert hatte. Als ich sprach, klang meine Stimme unnatürlich hell. »Danke für die Information. Das ist echt wichtig für mich.«

»Keine Ursache. Das tut mir echt alles leid. Ich hoffe, dass Stephen nichts passiert.«

»Danke, das wird schon.« Die Worte klangen wie weit weg. Waren sie wirklich aus meinem Mund gekommen? »Das wird schon gut.«

Ich drückte den Ausknopf und hielt das Telefon Jenna hin, gerade so, als ob sie mir mit ihm auch das abnehmen würde, was ich gerade gehört hatte. Dann berichtete ich ihr mit stockenden Worten das Gespräch. Als ich fertig war, saßen wir beide da und starrten den Tisch an. Mein Finger machte kleine Kreisbewegungen auf der Holzplatte. Dann stand Jenna auf, um weiter Geschirr in den Spüler zu laden, ihre Bewegungen wie die eines Automaten.

Eine Tür ging. Ich hob meinen Kopf und sah, wie Stephen von der Souterraintreppe in das Wohnzimmer schlurfte. Er trug eine schwarze Pyjamahose, seine Brust war nackt, seine Igelfrisur vom Schlaf verfilzt. Die blauen Flecken auf seinem Gesicht waren schlimmer geworden. Unsere Blicke trafen sich, und er schaute mit gerunzelter Stirn zu seiner Tante hin. »Was 'n los?«

Jenna, die mit dem Rücken zu ihm stand, wirbelte herum, Bestecke in beiden Händen. »Ich flieg heute mit dir fort, das ist los!«

Ich schaute in ihr gerötetes Gesicht, nur halb überrascht.

Stephens Mund öffnete sich, seine Augen wurden schmaler. »Wohin?«

»In die Bay Area, zu meinem Stadthaus. Dort werd ich deinen Babysitter machen, und du wirst dich nicht von der Stelle rühren, bis du uns die Namen sämtlicher Leute gegeben hast, die hinter dir her sind.«

Stephen verzog das Gesicht. »Du bist ja voll ...«

Jenna richtete eine Hand voll Messer und Gabeln auf ihn. »Treib's nicht auf die Spitze. Pack deine Sachen. *Jetzt.*«

Die Augen meines Sohnes glitten zu mir hin. Wir sahen einander an, die unausgesprochenen Worte wie Wasser, das über Steine schwappte.

Der weiß das.

Mein Sohn stand wie ein aufgeschlagenes Buch vor mir. Er hatte alle Lust, sich zu wehren, er wollte nicht weg von seinen Freunden, von seinem Job. Er war der Rebell, dem seine Unabhängigkeit über alles ging. Aber wie er schwieg und wie seine Schultern hingen, es schrie zum Himmel. Wahrscheinlich hatte er irgendwann gestern Abend, all meinen Ermahnungen zum Trotz, Jeff angerufen und wusste genau, dass er es sich nicht leisten konnte, mit Jenna zu kämpfen. Er war auf unseren Schutz angewiesen, Punkt.

Sein Vater weigerte sich ja, ihn zu beschützen.

Ohne ein weiteres Wort drehte Stephen sich um und schlurfte barfuß zurück zur Treppe.

Kapitel 18

Um Viertel vor zehn schleppte ich mich in mein Büro und schloss die Tür. Ade, Familie, ade, Leben. Was ich jetzt brauchte, war die Bibel. Und das Gebet.

Ich war keine Frömmigkeitsexpertin, aber ich wusste, dass ich mir als Christ jeden Tag etwas Zeit für Gott nehmen musste. Ich wusste, dass diese Zeit mich stärkte und auf die Aufgaben des Tages vorbereitete. Mit Gott zu reden, fiel mir eigentlich ziemlich leicht. Das Schwere war das Zuhören. Wie machte man das – jemandem zuhören, der keine hörbare Stimme hat?

Aber es hatte Augenblicke gegeben, wo ich spürte, wie Gott zu mir redete. Durch einen inneren Wink, dadurch, dass ich plötzlich irgendwie wusste, dass ich dies oder jenes tun musste, zum Beispiel für einen anderen Menschen beten.

An diesem Morgen erlebte ich etwas ganz Neues.

Meine Andacht begann eigentlich ganz normal. Ich war dabei, das Neue Testament zu lesen, und kam heute an das sechste Kapitel des Epheserbriefes. »Ihr Kinder, seid gehorsam euren Eltern ...« Na, prima. Wollte Gott mir unter die Nase reiben, was in meinem Haus fehlte? Aber dann kam ich zu Vers 12: »Denn wir haben nicht mit Fleisch und Blut zu kämpfen, sondern mit Mächtigen und Gewaltigen, nämlich mit den Herren der Welt, die in dieser Finsternis herrschen, mit den bösen Geistern unter dem Himmel.«

Die Worte wollten mir die Luft wegnehmen.

Ich hob meine Augen von der Bibel und saß ganz still. Ich spürte ein Kribbeln in meinem Rücken. Eine beklommene Angst schien in das Zimmer zu fließen, als ob ein giftiger Nebel durch das Fenster kam. Mir war, als ob ein elektrischer Strom mir durch die Glieder schoss. Meine Arme bekamen eine Gänsehaut. Ich konnte mich nicht bewegen.

Was war das?

Bete.

Der Befehl explodierte in meinem Gehirn, ein weißes Feuerwerk vor dem Nachthimmel. Es war eine Stimme, die ich noch nie gehört hatte und doch sofort erkannte. Befehlend, alles verzehrend, vollmächtig. Und gleichzeitig ganz ruhig. Die Seele erschütternd und doch mühelos.

Ich neigte den Kopf und schloss meine Augen. Keine Sekunde lang zweifelte ich an der Stimme. Oder an meinem Verstand. Hätte ein Lautsprecher das Wort in mein Ohr geschrien, es hätte mich nicht mehr packen können. Mein Beten kam wie von selber, die Worte strömten mir aus dem Mund. Bitten um meine Sicherheit und die der Stadt, Bitten an Gott und seine Engel, zu handeln, zu kämpfen und zu siegen gegen die finsteren Mächte, die über uns gekommen waren. Je mehr ich betete, umso ausgesetzter und schutzbedürftiger fühlte ich mich, als ob gerade irgendein böser Dämon, der weit weg von mir durch den Weltraum flog, seine Geschäfte unterbrach, um seinen Blick auf die Erde zu richten, wo ich war.

Die Zeit stand still, als ich auf meinem Stuhl kauerte und betete und betete.

Langsam, langsam wurde der Druck weniger. Ich betete weiter. Der dunkle Nebel bekam Risse, wurde weiß, begann sich aufzulösen.

Meine Augen öffneten sich wieder. Da war er immer noch, der Vers Epheser 6,12. Ich hatte ihn noch nie gelesen, verstand die Worte nur teilweise. Aber tief drinnen wusste ich, dass sie wahr waren; ich hatte sie gerade *erfahren.*

Aber warum?

Plötzliche Angst. Das Gefühl, das einer hat, der dem Bösen ins Gesicht geschaut hat und immer noch lebt – und der weiß, dass es jederzeit wiederkommen kann, ja wiederkommen *wird.* »Gott, was ist das?«, fragte ich laut. »Warum ich?« Meine Augen fuhren durch mein Arbeitszimmer, als ob die Antwort des Himmels an den Wänden geschrieben stand. »Und es ist noch nicht vorbei, nicht wahr? Ich weiß das, ich spüre es. Wann hört das endlich auf?«

Diesmal hörte ich keine Stimme. Aber ich begriff Gottes Antwort: Bete weiter. Alle Gotteskinder in unserer Stadt mussten weiterbeten. Wir standen in einem Krieg gegen einen gerissenen Mörder, jawohl. Aber er war eine Marionette von Mächten, die viel größer waren als seine kranke Seele, Mächte, die dämonische Freudentänze über seine Taten aufführten. Und wenn wir weiter beteten, würde Gott dieses Böse unter seine Füße treten.

Meine Güte, wenn Gerri mich hören könnte ... Ich klang ja fast wie ein Pastor.

Die Minuten tickten dahin. Bald würden Jenna und Stephen losfliegen. Ich musste mich zusammenreißen, mich von ihnen verabschieden ...

Als ich aus meinem Büro trat, woben eine neue Entschlossenheit und eine tiefere Angst komplexe Muster in meiner Seele.

***

Um halb zwölf waren Jenna und Stephen reisefertig.

Ich stand auf unserer Straße, die Sonne brannte mir auf den Kopf. Wir holten die Cessna aus unserem Hangar und beluden sie, Jenna machte die übliche Inspektion vor dem Start. Als Stephen einsteigen wollte, nahm ich ihn bei den Schultern.

»Lass mich dich noch drücken.« Die Worte kamen wie gepresst heraus. Ich legte meine Arme um meinen Sohn und zog ihn an mich. »Bitte denke mal nach, wenn du fort bist. Sobald du bereit bist, uns ein paar Namen zu sagen, kann dein Leben wieder anfangen. Ich liebe dich.«

»Ich dich auch.« Es klang mechanisch, aber er hatte die Worte gesagt.

Mit klammem Herzen schaute ich zu, wie Jenna den Motor startete und Barrister Court hinunterrollte. Einmal links, dann rechts und sie wären auf der privaten Startbahn von Grove Landing. Das Flugzeug bog von unserer Straße ab, und die Einsamkeit stieß wie ein Raubvogel auf mich herab, der seine Klauen in meine Schultern grub. Ich wurde kleiner unter dem Schlag seiner Flügel.

Glaubst du das, was du Stephen da gerade gesagt hast?

Wer konnte wissen, ob meine Worte stimmten? Wenn Stephen die Namen herausrückte, wenn die Burschen verhaftet wurden, wenn er gegen Zusicherung von Straffreiheit gegen einen größeren Drogendealer aussagte ... wie sicher wäre er während dieser ganzen langen Prozedur? Und was wäre danach? Was, wenn die Geschichte nicht aufhörte?

Gott, ich brauche dich! Bitte tu etwas. Gib uns Weisheit. Und gib, dass Stephen dir sein Herz öffnet.

Ich seufzte auf und ging zurück zu dem Hangar, um das Tor zu schließen. Auf der Schwelle hörte ich ein Geräusch aus der Richtung von Daves Haus. Ich drehte mich um. Er kam die Stufen von der Haustür herunter. Kelly war schon zu Erin gegangen; Dave hatte gesagt, dass sie den ganzen Tag bleiben durfte, damit ich zu meinen Terminen konnte.

Ich schaute zu, wie er die Straße überquerte und zu mir kam. Seine Brauen waren zusammengezogen, seine Zunge suchte die Unterlippe.

»Hey.« Er blieb vor mir stehen und musterte mein Gesicht. »Alles in Ordnung?«

Hier muss ich etwas über Dave sagen. Nein, über mich. Wenn ich in seiner Nähe war, verging mir das Jammern. Womit hatte ich sein Mitgefühl verdient? Was waren meine Probleme schon gegen seine? Seine Frau war *ermordet* worden. *Zu Hause*.

»Danke, es geht mir gut.«

»Annie. Du siehst überhaupt nicht gut aus.«

Wo hatte ich das schon mal gehört?

Tränen stachen mir in die Augen. Ich schluckte und schaute zur Seite. Schlang mir die Arme um die Brust, als ob ich an diesem Sommertag fror.

»Annie.« Dave legte seine Hand auf meine Schulter. »Man muss nicht immer stark sein, weißt du?«

Stark? Ich? Fast musste ich lachen. »Wenn das alles vorbei ist, heul ich mich wahrscheinlich aus. Aber es scheint nie vorbei zu sein. Einer der Gründe, warum ich hierher gezogen bin, war Stephen. Ich wollte ihn von seinen Freunden in der Bay Area wegkriegen. Erst wär er am liebsten zurückgegangen, aber jetzt will er hier nicht weg, weil er neue Freunde hat – alle aus der Drogendealerszene, wie's scheint.« Ich ließ meine Hände auf meine Hüften sinken und schaute mit leeren Augen zu dem Wald hinter unserer Straße hin.

»Ich weiß.« Daves Stimme war sanft. »Und das tut mir so leid. Ich wünschte, ich könnte das wegzaubern. Ich möchte dir so viel helfen, wie es nur geht. Und du weißt ja, dass ich für dich und Stephen bete.«

Ich schüttelte den Kopf. »Du tust schon so viel. Jedes Mal, wenn ich dich brauche, nimmst du Kelly. Gott sei Dank arbeitest du zu Hause. Aber jetzt halte ich dich sicher von der Arbeit ab ...«

Er lächelte matt. »Von dir lass ich mich gerne vom Arbeiten abhalten.«

Wir sahen uns an, zwischen uns plötzlich ein unsichtbares Band. Gefühle wie ein Strudel. Ich suchte nach Worten, um etwas zu sagen, und merkte, wie ich an der Halskette nestelte. Ich zog die Hand verlegen zurück, meine Wangen wurden heiß, sicher von der Sonne.

Ich weiß nicht mehr, wer als Erster weitersprach. Ich glaube, es war Dave. »Muss wieder an meinen Schreibtisch« oder so etwas Ähnliches. Er versuchte, seinen Ton locker zu machen; es gelang ihm nicht ganz. Ich sagte: »Ich auch«, und hielt einen kleinen Vortrag über meinen Termin mit der Soko am Nachmittag und die Bürgerversammlung am Abend, was Dave natürlich längst schon wusste, denn deswegen hatte er mir ja Kelly abgenommen.

Dann tauschten wir unser »Mach's gut« aus, und ich drehte mich um. *Geh besser zurück ins Haus, du hast dich schon unmöglich genug gemacht.* Aber etwas zog mich zurück.

»Dave, warte eben, ich muss dir noch zwei Sachen sagen.«

»Okay.«

»Erstens noch einmal ganz, ganz herzlich danke schön für diese Kette. So was Schönes hab ich echt nicht verdient.«

Seine Augen glitten zu dem Anhänger, dann zurück zu meinem Gesicht. »Keine Ursache.«

»Und zweitens ...« Ich holte Luft. Was, wenn er dachte, dass ich jetzt voll durchgedreht war? »Als ich heute Morgen gebetet hab, ist was Komisches passiert, und ich wollte bloß wissen, ob du so was auch schon mal erlebt hast.« Und ich erzählte es ihm, nach Worten ringend, um das Unbeschreibliche zu beschreiben.

»Wow.« Er trat auf den anderen Fuß, überlegte. »Also ... so massiv ist mir das noch nie passiert, aber ich verstehe, was du meinst, und ich glaube, das war echt. Ich kenne auch andere Christen, die Ähnliches erlebt haben.«

»Aber was bedeutet das? Nein, warte, das ist nicht die richtige Frage. Was ich meine, ist: Du weißt doch, dass ich noch gar nicht lange Christ bin. Warum passiert *mir* so was? Ich meine, du oder Gerri, ihr wärt bei so was doch sicher viel besser.«

Er zuckte die Achseln. »Du scheinst dich doch ganz gut geschlagen zu haben.«

»Ich weiß nicht; ich wusste kaum, was ich beten sollte.«

»Aber du hast doch gesagt, dass Gott dir geholfen hat. *Er* hat dir gesagt, was du beten solltest.«

»Ja, aber ... das war dann also er und nicht ich.«

Daves Blick war halb sanft, halb belustigt. *Oh Annie, bei dir fällt der Groschen manchmal langsam.* Ich biss mir auf die Lippe.

»Annie, Gott hat *dich* ausgesucht für dieses Gebet, und vielleicht hat er noch andere Christen in unserer Gegend ausgesucht. Wenn er seine Leute ins Gebet führt, hat das seinen guten Grund. Er will sie näher zu sich bringen und ihnen zeigen, was für eine Macht das Beten haben kann. Es nicht so, dass er unsere Gebete nötig hätte, um seine Kraft größer zu machen, sondern er benutzt unsere Gebete, um *uns* stärker zu machen. Und wir brauchen alle mehr Kraft in unserer Beziehung zu ihm, egal, wie kurz oder wie lange wir schon Christen sind.«

Ich nickte, den Blick auf die Straße geheftet. Ich schob mit der Spitze meiner Sandale einen Kieselstein zur Seite. »Okay, ich glaub, ich weiß, was du meinst. Danke.«

Er holte tief Luft. »Aber jetzt muss ich wirklich wieder an die Arbeit. Rufst du mich heute Nachmittag an und erzählst mir, wie die Besprechung war?«

»Ja, gerne.«

Ich trat in den stickig-heißen Hangar und drückte den Knopf der Schließautomatik. Meine Tritte hallten, als ich hinüber zur Garage ging. Stephens Auto stand wie vergessen da; der Anblick brachte die nächsten Tränen in meine Augen.

Dann die Küche und der kühlende Fächer der Klimaanlage. Dann, eine Sekunde später, das Klingeln des Telefons.

Ich schaute auf das Display. Es war Chetterling. »Hallo, Ralph.«

»Hallo.« Der Arme klang noch müder als gestern; wahrscheinlich war er die ganze Nacht nicht ins Bett gekommen. »Kommst du heute zu unserer Besprechung?«

»Ja.«

»Freut mich. Aber ein paar Dinge solltest du jetzt schon wissen. Erstens scheint es, als ob wir unsere Mrs Unbekannt identifiziert haben, dank deiner Zeichnung. Ihr Vater war vorhin da. Wir müssen natürlich noch die Zähne abchecken, aber du weißt ja, wie das ist; seine eigene Tochter kennt man.«

Ich zuckte zusammen, halb erleichtert, halb verschreckt. »Und wer ist sie?«

»Sie heißt Celeste Weggin und kommt aus Sacramento. Dreiundzwanzig Jahre alt, allein stehend. Sie war zu einer Freundin in Oregon unterwegs, ihre Eltern wussten noch gar nicht, dass sie nicht angekommen war. Wir sind noch dabei, das Auto zu suchen.«

Celeste. Auch wenn ich die Leiche gesehen hatte, der Name des Opfers machte den Mord irgendwie noch wirklicher. Persönlicher. Celeste.

»Danke, Ralph.«

Er seufzte. »Und jetzt die schlechte Nachricht. Es wird schon wieder eine Frau vermisst; ein, zwei Leute aus ihrer Wohngemeinschaft haben uns angerufen. Sie ist ganze neunzehn Jahre alt, und ihr Auto wurde gestern Abend neben dem Lake Boulevard gefunden, knapp südlich von Shasta Lake, ganz in der Nähe ihrer Wohnung.«

Seine tonlosen, abgehackten Worte ließen mein Herz stolpern. Ich zog einen Küchenstuhl herbei und ließ mich auf ihn sinken. Dann traf es mich wie ein Schlag. Gestern Abend? Hatte da nicht halb Redding *gebetet*?

»Annie, bist du noch da?«

»Ja.«

»Ich muss dir noch was sagen. Es könnte sein, dass du das Mädchen kennst.«

KAPITEL 19

Welch schöne Schätze.

Ihr zieht mich an.

Ihr stoßt mich ab.

Ich schaue euch einen nach dem anderen an … und erinnere mich an die letzten Augenblicke der Menschen, denen ihr gehört habt. Du, cremefarbener Fetzen der bestickten Bluse. Ich sah dich, wie du unter ihrer Jacke hervorlugtest, als sie sich bückte, um ihren Reifenplatten zu inspizieren. Ihre Dankbarkeit für Hilfe, für ein nettes Wort. Ihre Bereitschaft, zu essen und zu trinken von dem, was ich ihr anbot.

Das geisterhafte Flügelschlagen in mir, es war mir damals neu. Schwarze Federn, die über meine Seele strichen. Wunderbar gestillt – eine Zeit lang – von dem Anblick ihres lang gezogenen Todes. Und davon, dass ich dich wegschnitt, meinen ersten Schatz.

Und du, blonde Haarsträhne, jetzt von einem Gummi zusammengehalten. Wie hieß sie noch, die dich bleichte und aufplusterte und sprayte? Sie, die mich bis ins Mark an die jungen Tage meiner eigenen Mutter erinnerte?

Komm her, *befahl meine Mutter,* leg mir diese Kette an und diese Ringe um meinen Arm. Hilf mir, mich fertig zu machen. Die anderen kommen. Ah, da sind sie, Kind! Renn zur Tür, öffne, bring sie zu mir.

Nein, Mama, ich will sie nicht reinlassen, bitte …

Dann du, sündiger Fingernagel. Rot, die Farbe des Blutes. Rot, die Farbe von ihrem Lippenstift, auf das Glas geschmiert, das das Kind spülen musste. Und du, schwarz vertrocknetes Stück aus Knochen und Fleisch mit deinem Kristallring. Und hier, du Glitzerohrring …

Halt. Was ist da so unruhig in mir?

Nein, geh weg, lass mich schauen. Lass mich sehen, mich erinnern, streicheln. Hier das letzte Stück, von gestern Abend. Ich nehme es hoch, halte es in meiner Hand, fahre mit dem Finger an seiner Himmelsfarbe entlang.

Sie tanzte gut für mich, diese, sie tanzte, während sie beteten …

Was ist das? Was? Dieses Zittern, das in meinen Knochen spielt?

Ich lege meinen neuesten Schatz wieder hin, presse meine Augen zu.

In mir wächst eine Blase, sie drückt, drückt, quetscht gegen meine Rippen. Sie wächst, sie dehnt sich …

Sie platzt.

Meine Hand schlägt auf die Kommode. Hier spiele ich mit meinem neuen Juwel, und sie wissen es noch gar nicht! Wann werden sie meine Letzte finden? Worauf warten sie? Die Narren!

Ich hätte ihnen helfen sollen, wie letztes Mal.

Sind einige immer noch so kühn und beten, hoffen, dass sie gesund wiederkommt? Das darf nicht sein, ich kann es nicht zulassen! Sie müssen die Wahrheit erfahren.

Jawohl, die Wahrheit. Bald werden sie sie wissen. Durch meine eigene Hand werde ich sie führen.

Kapitel 20

Der Nachmittag war öde und fremd, als ich nach Redding fuhr. Heiße Sonne und endloser blauer Himmel, während meine Gedanken schwitzend durch ein Tunnellabyrinth stolperten. Mal konnte ich nur noch beten, mal fand ich keine Worte mehr, die ich Gott hätte sagen können. Gott kannte doch unsere Not – aber er schien nicht einzugreifen.

Karen Fogerty vermisst. Karen mit ihrem goldenen Haar und hellen Lächeln. Eine strahlende junge Christin, die das Leben vor sich hatte. Ein liebes Mädchen, das niemandem etwas zuleide tun konnte. Karen die noch gestern Abend, als sie uns im Restaurant bedient hatte, so frisch und froh gewesen war. War sie jetzt womöglich auch tot?

Bitte, Gott. Nicht schon wieder. Nicht Karen.

Was mochten ihre Eltern jetzt durchmachen? Was, wenn ich an ihrer Stelle wäre? Der bloße Gedanke ließ mir das Blut in den Adern gefrieren. Ich betete für Karen. Und für ihre Eltern. Und dann wanderten meine Gedanken egoistisch zu Stephen, meinem eigenen verlorenen Sohn. Und zu Kelly, die das mit Karen ja noch nicht wusste. Die Nachricht würde sie am Boden zerstören. Und sie hatte schon so viel durchgemacht in den letzten Tagen. Ich hatte Dave angerufen und ihm die Sache erzählt, aber wir waren übereingekommen, den Mädchen noch nichts zu sagen und stattdessen zu hoffen und zu beten, dass Karen doch wohlauf war und wieder auftauchen würde.

Ich wusste: Während ich hier zur Soko-Besprechung fuhr, waren mehrere Suchteams – Polizei und freiwillige Helfer – dabei, die Wälder um Redding zu durchkämmen, um Karens Leiche zu finden oder hoffentlich nicht zu finden. Hoffnung, immer wieder Hoffnung. Fast hätte Chetterling die Besprechung verschoben, um den Soko-Mitgliedern Gelegenheit zu geben, bei der Suche mitzumachen, Telefongespräche zu führen, nach Zeugen zu suchen, die Karen vor ihrem Verschwinden gesehen hatten. Ich hatte ihm bereits gesagt, dass wir sie im Restaurant gesehen hatten, und wann wir gegangen waren. Sie hatte nur eine halbe Stunde später ihre Karte in die Stechuhr geschoben und Feierabend gemacht. Seitdem war sie vermisst.

Eine halbe Stunde.

Ein paar Minuten vor drei Uhr fuhr ich auf den Parkplatz vor der Sheriffbehörde. Als ich in das Gebäude trat, schien die Luft auf einmal schwerer zu werden; es war wie eine unsichtbare Decke aus verbissener Entschlossenheit und erschöpftem Pflichtbewusstsein. Ich brachte kaum ein Begrüßungslächeln zuwege für diese Kripobeamten und Kollegen, die ich mittlerweile so gut kannte. Sie auch nicht. Wir nickten uns wortlos zu, in halb müdem, halb feierlichem Schweigen.

In der Lobby stand Ruby Mays und unterhielt sich mit Beverly Whiting, der zierlichen Rezeptionistin. Ruby mochte Mitte sechzig sein und war mit ihren ein Meter achtzig für eine Frau ungewöhnlich groß und kräftig gebaut, mit widerspenstigem grauem Haar, Hakennase und markanten braunen Augen. Ich begrüßte die beiden.

»Mensch, Annie, das ist ja 'ne tolle Kette!« Beverly starrte den Anhänger an. »Damit hab ich dich ja noch nie gesehen.«

Täuschte ich mich oder wurde ich rot? »Die ist neu. Die hab ich gerade als Geburtstagsgeschenk gekriegt.«

»Aah.« Beverly hob ihr Kinn zu einem wissenden Blick. »Von einem Mann?«

Okay, ich errötete also wirklich. »Ja, ich meine, nein ... doch, eigentlich schon.«

Die beiden Frauen sahen sich an, Beverlys eine Schulter ging in die Höhe. »Unsere Annie scheint ein bisschen durcheinander zu sein, nicht wahr, Ruby?«

»Das kannst du laut sagen.«

Na prima. Ich hätte das Ding nie tragen sollen. Was würde ich antworten, wenn Chetterling etwas sagte?

Aber sollte er doch sagen, was er wollte.

Beverly hielt mir einen großen Pappteller mit Plätzchen hin. »Möchtest du die mit in eure Besprechung nehmen, Annie? Die hat Ruby gerade gebracht, für ihre ›Kämpfer‹.«

»Ja, gerne. – Danke, Ruby.« Ich nahm den Teller. »Du weißt ja gar nicht, was uns so eine Geste gerade bedeutet.«

»Es ist wohl das Mindeste, was ich tun kann.« Sie zog ihre Wangen ein, dass ihr Gesicht plötzlich hohl aussah. »Was da in der Zeitung stand, über die Leiche direkt hinter deinem Haus, das ist ja echt furchtbar. Es ist schon gerade schlimm genug, dass ich so allein wohne, aber ...«

Die Tür öffnete sich und Ed Trumble kam herein, einer der Männer aus der Giftmörder-Soko. Ed war ein drahtiger Typ mit gepflegtem Schnurrbart und schwarzen Vogelaugen.

»Ja, ich weiß, was du meinst, Ruby. Danke.« Ich schaute zu Trumble hin; der nickte mir knapp zu. »Aber ich muss jetzt gehen, die fangen gleich an.«

»Seht zu, dass ihr den Kerl kriegt, Annie!« Beverly schüttelte den Kopf. »Damit das Elend endlich aufhört.«

»Ja.« Ruby sah mich an, die Stirne gerunzelt. »Seht zu, dass ihr ihn *bald* kriegt, *bitte*. Manchmal denk ich, ich halt das nicht mehr aus. Ich bin ja eine alte Schachtel und die Opfer nicht, aber man kann nie wissen. Ich wohne ja so alleine da draußen. Ich glaub, ich schau zehnmal nach, ob die Fenster und Türen auch zu sind, bevor ich ins Bett geh. Und wenn's dunkel ist, geh ich nicht mehr vor die Tür.«

Die Angst in ihrer Stimme machte mich beklommen. Weil es meine eigene Angst war. »Das glaub ich dir gerne. Das ... es ist wirklich schlimm.« Ich versuchte ein Mut machendes Lächeln; es gelang mir nur halb. »Die Polizei tut, was sie kann.«

Sie schaute zu Boden und nickte stumm.

Ich drehte mich, den Plätzchenteller in der Hand, um und ging, meine Angst begleitet von der der beiden Frauen. Überall in Redding war es das Gleiche. Frauen jeden Alters hatten Angst; und ihre Männer mit. Mit jedem Schritt, den ich zu dem Besprechungsraum hin machte, schienen es mehr zu werden.

Ein Täter, Gott, nur ein einziger Täter, und schau, was er so vielen Menschen antut.

Als ich das Besprechungszimmer erreichte und Rubys Plätzchen in der Mitte des langen Tisches abstellte, zitterte ich fast. Meine Beinmuskeln flatterten, als wollten sie mich auf einen verzweifelten Wettlauf mit der Zeit vorbereiten.

Kapitel 21

Mit jedem neuen Soko-Mitglied, das in den Raum kam, wuchs die Spannung. Keiner nannte den Namen Karen Fogerty; wir wussten auch so, dass wir alle an sie dachten und stumm hofften und beteten, dass ihr nichts geschehen war. Mechanische Hände streckten sich nach den Plätzchen aus, schoben sie zerstreut in den Mund.

Chetterling zog am Kopf des langen Tischs einen Stuhl heraus und ließ sich mit einem hörbaren Seufzer darauf nieder. Rechts von ihm saß Ed Trumble, links Nathan Hallibander, ebenfalls von der Sheriffbehörde. Außer ihnen waren noch weitere Kriminalbeamte von der Sheriffbehörde und der Polizei, den beiden Hand in Hand arbeitenden Armen des Gesetzes, anwesend. Und Harry Fleck, der Gerichtsmediziner. Mir gegenüber saß eine attraktive hispanische Frau, die ich nicht kannte. Sie trug ein blaues Kostüm und hatte eine kleine Aktentasche dabei. Stühle quietschten, Aktendeckel knallten. Ich schaute in die Runde und fragte mich, was ich unter all diesen Experten sollte.

»Okay, fangen wir an.« Chetterling fuhr sich mit seiner massigen Hand über die Augen und blinzelte mehrmals. »Erstens habe ich, wie die meisten von euch schon wissen, Annie Kingston, unsere Gerichtszeichnerin, mit zu dieser Sitzung eingeladen – weil sie mit dem Fall befasst ist und wegen der Stelle, an der das letzte Opfer gefunden wurde. Das heißt, wir *hoffen*, dass es das letzte Opfer war.« Er machte eine Pause. »Und dann möchte ich euch Rosalee Sanchez vorstellen.« Er nickte kurz zu der hispanischen Frau hin. »Rosalee ist eine Profilfahnderin aus Sacramento und hat uns ihre Hilfe bei diesem Fall angeboten. Wir haben ihr sämtliche Fallunterlagen zugänglich gemacht und werden heute ihren ersten Bericht hören.«

Rosalee lächelte kurz und ließ ihren Blick um den Tisch schweifen.

Danke, dass du hier bist, Rosalee. Wir waren die beiden einzigen Frauen in dem Raum.

»Gut.« Chetterlings umränderte Augen landeten auf meiner Kette, hielten inne, blinzelten wieder weg. »Wir werden heute alles durchgehen, was wir bisher haben. Ein Teil davon ist schon bekannt, aber es könnte ja sein, dass uns was auffällt, das wir bisher nicht gesehen haben. Ein Teil wird auch neu sein.« Er schaute zu dem Gerichtsmediziner hin. »Harry, ich möchte gerne mit deinen Ergebnissen über unser Opfer Nummer sechs, Celeste Weggin, anfangen.«

Harry öffnete einen braunen Umschlag und holte einen kleinen Stapel großformatiger Fotos hervor. »Ich lass die mal eben rumgehen. Es sind Bilder von der Autopsie, aber auch ein paar von dem Fundort, weil die noch etwas von der Muskelverspannung zeigen. Die Fundortfotos, Leute, geben euch ein Bild davon, was für ein fieser Tod das war.«

Rod Haimes von der Polizei, der links von Harry saß, begann die Bilder durchzugehen. Gleich bei dem ersten wurde sein Gesicht hart. Ich wusste, dass diese Männer schon viel gesehen hatten – aber *das* hier kannten die meisten noch nicht.

Harry berichtete Einzelheiten über die Identifikation von Celeste und über ihre Obduktion und verglich sie sodann mit den anderen Opfern. Einen Teil der Informationen kannte ich bereits; anderes war mir neu, und ich nahm einen Kugelschreiber, um mir Notizen zu machen.

Celeste war 23 Jahre alt. Bisher waren alle Opfer zwischen 20 und 26 gewesen. Falls Karen Fogerty tatsächlich das siebte Opfer war, wäre sie mit ihren 19 Jahren das jüngste.

Alle Opfer waren allein stehend und weiß, bis auf Alicia Mays, das vierte Opfer, die schwarz war. Die Opfer schienen in keinerlei Beziehung zueinander zu stehen. Alle hatten sie in oder um Redding gewohnt, bis auf Celeste, die etwas weiter südlich gewohnt hatte, bei Red Bluff. Sie hatten alle unterschiedliche Arbeitsplätze und Freundeskreise. Soweit bekannt, gehörte keines einer Kirchengemeinde an. Vier der sechs Opfer hatten bereits etliche feste Freunde gehabt, die beiden anderen weniger. Die Ermittlungen unter diesen Männern hatten zu keinen Verdächtigen geführt.

Die an den Tatorten gefundenen Spuren waren minimal. Bei zwei der Opfer hatte man ein paar braune Fasern gefunden, die laut Laborbefund von einer Autofußmatte stammten.

Der Mörder hatte jedem der Opfer eine »Trophäe« abgenommen. Dieses Detail hatte man nicht an die Medien weitergegeben. Harry betonte dies nicht weiter, aber ich wusste wie alle anderen im Raum auch, dass solche nicht veröffentlichten Details wichtig sein konnten, wenn ein Verdächtiger verhört wurde. Die Verhörbeamten benutzten sie gerne als Fußangeln: Erwähnte der Verdächtige womöglich etwas, das er eigentlich gar nicht wissen konnte? Auch Scheintäter, die sich mit einem Geständnis nur wichtig machen wollten, konnte man auf diese Weise aussieben.

Harry fuhr fort mit seinem Bericht. Sämtliche Opfer waren mit Strychnin ums Leben gebracht worden. »Die tödliche Dosis ist rasch erreicht, ihr erinnert euch.« Harry blätterte ein paar Seiten zurück. »Bei Erwachsenen liegt die tödliche Dosis zwischen 30 und 120 Milligramm. Bei subkutaner Injektion reicht aber auch schon viel weniger.

Die ersten fünf unserer Opfer scheinen zunächst etwas Strychnin oral aufgenommen zu haben, darauf folgte eine Spritze. Das letzte Opfer, Celeste, hat offenbar nur eine Spritze bekommen. Wir fanden die Einstichstelle an ihrem rechten Oberarm. Die Symptome beginnen gewöhnlich nach etwa 15 bis 30 Minuten, manchmal auch erst nach einer Stunde, je nachdem, wie voll der Magen ist. Wie bereits besprochen, sind diese Symptome recht drastisch.«

Harrys Blick wanderte den Tisch entlang zu der Profilfahnderin. »Rosalee hat mich gebeten, noch einmal ohne zu viel Fachchinesisch darzustellen, wie man an Strychnin stirbt, denn diese Todesart, mit dem Zeitrahmen und den Symptomen, die dazugehören, ist ein wichtiger Faktor für ihre Täterbeschreibung, wie sie uns nachher noch selber erklären wird.«

Noch bevor Harry fortfahren konnte, schaltete mein innerer Projektor sich ein und spuckte Bilder von Celeste aus: ihr so furchtbar verzerrtes Gesicht, ihr ganzer Körper. Ich starrte auf die Spitze meines Kugelschreibers. *Bleib gelassen, hör zu, keine Emotionen.*

»Also gut.« Harrys Finger klopfte auf den leeren Umschlag, der vor ihm auf dem Tisch lag. »Strychnin beeinflusst das zentrale Nervensystem, indem es den Glycinspiegel verändert. Glycin ist eine chemische Verbindung, die die Aktivität der motorischen Nervenzellen hemmt. Die ersten Vergiftungssymptome sind oft allgemeine Ruhelosigkeit, Angstgefühle und Überempfindlichkeit gegenüber Sinneseindrücken. Geräusche werden lauter, Lichter heller, die kleinste Berührung wird unerträglich.

Die nächste Stufe sind heftige Krämpfe. Manche Opfer beginnen auch gleich mit dieser Phase, ohne dass es zu der ersten kommt. Jeder noch so kleine Reiz führt zu krampfartigen Zuckungen, die ein bis zwei Minuten lang andauern und wegen der starken Muskelverspannung äußerst schmerzhaft sind. Der Körper krümmt sich so weit nach hinten, dass er sich überstreckt. Die Gesichtsmuskeln ziehen sich so zusammen, dass der Mund sich öffnet und die Augen sich weiten. Zwischen den Krampfanfällen entspannen die Muskeln sich wieder, und es kommt vor, dass das Opfer vor schierer Erschöpfung einschläft. Dann, so nach zehn, fünfzehn Minuten, kommt – zack! – der nächste Anfall. Die Augen treten vor, die Pupillen weiten sich, der Mund wird trocken. Die allgemeine Austrocknung kann sehr rasch einsetzen.

Zwischen den Krampfanfällen kommt es auch zu kalten Schweißausbrüchen. Da unsere Opfer logischerweise keinerlei medizinische Hilfe bekamen, können sie diesen Zyklus bis zu zehn Mal durchlaufen haben, wobei die Krämpfe immer heftiger und die Pausen zwischen ihnen immer kürzer geworden sind. Das ist« – Harry schaute mich an – »so ähnlich wie Wehen; jede ist heftiger und kommt schneller, mit weniger Ruhepausen dazwischen. Nur dass hier am Ende nicht ein neues Leben steht, sondern ... der Tod.«

Harry fuhr sich über sein Kinn. »Es ist ein Tod, den man seinem ärgsten Feind nicht wünschen mag.«

Schweigen. Es senkte sich wie eine kalte Decke über den Tisch. Ich schaute in die Runde. Aller Augen waren auf die Tischplatte gerichtet, Stirne gerunzelt, Lippen gebogen, während die Gehirne sich ausmalten, wie die letzten Stunden der Opfer auf dieser Erde gewesen sein mochten.

Harry fuhr fort, seine Stimme leiser. »Diese ganze Geschichte dauert eine bis drei Stunden. Das Opfer stirbt schließlich den Erstickungstod. Die Muskeln werden so erschöpft und die Krämpfe so heftig, dass die Atmung ihren Dienst einstellt. Wir sprechen hier natürlich von tödlichen Dosen, und selbst dann sind die Überlebensaussichten nicht schlecht, wenn das Opfer sofort medizinisch behandelt wird. Die Behandlung zielt darauf ab, die Krämpfe auf ein Minimum herunterzudrücken; dies geschieht sowohl durch Medikamente als auch durch eine möglichst ruhige, reizfreie Umgebung. Ein Patient, der eine tödliche Dosis bekommen hat, aber prompt behandelt wird und nach sechs bis zwölf Stunden noch lebt, hat eine gute Chance, es zu schaffen.«

Harry presste seine eine Hand auf die Tischplatte und setzte sich auf. »Wenn wir nur schneller an die Opfer rankämen.«

Wenn wir nur ... Ich schaute auf meine Notizen und biss mir auf die Lippe. Gab es eine Chance auf dieser Erde, dass wir Karen noch fanden, bevor es zu spät war? Bevor der Killer ihr die tödliche Dosis verabreichte und sich zurücklehnte, um zuzuschauen, wie sie langsam starb?

Der Projektor in meinem Kopf spuckte die nächste Szene aus: *Karen, ihr Mund aufgerissen wie der von Celeste, die Augen vorspringend, der Rücken grotesk verkrümmt. Und über ihr der Mörder, der zuschaut und sie anschreit, genau wissend, dass jedes Geräusch wie ein Messer durch sie geht, dass die Krämpfe noch schlimmer werden ...*

Ich presste meine Zähne und Augen zusammen, befahl der grausigen Szene, mein Gehirn zu verlassen. *Gott, nimm mir diese Gedanken weg, ich halte sie nicht aus!*

Jemand rief meinen Namen; es klang wie aus weiter Ferne. Erst beim zweiten Mal merkte ich, dass ich gemeint war. Meine Augen öffneten sich, und ich sah, dass alle am Tisch mich anschauten.

»Bist du okay?« Chetterling sah mich an, Besorgnis in den Augen.

Ich merkte, wie ich rot wurde. »Ja. Entschuldigung, ich ...« Ich merkte, wie mein Gesicht sich kräuselte. »Es ist ... ich kenne Karen Fogerty.«

Nicken, verständnisvolles Murmeln. Rosalee presste ihre Handteller zusammen, wie um mir zu signalisieren, dass sie, wenn der Tisch zwischen uns und die Etikette dieser Arbeitsbesprechung nicht gewesen wären, mir jetzt die Hände drücken würde. Ich presste ein mattes Lächeln hervor. »Mach ruhig weiter, Entschuldigung.«

Harry räusperte sich. »Ich bin fertig.«

»Gut, danke, Harry.« Chetterlings Kopf drehte sich zu Tim Blanche von der Polizei Redding hin. »Tim, kannst du uns was darüber sagen, wie man an Strychnin herankommt?«

»Ja.«

Tim Blanche war Vater von drei Jungen; einer von ihnen ging in dieselbe Schule wie Stephen. Ich mochte den Mann nicht besonders. Er hatte etwas Arrogantes an sich, das sich in der Art äußerte, wie er die Augenbrauen über seinen durchdringend blauen Augen hob und Elvis-Presley-mäßig die eine Seite seines Mundes bog. Tim war mittleren Alters, hatte dickes, grau gesprenkeltes Haar und einen großen Leberfleck an der linken Wange. Er bewegte sich mit der raschen Präzision eines exerzierenden Soldaten.

Er las seine Aufzeichnungen mit einer präzise-selbstsicheren Stimme vor, die so viel ausdrückte wie: *Wenn ich bisher noch nicht weitergekommen bin, ist das jedenfalls nicht meine Schuld.*

Strychnin, dozierte er, ist ein weißes, geruchloses, bitter schmeckendes kristallines Pulver, das aus der vor allem in südostasiatischen Ländern wie Indien und Sri Lanka sowie in Australien wachsenden Strychnos-Pflanze gewonnen wird. Es wurde derzeit vor allem als Pestizid eingesetzt; in den USA unterlag es der Genehmigungspflicht und durfte nur von zum Erwerb berechtigten und ausgewiesenen Personen erworben werden.

Tim trommelte mit einem Kugelschreiber auf die Tischplatte. »Was die Frage betrifft, wer das Zeug haben könnte, wünschte ich, ich könnte euch mehr sagen als letztes Mal. Wir haben alle Firmen in Nordkalifornien durchgecheckt, die auch nur um drei Ecken rum was mit Strychnin zu tun haben können. Plus natürlich sämtliche zum Erwerb berechtigten Personen. Kein Einziger kommt als Verdächtiger in Frage, und keiner hat angegeben, dass bei ihm etwas von dem Zeug abhanden gekommen ist. Aber andererseits sind das natürlich nicht sehr viele Personen. Die zweite Ermittlungsschiene, auf der wir uns bewegen, besteht darin, dass wir Reisende unter die Lupe nehmen, die in Ländern gewesen sind, in denen Strychnin häufiger eingesetzt wird als bei uns. Zum Beispiel Touristen und Reisegruppen, die in Australien oder Indien waren.« Er lehnte sich auf seinem Stuhl zurück und warf den Kugelschreiber hin. »Wir ... wir machen weiter, aber bis jetzt sieht's ganz so aus, als ob wir auf der Stelle treten.«

Mein Nebenmann reichte mir die Fotos von Celeste. Ich

gab sie gleich weiter, ohne hinzuschauen; ich hatte alles, was ich sehen musste, persönlich gesehen. Aber das bloße Berühren der Fotos schien mir die Hände zu verbrennen.

Oh Gott, gib, dass das Karen nicht passiert. Bitte.

Ein plötzlicher Gedanke. Mein Erlebnis am Morgen ... Hatte Gott mich vielleicht wegen Karen so zum Beten gedrängt? Weil diesmal eines seiner Kinder in der Gewalt des Mörders war?

Ich starrte auf meine Notizen. Tim Blanches Stimme schien auf einmal weit weg zu sein. Ich erinnerte mich an mein inbrünstiges Beten. Und wie ich das Böse förmlich gespürt hatte wie eine schwarze, kalte Hand in meinem Nacken. Fast spürte ich es wieder. Ein schweißiger Handteller, krallende Finger, eine ungeheure Kraft; noch ein bisschen mehr, und mein Rücken würde wie ein Zweig zerbrechen.

Und wieder mein innerer Projektor. *Gerri Carson, Augen geschlossen, Hände zusammengepresst in stummem Gebet ... Eine gifttropfende Nadel, die in die Haut sticht ... Fremde Menschen, die beten, zu Hause oder in der Kirche ... Irres Gelächter, das über eine verdunkelte Bühne hallt ...*

Ich blinzelte, zwang mich zurück in die Gegenwart. *Reiß dich zusammen, Annie; willst du schon wieder die Sitzung aufhalten?*

Tim beendete seinen Bericht, und Chetterling rief Rosalee auf. Sie schob ein Spiralnotizheft zur Seite, legte ein zweites darauf und nickte in die Runde. Ich zwang mich, sie anzusehen und meine Ohren auf Empfang zu schalten.

»Ich möchte Ihnen gerne meine neueste Theorie mitteilen, nachdem ich die Informationen über Celeste Weggin durchgearbeitet habe.« Rosalee blätterte in ihrem Notizheft. »Aber vorher möchte ich ein paar allgemeine Dinge sagen; einigen von Ihnen sind sie sicher schon bekannt, aber Wiederholen kann nicht schaden.«

Ich schaute zu Tim Blanche hin und merkte, dass er meine

Halskette musterte. Sein Blick hob sich, traf sich einen Augenblick mit meinem und ging zur Seite.

Rosalee legte ihren Ellbogen auf den Tisch. »Okay, zunächst, was wir so allgemein über Serienmörder wissen. Es sind typischerweise Männer, die schwere Beziehungsprobleme haben. Sie sind als Kinder missbraucht worden – körperlich, emotional oder sexuell. Oder eine Kombination dieser Dinge. Der Täter ist zum Beispiel von seinen Eltern vernachlässigt oder verlassen worden. Oft, aber nicht immer, ist er schon wegen anderer Vergehen vorbestraft. Manchmal sieht man ihm schon am Gesicht an, dass etwas nicht mit ihm stimmt, aber oft sieht er vollkommen normal aus, vielleicht sogar richtig nett. Denken Sie an Ted Bundy: gut aussehend und charmant. Oder an den Green River-Mörder: Familienvater, allseits beliebt, höflich und der beste Nachbar, den man sich denken kann.

Oft hat der Mörder aus irgendeinem Grund einen Hass auf Frauen. Ich würde sagen, bei unserem Serienkiller ist das so. Er kann ein Einzelgänger sein, jemand, der den Eindruck hat, nirgendwo dazuzugehören. Oft stellt er hohe moralische Ansprüche an seine Umgebung und sieht überhaupt nicht, dass er selber ja der größte Übeltäter ist. Aus irgendeinem perversen Grund betrachtet er sich selber als über jedes Urteil erhaben.«

Die Fotos kamen zu Harry Fleck zurück. Rosalee schaute kurz zu, wie er sie zurück in den Umschlag schob.

»Wie Kommissar Chetterling vorhin schon sagte, ich habe mir die Fotos der Opfer angesehen und die Akten studiert. Ich gebe gerne zu, dass meine Wissenschaft keine exakte ist, aber ein paar der Dinge, die ich gesehen habe, führen mich zu bestimmten Schlussfolgerungen über diesen Mörder. Das erste ist die Mordmethode, die, wie Sie wissen, ungewöhnlich ist. Von der Injektionsstelle einmal abgesehen, zeigen die Leichen kaum Anzeichen von Gewaltanwendung. Lediglich an den

Armen deuten bei einigen der Opfer ein paar blaue Flecken darauf hin, dass sie offenbar zu Boden gepresst wurden, bis das Strychnin zu wirken begann. Aber keinerlei Anzeichen für Vergewaltigung, Stiche oder Schläge, mit anderen Worten: keine der sonst üblichen Anzeichen für rasende, hemmungslose Wut. Aber andererseits, wie Harry uns gerade berichtet hat, ist der Tod durch Strychnin ein furchtbarer Tod und ein langsamer noch dazu.«

Rosalee schaute kurz zu mir hin, ihr Blick mitfühlend. »So schlimm es ist, sich diesen Tod vorzustellen, ich wollte, dass Sie das hören, weil diese Mordmethode sehr wichtig ist. Denken Sie mal darüber nach: Dieser Täter muss auf den Tod seiner Opfer *warten.* Er muss buchstäblich daneben stehen und diese langsame Qual mit anschauen. Und ich glaube, genau dieses Anschauen macht ihm Spaß. Woraus ich wiederum schließe, dass der Täter eine ungeheure Wut auf seine Opfer hat. Er will sich an dem Anblick ihres Leidens weiden. Ich glaube, er muss ein Frauenhasser erster Güte sein, und ich schätze mal, dass dieser Frauenhass dem Hass auf seine eigene Mutter entspringt. Es könnte durchaus sein, dass diese Morde symbolische Morde an seiner Mutter sind, was gut zu dem Fehlen jeder sexuellen Aggression passen würde.«

Ed Trumble sah von seinen Aufzeichnungen hoch. »Glauben Sie, dass er die Opfer gekannt hat?«

»Nein, und darauf komme ich gleich noch. Aber erst möchte ich noch sagen, dass wir es hier wahrscheinlich mit einem Mann zu tun haben, der mindestens über dreißig ist, wenn nicht sogar über vierzig, und das aus zwei Gründen: Erstens habe ich das Gefühl, dass diese Morde eine Art Hinrichtung sind; der Mörder fühlt sich gewissermaßen als Richter. Das aber setzt einen reifen Erwachsenen voraus und nicht einen ausgeflippten Zwanzigjährigen. Und zweitens setzt die Mordmethode ein gewisses Maß an Geduld und langem Atem voraus, wie pervers diese Geduld auch sein mag.

Ich glaube außerdem, dass wir es mit jemandem zu tun haben, der nicht ungebildet ist. Wahrscheinlich hat er ein College von innen gesehen. Und er wohnt oder arbeitet in dieser Gegend hier, wahrscheinlich im Westen von Redding. Es ist jemand, der sich in Redding zu Hause fühlt und der davon ausgeht, dass ihm niemand auf die Schliche kommen wird, denn er scheint geradezu darauf aus zu sein, dass man seine Opfer findet.«

Rosalee legte zwei Finger an ihr Kinn. »Es scheint, dass es diesem Mörder gelingt, seine Opfer in einer falschen Sicherheit zu wiegen, zumindest eine kurze Zeit lang. Ich sage dies, weil die Obduktionen ergeben haben, dass die meisten der Opfer bereits vor der Injektion Strychnin zu sich genommen hatten. Irgendwie muss der Mörder ihnen so vertrauenswürdig vorgekommen sein, dass sie das Gift geschluckt haben. Wie er das hingekriegt hat, weiß ich nicht; Strychnin schmeckt sehr bitter. Und dieses Detail sowie die Tatsache, dass der Täter so geschickt vorgeht, eröffnet für mich die Möglichkeit – ich betone: die Möglichkeit, mehr nicht –, dass er aus den Kreisen der Polizei kommt.«

Ein allgemeines Stöhnen ging um den Tisch. Chetterling legte seinen Kopf zurück und schaute zur Decke hoch.

Rosalees Hand ging nach oben. »Wie gesagt, das ist lediglich eine Möglichkeit. Aber die Basis, auf der sie beruht, ist sehr real. Je mehr Frauen ermordet werden, umso mehr Angst bekommen die Menschen in dieser Gegend und umso vorsichtiger werden sie. Aber irgendwie kann dieser Täter immer neue Opfer ködern. Er muss also jemand sein, der Vertrauen einflößt.

Aber nun weiter: Was ist, wenn der Täter nicht aus den Kreisen der Polizei kommt? Nicht selten versuchen Täter, sich in die Ermittlung ihres eigenen Verbrechens einzuschleusen.« Sie schaute Chetterling an. »Sie haben ja bei der Suche nach den Leichen in einem ziemlichen Umfang auch auf freiwillige

Helfer zurückgegriffen. Wenn ich recht informiert bin, suchen Sie gerade nach der nächsten Frau, die vermisst wird.«

Chetterling nickte. »Ja.«

»Ich würde Ihnen empfehlen, sich diese Helfer gut anzuschauen. Vor allem solche, die jedes Mal dabei waren. Gesichter, die man immer wieder sieht.«

Tim Blanche und Ed Trumble tauschten einen langen Blick aus. Trumble spreizte seine Finger, als wollte er sagen: *Null Ahnung.* Blanche machte sich eine Notiz. »Wir kümmern uns drum.«

Rosalee nickte. »Und heute Abend erwarten Sie ja viel Publikum bei der Bürgerversammlung. Schauen Sie sich die Besucher dort gut an. Ich werde auch dabei sein und mich umsehen. Es ist ganz gut möglich, dass unser Täter dort sein wird.«

Wieder diese Hand in meinem Nacken, diese kalte Berührung, so nervenzerreißend wie Fingernägel auf einer Schiefertafel. Ich wäre auch dabei im Rathaus. Würde der Killer dort sein, beobachtend und berechnend? Würde er an einer der Wände des überfüllten Saals lehnen, Arme verschränkt, stumm und unbemerkt? Oder vorne in der ersten Reihe sitzen, vielleicht sogar eine Frage stellen oder der Polizei vorwerfen, zu wenig zu unternehmen, um den Mörder dingfest zu machen?

Rosalee fuhr fort. Sie glaubte nicht, dass der Mörder seine Opfer kannte. Ich notierte mir die Gründe, die sie dafür anführte: Erstens gab es keinerlei Anzeichen für eine rasende Wut auf einen Menschen, den man kennt und seit langem hasst; die Opfer waren nicht zusammengeschlagen, auch nicht mit Stichwunden übersät. Und zweitens hatte der Täter die Leichen einfach irgendwo hingeworfen und sich keine Mühe gemacht, sie ordentlich hinzulegen oder das Gesicht zu bedecken – beides typische Zeichen für Reue.

Dieser Täter schien es geradezu darauf anzulegen, dass man

die Opfer fand. Er hatte sie in Waldstücke gebracht, aber nie sehr weit von einem Weg. Mit jeder neuen Leiche schien er zu verkünden: »Schaut her, ich habe die nächste Frau gerichtet.«

Die Profilfahnderin lehnte sich zurück. »Noch ein letzter Punkt. Es sieht so aus, als ob der Täter aktiver wird. Wenn die junge Frau, die gerade vermisst wird, ebenfalls ermordet sein sollte, wären das zwei Opfer mit nur ein paar Tagen Abstand. So etwas ist nicht ungewöhnlich. Im Laufe der Zeit schlägt ein Serienmörder manchmal immer häufiger und manchmal auch heftiger zu. Möglicherweise wird er übermütig und fängt an, Katze und Maus mit der Polizei zu spielen, nach dem Motto: ›Fangt mich doch, wenn ihr könnt.‹ Es würde mich nicht wundern, wenn dieser Täter anfangen würde, Ihnen Briefe zu schicken oder bei seinen Opfern Zettel zu hinterlegen.«

Rosalee hob ihre Augenbrauen in meine Richtung. »Annie, ich sehe das genauso wie Kommissar Chetterling; ich glaube, dass der Täter die letzte Leiche absichtlich in der Nähe Ihres Hauses versteckt hat.«

Die Angst schoss wie eine Druckwelle durch mich. Ich hob meinen Kugelschreiber und starrte Rosalee an. Sie fuhr fort: »Ich habe den Fundort der Leiche vor ein paar Stunden inspiziert. Der kürzeste Weg dorthin besteht darin, auf dem Wendeplatz am Ende von Barrister Court zu parken und durch das Waldstück neben Ihrem Haus zu gehen. Wie Sie wissen, ist Ihr Haus vom Fundort aus deutlich sichtbar, und ich glaube, der Täter wollte Sie damit herausfordern und gleichsam sagen: ›Schaut her, was ich direkt vor eurer Nase tun kann.‹«

»Aber warum – warum ausgerechnet bei mir?« Ich zwang meine Stimme, nicht zu zittern.

Rosalee schüttelte halb mitleidig den Kopf. »Zum Teil wohl einfach aus logistischen Gründen. Sie wohnen bei einem Wald, und der Mörder hat eine Schwäche für Waldstücke. Aber ein zweiter Grund dürfte sein, dass Sie eine Frau sind.«

»Und noch was.« Ed Trumble beugte sich nach vorne, in meine Richtung. »Du bist seit den letzten Fällen keine Unbekannte mehr in Redding. Du stehst zwar nicht mehr im Telefonbuch, aber deine Adresse zu ermitteln ist keine Kunst. Und vergiss nicht, dass es *deine* Zeichnungen sind, die uns geholfen haben, einige der Opfer zu identifizieren. Es ist fast so, als ob der Mörder dir persönlich sagen will: ›Schau her, hier kommt das nächste Opfer.‹«

Ich schaute Chetterling an. Der zog die Lippen zusammen und deutete ein Nicken an, wie um mir zu sagen: *Ich weiß, Annie, ich weiß. Ich pass auf dich auf.*

Es folgten weitere Berichte, danach eine allgemeine Diskussion. Ideen, Vorschläge, Arbeitsanweisungen. Ich merkte, wie Chetterling wiederholt auf seine Uhr schaute und wie seine Augen zur Tür wanderten, als erwarte er, dass jeden Augenblick jemand hereinkommen würde.

Ich wusste, was dieser Jemand uns berichten würde: dass sie Karens Leiche gefunden hatten.

Obwohl kein Wort mehr über mich fiel, hatte ich für den Rest der Besprechung das Gefühl, gleichsam in einem Scheinwerferkegel zu sitzen. Ich versuchte, mich klein zu machen, hörte zu, machte Notizen, vermied es, die anderen anzusehen. Als wir endlich fertig waren, zeigte meine Armbanduhr fast fünf Uhr an – nur noch zwei Stunden bis zum Beginn der Bürgerversammlung. Nicht viel Zeit, um mich zu Hause auszuruhen. Ich musste ja noch nach den Mädchen schauen. Und Jenna anrufen; ich hoffte, dass Stephen sie noch nicht in den Wahnsinn getrieben hatte.

»Annie.« Chetterling hielt mich im Flur an, bevor ich wegrennen konnte. »Was macht dein Sohn?«

Konnte der Gedanken lesen? Ich erzählte ihm, dass ich Stephen in die Bay Area geschickt hatte.

Er schob seinen Notizblock aus der einen massigen Hand in die andere. »Das hast du richtig gemacht. Und wenn einer was aus dem Knaben rausholen kann, dann ist das deine Schwester.«

Wir tauschten ein kurzes Lächeln aus. Chetterling war mit Jennas Temperament wohl vertraut; er hatte es ein paar Mal selber kennen gelernt.

Er legte den Kopf entschuldigend zur Seite. »Hab noch nicht viel mit deiner Zeichnung machen können. Hab sie halt ein paar Leuten gezeigt; bis jetzt kennt keiner den Typ.«

»Danke, Ralph, das ist okay; du hast ja noch andere Sachen zu tun.«

Er holte tief Luft. »Ja.« Sein Blick fiel auf meine Kette. »Geburtstagsgeschenk?«

»Äh – ja.« Der Kugelschreiber wollte mir aus der Hand rutschen. Ich schob ihn eifrig in den Lederumschlag meines Notizblocks.

»Hübsch.« Seine Unterlippe ging nach oben.

»Danke.«

Zum Glück sagte er nicht mehr.

In der Viertelstunde, die ich brauchte, um nach Hause zu fahren, versuchte ich wacker, meinen Kopf leer zu kriegen. Nicht an die Besprechung zu denken. Oder an den Verdacht, dass der Täter das letzte Opfer absichtlich fast in meinem Garten deponiert hatte. Oder an Karen Fogerty. Oder Stephen. Oder Dave. Ich schaltete das Radio ein, fand einen Sender, der Oldies brachte, und summte mit.

Ich drehte das Radio leiser und betete.

Als ich fast in Grove Landing war, klingelte mein Mobiltelefon. Es war Ed Trumble.

»Annie, die nächste schlechte Nachricht. Wir haben eine weitere Leiche gefunden, und es ist nicht Karen Fogerty. Könntest du eben mal kommen?«

Kapitel 22

Gott, wann hört das endlich auf?

Ich rannte ins Haus, um meine Kamera zu holen. Dann fuhr ich, während die Gebete sich in meinem Kopf jagten, zurück nach Redding, durch das Stadtzentrum hindurch und weiter nach Westen auf der Placer Road. Der Giftmörder hatte sein Netz noch weiter gespannt; diesmal lag das Opfer in einem Dickicht in der Nähe der Powerline Road, nicht weit von der Stadtgrenze. An der Powerline Road wohnten etliche Reddinger Bürger, aber die Bebauung war locker, mit großen Abständen zwischen den Häusern. Die Leiche hatte mehrere Tage unter hohen Eichen gelegen, bis ein Mann dem Geruch nachgegangen war.

Die Verwesung war schon weit fortgeschritten. Der Gestank trat gegen meinen Magen. Ich atmete vorsichtig ein, Knie weich, Hände zitternd, und fing an, meine Fotos zu schießen. Das Zittern schien aus dem Abgrund meiner Seele zu kommen. Und mit ihm kam eine Wut hoch, die ich bisher nicht gekannt hatte – ein Zorn des Gerechten, dass ich Lust hatte, loszuschreien: *Gott, tu endlich was!*

Diesmal fehlten der Leiche eine dicke Strähne des schwarzen Haars (der Täter hatte sie fast an der Kopfhaut abgeschnitten) und eine der weißen Glitzersandalen.

Ich richtete die Linse meiner Kamera auf das zerstörte Gesicht des Opfers. Warum war das Bild so verschwommen? Ich senkte die Kamera, wischte mir über die Augen und versuchte es erneut. Sollten die anderen ruhig sehen, dass ich weinte.

Stimmen, Gesichter, Geräusche. Alles verschwamm um mich herum. Das Flattern des gelben Absperrbandes in einem plötzlichen Windstoß. Chetterling, Jim Cisneros, Matt Stanish und andere, wie sie die Leiche untersuchten, sich Notizen machten. Der Gestank, der mir die Kehle hinunterkriechen wollte.

Als ich halb fertig war, hörte ich es, das Flüstern in meinem Kopf. *Jesus … Jesus … Jesus … Jesus …*

War das das nächste Gebet, das Gott selber schickte? Oder nur mein eigener Verzweiflungsschrei, dass ich, dass wir alle nicht noch mehr aushielten?

18.40 Uhr. Ich fuhr fort, verschwitzt und verzweifelt. Wenn das Opfer nicht rasch identifiziert wurde, würde ich gleich am nächsten Morgen schon wieder in das Leichenschauhaus müssen, um weitere Bilder zu machen, nachdem sie die Leiche gereinigt hatten. Alles in mir zuckte zurück vor dem Gedanken, wieder in diesen Raum zu müssen. Und ohne Zweifel wäre dies die schwierigste Zeichnung in dieser Mordserie. Noch nie zuvor hatte ich das Gesicht eines Menschen rekonstruieren müssen, der schon so lange tot war. Der bloße Gedanke wollte mich erschlagen.

Ich fuhr schnurgerade durch die Stadt. Ich hatte nur einen Gedanken: nach Hause. Ich hatte keine Kraft mehr für die Bürgerversammlung, für die Atmosphäre der Angst, die mich dort erwarten würde und die das Letzte war, was ich jetzt brauchen konnte. Aber dann merkte ich auf einmal, wie ich auf den Rathausparkplatz fuhr.

Der Saal war überfüllt. Ich schob mich zwischen die Besucher, die ganz hinten an der Wand standen. Meine Nerven vibrierten. Die Stadträte hatten Mühe, Ordnung zu halten. Die Bürger riefen ihre Fragen, Bemerkungen, Anklagen. Warum taten die Sheriffbehörde und die Polizei nicht mehr? Wie konnten sie erwarten, dass die Bürger von Redding sich noch sicher fühlten? Was war dran an den Gerüchten über noch ein Opfer? Waren es nicht sogar zwei Opfer, wurde nicht jemand vermisst?

Ein Mann zu meiner Linken schrieb wie wild auf einen Notizblock. Sicher ein Reporter. Er schaute in meine Richtung, einmal, zweimal. »Annie Kingston?«

Er schien in meinem Alter zu sein. Tief liegende, ernste braune Augen, ein viereckiges Gesicht mit dünnen, geraden Lippen, meliertes Haar. Ich hatte ihn noch nie gesehen. »Hallo.« Ich schaute wieder nach vorne, hoffte, dass er mich nicht weiter belästigen würde. Ich mochte es nicht, mit Reportern zu reden. Gerade stellte jemand in der zweiten Reihe eine neue Frage. Der Kugelschreiber des Reporters flog wieder über das Papier.

Dort in der dritten Reihe, war das Rubys Kopf? Neben ihr saß Beverly. Ich musterte die Gesichter der Leute, die rechts von mir an der Wand standen, und sah viele Bekannte. Etwa in der Mitte stand Gerri Carson, aber sie sah mich nicht. Ihr sonst immer so herzliches Gesicht schien verschlossen. Ihre Hände lagen gefaltet vor ihrer Taille; sie gingen sachte auf und ab, als ob sie etwas unterstreichen wollten. Klar: Gerri betete.

Frank Nelson, der junge Polizist, der gestern versucht hatte, Stephen zu verhören, lehnte nicht weit von Gerri an der Wand. Er trug Zivil. Ich merkte, wie mein Gesicht sich verspannte. Er hatte mir versprochen, meine Zeichnung von Blake seinen Kollegen zu zeigen – aber hatte er sein Wort gehalten? Er war so schnell fertig gewesen mit Stephen gestern, hatte ihn in die Schule der Straße zurückgeschickt.

Rosalee Sanchez hatte sich rechts vorne postiert. Ihre Augen glitten durch den Saal, sie war dabei, etwas aufzuschreiben. Der Anblick des Blocks und Kugelschreibers machte mich nervös, obwohl ich gewusst hatte, dass sie hier sein würde.

War der Täter vielleicht wirklich hier, mitten unter uns? Jemand, der ein Doppelleben führte. Jemand, auf den keiner kommen würde, bis er seine Maske selber abnahm.

»Wo sind die Beamten, die mit dem Fall befasst sind?«, fragte ein Mann, der ziemlich weit vorne saß. »Warum sind sie nicht hier, um selber unsere Fragen zu beantworten?«

Einer der Stadträte erklärte, dass sie »im Augenblick zu tun hatten«, aber bald kommen würden. Die Auskunft stellte den Saal nicht zufrieden. Weitere bissige Bemerkungen, neue Anklagen.

Die aufgeladene Atmosphäre, sie war verständlich ... oder doch nicht? Fast hatte ich den Eindruck, dass all diese Leute hier nur wie Marionetten waren, die von unsichtbaren Fäden bewegt wurden. Ich merkte, wie die schwarze Klaue sich wieder auf meinen Nacken senken wollte. Ich begann zu beten, bestürmte Gott, ein Ende zu machen mit diesem Elend, *bald!* Und die Menschen hier ruhig zu machen. Und Chetterling zu helfen, wenn er endlich da war.

Ich wusste: Der Kommissar würde so schnell kommen, wie er konnte. Er wusste, wie wichtig es war, dass die Bürger der Stadt sein Gesicht sahen, die ruhige Stimme des Experten hörten, der der Lage gewachsen war. Chetterling hatte eine Art, die die Menschen beruhigte, ihnen signalisierte, dass sie in guten Händen waren, selbst in solch einer schwierigen Lage.

Der Bürgermeister, David Greenbaum, ein untersetzter Fünfziger mit beginnender Glatze, sprach in das Mikrofon. »Während wir warten, darf ich Ihnen eine gute Nachricht mitteilen. Einer unserer hilfsbereitesten Bürger, Ryan Burns, hat eine Belohnung von 50 000 Dollar ausgesetzt für Hinweise, die zu der Verhaftung des Giftmörders führen. Ryan ...«

Applaus, Beifallrufe. Greenbaum wartete, bis der Saal sich beruhigt hatte. »Ryan ist ein bescheidener Mann, der nicht gerne im Mittelpunkt steht, und wollte das daher nicht selber sagen. Aber er ist heute Abend unter uns, dort drüben.« Greenbaums Arm ging in die Richtung. »Ryan, steh doch mal auf, damit die Leute dich sehen können.«

Köpfe drehten sich, Hälse reckten sich. Meiner auch. Ich hatte Ryan Burns noch nie gesehen, aber schon viel über ihn gehört. Noch keine dreißig, war er doch schon eine Legende. Vor fünf Jahren hatte ein Riesenlottogewinn aus dem unscheinbaren Angestellten in einem Fotokopierladen den reichsten Bürger von Redding gemacht. Dass er jedes Rampenlicht scheute und gleichzeitig fleißig für die Polizei und Sheriffbehörde sowie diverse Schulen in der Stadt spendete, hatte die Legende nur noch angefacht.

Da stand er gerade auf, am Ende der zweiten Reihe. Er sah mittelgroß und korpulent aus und trug Jeans und ein schwarzes T-Shirt. Er drehte sich kurz um und winkte matt. Sein Arm war weiß. Eine Sekunde lang sah ich sein nichts sagendes rundes Gesicht und braunes Haar, dann setzte er sich schon wieder.

Der Applaus schwoll an und ebbte ab. Ich sah, wie Chetterling durch die Tür kam.

Er ging zielstrebig nach vorne und baute sich hinter einem der Mikrofone auf, bereit für die Fragerunde. Füße auseinander gestellt, Hände in den Hüften, zeigte er in das Meer der erhobenen Hände, griff sich die erste heraus, dann die zweite, Ordnung gebietend, ohne ein Wort zu sagen. Einer nach dem anderen traten die Fragesteller artig nach vorne, an ein anderes Mikrofon, sagten ihren Namen und stellten ihre Fragen.

Charlie Durst, der Inhaber von Dunning's Restaurant, war der Erste; er wollte wissen, was es Neues über Karen Fogerty gab. Jeff Strang, ein drahtiger Tankstellenbesitzer, war der Nächste. Er fragte, wie einfach es war, an Strychnin zu kommen, und ob man sich umsehen sollte, wer das Gift besaß. Jamie Irvine, eine Mutter mit rundem Gesicht, die ihr Baby auf dem Arm hatte, wollte wissen, ob Kripobeamte in Zivil nachts durch die Straßen patrouillierten. Frank Delaney, Verkäufer in einem Lebensmittelgeschäft, verlangte nähere Einzelheiten über die gerade entdeckte neueste Leiche.

Chetterling beantwortete die Fragen, so gut er konnte; einige Informationen verweigerte er, um die Ermittlungen nicht zu gefährden.

Ich schielte zu dem Reporter neben mir. Sein Kugelschreiber raste immer schneller. Ich ließ mich gegen die Wand sinken, hörte zu, ließ meine Augen durch den Saal schweifen, hasste den Argwohn, der sich mit jedem neuen Gesicht dort vorne wie ein giftiger Efeu um meine Seele schlang. Meine Füße taten mir weh, der Rücken auch. Wie lange dauerte dieser Tag schon? Hundert Jahre?

Lange vor Ende der Versammlung hatte ich genug. Ich schob mich durch die Umstehenden zur Tür. Endlich frische Luft ... Keine zehn Schritte weiter und ich hörte, wie jemand meinen Namen rief.

Der Reporter. *Na großartig.*

Ich verlangsamte meinen Schritt, kämpfte einen Augenblick mit mir. Ich hatte Lust, einfach weiterzulaufen und den Kerl zu ignorieren. Aber Reporter lassen sich nicht leicht ignorieren.

»Ja?« Ich versuchte, so ungeduldig wie möglich zu klingen.

»Luke Bremington, Reporter vom *Record Searchlight.* Darf ich Ihnen eben ein paar Fragen stellen?«

Unser Lokalblatt. »Oh. Ist Bendershil nicht mehr da?« Mit Adam Bendershil war ich vor einem Jahr aneinander geraten; ich hatte mir geschworen, nie mehr mit ihm zu reden.

Bremington winkte mit der Hand. »Den gibt's noch, aber den Job heute Abend hab ich gekriegt, und wie bewerten Sie die Theorie, dass die Leiche von Celeste Weggin absichtlich hinter Ihrem Garten platziert wurde?«

Wie schaffte der Mann das, zu reden, ohne zwischendurch Luft zu holen? »Absichtlich? Ich weiß nicht, was Sie meinen.« Ich drehte mich um und begann, zu meinem Auto zu marschieren. Er folgte mir.

»Kommen Sie, Mrs Kingston, Sie wissen genau, dass spekuliert wird, dass der Mörder die Leiche bei Ihnen abgelegt hat, um der Sheriffbehörde 'ne Nase zu drehen.«

»Da sagen Sie mir was Neues.«

»Gut, dann ist es eben neu. Also: Sehen Sie das auch so?«

Ich schaute stur geradeaus. »Woher soll ich wissen, was der Mörder denkt?«

»Was halten Sie von der Gebetsversammlung, die gestern Abend in der Covenant Chapel stattfand?«

Gebetsversammlung? Ich merkte, wie meine Schritte sich verlangsamten. Wie kam der auf so eine Frage?

Bremington sah seine Chance und fackelte nicht lange. »Sie wissen doch, dass in der Covenant Chapel dafür gebetet worden ist, dass der Mörder dingfest gemacht wird? Sie gehen doch selber in eine Kirche. Glauben Sie, dass Beten etwas bewirken kann in dieser Situation?«

Ich blieb stehen und schaute zum Himmel hoch. Was wurde hier gespielt? Seit wann interessierten sich Reporter dafür, was für eine Religion man hatte?

Aber sollte ich etwa meinen Glauben verleugnen?

Ich drehte mich zu Bremington hin. Seine Augen durchbohrten mich wie ein Bussard, der eine Feldmaus fixiert. »Wie kommen Sie ausgerechnet auf so eine Frage?«

Er musterte mich einen Augenblick. »Na, Sie sind doch Christ, oder?«

Woher wusste der das? Na gut, er hatte wohl spitz bekommen, dass ich zur Kirche ging. »Ja.«

»Ich schreibe gerade für die Sonntagsausgabe einen Artikel darüber, wie verschiedene Bürger der Stadt versuchen, mit dieser Krise zurechtzukommen, und habe mir gestern Abend diese Gebetsversammlung angeschaut. Ich würde einfach gerne wissen, was Sie von dieser Geschichte mit dem Beten halten.«

Aha. Und wie würde er über die Gebetsversammlung schreiben? Fair? Zynisch? Würde er die Christen als fromme Hinterwäldler darstellen?

Was soll das, Annie? Willst du den Mund halten und die Wahrheit verschweigen, bloß weil du Angst hast, jemand könnte sich über dich lächerlich machen? Ich schluckte. Nein, ich würde nicht schweigen. »Ach so. Also, ich glaube, dass Beten sich lohnt.«

»Dann beten Sie auch dafür, dass die Polizei den Täter findet?«

Warum war er bloß so hartnäckig? Wenn mein Gewissen mir nur erlauben würde, mich einfach umzudrehen und zu gehen. Ich zuckte die Achseln. »Tun das nicht alle?«

Was vielleicht sogar stimmte. Not konnte selbst hartgesottene Atheisten Beten lehren.

Bremington runzelte die Stirn. »Aber *wie* die gestern gebetet haben ... Wie gesagt, ich war dabei. Da war so eine ... tja, Kraft. Als ob diese Leute ein Schwert schwangen in 'nem Kampf auf Leben und Tod.«

Ich leckte mir die Lippen, durchsuchte mein müdes Gehirn nach einer Antwort. Ein Teil von mir traute dem Reporter immer noch nicht, aber die andere Hälfte flüsterte mir zu, dass hier vielleicht jemand vor mir stand, der die Wahrheit suchte; durfte ich sie ihm vorenthalten?

»Mr Bremington, die Wahrheit *ist* ein Schwert. Und in dieser bösen Welt stehen wir in einem Kampf auf Leben und Tod. Und wenn Sie mich jetzt bitte entschuldigen, es ist ein langer Tag gewesen.«

Ich nickte – hoffentlich nicht so schroff, dass es mein Zeugnis ruinierte – und trat zu meinem Auto.

***

Auf der Heimfahrt rief ich Jenna an, eigentlich nur, um ihre Stimme zu hören, aber ehe ich mich es versah, hatte ich ihr alles erzählt, was an diesem Tag vorgefallen war. Als ich fertig war, pochte meine Kehle. Ich lachte kurz und hart. »Ja, Jenna. Und wie war *dein* Tag so?«

Sie seufzte. »Annie, das tut mir so leid. Ich ... ich weiß nicht, was ich sagen soll. Vergiss meinen Tag; der war ein Kinderspiel im Vergleich zu deinem.«

»Hat Stephen schon was gesagt?«

»Nein. Und ehrlich gesagt, ich frag ihn auch nicht mehr. Ich lass ihn einfach rumsitzen, Däumchen drehen und die große Langeweile kriegen.«

»Ja, gut.« Und selbst wenn er ihr irgendetwas Haarsträubendes verraten hatte – war ich überhaupt in der Verfassung, es mir anzuhören?

Ich hielt das Telefon ein Stück von meinem Kopf weg, um eine Haarsträhne beiseite zu wischen. Mein Körper sehnte sich nach dem Bett und mein Herz nach Trost – so stark wie noch nie, seit Vic mich verlassen hatte.

»Annie?«

»Ja?«

»Dass du heute Abend so ganz allein zu Hause bist, gefällt mir gar nicht.«

Ich seufzte. »Das lässt sich halt nicht ändern. Hab zu arbeiten. Die neue Zeichnung anfangen kann ich erst, wenn ich morgen die zusätzlichen Fotos im Leichenschauhaus gemacht hab, aber ich kann schon mal die Fotos von heute Abend in den Computer füttern und ausdrucken und mir überlegen, wie das Gesicht wohl ausgesehen hat.«

»Du weißt ganz genau, dass du das heute Abend nicht mehr machen wirst. Du kannst doch kaum noch 'nen klaren Gedanken fassen.«

»Dann muss es eben ein verschwommener tun.«

»Annie, hör mir zu! Ich will nicht, dass du alleine in dem Haus schläfst.«

Ich lenkte das Auto mechanisch in eine Kurve. Mit jeder Minute hüllte die Müdigkeit mich fester in ihre Decke. »Schön, Jenna, und mit wem soll ich schlafen?«

»Haha, echt lustig. Geh in Daves Gästezimmer, Kelly ist ja sowieso schon da. Ich mach jede Wette, dass es ihm auch nicht recht ist, wenn du allein in unserem Haus bist.«

Zu Dave gehen. Wo Kelly und Erin waren. Es klang so ... so gut. Nein, keine Arbeit mehr. Nicht mehr heute Abend, wo meine Kraft wegfloss wie Wasser durch ein Sieb. Ich würde das morgen machen, wenn ich alle Fotos hatte. Ja, morgen ...

»Okay, wenn du meinst.«

Jenna zögerte. »Mensch, du wehrst dich ja gar nicht; du musst echt müde sein.«

Wenn du wüsstest ...

Ich fuhr in die Garage und stieg aus dem Auto. Als ich die Tür zur Küche öffnete, schrillte die Alarmanlage los, dass ich fast aus den Schuhen kippte. Ich schleppte mich zur Schalttafel hin und tippte die Geheimnummer zum Abschalten ein, dann legte ich Kamera und Notizblock auf den Tisch.

Ich ging hinauf in mein Schlafzimmer und packte meine Siebensachen für die Nacht.

Als ich über die Straße ging, hallten meine Schritte auf dem leeren Pflaster, als ob ich der letzte Mensch auf der Erde war. Ich drückte den Klingelknopf der Willits. Der Klang der Klingel war wie eine Einladung. Dave öffnete.

Sein Lächeln war wie ein Sonnenaufgang. »Na, das ...« Seine Lippen wurden flach, seine Augen suchten in meinem Gesicht. »Was ist passiert?«

Ich hob meine Tasche eine Handbreit hoch, ein erschöpfter, müder Landstreicher. »Jenna meint, ich soll in eurem Gästezimmer übernachten.«

»Oh. Prima, kein Problem.« Er zog mich durch die Tür.

Kapitel 23

Sie haben dich gefunden, du Schwarzhaarige. Endlich. Wie schnell sie sind.

Aber nach meiner Letzten suchen sie noch.

Es gibt immer wieder ein Morgen, mit seinen neuen Freuden.

Ich halte dich in meiner Hand, du Flittersandale, und schaue zu, wie du im sanften Licht der Lampe glitzerst. Die Sandale, die deinen Fuß schmückte – den Fuß, der deine Schritte in die Unmoral hineinführte. Du hast nicht gemerkt, dass ich dich beobachtet habe, nicht wahr? Als du dich auf einer dunklen Straße mit diesem Mann trafst und dachtest, ich würde nichts sehen und nichts merken.

Aber obwohl sie dich endlich entdeckt haben, kann ich mich nicht freuen. Sie sind so blind wie immer, armselige Höhlenbewohner, die sich durch die Tunnel ihres Lebens tasten. Die, die Sex verkauft haben, verkaufen ihn immer noch. Die, die Drogen genommen haben, wanken und schreien immer noch.

Und die Beter beten weiter.

Und all die Frauen, sie schmücken weiter ihre Körper, schmücken und verschönern sie, während ihre Seelen stumm und leer bleiben, eisige Steppen, wo keine Sonne scheint. Oh ja, ich habe sie gesehen, viele, auch heute wieder.

Ich streiche über dein Haar, so schwarz und seiden, so viel leuchtender als dein leeres Leben. Ich habe es dir weggenommen, wie ich anderen ihre Schätze genommen habe.

Und ich werde noch mehr nehmen.

Die elende Geschichte in der Zeitung von gestern, sie ist verbrannt. Ich hielt die brennende Seite zwischen meinen Fingern, bis ich sie nicht mehr halten konnte, dann schaute ich zu, wie sie sich in meiner Spüle zusammenkräuselte und zu Asche wurde, schwarz auf weiß. Sie haben geprahlt mit ihren Gebeten, die Leute aufgerufen, mitzumachen! Kirchen sollen sich versammeln, Gottes Volk sich vereinen gegen die Finsternis, gegen das Böse, das meine Hand lenkt.

Als ob ich meine Handlungen nicht selber hervorbringen würde!

Ihr, die ihr gestern Abend gebetet habt, liegt ihr jetzt geschlagen am Boden? Ihr, die ihr an diesem neuen, wunderbaren Tag gleich vor dem nächsten Verschwinden, dem nächsten Geheimnis steht?

Sie *hat auch gebetet, macht euch nichts vor. Meine Mutter hat Kerzen angezündet und um Mitternacht mit den Männern und Frauen getanzt. Sie hat zu den Göttern der Hindus gebetet, zu Buddha und Allah. Sie tat alles,* alles, *um den Schmutz ihrer Seele wegzuspülen, der sich doch nicht wegspülen ließ.* Tanz, Kind, tanz. *Ihre raue Stimme ließ meine schweren Lider nach oben gehen.* Denn bald wirst du groß sein.

Bitte, Mama, nicht! Ich will nicht tanzen, ich will nicht so werden wie sie ...

Schon steigt die Kraft wieder in mir hoch. Entfaltet ihre Schwingen, streicht gegen meine Rippen. Bald wird sie immer stärker flattern, und das Schreien wird beginnen, und das Ding wird sich gegen meine Brust werfen, kratzen, Löcher reißen, größer und größer, bis es mit pulsierendem Hunger aus mir herausbricht.

Ich lege dein Haar auf die Kommode, glätte es mit meinem Finger. Betrachte mich selber in dem Spiegel, schaue in meine eigenen Augen, in meine Seele.

Ich sehe, wie die schwarzen Flügel zittern.

Freitag, 24. Juni

Kapitel 24

Ein neuer Tag, eine neue Opferzeichnung.

Dave hatte mich erst gehen lassen, nachdem ich ein Schinken-und-Käse-Omelett mit Toastbrot gegessen hatte. Er hatte die Kreation mit der Routine eines Drei-Sterne-Kochs gebacken, einschließlich Drehen des Omeletts in der Pfanne. Falls er versuchte, mir Eindruck zu machen, war ihm das gelungen.

Ade, Abspecken, dachte ich, als ich ihm am Küchentisch gegenübersaß. Es war kurz nach acht Uhr, und die Mädchen waren noch im Bett. Ich trug wieder meine Kette. Dave betrachtete sie kurz und lächelte.

»Kelly kann heute hier bleiben, klar?« Er goss mir Kaffee nach. »Du musst ja wieder ins feindliche Leben. Und heute Abend kommst du am besten wieder rüber zum Übernachten.«

Heute Abend, dachte ich. *Abend – was ist das? Ich bin froh, wenn ich erst mal durch den Vormittag komme.*

»Vielleicht, ich werd mal sehen. Aber danke für das Angebot.«

»Gern geschehen. Mir wäre echt wohler zumute, wenn du wieder hierher kämst. In so 'nem großen Haus ganz allein ...«

Wir beide wussten nur zu gut, wie gefährlich ein Haus sein konnte, selbst wenn es eine Alarmanlage hatte.

An der einen Ecke des Tischs lag die Zeitung, mit den Schlagzeilen gnädig nach unten. Gestern Abend war also eine neue Leiche gefunden worden, und Karen Fogerty wurde vermisst. Ihr Bild hatte uns von der Seite angelächelt, so voller Leben und Fröhlichkeit, wie wir sie vorgestern Abend erlebt hatten. Der Artikel zitierte Verwandte und Freunde von Karen. Karen, so hieß es, »ist« ein wunderbarer Mensch, jemand, der andere

»liebt« und selber von allen »geliebt wird«. Ich war dankbar für die Formulierungen in der Gegenwart und konnte nur hoffen und beten, dass sie noch nicht zur Vergangenheit geworden waren. Karens Mutter, hieß es weiter, gab keine Interviews und wartete auf das Ergebnis der Suche; Pfarrerin Gerri Carson war in engem Kontakt mit ihr. Karens Vater, der unbedingt etwas tun wollte, hatte sich dem Suchtrupp angeschlossen.

Dave und ich hatten den Artikel beide gelesen. Ich wusste: Er hatte Dave an Lisas Tod erinnert. Ich wusste auch, dass Dave ebenso wie ich betete, dass Karen wohlauf war. Aber jetzt, beim Frühstück, hatten wir keine Lust, noch weiter über das Thema zu sprechen.

Das Leben musste weitergehen.

Um elf Uhr erwartete man mich im Leichenschauhaus. Um halb zehn saß ich in meinem Büro und spielte die Fotos vom Abend in meinen Computer ein. Das Ticken der Standuhr im Wohnzimmer schien ein Hammerwerk zu sein. Ich gab den Befehl zum Ausdrucken ein und schaute zu, wie der Drucker die grausigen Bilder ausspuckte.

Ich hatte Lust, einfach aufzustehen und nach draußen zu gehen, weg, weit weg. Irgendetwas *anderes* zu tun, nur nicht das hier. Ich hatte nicht die Kraft für noch einmal Schrecken und Verwesungsgestank. Sie kamen so schnell, diese Morde, als ob jeder neue Sonnenaufgang nur noch mehr Elend und Schmerz brachte. Gab es denn keine normalen Tage mehr?

Als der Drucker verstummte, war es plötzlich wieder da, dieses Gefühl. Dass ich beten sollte. Jetzt sofort. Mich auf den Boden knien und –

Das Telefon klingelte.

Ich starrte auf den Apparat. Wann hatte mir ein Anruf das letzte Mal eine gute Nachricht gebracht? Ich beugte mich über den Schreibtisch und beäugte das Display. Es zeigte die Dienstnummer von Gerri Carson. *Danke, Gott.* Ich nahm den Hörer. »Hallo, Gerri.«

Ihre Stimme floss durch die Leitung wie ein warmer Strom. Sie wollte nur hören, wie es mir ging, nach all den Sachen, die passiert waren. Hatte den Eindruck gehabt – der ohne Zweifel von Gott kam –, dass sie mal meine Nummer wählen sollte.

»Danke, Gerri, echt. Und wie geht's *dir*? Ich hab in der Zeitung gelesen, dass du gerade viel bei den Fogertys bist. Das ist sicher nicht einfach für dich, oder?«

»Das kannst du laut sagen. Ich war gestern lange bei Martha. Jim war den ganzen Tag unterwegs, mit dem Suchtrupp. Und als ich heute Morgen angerufen hab, hat Martha mir gesagt, dass er schon wieder losgezogen ist.«

Was Karens Eltern durchmachten – ich konnte es mir schier nicht vorstellen. »Wie packt Martha das?«

»Mal gut, mal weniger gut. Sie hat einen starken Glauben, aber es ist schon hart. Die eine Minute betet sie, in der nächsten weint sie. Manchmal beides gleichzeitig.«

Das kam mir irgendwie bekannt vor. War es mir mit Stephen nicht ganz ähnlich gegangen? Aber was waren meine Probleme mit Stephen schon im Vergleich zu dem hier ...

»Aber jetzt ... Wie geht's dir so?«, fragte Gerri.

»So weit gut. Das heißt, eigentlich ... es ist echt gut, dass du gerade anrufst.«

Und ich erzählte ihr von dem Gefühl, das ich gehabt hatte, als das Telefon klingelte. Und wie ich gestern Morgen etwas ganz Ähnliches erlebt und dann gebetet hatte. Ich berichtete ihr von diesem Gefühl der Schwärze und des Bösen um mich herum und wie die Gebete nur so aus meinem Mund geströmt waren, mit Worten, an die ich mich jetzt, ganze 24 Stunden danach, kaum noch erinnern konnte. An was ich mich umso mehr erinnerte, war der Geist hinter diesen Worten, dieser unwiderstehliche innere Drang. Als ich fertig war, lehnte ich mich, halb atemlos, zurück. So. Hielt Gerri mich jetzt für reif für die Klapsmühle?

Ich hörte, wie sie Luft holte. »Du auch? Du bist in den letzten beiden Tagen der Siebte oder Achte, der mir von so einem Erlebnis erzählt.«

»Echt?«

Allerhand, was Gerris paar Worte bewirkten. Plötzlich fühlte ich mich nicht mehr allein. Gerri glaubte mir, und andere würden mir auch glauben. Mir glauben und mich *verstehen*.

»Ja. Und noch davor, letzte Woche, hab ich mich mit anderen Leuten unterhalten, die mir das Gleiche sagten. Das ist überhaupt der Grund dafür, dass wir vorgestern Abend diese Gebetsversammlung gemacht haben. Wenn Gott so viele Christen dazu aufruft, zu beten, ist klar, was er meint. Das Böse wird stärker, und er ruft seine Leute auf, in den Kampf zu ziehen. Mit der besten Waffe, die wir haben: dem Gebet.«

Ich drehte meinen Bürostuhl weg von dem Drucker, in dessen Ausgabefach die neuen Bilder stumm vor sich hin schrien. »Aber Gerri, wenn das Gebet eine so gute Waffe ist, warum ist dann an dem gleichen Abend, wo ihr eure Gebetsversammlung hattet, Karen verschwunden? Das ist ja gerade so, als ob die Christen für was bestraft werden sollen oder so.«

Gerri schien zu schlucken. »Das klingt jetzt schlimm, aber wer weiß – vielleicht war es wirklich eine Strafe.«

Ich schaute aus dem Fenster hinaus, zu Daves Haus hin. So konnte Gerri das doch wohl nicht meinen.

»Annie, ich weiß, das ist was Neues für dich. Aber je länger du Christ bist, umso mehr wirst du begreifen, dass in dieser Welt ein ununterbrochener geistlicher Krieg tobt. Der Teufel und seine Dämonen sind etwas sehr Reales. Sie sind heute nicht weniger real als zu biblischen Zeiten. Aber Gott ist stärker. Doch die Mächte des Bösen wissen, dass er stärker ist, und das heißt: Wenn Gottes Leute beten und Gott bitten, mit seiner Macht einzugreifen, wehren diese bösen Mächte sich nur umso mehr. Bevor es besser wird, wird es manchmal schlimmer. Aber Gott hat uns versprochen, dass sein Wort siegen wird.«

»Gerri.« Mein Hals zog sich zusammen. »Ich möchte einfach, dass es *jetzt* besser wird. Ich hab den Eindruck, dass das fast jede Stunde schlimmer wird. Das ist wie eine riesige schwarze Hand, die mich zerdrücken will.«

»Es wird stärker, da geb ich dir Recht. Und das heißt für mich, dass der Kampf heftiger wird. Wir müssen jetzt mehr beten als je zuvor.«

»Glaubst du, dass dieser Mörder ein Satanist ist oder so was? Ich meine, jemand, der echt vom Bösen beherrscht ist?«

»Er wird ohne Zweifel vom Bösen angestachelt, aber das muss nicht heißen, dass er den Teufel regelrecht anbetet. Es könnte sogar sein, dass er sich in seinem Wahn einbildet, der Welt einen Dienst zu tun durch diese Morde.«

Ich hörte hinter mir ein leises Papiergeräusch. Eines der Fotos war aus dem Ausgabefach des Druckers auf den Fußboden gesegelt. Da lag es; fast war mir, als ob es mich anrief. Ich starrte es an, während ein Frösteln mir den Rücken hochkroch. Ich zwang mich, mich zu bücken und das Blatt aufzuheben.

»Kommst du heute in die Stadt?«, fragte Gerri.

»Ja. Muss um elf im Leichenschauhaus sein.« Ich legte das Foto mit zitternden Fingern auf meinen Schreibtisch.

»Ach ja, natürlich. Du, ich würde dir gerne eine Kassette ausleihen mit einer Predigt von Paul Sheppard. Er ist Pastor in der Bay Area, und die Predigt geht genau über dieses Thema mit dem Bösen und dem Beten. Ich glaub, das könnte dir helfen. Du könntest dir die Kassette bei Beverly abholen, in der Sheriffbehörde.«

»Okay, Gerri, danke, das mach ich.«

»Gut. Und wie geht's Stephen?«

Das nächste schöne Thema. Ich gab ihr einen kurzen Bericht.

»Mensch, Annie, kein Wunder, dass du nicht mehr weißt, wo dir der Kopf steht. Das ist echt viel auf einmal.«

»Ja.« Ich versuchte ein Lachen. Es klang zittrig. »Und ich dachte immer, wenn man Christ wird, wird das Leben leichter.«

»Ja, so funktioniert das nicht immer. Manchmal ist es sogar so, dass dann, wenn wir auf Gottes Seite treten, der Satan erst richtig losschießt. Er will nicht, dass Annie Kingston für Gott kämpft. Er will dich dazu bringen, das Handtuch zu werfen.«

Ich schloss meine Augen. »Also, ich will jetzt erst recht kämpfen.«

»So ist's recht.«

Ich wusste nicht, ob ich mich nach Gerris Anruf besser oder schlechter fühlte. Aber ich wusste, was ich zu tun hatte. Ich erhob mich von meinem Stuhl und kniete mich auf den Fußboden. Jawohl, ich war noch sehr unerfahren und schwach.

Aber eines wusste ich. Meine Gebete würden erhört werden.

Kapitel 25

Ich fühlte mich wie gerädert, als ich zum Leichenschauhaus fuhr, wie ein Teilnehmer wider Willen an einem kosmischen Drama. War das nicht die gleiche Szene wie erst gestern? Dieses Hin und Her, Auf und Ab zwischen der verwundeten Stadt und meinem krisengeschüttelten Haus. Meine Gebete vom Morgen schienen nicht viel bewirkt zu haben. Fast hätte ich schwören können, dass sie nur bis zur Zimmerdecke gegangen waren. Ich wusste natürlich, dass das nicht stimmte, aber trotzdem ...

Gott, ich muss dir vertrauen. Glauben, dass du mich gehört und verstanden hast.

Gerris Worte verfolgten mich: *»Bevor es besser wird, wird es manchmal schlimmer.«* Der Satz glitt durch meinen Kopf wie eine zischende Giftschlange. Aber konnte es überhaupt noch schlimmer werden?

Mein Handy klingelte. Ich schaute kurz auf das Display. »Hallo, Ralph.«

»Morgen.« Die Stimme des Kommissars war breiig vor Müdigkeit. Er räusperte sich, einmal, zweimal. »'tschuldigung.«

Oh Gott, bitte hilf ihm! Der arme Chetterling. Hier saß ich im Auto und machte in Selbstmitleid, und er hatte diese ganze Verantwortung am Hals. »Du hast bestimmt wieder mal nicht geschlafen, oder?«

»Falsch. Zwei Stunden hab ich geschafft.«

»Chetterling, das ist nicht genug! Hältst du dich für 'ne Maschine, die einfach weiterlaufen kann? Was haben die anderen von dir, wenn du untergehst? Du *musst* dich mal ausruhen.«

»Hab's verstanden, Frau Mutter.«

Mutter? Ich wollte ihm doch nur helfen, er brauchte doch jemanden. Woher hatte Chetterling dieses Talent, mir dann, wenn ich am wenigsten damit rechnete, eine kalte Dusche zu verpassen?

»Annie, tut mir leid, dass ich dich nicht schon zu Hause erreicht hab. Ehrlich gesagt, ich hab's vergessen. Wir haben unsere neue Mrs Unbekannt provisorisch identifiziert. Prüfen gerade noch ihr Gebiss, dann wissen wir endgültig Bescheid.«

»Oh.« Ich schämte mich plötzlich über meine kleinlichen Gedanken. Identifiziert. Dann würde ich diese Zeichnung also vielleicht gar nicht anfertigen müssen. Erleichterung. Aber andererseits hieß dies, dass jetzt die nächsten Menschen – Verwandte, Freunde – ins Loch der ungläubigen Trauer fielen, die Untaten des Giftmörders noch größere Kreise zogen.

»Tut mir echt leid, dass ich nicht eher angerufen hab.«

»Nein, lass nur, das macht nichts. Ich bin jetzt fast in der Stadt, und ich muss sowieso bei euch vorbei, was holen. Also, ich komm. Ich bleib dann so lange in der Nähe, bis ihr das Ergebnis habt. Wenn ich dann doch noch im Leichenschauhaus gebraucht werd, braucht ihr mich nur anzurufen.«

»Okay.«

»Ralph, warte. Was meint ihr, wer die Frau ist?«

Er seufzte. »Trenise Willoughby. 19 Jahre alt. Hat erst letztes Jahr die Schule abgeschlossen, Foothill High School.«

Foothill High School. Mein Magen krampfte sich zusammen. »In der Schule sind meine Kinder! Vielleicht hat Stephen die sogar gekannt.«

»Kann sein. Obwohl diese Trenise offenbar nicht die allerbesten Freunde gehabt hat.«

Wie taktvoll Chetterling war. Er wusste genau, dass Stephen auch nicht die allerbesten Freunde hatte.

Ich legte auf, jetzt noch nervöser. Ich wusste, dass das egoistisch von mir war, aber ich hoffte insgeheim, dass diese Mrs Unbekannt doch nicht Trenise war. Lieber doch wieder in das Leichenschauhaus als ein Opfer, das womöglich eine Freundin von Stephen gewesen war.

Auf jeden Fall wäre ich jetzt länger in der Stadt, als ich gedacht hatte. Sollte ich einfach umdrehen und zurück nach Hause fahren? Nein. Ich hatte Chetterling gerade versprochen, mich in der Nähe der Sheriffbehörde aufzuhalten, und außerdem war ich gespannt auf Gerris Kassette. Aber eine andere Stimme in mir warf mir vor, dass ich eine lausige Mutter war. Wie viel Zeit hatte ich mir in den letzten beiden Tagen für Kelly genommen? Sicher, ich wusste, dass sie gern bei Erin war, aber trotzdem ...

Um mein schlechtes Gewissen zu beruhigen, rief ich sie bei Dave an und erklärte ihr, dass ich länger weg wäre als geplant. Aus dem Hintergrund kam Rockmusik, sicher aus Erins Stereoanlage. »Okay, Mama, kein Problem.« Kelly sang es fast. Ich hörte, wie Erin lachte.

So viel zum Thema »armes Kind«.

An der Rezeption der Sheriffbehörde gab Beverly mir die Kassette. Sie lächelte müde. Auch an ihr ging diese endlose Mordserie nicht spurlos vorüber. »Möchtest du was essen?« Sie zeigte auf einen Tisch in der Ecke, auf dem Teller und Schüsseln mit diversen Leckereien standen.

»Mensch, wo habt ihr das denn her? Sag bloß nicht, dass das alles Ruby gebracht hat.«

»Nein. Schön, die Plätzchen da hinten sind wirklich von ihr. Aber es scheint, dass Gerri auf dieser Gebetsversammlung ein paar freiwillige Spender mobilisiert hat. Gerri ist ein Phänomen. Sagt, dass sie in ihrer Gemeinde beten, aber dass der Magen ja auch was braucht. Und so wie es hier bei uns gerade geht, haben die Leute buchstäblich keine Zeit, in die Stadt zu rennen und sich was Essbares zu holen. Die Spannung hier ist unglaublich, Annie. Ich komm mir vor wie ein Dampfkochtopf.«

Ich fand das Bild sehr passend. So ähnlich fühlte ich mich auch.

Ich redete ein paar Minuten mit Beverly, versuchte ihr, so

gut es ging, Mut zu machen. Aber meine Worte klangen leer, als ob ich sie in ein Vakuum sprach. Ich verabschiedete mich.

Es gab noch nichts Neues über die Identität des Opfers. Sollte ich in der Empfangshalle warten? Ich hatte keine Lust dazu.

Ich trat zurück nach draußen, auf den hitzeflimmernden Parkplatz, und ging zu meinem Auto. Am besten fuhr ich einfach eine Weile durch die Stadt, ließ mir die Klimaanlage um die Ohren blasen und hörte mir Gerris Kassette an. Ach ja, und Jenna anrufen, um zu hören, wie Stephen sich machte, konnte ich auch.

Der Gedanke begeisterte mich nicht gerade. Das Letzte, was ich jetzt hören wollte, waren neue schlechte Nachrichten, und irgendetwas sagte mir, dass Jenna mir nichts Besseres zu bieten hätte. Ich legte mein Telefon auf die Mittelkonsole des Autos und zog die Kassette aus ihrer Hülle. Der Titel der Predigt lautete: »Tu was – bete!« Ein Satz, der von Gerri hätte stammen können. Ich musste unwillkürlich lächeln. Ich startete den Motor, schob die Kassette in den Kassettenspieler und fuhr auf die Straße. Aus den Lautsprechern kam die Stimme des Pastors.

Ich fuhr auf der Market Street nach Norden und hörte der Stimme von Pastor Sheppard zu. Ich merkte auf, als er ausführte, wie wichtig das Gebet als Waffe in Zeiten des geistlichen Kampfes war. Beten, so Sheppard, war nie umsonst; es war »eine sinnvolle Beziehung zwischen einem allmächtigen Gott und machtlosen Menschen«.

Nie umsonst. Ja, damit konnte ich etwas anfangen. Beten veränderte die Lage. *Selbst dann, wenn man den Eindruck hat, dass es nur bis zur Decke geht, nicht wahr, Gott?*

Ich passierte den Lake Boulevard. Die Market Street ging in die Interstate 5 über, und ich fuhr weiter nach Norden.

Jetzt erzählte der Pastor eine Geschichte aus der Apostelgeschichte 19 über die Söhne eines Priesters namens Skevas, die offenbar fasziniert davon waren, dass Paulus Dämonen aus Besessenen austreiben konnte. Sie versuchten kurzerhand, das auch zu tun, indem sie die Dämonen »bei dem Jesus, den Paulus predigt«, beschworen. Worauf einer der Dämonen ihnen antwortete: »Jesus kenne ich wohl, und von Paulus weiß ich wohl, aber wer seid ihr?«

Ich blinzelte mit den Augen. Die Geschichte kannte ich noch nicht.

Der Pastor fuhr fort, dass alle Dämonen Jesus Christus begegnet waren, als er am Kreuz starb. Und Paulus kannte dieser Dämon vom Hörensagen als einen Mann Gottes. »Dieser Dämon sagte wahrscheinlich etwa Folgendes« – die Stimme des Pastors wurde heiser krächzend –: »›Persönlich ist mir der Typ noch nie über den Weg gelaufen, aber kürzlich hab ich ein paar von meinen Kumpeln gesehen, die die Beine unterm Arm hatten. Ich hab gerufen: Hey, wo wollt ihr alle hin? Da sagten die: Wir hauen ab! Paulus hat uns rausgeschmissen!‹«

Ich musste lächeln. Aus den Lautsprechern kam Gelächter und ein paar fröhliche »Amen«.

Ich verließ die Interstate 5 Richtung Westen und folgte der Wonderland Road, die hier parallel zu der Autobahn verlief. Heruntergekommene Häuser, Strauchwerk, efeuumrankte Eichen. Der Pastor bemerkte, dass Christen wie Paulus, »die in der Hölle einen Namen haben«, kein verfolgungsfreies Leben erwarten können und sich nicht wundern dürfen, wenn sie auf der »schwarzen Liste« des Satans stehen und sich einem Widerstand gegenübersehen, der mit der Vernunft nicht zu erklären ist.

Mit der Vernunft nicht zu erklären. Mann, das war genau meine Situation!

Jetzt kam links die Tully Road in Sicht, eine Straße, auf der ich noch nie gefahren war. Ich bog auf sie ein. Kurz hinter einem Bahnübergang wurde die Straße schmaler und schlängelte sich in den Wald hinein; nur hier und da war noch ein Haus zu sehen.

Plötzliche Angst. Was machte ich hier, in dieser gottverlassenen Gegend? Ich drückte den Knopf für die Türverriegelung und schaute nach vorne; wo konnte man hier wenden?

Die Stimme des Pastors schob sich wieder in mein Bewusstsein. Wenn es dick kam im Leben, hieß die Parole für die Menschen, die Jesus nachfolgten, beten. Die Bibel ließ keinen Zweifel daran: Beten veränderte die Dinge. Der Satz: »Was kommt, kommt«, er war schlicht falsch, und ...

Mein Mobiltelefon klingelte.

Ich drehte die Lautstärke niedriger und nahm das Telefon in die Hand. Sicher Chetterling. Aber nein, das Display zeigte die Nummer meiner Schwester in Redwood Shores.

»Jenna, hallo! Wie geht's?«

»Leider nicht so gut.« Sie klang ernst. »Ich sag dir das nicht gern, aber wir haben ein neues Problem.«

KAPITEL 26

Wie enttäuschend sie wieder sind, die Worte der Reporter! Warum gebe ich mich überhaupt noch mit euch ab? Dünn und durchsichtig wie das Papier, auf das ihr gedruckt seid. Keine Schönheit, keine Tiefe. Bloß Fakten. Nicht enden wollende Halbwahrheiten und Lobeshymnen auf die Hinterbliebenen, gerade so, als ob sie unser Mitleid verdienten.

Wenigstens hat die Entdeckung euren Stundenplan durcheinander gewirbelt. Ihr in euren Terminen gefangenen Zeitungsschreiberlinge seid herausgetreten aus eurem Zeitgeleise angesichts dieser neuen Entdeckung. Am Abend gefunden, wird sie am nächsten Morgen schon der Liebling der Schlagzeilen. Ich sehe sie vor mir, eure Leser, wie sie beim Frühstück sitzen und ungläubig keuchend die neueste Nachricht zu sich nehmen.

Aber wie geistlos eure Zeilen sind! Ich schlage dich mit der Hand, Zeitung. Und du wagst es, zurückzuknistern mit papierner Empörung.

Und doch tust du mir gut, auch wenn es mit einem Tag Verspätung ist.

Ihr Gesicht starrt mich an, hübsch, hübsch, gleich auf der Titelseite. Ein Gesicht, das vermisst wird, das zum letzten Mal vor zwei Tagen gesehen wurde, als es seine Arbeitsstelle verließ. Ein Mädchen, das nicht dafür bekannt ist, dass es einfach so verschwindet. Ein verlässliches, anständiges Mädchen.

Ein christliches *Mädchen.*

Ein Mädchen, das, wenn es nicht gerade hätte arbeiten müssen, vielleicht sogar mit bei den anderen in der Kirche gewesen wäre und gebetet hätte.

Wie schade für sie, dass sie nicht dort war. Hat jemand eine Flasche für meine Krokodilstränen? Denn wenn sie dort gewesen wäre, würde sie jetzt noch leben.

Die Dummheit dieser Welt ist so groß und weit wie der Ozean.

Beweist dies nicht, ihr Beter, dass die, die in meine Hand fallen sollen, es auch tun? Seht ihr sie nicht, die köstliche Ironie? Dass an dem Abend, wo ihr alle gebetet habt, einer von euch *das nächste Opfer wurde? Hätte ich es vorher gewusst, ich hätte es nicht präziser planen können.*

Sucht nach dem Mädchen, strengt euch an! Hofft – bis ihr sie findet. Der Augenblick ist nicht mehr fern, dafür habe ich gesorgt. Ich laufe hin und her, auf ungeduldigen Zehenspitzen, und warte auf die erlösende Nachricht. Wie elend die Wahrheit euch machen wird.

Und wie schadenfroh mich.

Kapitel 27

Mein Fuß hob sich von dem Gaspedal. Ich konnte nicht fahren und gleichzeitig die nächste Hiobsbotschaft hören.

»Okay, Jenna, warte eben.« Meine Stimme klang so ruhig, als ob ich mit meiner Schwester die Plätze getauscht hätte. Aber innerlich zitterte ich.

Ich schaute zur Seite und in den Rückspiegel. Keine anderen Autos in Sicht. Hundert Meter vor mir lag ein Haus; im Vorgarten war eine Frau, die Unkraut jätete. Ich fuhr zur Seite und hielt an.

Die Kassette lief immer noch, jetzt leiser. Das Geräusch ging mir plötzlich auf die Nerven. Ich nahm die Kassette heraus.

Tief durchatmen, Annie. Und ein kurzes Gebet. »Also gut, was ist?«

»Du wirst es nicht glauben. Ich war gerade in der Dusche, als es passiert ist. Als Erstes bekam Stephen die große Erleuchtung, dass er doch mal den Anrufbeantworter seines Handys fernabfragen sollte. Gerade so, als ob er dringend einen seiner so genannten Freunde anrufen müsste.«

Na prima. Klar, dass mein Sohn früher oder später einen unwiderstehlichen Drang zu seinen Freunden verspüren würde. Gut, dass ich sein Telefon konfisziert hatte; es lag zu Hause in der obersten Schublade meiner Frisierkommode.

Jenna fuhr rasch fort. »Jetzt kommt's. Du weißt ja, dass man für so 'ne Fernabfrage seine eigene Nummer wählen muss, klar? Stephen wählt sie also – *und hat Blake an der Strippe.«*

Wie bitte? Ich starrte durch die Windschutzscheibe auf die Frau in dem Garten. »Blake? Machst du 'nen Witz? Stephens Handy ist in meinem Schlafzimmer!«

»Na, sie haben Stephen doch zusammengeschlagen und ihm das Portemonnaie abgenommen. Und da drin hatte er seine

Sozialversicherungsscheckkarte. Es scheint, dass jeder Idiot im Lande eine Handynummer auf ein anderes Telefon legen kann, wenn er diese Nummer und die Sozialversicherungsnummer des Handybesitzers hat.«

Ich schloss die Augen und legte den Kopf gegen die Nackenstütze, versuchte, die Nachricht aufzunehmen wie ein schon übervoller Schwamm. »Dann hat Blake Stephens Handynummer gestohlen?«

»Sagt Stephen jedenfalls. Er hat mir alles erzählt, und er sagt wohl die Wahrheit, denn er hat die Hosen voll vor Angst.«

»Aber ...«

»Lass mich fertig machen. Ich schätze, Blake hat das gemacht, damit er Stephens Freunde, die die Nummer anrufen, bearbeiten kann, ihm zu sagen, wo Stephen ist. Gut, Blake meldet sich, und Stephen legt sofort wieder auf. Aber bei den modernen Telefonen erscheint ja die Nummer des Anrufers auf dem Display. Blake sieht also *meine Nummer.* Er fragt sich, wer das sein kann, der ihn da aus der Bay Area anruft und gleich wieder auflegt, und ruft zurück. Stephen nimmt nicht ab, so viel Verstand hat er. Ich bin gerade dabei, aus der Dusche zu steigen. Als ich mich angezogen hab, klingelt das Telefon wieder. Ich nehm ab, und eine Stimme sagt: ›Ich muss Stephen sprechen. Sagen Sie ihm, dass es Blake ist.‹ Ich kann dir sagen, ich war perplex! Wusste nicht, was ich sagen sollte. Und dann sagte Blake: ›Ich weiß, dass er bei Ihnen ist. Und Sie sind in der ...‹ Und er nannte meine Adresse. Hatte sie wohl über die Telefonnummer und das Internet rausgefunden.«

Mein Mund stand offen. War es wirklich erst zwei Tage her, dass ich Stephen hinter dem Einkaufszentrum abgeholt hatte? Diese ungläubige Hilflosigkeit, sie kam mit voller Wucht zurück. Diese imaginäre Tür, hinter der ein schwarzes Loch gähnte. Wie war ich nur da reingerutscht? Wie war Stephen da reingerutscht? Es ging gegen alle Logik. Selbst wenn Stephen tatsächlich zweitausend Dollar Drogengeld gestohlen hatte –

war es das wirklich wert, dass einer der »Bosse« ihn jagte, ihn zusammenschlagen ließ, seine Telefonnummer benutzte, um ihn ausfindig zu machen?

Und hier saß ich, in einem Beruf, der mich jeden Tag mit der Polizei zusammenbrachte, und was tat die Polizei? Nichts.

»Annie? Bist du noch da?«

»Ja – ja, sicher.« Ich presste zwei Finger an meine Stirn. »Ich versuch gerade, das alles zu sortieren. Weiß nicht, wo ich anfangen soll.«

Wie hatte der Pastor auf der Kassette noch gesagt: *Christen dürfen sich nicht wundern, wenn sie sich einem Widerstand gegenübersehen, der mit der Vernunft nicht zu erklären ist.*

Und ich hatte gedacht, dass ich diese Predigt nur wegen der Morde brauchte. Kamen etwa auch die anderen Probleme in meinem Leben daher, dass ich auf der »schwarzen Liste« des Teufels stand?

Plötzlicher Zorn. Ich wollte auf keiner Liste stehen! *Behalten Sie's für sich, Pastor, ich will das nicht hören! Ich will meine Ruhe haben, ich will ...*

Ja, das war es. Ausruhen. Endlich nicht mehr kämpfen müssen.

»Also, eins ist klar«, sagte Jenna. »Hier können wir nicht mehr bleiben. Wir sind hier keinen Tag mehr sicher.«

»Ich fürchte, da hast du Recht.« Meine Gedanken rasten weiter im Kreis.

»Ich schlage also vor, wir hören auf mit dem Versteckspiel und fliegen zurück nach Grove Landing. Wenn ich mir vorstelle, was wir alles angestellt haben, um Stephen zu beschützen, bloß weil er nicht reden will – mein Gott, ich könnte ihn erwürgen, wenn ich dran denke! Also: Ich flieg ihn zurück nach Grove Landing, und dann schleppen wir beide ihn zur Polizei, und dort wird er gefälligst auspacken!«

Unsere Überlegungen von gestern zuckten vage durch mein Gedächtnis wie halb verwehte Fußspuren im Sand. »Ich weiß, dass er auspacken muss, Jenna, aber das macht das Leben nicht sicherer für ihn. Jedenfalls nicht lange. Nicht, solange diese Burschen nicht alle hinter Schloss und Riegel sind.«

»Aber was sollen wir denn sonst ...«

»Wo ist er jetzt gerade?«

»Hier bei mir. Sitzt da drüben auf 'nem Stuhl und kriegt jedes Wort mit. Was er auch soll.«

Jenna hatte jedes Recht, wütend zu sein, aber allmählich konnte ich nicht mehr. »Hol ihn mal eben ans Telefon.«

Ich hörte, wie Jenna den Hörer weiterreichte. Ich presste meine Zähne zusammen und schaute finster zu der jätenden Frau hin. Wie einfach *sie* das Unkraut ihres Lebens ausreißen konnte – es war nicht fair!

»Hey, Mama.« Stephens Stimme klang verspannt.

»Okay. Ich möchte wissen, was passiert ist. Und zwar von *dir*.«

Er wiederholte, was Jenna mir schon gesagt hatte. Als er fertig war, krallten meine Finger sich um mein Telefon, und hundert Vorwürfe schossen durch meinen Kopf. Warum hatte Stephen unbedingt seinen Anrufbeantworter anrufen müssen? Warum hatte er nicht wenigstens dieses eine Mal auf uns gehört und sich ruhig verhalten? Warum hatte er sich überhaupt solche »Freunde« angeschafft? Warum hatte er mit Drogen angefangen? Warum konnte er nicht vernünftig sein?

Ich schlug mit der Faust auf das Lenkrad.

Aber ...

Eine andere innere Stimme. Warum war ich so wütend auf Stephen? Gut, er hatte Mist gebaut. Aber die Leute, die da hinter ihm her waren, sie waren doch viel schlimmer. Warfen ihm einen Diebstahl vor, den er nicht begangen hatte. Und selbst wenn er das Geld gestohlen hatte – es war Drogengeld, es war illegal. Und was machten sie denn da mit ihm?

Meine Augen brannten. Einen langen Augenblick saß ich schweigend da. Dann sagte ich: »Okay, Stephen. Du hast den nächsten Fehler gemacht, das weißt du und darüber müssen wir uns unterhalten. Aber jetzt musst du erst mal zurück hierher. So geht es nicht mehr weiter. Und du *musst* zur Polizei und auspacken. Das wird nicht einfach sein, das weiß ich, aber wir können nicht für den Rest unseres Lebens auf der Flucht sein.«

Keine Antwort. Nicht, dass ich eine gebraucht hätte. Oder erwartet.

In meinem Ohr piepste es leise. Ein anderer Anrufer, der mich zu erreichen versuchte.

»Stephen, warte eben mal.« Ich schaltete auf den zweiten Anruf um. »Annie Kingston.«

»Hallo.« Chetterling klang, als ob er frisch von einer Dampfwalze überfahren war. »Wir haben die Identifikation. Es ist tatsächlich Trenise Willoughby.« Ein erschöpfter Seufzer. »War gerade bei ihren Eltern. Mensch, das ist ein Albtraum, das Ganze. Frag mich allmählich, ob er je aufhören wird.«

Ja, Chetterling, das frag ich mich auch.

Ich versuchte, ihn zu trösten. Die üblichen Platitüden, dass er und sein Team diesen Killer bestimmt aufspüren würden und wie gut er in seinem Job war. Lauter heiße Luft. Chetterling dankte mir für die Aufmunterung, aber ich wusste, das war nur Höflichkeit. Ich schaltete zurück zu Stephen. Ich musste an Gerris Worte denken und an die Predigt auf der Kassette. Was ich jetzt dringender brauchte als je zuvor, ja was alle Christen hier brauchten, war – beten.

»Stephen?«

»Ja?«

Wie geknickt er klang, wie verängstigt. Ich spürte einen plötzlichen Stich. Ich schloss die Augen und fasste mich an der Stirn.

»Kennst du eine Trenise Willoughby? Sie muss letztes Jahr die Schule abgeschlossen haben. Deine Schule.«

Er schien zu zögern. Nur für den Bruchteil einer Sekunde, aber ...

»Ja. Warum willst du das wissen?«

Täuschte ich mich, oder war plötzlich Argwohn in seiner Stimme? So, als ob er sich auf etwas vorbereitete, das er nicht gerne hören wollte?

»Sie ... Es tut mir leid, dass ich dir das sagen muss, aber ich hab gerade erfahren, dass sie tot ist. Das neueste Opfer dieses Serienmörders.«

»In Redding? Unmöglich, da ist die doch gar nicht mehr. Die ist da weg, letztes Wochenende oder so.«

Ich setzte mich auf. »Hast du sie etwa gekannt? Hast du in der letzten Zeit mit ihr gesprochen?«

»Nein, nicht gesprochen, hab's nur gehört, so was spricht sich rum.«

»Was spricht sich rum?«

»Dass sie weg ist.«

»Okay, das hab ich geschnallt. Und warum ist sie aus Redding fort?«

Schweigen.

»Stephen, antworte mir! Das ist wichtig!«

»Reg dich ab, Mutter, das ist weiter nichts. Sie hatte einfach Zoff mit ihrem Freund.«

Zoff. Freund. »Und wer war ihr Freund?«

»Warum willst du das auf einmal wissen?«

»Weil sie nicht aus Redding weg ist, Stephen. Sie ist *tot*. Und dass sie mit einem Freund Streit hatte, das ist eine wichtige Information.«

»Schwindelst du mich jetzt an? Ist das ein Trick?«

»Ich mach keine Tricks, Stephen. Die Polizei hat die Leiche identifiziert. Sie ist nie aus Redding weggefahren. Sie ist ermordet worden.«

»Mann, das ist ja echt ...«

»Ich weiß.«

Wieder Schweigen. Ich wartete, gab ihm Zeit, die Nachricht zu verdauen.

»Und die Bullen glauben, dass ihr Freund das gemacht hat? Mensch, wenn das stimmt, das ...«

»Nein, ich sage nicht, dass ihr Freund sie umgebracht hat. Aber sie werden ihn sicher vernehmen.« Ich unterbrach mich. »Wer ist das überhaupt, ihr Freund?«

Wieder Zögern. »Behalt das für dich, klar? Ich mein, die halbe Stadt weiß natürlich, mit wem Trenise gegangen ist, aber es braucht keiner zu wissen, dass ich dir das gesagt hab; hab schon genug Scheiße am Hals.«

Wie gepresst seine Worte kamen. »Stephen, wenn die halbe Stadt das schon weiß, kannst du es mir auch sagen. Früher oder später kriegen wir es sowieso raus.«

»Ja, gut, okay. Ihr Freund war Blake. Der Typ, der hinter mir her ist.«

Kapitel 28

Die Ängste und die Bilder jagten sich in mir, als ich zurück zur Stadt fuhr. Ich hatte Chetterling bereits angerufen, um ihm das mit Trenise mitzuteilen. Wenn er es nicht von mir gehört hätte, hätte er es sicher bald bei der Vernehmung von Trenises Verwandten und Freunden erfahren, aber jetzt konnten er und sein Team noch schneller handeln. Irgendwo in seinem voll gestopften Büro, so erklärte er mir, lag meine Zeichnung von Blake. Er brauchte sie nur zu finden und sie seinen Kollegen zu zeigen und an die Zeitungen zu schicken. Man würde Blake zu einer »wichtigen Person« in Sachen Ermordung Trenise Willoughby erklären. »Den kriegen wir«, versicherte Chetterling mir, »und dann quetschen wir ihn aus.«

Danke, Gott, das ist mal was Positives. Es war also kein Zufall, dass ich gerade mit Stephen sprach, als Chetterling anrief.

Konnte dieser Blake etwas mit den Morden zu tun haben?

Kaltblütig genug dafür war er sicher. Und er war an eben dem Tag in unserem Haus aufgekreuzt, als ich die Leiche von Celeste Weggin hinter unserem Garten fand. War das ein taktischer Schachzug gewesen? Hatte Blake vielleicht nicht nur Stephen sprechen wollen, sondern sich auch vergewissern, ob ich zu Hause war?

Andererseits gingen Chetterling und seine Soko wie auch die Profilfahnderin davon aus, dass der Mörder seine Opfer nicht gekannt hatte. Ich biss mir auf die Lippe. Der Gedanke, der mir gerade kam, war so pervers, dass ich ihn gleich wieder fortschieben wollte. Hatte Blake womöglich Trenises Tod von langer Hand geplant und all diese anderen Frauen nur deswegen umgebracht, damit niemand darauf kam, dass *er* Trenise getötet hatte?

Nein. So etwas gab es nur in Filmen.

Oder?

Ich fuhr auf der Oasis Road nach Osten. Ich musste zurück nach Hause; in spätestens zwei Stunden würden Jenna und Stephen in Grove Landing landen, und in der Sheriffbehörde hätte ich nur Däumchen drehen und abwarten können, wie die Suche nach Blake sich entwickelte. Wenn Chetterling einen triftigen Grund fand, konnten sie Blake für eine Weile aus dem Verkehr ziehen. Aber selbst dann – wäre Stephen sicher? Wie viele Untergebene hatte dieser Blake, die die schmutzige Arbeit für ihn machten? Er war doch gar nicht dabei gewesen, als die vier Typen Stephen zusammenschlugen.

Es war halb eins, als ich in Barrister Court ankam. Ich fuhr den Wagen in die Garage, zog die Fernbedienung von der Sonnenblende ab und steckte die Predigtkassette ein. Ich ging nach draußen, schloss die Garagentür mit der Fernbedienung und ging zu Daves Haus.

Erin öffnete die Tür. Ihre Augen waren tränenhell. Sie sah mich an und warf sich in meine Arme. Ich hielt sie fest, das Herz wurde mir schwer. Sie ließ mich wieder los, damit ich in das Haus treten konnte. Jetzt kam Kelly aus der Küche, und dann hatte ich beide Mädchen in den Armen.

»Wir haben das mit Karen gehört.« Kelly schaute mich wie bittend an, ihr Gesicht ein einziger Hoffnungsschrei, dass es nicht stimmte, was sie gehört hatten.

Oh Gott.

»Vor einer Stunde hat Alicia angerufen, unsere Freundin aus der Kirche«, schnüffelte Kelly. »Sie hat gesagt, dass Karen vermisst wird und dass sie wohl tot ist.«

Ein Kloß kam mir in die Kehle. »Warte, so weit sind wir noch nicht.«

»Aber sie wird doch vermisst, oder?« Erin legte ihre Hände an ihre Wangen.

Ich presste die Lippen zusammen und nickte leicht. »Ja,

doch.« Manchmal wünschte ich mir, die Mädchen anlügen zu können. »Wo ist dein Papa, Erin?«

»In seinem Büro. Willst du ihn sprechen?«

»Gleich.«

Ich führte die Mädchen zurück in die Küche, aus der der Geruch von gegrillten Käsesandwiches kam. »Schaut mal nach eurem Essen. Ich glaub, da brennt gleich was an.«

Teenager sind solch ein Rätsel. Wenn sie etwas Schlimmes hören, sind sie zu den erstaunlichsten Reaktionen fähig. Die Mädchen waren traurig, das war offenkundig. Aber irgendwie gelang es ihnen, ihre Aufmerksamkeit zurück auf das zu lenken, was gerade auf der Tagesordnung stand: ihre Käsesandwiches grillen, sie vom Toaster holen und auf die Teller legen, Getränke eingießen. Sie brachten es fertig, mich nach Informationen über Karen anzubohren und gleichzeitig den Tisch zu decken.

Verwandlungskünstler. Reine Selbsterhaltung. Junge Mädchen brauchen einen sicheren Anker im Leben.

Ich musste ihnen versprechen, sie sofort zu benachrichtigen, wenn ich etwas Neues hörte.

Als ich den Flur entlang zu der Tür von Daves Büro ging, saßen sie schon am Küchentisch und aßen ihre Sandwiches.

Ich klopfte leise.

»Herein.«

Er saß hinter seinem ausladenden, von Papieren übersäten Schreibtisch, die eine Hand über einem Taschenrechner, in der anderen einen Kugelschreiber.

»Oh, hallo. Ich dachte, du bist Erin.« Er machte Anstalten, aufzustehen.

»Nein, nein, bleib ruhig sitzen, ich bleib nicht lange.« Ich zog einen Stuhl vor seinen Schreibtisch und setzte mich. In der einen Ecke des Zimmers stand ein riesiger Ficus. Ein schönes, prächtig belaubtes Exemplar. Ficusbäume waren empfindlich. Hatte Lisa diesen hier vor ihrem Tod gepflegt? Wie viel Geduld hatte Dave lernen müssen, als er dann die Pflege übernahm?

»Die Mädchen haben mir gesagt, dass sie das mit Karen gehört haben.«

Er seufzte auf. »Ja. Ich hab die letzte Stunde mit ihnen geredet. Hatte gerade wieder mit der Arbeit angefangen.«

War das also der Grund, warum sie sich so schnell gefasst hatten? Dave hatte sie schon durch die kritischsten Augenblicke gelotst.

»Es tut mir leid, dass ich nicht hier war. Das muss ja echt ein Schock für sie gewesen sein.«

»Das war es auch. Ist es noch. Aber ...«

»Aber sie sind Teenager.«

Er lächelte traurig. »Ja. Und Teenager haben Hoffnung. Wahrscheinlich viel mehr Hoffnung als wir.«

Ich schaute auf meinen Schoß und nickte. »Das macht das Leben einfacher.«

»Stimmt.«

Wir schwiegen.

»Ja, und jetzt hab ich das Allerneueste für dich.« Ich schaute zu ihm hoch. Wie ungepflegt sah ich eigentlich aus?

»Lass hören.« Er beugte sich vor, die Arme auf der Tischplatte.

Mit fast emotionsloser Stimme erzählte ich ihm von Stephens Anruf, von Trenise, von Blake.

Als ich fertig war, starrte er mich mit offenem Mund an, während sein Kugelschreiber mechanisch gegen einen Stapel Papiere trommelte. Etwas an der Art, wie er mich ansah, an den Sorgen-Krähenfüßen in seinen Augenwinkeln, machte mir die Kehle klamm. *Um Himmels willen, Annie, heul jetzt bloß nicht los.*

Er wollte etwas sagen. Ich kam ihm zuvor. »Du, ich muss jetzt gehen.« Ich schob meinen Stuhl zurück. »Ich muss noch ein paar Sachen erledigen, bevor Jenna kommt, und dann – ja, das weiß ich selber noch nicht. Aber du kannst die Mädchen gerne zu mir rüberschicken.«

»Nein, lass sie ruhig hier, ich kümmer mich um sie. Du hast jetzt genug am Hals.« Sein einer Mundwinkel ging hoch. »Annie, ich wollte ... ich wollte, ich könnte mehr für dich tun.«

»Dave. Du weißt ja gar nicht, wie viel du schon tust.«

Nein, so klangen die Worte falsch. Zu ... was auch immer. Ich stand auf. Ich merkte, wie ich rot wurde. »Ach, noch etwas. Könntest du dir das hier vielleicht mal anhören?« Ich legte die Kassette auf seinen Schreibtisch. Ich hatte vergessen, sie zurück in ihre Papphülle zu schieben, und das Plastik klickte hörbar gegen das Holz. »Die hat Gerri mir gegeben. Es ist eine Predigt, echt gut, aber ich hab gedacht, vielleicht könnten wir uns mal drüber unterhalten.«

»Klar, gerne.« Er schaute die Kassette an, dann wieder mich. »Halt mich auf dem Laufenden, wenn's was Neues gibt, ja?«

»Mach ich.«

Als ich schon an der Tür war, drehte ich mich um. »Dave? Könntest du dir das bald anhören? Ich ... ich hab das Gefühl, dass noch mehr auf uns zukommt. Na ja, falls noch mehr kommen *kann* nach all dem, was wir schon haben. Ich glaub, wir werden gar nicht genug beten können.«

Er nickte langsam. »Schließ deine Haustür gut ab und sieh zu, dass du die Pistole immer greifbar hast.«

Ich versprach es ihm.

***

Eine selige Stunde lang lag ich auf dem Bett und ruhte mich aus.

Jenna und Stephen kamen etwas nach 14 Uhr an. Meine Schwester stieg mit zusammengekniffenem Mund aus dem Flugzeug und umarmte mich wortlos. Die Art, wie sie zu Stephen hinsah, sprach Bände. Nein, sie hatte es ihm nicht vergeben, dass er schon wieder alle Warnungen in den Wind geschlagen hatte.

Und Stephen. Die Farbe seiner einen Wange und des Unterkiefers fing an, ins Gelbgrünliche zu gehen, um sein Auge blühte es schwarz und rot. Seine Laune passte hervorragend zu der verwundeten Hässlichkeit seines Gesichts. Der Trotz hing wie eine unsichtbare Giftwolke um ihn. Er nahm sich umständlich seine Kopfhörer ab, schob seinen Sitz nach vorne, um den Matchbeutel und den CD-Koffer hervorzuholen, und schlurfte mit hängenden Schultern und missmutigem Blick durch den Hangar in die Garage nebenan.

Die beiden alleine im gleichen Haus – es musste die Hölle gewesen sein. Dann schob Stephen sich durch die Küchentür, und die Realität seiner Rückkehr traf mich wie ein Faustschlag. Ade, Ruhe. Seine Negativhaltung, seine Unberechenbarkeit – alles war wieder da. Es war schlimm, aber wahr: Es war mir eine Belastung geworden, meinen Sohn um mich zu haben.

Ich fuhr mir durch das Haar, dann hob ich Jennas Reisetasche von dem Fußboden des Hangars hoch. Das Ding schien eine Tonne zu wiegen. Ich begriff nicht, wozu sie so viel Kram brauchte. Und warum der Kram so schwer war.

Aus der Ferne kam das Klingeln meines Mobiltelefons. Ach ja, ich hatte es auf die Küchentheke gelegt. Ich hievte leise grummelnd die Tasche mit beiden Händen durch die Garage. Als ich sie auf den Tisch wuchtete, klingelte das Telefon gerade zum dritten Mal. Ich packte es.

»Annie, ist Stephen schon da?« Chetterling nahm sich noch nicht einmal die Zeit, »Hallo« zu sagen.

»Ja. Gerade eben.«

»Wir brauchen ihn hier, damit wir uns mit ihm über Blake und die ganze Geschichte unterhalten können.«

Willkommen daheim, Stephen. »Habt ihr Blake schon?«

»Nein. Aber dank deiner Zeichnung wissen wir wenigstens,

wie er aussieht. Ich hab sie schnell rumgehen lassen, und irgendjemand hat ihn erkannt. Der volle Name ist Blake Dalveeno. Managt Montagekolonnen und Bauprojekte für seinen Onkel, der Bauunternehmer ist. Hab ihn durch unseren Computer gejagt, um zu sehen, ob wir ihn wegen irgendwas für ein paar Tage einlochen können, und wenn's ein nicht bezahltes Knöllchen ist. Nichts zu machen. Wir müssen ihn also verhören wie die Weltmeister. Und da kommt Stephen ins Spiel. Wenn wir Dalveeno nicht wegen der Morde festhalten können, dann vielleicht wegen eines anderen Vergehens.«

Ich zog einen Küchenstuhl unter dem Tisch hervor und setzte mich. »Das heißt also, dass Stephen diesmal wirklich keine Wahl mehr hat.«

»Wir tun, was wir können, um ihn zu beschützen, wenn er Angst hat auszusagen. Aber wir brauchen ihn für unsere Fahndung nach dem Giftmörder, das werd ich ihm schon klar machen.«

Ich konnte nur hoffen, dass er das schaffen würde. »Und die Polizei? Da war Stephen doch schon mal. Man hat ihn doch zusammengeschlagen und ihm das Portemonnaie und die Uhr abgenommen; da ist doch die Polizei für zuständig und nicht die Sheriffbehörde.«

»Schon, aber ich arbeite eng mit denen zusammen. Bei dem Gespräch wird jemand von der Polizei mit dabei sein, wahrscheinlich Frank Nelson, der Beamte, bei dem ihr wart.«

Na prima!

»Übrigens«, sagte ich, »als sie Stephen geschlagen haben, war Blake nicht dabei.«

»Ja, aber es scheint, dass er der Drahtzieher ist. Stephen wird uns die Namen der Leute geben, *die* dabei waren, und dann müssen die uns mehr über Dalveeno erzählen.«

Ich fühlte mich plötzlich bleiern müde. Ich hatte Lust, eine ganze Woche zu schlafen. Drogen. Morde. Und jetzt kannte womöglich mein eigener Sohn den Mann, den wir seit Monaten suchten. *Gott, bitte, ich will nicht, dass Stephen was mit diesem Mörder zu tun hat!*

»Okay. Ich bring ihn zu euch. Aber es wird nicht einfach sein.«

»Möchtest du, dass ich ihn holen lass? Kein Problem, ich schick gerne jemand.«

»Nein.« Meine Antwort kam wie aus der Pistole geschossen. Nein, Stephen in einem Polizeiauto – der Gedanke war mir unerträglich. »Ich schaff das schon.«

»Okay. Bis bald dann.«

»Chetterling, warte.« Ich wollte, dass er noch einen Satz sagte, mir versicherte, dass alles gut werden würde mit meinem Sohn. *Komm, Ralph, sag irgendwas.*

Schweigen.

Ich biss mich in die Wange. »Glaubst du, dass Blake der Giftmörder ist?«

»Null Ahnung. Er ist ein bisschen jung. Sagt Rosalee jedenfalls. Aber in anderen Punkten passt er zu ihrem Täterprofil. Hat studiert, wohnt und arbeitet in Redding, kennt sich gut aus in der Gegend. Scheint Beziehungen aus dem Drogendealermilieu zu haben. Und aus irgendeinem Grund ist er heute weder auf der Arbeit noch zu Hause. Frag mich, warum.«

Nicht zu Hause. Wo war Blake? Unterwegs in die Bay Area, um Stephen auf den Leib zu rücken?

Jenna kam in die Küche, ihren Koffer in der Hand. Ich warf ihr einen deprimierten Blick zu, und sie blieb stehen. Ich sah, wie ihre Lippen das Wort *Was?* bildeten. Ich hob abwehrend die eine Hand.

»Okay. Also, ich komm, so schnell ich kann, Ralph. Bis bald.«

Ich schaltete das Telefon aus und schaute zur Wand hin. In der Mitte war ein Schmutzfleck. *Muss ich bei Gelegenheit mal wegwischen.*

»Was ist?« Jenna stellte ihren Koffer ab.

Ich drehte meinen Kopf langsam in ihre Richtung. »Ich muss Stephen zur Sheriffbehörde fahren. Sie wollen Informationen über Blake. Sie bestehen drauf, dass er kommt.«

Kapitel 29

Der Richter nimmt Mörser und Stößel zur Hand.

Weiß sind die Pulverkristalle. Ich schüttele eine kleine Menge aus der Flasche. Sie haben keinen Geruch. So bescheiden-unauffällig. So wohltätig. Der Unwissende könnte sie für Zucker halten und in den Kaffee tun. Aber der Geschmack – bitter wie Galle.

Stoßen, mahlen. Höre das Klick-Kratz *von Marmor auf Marmor, sieh, wie das Pulver immer feiner wird unter meinen liebenden Händen.*

In meiner Brust flattern und stoßen die Flügel.

Wie praktisch, dass meine Mutter diesen Todessand zu mir brachte, nicht ahnend, was ich mit ihm machen würde. Die Reisen, die sie in der Eitelkeit ihres Alters machte, jetzt entschädigen sie das erwachsene Kind.

Klick, kratz. Tapp, tapp, tapp. *Köstliches Pulver fällt von meinem Stößel, dass der winzige Schneehaufen größer wird.*

Wo seid ihr jetzt, ihr Beter? Redet keiner mit Gott? Ihr, die ihr glaubt, dass Beten alles ändert. Kommt eine kosmische Kraft und gebietet meiner Hand Einhalt? Vielleicht ein Blitz vom Himmel? Oder geisterhafte Finger, die durch das ganze All, Sterne und Planeten beiseite schiebend, zur Erde schießen wie eine Hand, die in ein Aquarium greift? Kommt, ihr Finger, packt mich! Sucht und tastet, während ich zur Seite rucke, hinein in meine gemalte Burg, wo ich unter Plastikwedeln in Sicherheit sitze!

Ich lege den Stößel beiseite. Schaue zur Decke hinauf. Komm, ich warte auf dich.

Komm, wenn du solch eine Macht hast, wie sie behaupten!

Nichts.

Ah, ich drehe dir eine Nase. Dir und all den anderen.

Die einen sitzen und beten. Die anderen handeln. *Ich schaue mein Todespulver an und frage: Wer ist der Mächtigere?*

Aber genug. Warum gebe ich mich überhaupt mit solchen Gedanken ab? Warum auch nur eine Sekunde vergeuden für ihre leeren Behauptungen?

Flattert, schlagt, ihr schwarzen Flügel. Streift meine Rippen und Muskeln, Knochen und Sehnen, lasst mich wohlig erzittern.

Ich weiß, dass sie mich suchen, oh ja, ich weiß es. Jetzt mehr als je zuvor. Keine Toten mehr, sagen sie, wir finden ihn, bevor er sich das nächste Opfer holt.

Wie wenig ihr wisst.

Wahrheit? Sie liegt hier in diesem Mörser.

Unscheinbar. Geruchlos.

Die Farbe der Reinheit.

Kapitel 30

Das Interviewzimmer in der Sheriffbehörde. Ich kannte es nur zu gut. Jetzt, wo mein eigener Sohn befragt werden würde, schien *Interviewzimmer* ein viel zu mildes Wort zu sein. *Verhörzimmer* – das passte eher. Schon mehr als einmal hatte ich, wie jetzt, außerhalb des Raums gestanden und durch das Beobachtungsfenster, das von innen ein Spiegel und von außen durchsichtig war, den Gang des Verhörs verfolgt. Eine oben in einer Ecke des kleinen Zimmers angebrachte Kamera nahm alles, was geschah, auf.

Meine Knie zitterten. Stephen auch nur hierher zu bringen, war schon eine Strapaze gewesen. Mir fröstelte plötzlich, dass ich die Arme um die Brust schlug. Mein ganzer Körper schien aus Porzellan zu sein, das jeden Augenblick in tausend Stücke brechen konnte.

Gott, hilf mir. Ich bin es so müde, seine Mutter zu sein. Ich weiß nicht mehr, was ich machen soll!

Chetterling saß an dem einen Ende des ramponierten rechteckigen Tischs, am nächsten zur Tür. Ihm gegenüber saß Frank Nelson, mein »Lieblingspolizist«. Hatten die wirklich niemand anderen finden können? Zwischen den beiden saß Stephen, mir genau gegenüber. Er wusste natürlich nicht, dass ich zuschaute. Ein Glück.

»Bist du verrückt?«, hatte er getobt, als ich ihm sagte, dass ich ihn zu Chetterling fahren würde. »Weißt du jetzt, warum ich dir nichts sag? Sobald ich dir was sag, gehst du zu den Bullen und verpfeifst mich!« Er warf einen Arm hoch. »Was meinst du, was Blake macht, wenn er hört, dass die Bullen ihn für 'nen Mörder halten, weil ich ihnen was gesagt hab?«

Er hatte mir seine Zimmertür vor der Nase zugeknallt und zusätzlich den Schlüssel umgedreht. Ich hatte zehn Minuten gebraucht, um ihn dazu zu bringen, wieder herauszukommen. Komisch, wie ruhig ich gesprochen hatte, als ob der Schmerz in meinem Herzen nicht da war. »Stephen, du musst die Tür aufmachen. Wenn du es nicht tust, ruf ich jemand an, der dich holt. Siehst du nicht, dass du keine Wahl mehr hast? Ein Mörder ist los. Und ich will dir helfen. Ich will, dass Blake hinter Schloss und Riegel kommt, damit er dir nichts mehr tun kann.«

Dass Stephen dann endlich seine Tür öffnete, es musste von Gott selber gekommen sein, der das verzweifelte Gebet einer Mutter erhört hatte.

In der Sheriffbehörde angekommen, wurde mein finster vor sich hin starrender Sohn gleich in den verdunkelten Interviewraum geführt. Sobald sie das Licht einschalteten, würde der Raum durch den falschen Spiegel hindurch sichtbar werden. Ich riss mich zusammen und ging in Chetterlings Büro. Ich kam mir eher wie ein Bittsteller als wie ein Kollege vor. Ich wollte ...

Ja, was wollte ich? Ihn aus tiefstem Mutterherzen heraus anflehen, milde zu meinem Sohn zu sein? Oder ihn bitten, so hart wie möglich zu sein, weil mein Herz mit seinem Mitleid am Ende war?

Chetterling saß an seinem Schreibtisch. Als er mich sah, stand er sofort auf. »Er ist nicht gerne mitgekommen, wie?« Es war keine Frage, es war eine Feststellung von jemandem, der mich gut kannte.

»So kann man's nennen. Aber jetzt ist er hier.«

Er musterte mich. »Du musst das Verhör nicht unbedingt mit anhören. Vielleicht ist es besser, du wartest hier.«

Klar, Ralph. Und was dann? Wie soll ich meinem Sohn helfen, wenn ich nicht weiß, was Sache ist? Ich starrte auf einen der Papierstapel auf dem Schreibtisch. Meine Gefühle bohrten und wühlten in mir.

»Annie, das tut mir leid. Ich weiß, wie schwer das für dich ist.«

Ich zwang meinen Blick zurück zu Chetterlings Gesicht – und merkte, wie meine Augenlider flatterten. Diese plötzliche Sanftheit in seinen Augen. Als ob er aus dem Kommissar herausgeschlüpft war und plötzlich Chetterling, der Mensch, vor mir stand. Jemand, dem ich wichtig war. Der mit mir litt. Ich schämte mich auf einmal für meine zynischen Gedanken.

Draußen im Flur kamen Schritte näher. Ich drehte mich in die Richtung, in einem plötzlichen Bedürfnis nach jemandem, der diese Szene unterbrechen würde. Aber die Schritte gingen an der Tür vorbei.

Ralph sah mich immer noch an, ich spürte es im Nacken. Meine Finger legten sich verlegen um meine Handtasche. Ich drehte mich zurück, es gelang mir, die Achseln zu zucken. »Doch, ich geh da rein, Ralph. Ich *muss* das machen, das verstehst du doch?«

Er atmete tief ein und wieder aus. »Ja.« Er räusperte sich, Chetterling, der Kommissar, war wieder da. »Ich such nur eben meinen Notizblock und Stift auf diesem aufgeräumten Schreibtisch, und dann gehn wir.«

Und jetzt sah ich also Stephen, wie er mit hängenden Schultern an dem Tisch saß. Sein Oberkörper ging hin und her, wahrscheinlich weil eines seiner Beine zitterte. Er starrte auf seine Finger, die ausgebreitet auf der Tischplatte lagen, als könnten sie sich jeden Augenblick in irgendwelche Fabelwesen verwandeln.

Chetterling lehnte sich auf seinem Stuhl zurück, betont lässig. Seine schiere Körpergröße reichte aus, um einen einzuschüchtern. In diesem kleinen Zimmer sah er noch größer aus als sonst. »Dein Gesicht sieht ja lecker aus, Stephen.«

Keine Antwort.

»Ich hab gehört, dass du Officer Nelson schon kennst. Wir danken dir, dass du gekommen bist.«

Stephen schnalzte wegwerfend. »Blieb mir ja wohl nichts anderes übrig.«

»Wir schätzen deine Kooperation. Du hast dich kürzlich ja schon mal kurz mit Officer Nelson unterhalten, aber jetzt brauchen wir die ganze Geschichte, und zwar ausführlich, mit allen Einzelheiten.«

Ich trommelte mir gegen mein Kinn, während Stephen auspackte. Diesmal hörte ich die vollen Namen. Kenny Wraight und Dwayne Moody. Al Hanks, Eddy Bocerelli. Das waren die vier, die ihn in Als Auto zu Eddys Haus gefahren hatten. Dort hatten Kenny und Dwayne ihn in die Mühle genommen, die zweitausend Dollar verlangt und ihm Portemonnaie und Uhr abgenommen. Vier gegen einen; Stephen konnte es sich kaum leisten, sich zu wehren. Kenny und Dwayne waren schließlich gegangen, nicht ohne zu versprechen (oder, genauer wohl, anzudrohen), dass sie wiederkommen würden, und zwar mit Blake. Stephen war klar, dass er fliehen musste; nach einer Konfrontation mit Blake wäre er wahrscheinlich krankenhausreif gewesen.

Vor meinen Augen begann es zu schwimmen. Ich presste meine Fingerknöchel gegen mein Kinn, kämpfte die Tränen zurück. Erst jetzt begriff ich richtig, was für eine Angst Stephen gehabt haben musste.

Gott, danke, dass du ihm geholfen hast zu fliehen.

Die vier Burschen waren schon seit einiger Zeit als Drogenhändler für Blake tätig, fuhr Stephen fort. Sie verkauften Pot (Marihuana) in der Stadt und Meth nach New Orleans. *Metamphetamin!* Chetterling und Nelson schienen nicht weiter überrascht zu sein; ich umso mehr. Warum um alles in der Welt New Orleans?

Stephen erklärte, dass Blake sich bei den Meth-Lieferungen nie selber blicken ließ. Seine Helfer verpackten den Stoff und schickten ihn los. Irgendjemand in New Orleans wies über Western Union an einen der Burschen die Zahlung an, worauf dieser das Geld Blake aushändigte und eine kleine Provision für sich behielt. Stephen selber hatte mehrere Male den Mittelsmann gemacht. Aber das letzte Mal war keine Geldanweisung gekommen. Ein erzürnter Blake hatte daraufhin persönlich den Kontakt in New Orleans angerufen, der ihm beteuert hatte, dass er das Geld sehr wohl geschickt hatte und sogar die Einzahlungsquittung vorlegen konnte. Und dann hatten sie angefangen, Stephen zu verdächtigen.

»Blake ist voll verrückt«, knurrte Stephen. »Ich hab das Geld nie gesehen.« Aber seine Beteuerungen hatten ihm nicht geholfen; Blake war überzeugt, dass Stephen der Lügner war.

»Dieser Blake.« Chetterling trommelte auf den Tisch. »Weißt du, wie er mit Nachnamen heißt?«

»Nee. Den hat er mir nie gesagt. Ich weiß auch nicht, ob die anderen ihn kennen.« Stephen kippte mit gespielter Nonchalance seinen Stuhl nach hinten.

Ich wusste, dass sie mit der Frage testen wollten, wie ehrlich Stephen war. Konnte Chetterling ihm an der Nase ablesen, ob er die Wahrheit sagte oder nicht? Ich hatte diese Fähigkeit schon seit langem verloren. Mein Sohn konnte so überzeugend lügen.

»Nun, *ich* kenne ihn zufällig. Dalveeno.« Chetterling musterte Stephens Gesicht.

Stephen zuckte die Achseln. »Kann sein.«

Officer Nelson legte seine Ellbogen auf den Tisch. »Was weißt du sonst noch über Dalveeno?«

Stephen ließ den Stuhl zurück nach vorne kippen, dass die vorderen Stuhlbeine knallten. Nicht viel, antwortete er, aber als er Blake beschrieb, lief es mir kalt den Rücken hinab. Blake war um die fünfundzwanzig und hatte »echt was drauf«. Arrogant war er auch; drückte sich gerne geschraubt aus und prahlte mit seinem Wissen über Politik und Philosophie.

Arrogant – das glaub ich sofort. Ich erinnerte mich nur zu gut an seine herablassende Art.

Er las andauernd, vor allem die Klassiker, sagte Stephen. Wenn mein Sohn ein Buch für den Englischunterricht lesen musste, brauchte er bloß Blake zu fragen, und der sagte ihm, was drinstand. Der Mann schob irgendeinen ruhigen Job für seinen Onkel, bei dem er Baustellen besuchen und die Arbeiter anweisen musste. Er musste keine Stechuhr bedienen und konnte so ziemlich machen, was er wollte.

»Wo wohnt er?«, fragte Nelson. Es war die nächste Frage, zu der er und Chetterling bereits die Antwort wussten.

»In Avonshade Townhouses. Coole Vier-Zimmer-Wohnung, gleich neben dem Pool.«

»Wohnt er mit jemand zusammen?«

»Wüsste ich nicht.«

»Weißt du was über seine Familie? Eltern, Geschwister?«

Stephen betrachtete wieder seine Finger. »Keine Geschwister. Von 'nem Vater hat er nie was gesagt. Vielleicht hatte er nie einen.« Stephen zog seine Mundwinkel zu einer »Wen juckt's?«-Geste herunter, die mir ins Herz fuhr. Nein, meinen Sohn juckte es sehr wohl, dass sein eigener Vater ihn verlassen hatte. Mehr, als er je vor einem anderen Menschen oder sich selber zugeben würde. »Und seine Mutter ist tot, aber die hat er sowieso gehasst.«

Die hat er sowieso gehasst. Ich stand stockstill und beobachtete Chetterlings Gesicht. Er verzog keine Miene, aber ich sah förmlich, wie sein Gehirn arbeitete, eins und eins zusammenzählte.

»So?«, sagte er. »Und was war so schlimm an ihr, dass er sie gehasst hat?«

»Weiß nicht.« Stephen drehte seine Daumen. »Ich glaub, sie war 'ne Nutte oder so was. Hatte es mit Kristallkugeln und so 'nem Kram. Und Drogen.«

»Hat sie hier in Redding gewohnt?«

»Glaub schon.«

»Und wann ist sie gestorben?«

Stephen sah Chetterling an, seine Stirne runzelte sich irritiert. »Woher soll *ich* das wissen?«

Chetterling erwiderte ruhig seinen Blick, bis Stephen zur Seite sah. »Okay. Erzähl uns was über Blakes Freundin, Trenise.«

Stephen berichtete, dass sie schon mit Blake gegangen war, als er ihn kennen lernte, also letztes Jahr im November oder so. Sie nahm alle möglichen Drogen und war eitel wie ein Pfau. Blake drehte hohl, wenn jemand sie auch nur ansah.

Das Gewicht meiner Handtasche zog an meiner Schulter. Ich stellte sie auf den Fußboden, aber das half nichts. Zwei unsichtbare Hände schienen mir in den Nacken zu drücken. Was Stephen da über Blake Dalveeno sagte, es passte alles. In rascher Folge produzierte mein Gehirn Bilder von Blake – tatsächliche und Fantasieszenen.

Blake, wie er eifersüchtige Anklagen gegen Trenise schleuderte, die Faust auf ihre Wange gerichtet ... Wie er bei mir zu Hause seinen Zeigefinger auf mich richtete und sagte: »Sie können Stephen was von mir ausrichten.« ... Wie er höhnisch grinsend über der grotesk verzerrten Leiche von Celeste Weggin stand ... Karen Fogerty in sein Auto zerrte ... Celestes Leiche in den Wald hinter meinem Haus schleifte ... neben Kelly stand, die mit vor Angst aufgerissenen Augen auf dem Sofa kauerte ...

Nein. *Nein.*

Das hier war zu viel. Jawohl, ich wollte, dass sie den Mörder kriegten und hinter Schloss und Riegel brachten. Aber dass er womöglich einer von Stephens »Freunden« war, dass mein Sohn in seinem Auto, in seinem Haus gewesen war ... Und dass *er* in *meinem* Haus gewesen war, sich über *meine Tochter* gebeugt hatte. Eiszapfen rissen in meinen Rücken.

Chetterling saß mit verschränkten Armen da und nickte. »Schön ... Und Blake und Trenise haben sich also gestritten?«

»Ja.«

»Worüber?«

Achselzucken. »Irgendeinen Typ eben. Wer, weiß ich nicht.«

»Und was war mit dem Typ?«

Stephens Blick war finster. »Das weiß ich nicht! Wann kann ich wieder nach Hause? Eure Fragerei geht mir auf den Nerv, ich kann doch nicht alles wissen!«

»Hey.« Officer Nelson beugte sich näher zu Stephen, seine Stimme war ungeduldig. »Reg dich ab, Mann, das ist hier nicht die Folter dritten Grades. Oder willst du 'nen Urlaub in 'ner Gefängniszelle machen und über die Drogen nachdenken, die du verkauft hast?«

Chetterling hob seine Hände. »Okay, okay, immer mit der Ruhe.« Er schoss einen vorwurfsvollen Blick auf Nelson ab, der so viel hieß wie: *Lass den Jungen in Ruhe.* Ich musste ein Grinsen unterdrücken. Ich kannte sie natürlich, die »Lieber Polizist, böser Polizist«-Masche; wie Chetterling das machte, es war echt gut.

»Schön.« Chetterling rieb sich über sein Kinn. »Stephen, wir wollen nur, dass du uns alles sagst, *was* du weißt. Wir erwarten nicht, dass du der liebe Gott bist, klar?«

»Ja.« Stephen verschränke die Arme und kippte seinen Stuhl zurück.

»Okay. Gut. Du hast gesagt, dass Blake und Trenise sich gestritten haben. Weißt du noch, wann das war?«

Stephen schaukelte hin und her mit seinem Stuhl. »Ich hab nur davon gehört, klar? Ich glaub, es hieß, es war ... letzten Samstag. Da haben sie richtig Zoff gehabt, und sie wollte weg und nach Sacramento zu ihrer Schwester ziehen.« Er schüttelte den Kopf. »Hab gedacht, sie macht das auch. Ich meine, wer hat schon gedacht, dass sie stattdessen auf einmal tot ist? Das ist echt ... voll blöd.«

Der Kommissar räusperte sich. »Warst du vorgestern Abend zufällig bei Blake?«

Vorgestern Abend. Der Abend, wo Karen Fogerty verschwand.

»Ich? Nee.« Stephen berührte seine rot-grüne Wange. »Vorgestern hab ich das hier gekriegt. Den Rest des Tages bin ich nirgends mehr hin.«

»Hast du an dem Abend auch nicht mit Blake gesprochen? Oder mit jemand, der erwähnte, wo Blake gerade war?«

»Nee. Ich hab mit niemand gesprochen. Meine Mutter hatte mir ja mein Handy weggenommen.«

»Okay.« Chetterling rutschte auf seinem Stuhl. »Kommen wir einen Augenblick zurück zu der Drogengeschichte. Mir ist noch nicht ganz klar, wie die funktioniert.«

Aus Chetterlings »Augenblick« wurden zwanzig Minuten, in denen er meinem Sohn die Hierarchie der Drogenbande entlockte. Ihr Boss war ein Geschäftsmann aus der Stadt, dessen Namen Stephen angeblich nicht wusste. Der Zweite in der Hierarchie war Blake, und die übrigen vier arbeiteten unter Blake. Blake besorgte ihnen den Stoff, und sie verkauften ihn. Blake achtete peinlich darauf, sich nicht die Finger schmutzig zu machen; das hatten gefälligst die anderen zu tun. Er prahlte damit, dass er nicht vorbestraft war, und war entschlossen, dass das auch so bleiben sollte.

»Wenn das so ist«, sagte Chetterling, »warum ist er dann selber in euer Haus gekommen, einfach so, obwohl er doch damit rechnen musste, dass ihn jemand zur Rede stellt?«

»Sie sind sicher seine Mutter? Die berühmte Gerichtszeichnerin?« Blakes höhnisches Grinsen, als ob meine Pistole nur ein Spielzeug war. War Blake nicht nur wegen Stephen gekommen, sondern auch wegen mir, nachdem er sein letztes Opfer im Wald hinter meinem Garten versteckt hatte?

Stephen schaute auf die Tischplatte. »Ich weiß nicht. Er ist eben durchgedreht, nachdem er das mit Trenise hatte. Ist voll abgegangen wegen dem Geld. Er mag's nicht, wenn was nicht nach seiner Nase geht, verstehn Sie? Erst hat er hohl gedreht, als Trenise ihm sagte, sie geht, und dann hat er hohl gedreht wegen mir. Ich weiß nicht, was los ist mit ihm.«

Als Chetterling und Nelson ihr Verhör beendeten, war mir klar, wie der Schlachtplan des Kommissars aussah. Er würde darangehen, herauszufinden, was mit Blake Dalveeno »los war«. Hatte Blake eines oder mehrere der anderen Opfer gekannt? Hatte er Möglichkeiten, an Strychnin heranzukommen? Mit der tatkräftigen Hilfe anderer Soko-Mitglieder würde Chetterling die vier anderen Burschen, die Stephen genannt hatte, dingfest machen und einzeln verhören, um mehr über Dalveeno zu erfahren. Officer Nelson hätte die Aufgabe, die Körperverletzung, die die vier an Stephen begangen hatten, strafrechtlich zu verfolgen.

Nach dem Verhör stand ich wieder mit Chetterling in seinem Büro. Stephen wartete draußen an der Rezeption, mit der Ungeduld einer Schnellzuglokomotive vor einem roten Signal.

»Sieh zu, dass dein Sohn bis auf Weiteres zu Hause bleibt und sich nirgends blicken lässt.« Ralph sah mich nicht an, sondern durch mich hindurch, seine Gedanken bei den Aufgaben, die vor ihm lagen. »Seine vier so genannten Freunde können wir wegen diverser Vergehen festhalten, zumindest bis zur Anklageerhebung. Aber Dalveeno – wie Stephen selber sagt, er ist eine Nummer für sich.«

Ich lehnte mich müde an seinen Schreibtisch und schaute zu Boden. »Ich kann's schier nicht glauben, dass Stephen mit Meth gehandelt hat. Ich kann's nicht glauben.« Ich legte eine Hand über meine Augen. »Warum schicken die das Zeug bis nach New Orleans?«

»Weil man dort schwerer drankommt, was bedeutet, dass sie mehr dafür kriegen.«

Ach so. Ganz der Geschäftsmann, dieser Mr Dalveeno.

»Ralph, jetzt mal ehrlich: Glaubst du, dass Blake dieser Mörder ist?«

Er sog langsam die Luft ein. »Ich weiß es noch nicht, aber es ist die beste Spur, die wir bisher haben. Er scheint auf jeden Fall clever genug für unseren Mann zu sein. Wenn er wirklich

Trenise ermordet hat, hat er auch die anderen ermordet. Die Methode ist die gleiche, und Trenise kann keine Nachahmungstat sein, weil wir das mit den ›Trophäen‹ nicht publik gemacht haben.« Er blinzelte; ich sah, wie seine Augen sich noch fester auf mich richteten. »Sei einfach extra vorsichtig, okay? Sobald wir Dalveeno haben, geb ich dir Bescheid.

Und fang schon mal an, dafür zu beten, dass wir einen guten Grund finden, um ihn festzuhalten.«

Kapitel 31

Ich hatte versprochen, Jenna anzurufen, wenn ich mich mit Stephen auf den Heimweg machte. *Na gut*, dachte ich, als ich mein Handy zur Hand nahm. *Wenn dein Sohn sich weigert, ein Wort mit dir zu wechseln, ruf deine Schwester an.*

Ihre Stimme war eine Erleichterung. »Wie war's?«

»Wunderbar.«

»Na klar, wie sonst?« Sie holte tief Luft. »Was möchtest du zum Abendessen?«

Die gute Jenna. Sie konnte einem auf den Nerv gehen, aber sie merkte es genau, wann ich nicht mehr konnte. Sie würde sich ihr Verhör für später aufheben.

»Ich weiß nicht, ich hab eigentlich keinen Hunger.«

»Aber du musst was essen. Ich mach jede Wette, du hast heute nichts zu Mittag gegessen.«

Mittag? Mittag, das war vor hundert Jahren gewesen. »Jenna, wenn du mir wirklich helfen willst, dann schnapp dir Kelly und Erin und geh mit ihnen essen und ins Kino. Sie sind jetzt lange genug bei Dave gewesen, und ich hab einfach nicht die Kraft.«

»Okay, aber unter einer Bedingung: Versprich mir, dass du was isst.«

»Zu Befehl, Mama, ich werde was essen.«

Eine halbe Stunde später stand ich in unserer Küche. Ich fühlte mich wie durch den Fleischwolf gedreht. Jenna und die Mädchen waren schon gegangen, und ein verbissener Stephen hatte sich, kaum dass er aus dem Auto ausgestiegen war, in sein Zimmer zurückgezogen. Ich konnte seine Musik nicht hören; wahrscheinlich saß er vor seinem Fernseher.

Diese Müdigkeit. Ich wusste nicht, was ich als Nächstes tun sollte.

Die Standuhr schlug halb sechs. Ich fuhr mir durch mein Haar. Eigentlich sollte ich wirklich etwas essen. Stephen würde ich erst einmal in Ruhe lassen; früher oder später würde der Hunger ihn aus seiner Schmollecke holen.

Ich schnappte mir die erste Suppendose, die ich in der Vorratskammer fand, goss den Inhalt in eine Schüssel und schob diese in die Mikrowelle. Ich aß mechanisch, Schüssel – Löffel – Mund, Schüssel – Löffel – Mund, das Ticken der Uhr ein trauriger Takt in der eisigen Stille. Je mehr ich versuchte, mein Gehirn abzuschalten, umso mehr Bilder warf mein innerer Projektor aus:

Die grauweißen hohen Wangen von Debbie Lille, Opfer Nummer eins ...

Celeste Weggins Fuß, der hinter einem Strauch hervorsah; ihre angstgeweiteten Augen ...

Stephens lädierter Unterkiefer ...

Blake Dalveenos Finger, der auf mich zeigte ...

Chetterlings Gesicht, so voller Mitgefühl ...

Stephen, wie er hinter dem Müllcontainer hervorkam, Officer Nelsons zynisches Gesicht, die wartende Kelly, während ich dem Geruch in den Wald folgte, die Halskette in dem Kästchen, Daves Augen, Stephen, wie er seine Tasche aus dem Flugzeug hievte, sein finsteres Gesicht, das Knallen seiner Tür, sein erstes Bild als Baby, Vic an unserem Hochzeitstag, Sheryls Schwangerschaft ...

»Aufhören!« Ich schob meine leere Schüssel beiseite und schlug die Hände an meine Schläfen. Wenn ich mein Gehirn nur einfach abschalten könnte. Mich hinlegen, eine ganze Woche schlafen. Meine Augen schlossen sich. »Gott, was willst du, was soll ich machen? Wie lange soll das noch so weitergehen? Noch mehr pack ich nicht mit Stephen!«

Bete.

Komisch, wie das ungesprochene Wort durch meine Brust klang. Ich wusste, dass es von Gott kam, aber es machte keinen Sinn. Ich betete doch schon.

Bete.

Gut. Vielleicht kam das gar nicht von Gott, vielleicht war das Gerri, die mir keine Ruhe ließ. Aber egal, woher es kam, ich gehorchte wohl besser. Was sollte ich sonst tun?

Dann plötzlich eine andere Stimme, mein rebellisches Ich. *Gut, Annie, bete, aber erst mal musst du ein paar Sachen erledigen.* Ich musste meine Schüssel und den Löffel vorspülen und in den Geschirrspüler tun. Ich tat es. Als Nächstes musste ich meine Zähne putzen; ich ging also ins Badezimmer. Als ich meine Zahnbürste zurücklegte, erinnerte ich mich an den kleinen Berg Post, der ungeöffnet auf der Küchentheke lag, und schon war ich wieder in der Küche und langte nach dem ersten Umschlag.

Meine Hand blieb mitten in der Luft stehen. Was machte ich da eigentlich?

Bete. Jetzt.

Jetzt waren die Worte stärker, eindringlicher. Wie gestern Morgen. Ich hörte sie deutlich, einzeln hintereinander, als ob sie per Telepathie direkt in mein Gehirn hineingesprochen wurden. Sie waren leise, aber fest, mit einer Autorität, die sich nicht abwimmeln ließ.

Ich zog meine Hand von dem Briefstapel zurück, drehte mich um und ging aus der Küche hinaus und durch das große Wohnzimmer in mein Büro. Dort schloss ich die Tür hinter mir, sank auf meinen Schreibtischstuhl und legte den Kopf in die Hände.

Und betete.

Worte schossen aus meinem Mund, Worte, die von ganz tief drinnen kamen, Bitten, die mir noch nie in den Sinn gekommen waren. Ich hörte, wie ich Jesus bat, die bösen Mächte, die dem Mörder ihre Gedanken einflüsterten, zu zerschmettern. Die harte Schale von Stephens Herz zu durchbrechen. Mich zu beschützen und zu bewahren und mit seinen Engeln zu umgeben. Wieder und wieder sprach meine Zunge den Namen Jesus aus, rief seine Macht an, berief sich auf seine Vollmacht und seinen Sieg. Manchmal verstummte ich, aber schon bald kamen die nächsten Worte. Ein innerer Drang schob mich weiter und weiter, ließ mich an nichts anderes mehr denken.

Dann wurde der Drang schwächer, aber ich betete weiter – bis ein tiefer Friede mich einzuhüllen begann. Es war ein Gefühl, als ob das monotone Gedröhne eines Mähdreschers oder einer Autobahn plötzlich aufgehört hatte.

Danach saß ich da, starrte auf meinen Schreibtisch und grübelte. Dies war der zweite Anruf Gottes an mich gewesen. Sollte die halbe – ach was, die ganze – Welt mich ruhig für verrückt erklären, aber ich hatte Gottes Stimme gehört. Gut, dass zumindest Gerri mich nicht für verrückt hielt. Ich war also nicht die Einzige; es gab noch mehr Menschen, die diesen Aufruf Gottes zum Beten gehört hatten.

Und noch etwas hatte ich gelernt durch dieses Gebetserlebnis – oder vielleicht durch dieses Erlebnis und durch die Predigt, die Gerri mir ausgeliehen hatte: dass es noch besser war, gar nicht erst auf solche hörbaren Aufforderungen Gottes zu warten, sondern in meinem ganz normalen Alltag, in allen Lebenslagen so zu beten, mit der gleichen Inbrunst und demselben Glauben. Wie hatte der Pastor noch gesagt? *Die Bibel zeigt uns wieder und wieder, dass Beten die Dinge verändert.*

Ich fing wohl besser an, mehr zu beten.

Ich erhob mich und ging aus meinem Arbeitszimmer. Schlenderte durch das Wohnzimmer. Sollte ich etwas Süßes essen, vielleicht ein Plätzchen oder einen Schokoriegel? Ach ja, und in der Küche wartete immer noch die Post.

Das Telefon klingelte. Wer oder was mochte das sein? Sicher

nichts Gutes. Mein Gehirn begann, die nächsten Bilder zu produzieren. Ich ging in die Küche und nahm ab.

»Annie, hier Dave.«

Erleichterung. Ein schönes warmes Gefühl. »Hallo.«

»Ich wollte nur mal hören, wie's dir geht. Es ist unheimlich ruhig hier, seit die Mädchen weg sind.«

Ich lachte. »Das kann ich mir vorstellen.« Ich trat an die Küchentheke, nahm den Poststapel in die Hand und begann, ihn durchzugehen.

»Annie, ich hab mir gerade dieses Band angehört, das du mir gegeben hast, diese Predigt über das Beten. Sie ist Spitze.«

»Ja, ich weiß.« *Eine Kreditkartenrechnung. Die Wasserrechnung.* Ich legte beide beiseite; ich würde sie später öffnen. »Ich bin froh, dass du dir's angehört hast. Ich hab gerade eben ... wieder so ein Gebetserlebnis gehabt wie gestern.«

Während ich es ihm erzählte, gingen meine Augen zurück zu der Post. *Ein unbestellter Katalog; ab ins Altpapier. Werbung von einer Hypothekenbank; brauch ich nicht.* »So wie die Dinge gerade laufen, könnte ich glatt den ganzen Tag beten und gar nichts anderes mehr machen.« *Ein kleiner gefütterter brauner Umschlag, handgeschriebener Absender: »Sheriffbehörde«. Nanu, was ist das?*

»Gibt's was Neues über Karen Fogerty?«, fragte Dave.

»Nichts.« Ich stellte mir die Gesichter von Karens Eltern vor. Wie endlos lang dieser Tag für sie gewesen sein musste. »Und mit jeder Stunde, die vergeht ...«

»Ich weiß. Das ist echt schlimm. Die Mädchen sind immer noch ganz fertig. Hast du Jenna gesagt, dass sie das Thema nicht erwähnen soll?«

Ja, hatte ich das? Ich wusste es beim besten Willen nicht mehr. Ich schaute auf den kleinen Umschlag in meiner Hand. »Keine Bange, sie wird keinen Ton darüber sagen. Sie will den Mädchen einen schönen Abend machen, damit sie mal auf *andere* Gedanken kommen.« Ich legte den Umschlag hin. Ich sah, dass er an einer Stelle ausgebeult war, als ob etwas Dickes darin lag.

»Es ist echt nett von ihr, dass sie mit ihnen ausgeht.«

Da machten wir in Smalltalk, während um uns die Welt in Aufruhr war. Dave alleine in seinem Haus, ich in meinem ... Am liebsten hätte ich ihn eingeladen, eben zu mir herüberzukommen, damit wir uns persönlich zusammensetzen und über alles reden konnten, ich ihm alles sagen konnte, was passiert war und was mich bedrückte und was ich dachte. Aber das ging natürlich nicht. »Ja. Eigentlich hätte ich das ja selber machen sollen, aber ...«

Ich studierte den Umschlag. Nahm ihn wieder in die Hand.

»Du hast genug am Hals. Ich glaube, was du gerade am meisten brauchst, ist Ausruhen.«

Dave war taktvoll genug, mich nicht zu fragen, warum Stephen so plötzlich wieder zurückgekommen war. Er machte sich sicher seine Gedanken. Nach all dem, was er für mich getan hatte, war es nur sein gutes Recht, dass ich ihm sagte, was mit Stephen war. »Da hast du wohl Recht. Ach, übrigens: Heute Abend brauch ich dein Gästezimmer nicht, Jenna und Stephen sind ja wieder da.«

Ich wog den Umschlag in der Hand. Was mochte nur da drin sein?

»Klar. Wollte nur, dass du nicht allein bist.«

»Danke.« Ich beugte meinen Kopf nach vorne, um das Telefon zwischen meine Schulter und mein Ohr klemmen zu können. »Ich muss dir da noch was sagen, Dave.« Ich nahm ein Messer und schlitzte den Umschlag auf. »Ich kann dir nicht alles sagen, aber Stephen ist zurückgekommen, weil die Polizei ihn sprechen wollte wegen der Sache neulich.« Ich drückte die Ränder des Umschlags zusammen, sodass er sich offen wölbte. Drinnen sah ich ein zusammengefaltetes Stück Papier. Ich zog es heraus und legte es auf die Küchentheke, ohne es zu lesen. »Sie haben Klartext mit ihm geredet und ihm gesagt, dass er keine Wahl hat.« Ich drehte den Umschlag um und betastete seine Seiten. Der dickere Gegenstand, der darin war, schien zu klemmen. Ich schüttelte den Umschlag leicht. »Das war der Grund, warum ich heute Nachmittag wieder in der Stadt war.« Das Ding rührte sich nicht. Ich schüttelte fester. Ich spürte, wie sich etwas in dem Umschlag löste. »Stephen war so wütend ...«

Ein kleiner Finger rollte aus dem Umschlag und fiel mit einem leisen Bums auf die Küchentheke. Ein echter Finger, der abgeschnitten war. Die Schnittstelle sah rotschwarz aus. Der Finger trug einen hellblauen Topasring.

Ich ließ das Telefon fallen und schrie.

Kapitel 32

Halb sieben, und ich höre immer noch nichts.

Seid ihr alle so unfähig?

Vielleicht war es heute noch nicht in der Post. Oder der Absender ist nicht zu Hause.

Nein. Du verreist nicht. Nicht du. Ich halte dich hier fest. Ich halte euch alle fest, in Arbeit, in Angst, in Ungewissheit.

Du, Annie Kingston, bist nicht besser als die anderen. Aber das weißt du ja. Du weißt es jedes Mal, wenn du diese Kette um deinen Hals legst. Oh ja, ich habe sie gesehen. Ich weiß viel mehr, als du denkst.

Sie *war auch einmal in deinem Alter, ein lästiger Schatten der strahlenden jungen Mutter. Auf der nutzlosen Jagd nach Schönheit und Charme, außen schön verputzt und angemalt, innen voller Dreck.*

Damals hatte sie mich längst mit in den Dreck gezogen.

Der Tag wird kommen, wo ihr mir alle danken werdet. Während diese Welt sich unerbittlich weiterdreht, habe ich es gewagt, euch allen die Wahrheit zu zeigen, damit ihr seht, wie dumm und klein euer Leben und euer ganzes Gehabe ist.

Und euer Glaube.

Ich habe auch Glauben, oh ja, mehr als ihr alle. Den Glauben, dass diese Erde treulos ist. Alles, was ich tun kann, ist, euch meinen Stempel aufzudrücken, ihn als Brandeisen in eure Haut einzubrennen. Wenn ich nicht mehr bin, werdet ihr euch an mich erinnern ... und an die Meinen.

Sie sind alle die Meinen – die, die ich erwählt habe.

Ich nehme mir, wen ich will. Ich richte, wie ich es für recht halte. Ich nehme Leben und Atem weg, wie es nötig ist. Ich lebe unter euch und bin sichtbar und doch unsichtbar, das gequälte Kind, das zum Erwachsenen geworden ist, und wen ich will, den nehme ich unter die Obhut meiner zitternden, elenden Flügel.

Ja, und eine poetische Ader habe ich auch.

Kapitel 33

Ich ruckte zurück, nahm den Kopf in die Hände, sog keuchend die Luft ein. Weg, nur weg von dem Ding auf der Theke. Meine Ohren registrierten Geräusche. Stephens Schritte, die aus dem Souterrain heraufdonnerten. Dave, der meinen Namen rief, seine Stimme dünn und metallisch aus dem Telefon, das irgendwo auf dem Fußboden gelandet war.

Das durfte Stephen nicht sehen! Ich musste etwas tun, das Ding verstecken ...

Aber ich konnte mich nicht bewegen, konnte nur atmen. Die Schritte wurden lauter, die Tür zur Treppe flog auf, Stephen kam durch das Wohnzimmer gerannt.

»Mama, was ist?«

Mein Verstand rastete wieder ein. Ich wirbelte herum, die Hände abwehrend ausgestreckt. »Nein, Stephen, nicht ...«

Jetzt war er fast in der Küche. »Was ist? Warum hast du ...« Sein Blick fiel auf die Küchentheke.

»Annie, bist du noch da?« Daves Stimme wieder, jetzt dringend und voll Angst.

Stephen erstarrte. Sein Mund öffnete sich, aber kein Laut kam heraus. Er versuchte es wieder, stotterte schier. »Mann, was *ist* das?«

Er wollte an mir vorbei. Ich packte seinen Arm. »Nein, nicht.«

Das Telefon war still.

Das Gesicht meines Sohnes schien zusammenzufallen. »Mensch, Mama, sag, dass das nicht wahr ist!«

Wenn ich das nur gekonnt hätte. Ich schlug die Arme vor die Brust, suchte verzweifelt nach einer anderen Erklärung. Sicher war der Finger nicht echt, nur eine gut gemachte Kunststoffimitation aus einem Scherzartikelladen, wie sie irgendwelche Perversen in Geburtstagskuchen oder Weingläsern versteckten, um die Leute zu erschrecken? Mein innerer Projektor warf die beiden Bilder auf die Leinwand. Dann verschwanden sie wieder, und die Realität kam zurück.

Karens Hand, wie sie mir in dem Restaurant mein Glas hinstellt. Genau dieser Finger, genau dieser Ring ...

Ich stöhnte laut auf und schob die Szene aus meinem Kopf fort.

»Stephen, lass das, geh bitte nicht dran, okay? Ich muss ans Telefon und ...«

Wieder rasche Schritte, diesmal von draußen, vor der Haustür. Jemand stieß gegen die Tür, drückte die Klingel, einmal, zweimal. Eine Faust hämmerte. »Annie? *Annie!*«

Dave. Jetzt hab ich ihn zu Tode erschreckt. Ich schluckte und drehte mich um. »Ich ... ich komme!«

Ich schaute zu Stephen zurück. »Fass nichts an, hörst du? Auch den Umschlag nicht. Das sind alles Indizien!« Ich hob warnend die eine Hand, dann rannte ich an ihm vorbei zu Daves verzweifelter Stimme hin. Ich kämpfte keuchend mit dem Schloss und riss die Tür auf.

»Annie!« Dave sprang über die Schwelle, sein Gesicht weiß, und breitete seine Arme aus. Ich drückte mich instinktiv an seine Brust, er umarmte mich fest. Ich hörte das unregelmäßige Poltern seines Herzens. »Was ist passiert?«

Mein Gehirn suchte nach Antworten. Ich wollte es ihm nicht sagen, wollte nicht noch mehr Angst in sein Leben bringen. Was war es nur an mir, das ein Unglück nach dem anderen geradezu magisch anzog, es wie ein Raubvogel die Krallen in meine Schultern schlagen ließ? Ich merkte, wie meine Finger sich in Daves Hemd gruben.

Und wie Stephen uns beobachtete; fast konnte ich die Schwingungen seines missbilligenden Erstaunens spüren.

Daves eine Hand lag um meinen Hinterkopf. »Stephen, was ist passiert?«

Nein, nein, frag nicht …

»Schau dir's doch selber an.« Kam Stephens schroffe Antwort von seiner Angst oder daher, dass er es nicht mochte, wie Dave mich im Arm hielt? Vielleicht von beidem.

Ich musste es Dave ersparen, das Ding zu sehen. Ich trat zurück. »Das ist was von Karen.« Tränen kratzten meine Augen. »In der Post war was, das jemand … von ihr abgeschnitten hat. Ihr kleiner Finger. Ich hab den Ring daran erkannt.«

Daves Mund öffnete sich, seine Augen wurden weit. Seine Lippen bewegten sich stumm, als ob er nach den richtigen Worten suchte und keine fand. »Bist du … ganz sicher?«

Ich nickte.

»Wie …?«

»Während ich mit dir telefoniert hab, hab ich die Post geöffnet, und da ist er … rausgefallen. Das tut mir so leid, ich wollte dich nicht erschrecken, ich war einfach … so fertig. Ich hab das Telefon fallen gelassen und konnte mich nicht mehr bewegen, und …«

Er legte seine Finger auf meine Lippen. Mein Wortschwall verstummte. »Okay, Annie, es ist gut.«

Sein plötzlich festerer Ton war der eines Mannes, der sich nach einem heftigen Schock wieder gefasst hat und das Kommando übernimmt. Es war natürlich überhaupt nichts gut, aber die bloßen Worte beruhigten meine wild flatternden Nerven. Dave schob mich sanft beiseite. Ich ließ ihn gewähren und in die Küche gehen. Er ging an Stephen vorbei, der ein, zwei Schritte zur Seite machte, die Augen weiter auf ihn gerichtet. Von dort, wo ich stand, konnte ich die Küchentheke nicht sehen, aber ich spürte es, wie Dave sie erreichte. Ich stand da, die Fäuste an meine Wangen gepresst, und wartete.

Dave kam wieder, sein Gesicht ernst und entschlossen. »Auf der Theke liegt ein handgeschriebener Zettel. War der auch da drin?«

Ein Zettel? Ich starrte ihn an. »Nein, ich meine … doch, ja;

das hatte ich ganz vergessen.« Meine Beine bewegten sich, zogen mich zur Küche hin. Dave ging zurück zur Theke. »Fass nichts an.« Jetzt lief ich an Stephen vorbei; ich drückte kurz beruhigend seinen Arm. »Liegt der Zettel mit dem Text nach oben?«

»Ja.« Daves gepresster Ton sagte mir, dass er den Text gelesen hatte.

Mein Schritt verlangsamte sich, ich versuchte, mich innerlich zu stählen. Das einsame Blatt normales Schreibpapier lag schief auf der Theke, daneben das Messer, mit dem ich den Umschlag geöffnet hatte. Ich nahm das Messer in die Hand und schob das Blatt mit der Klinge gerade. Dave stellte sich neben mich und schaute zu, seine Hände zu Fäusten geballt.

Annie Kingston:
Ich habe dir Celeste gegeben. Jetzt führe ich dich zu Karen, denn die anderen sind mir zu langsam.
Fahre auf der Tully Road Richtung Westen. Die zweite nach links, in den Wald hinein, dann ungefähr eine Meile. Dort ist sie, rechts von der Straße.
Schau her, wie deutlich meine Wegbeschreibung ist.
Und wie zielsicher meine Hand.
Richte den Betern aus, sie sollten sich vielleicht ein neues Hobby aussuchen.

Das Blut wollte mir gefrieren, mein Blick blieb an dem letzten Satz kleben wie nasse Finger an einem Eiswürfel. Als ich mich endlich wegreißen konnte, sah ich Dave an. Die Empörung in seinen Augen spiegelte wohl die meine. Ich rang die Hände, meine Kehle war trocken.

Dann fiel der Groschen. *Tully Road.* Die gleiche Straße, auf der ich gestern gefahren war. Wo ich angehalten hatte, um mit Jenna zu sprechen. Dort hatte ich die Frau gesehen, die ihre Gartenarbeit machte, als ob die Welt in bester Ordnung war.

Dort in der Nähe, vielleicht nur ein, zwei Meilen entfernt, hatte Karen im Wald gelegen, ein weggeworfenes Bündel.

»Was steht da, Mama?« Stephens Stimme riss mich aus meinen Gedanken heraus. Er stand nur ein, zwei Schritte entfernt, den Kopf zur Küchentheke hin gereckt. Er wollte an mir vorbei. Ich packte seinen Arm. »Fass das nicht an!«

»Okay, das weiß ich doch.«

Er trat zur Theke und las mit zur Seite gelegtem Kopf. Ich hatte nicht die Kraft, ihn zu stoppen.

Eine Welle der Verzweiflung spülte über mich. Was brachten all unsere Versuche, das hier zu stoppen? Egal was wir taten, es wurde immer noch schlimmer.

Stephen drehte sich zu mir, sein Gesicht betroffen. »Der Typ ist ja voll beknackt. Was soll das heißen, dass er dir Celeste gegeben hat?«

Ich blinzelte. »Ich muss Chetterling anrufen.«

Das Telefon lag noch auf dem Fußboden. Ich hob es auf und hielt es an mein Ohr. Kein Freizeichen.

»Es kann sein, dass du noch mit mir verbunden bist«, sagte Dave. »Ich glaub, ich hab mein Telefon einfach hingelegt, ohne aufzulegen.«

»Oh.« Ich drückte den Ausknopf, wartete ein paar Sekunden und drückte auf *Anrufen.* Als ich das Freisignal hörte, gab ich Chetterlings Durchwahlnummer ein. Er nahm beim ersten Klingeln ab.

»Ralph, ich bin's.«

Mit tonloser Stimme erzählte ich ihm alles. Ich ging zur Theke zurück, um ihm die Botschaft des Mörders vorzulesen. Der Finger lag daneben wie ein stummer Schrei. Ich hatte nicht die Kraft, ihn anzuschauen, und musste es doch. Chetterling ließ mich ausreden, sein Schweigen wie ein Donnern in meinen Ohren. Ich spürte förmlich, wie ihn die Nachricht niederdrückte. »Wenn du mir das zutraust, bring ich dir die Sachen ins Büro. Ich zieh Handschuhe an und tu die ... tu alles in eine Tüte.«

»Nein, nein, das geht nicht.« Die totale Müdigkeit in seiner Stimme. Der nächste Todesfall, das nächste Mordrätsel, und der Berg vor ihm war doch schon so hoch. »Ich schicke sofort jemanden zu dir. Man weiß nie, ob nicht ein Haar oder so aus dem Umschlag gefallen ist, das dir nicht auffallen würde.«

»Gut. Wir warten.«

Ich legte auf. Wir drei sahen uns an. »Stephen«, sagte ich, »ich will nicht, dass du den Mädchen was sagst, wenn sie zurückkommen, klar?«

»Klar. Wie du willst.« Mein Sohn sah ungewöhnlich kleinlaut aus. »Ich geh jetzt fernsehen.« Ohne ein weiteres Wort ging er aus der Küche hinaus.

Ich wusste nicht, was ich als Nächstes machen sollte. Ich wollte nicht das Ding auf meiner Küchentheke betrachten, aber ich konnte auch nicht hier weg. Es war geradezu, als ob der Finger mich stumm bat, zu bleiben und ihn zu bewachen. Ein Stück von Karens Körper zu bewachen.

»Komm.« Dave legte mir sanft die Hand auf die Schulter. »Setzen wir uns ins Wohnzimmer und warten wir.«

»Okay.« Ich folgte ihm wie ein Roboter. Wir sanken auf eines der Sofas und starrten den Kamin an. Durch die Tür zum Fernsehzimmer kam das eingemachte Lachen irgendeiner TV-Show. Dave legte einen Arm um mich, und ich legte meinen Kopf an seine Schulter. Keiner von uns sagte etwas.

Fünfzehn Minuten später kam Jim Cisneros. Ich führte ihn in die Küche, und Dave und ich schauten zu, wie er den Umschlag, den Zettel und den Finger mit behandschuhten Händen hochhob und die Theke nach jeder noch so kleinen Faser oder Haar absuchte. Dann schob er alles in eine Papiertüte und nickte mir ernst zu. »Danke, Annie. Tut mir echt leid, dass dir das passiert ist.«

Ich brachte ihn zur Haustür und schloss sie hinter ihm. Ich drehte mich zurück zu Dave. Seine Augen glitzerten nass. Mein Herz wollte zerbrechen von dem Anblick, ich kämpfte um meine Fassung. Jetzt war nicht die Zeit, meinen Gefühlen freien Lauf zu lassen, das käme später. Jetzt hatte ich etwas anderes zu tun.

»K-kannst du hier bei Stephen bleiben, bis Jenna wiederkommt?« Ich schlang die Arme um meine Brust, meine Stimme war brüchig. »Ich muss da hin. Ich muss denen helfen, Karen zu finden.«

Eine Falte kam auf seine Stirn. »Annie, tu das nicht.«

»Doch. Ich muss das.« Ich konnte ihm nicht alle meine Gründe sagen, weil ich sie selber nicht richtig wusste. Sie würden mich natürlich nicht brauchen. Ich wusste nur, dass ich einer der Menschen war, die als Letzte Karen lebendig gesehen hatten, und jetzt hatte ihr Mörder mir einen Teil von ihr geschickt. Karens Seele war bestimmt schon im Himmel, daran klammerte ich mich fest. Aber die irdische Karen, die Karen, die ich geliebt hatte, verdiente es, dass ich mich um sie kümmerte, wie schwer mir das auch fallen mochte. Karens Leib, den der Mörder den Elementen zum Fraß vorgeworfen hatte, verdiente es, dass jemand da war, der sie gekannt und geliebt hatte – ein Freund inmitten der prüfenden, stochernden Hände von Fremden.

Dave muss dies wohl an meinem Gesicht abgelesen haben, denn er machte keine Einwände mehr. »Ich hol die Mädchen für die Nacht wieder zu mir. Ich sag ihnen erst mal nicht, warum du nicht da bist.«

»Okay. Danke.«

Er ließ einen Finger über meine Wange gleiten. »Ich werde für dich beten.«

Um ein Haar hätten sich meine Schleusen geöffnet. »Gut.« Meine Stimme zitterte. »Das werd ich brauchen.«

Kapitel 34

Chetterlings Büro war zu voll gestopft für unsere kleine Gruppe. Wir gingen also in den Besprechungsraum, wo die Soko vor zwei Tagen und einer Ewigkeit getagt hatte. Ed Trumble, Nathan Hallibander, Jim Cisneros und Tim Blanche von der Polizei saßen über das eine Ende des langen Tisches gebeugt und schauten zu, wie Chetterling mit behandschuhten Händen vorsichtig die Beweisstücke aus dem Beutel zog und hinlegte. Ich drängte mich nicht vor; ich hatte keine Lust, die Gegenstände noch einmal zu sehen. Als er den kleinen Finger sah, murmelte Ed einen saftigen Fluch. Aber der Schock dauerte nicht lange. Schon wurden die Lippen wieder fest, die Augen sachlich schmal; die Männer schoben ihre Gefühle auf Abstand, wie nicht benötigte Akten, schalteten zurück auf Beobachten und Analysieren.

»Und du meinst also, das ist von Karen Fogerty?« Nathan rieb sich über sein stoppeliges Kinn.

Ich klärte sie über den Ring auf. »Ich weiß, ohne DNA-Test haben wir keine letzte Gewissheit, aber ...«

Die vier Männer drängten sich um den Zettel und lasen ihn. »Wow.« Tim Blanche schüttelte den Kopf. »Jetzt ist er ganz übergeschnappt.«

Jim zeigte auf mehrere der Worte auf dem Zettel. »Seht euch das an, wie der ein großes S schreibt. Hier – einmal, zweimal, dreimal, viermal. Wie nach hinten gekippt, sodass es keine Verbindung zum nächsten Buchstaben hat.«

Chetterling brummte zustimmend. »Was mir auffällt, ist die Arroganz des Kerls. Er wartet förmlich darauf, dass wir sein nächstes Opfer finden; wir sind ihm nicht schnell genug.«

»Ja, ich seh, was du meinst.« Tim schüttelte den Kopf. »Wär interessant zu hören, was Rosalee Sanchez darüber denkt.«

Matt Stanish kam durch die Tür gesegelt, über beide Ohren grinsend. »Hey, Leute, findet die Party hier statt?« Er sah mich zu spät, und seine Heiterkeit verflog und er trat mit angemessen hängenden Schultern an den Tisch. Sein »Hallo, Annie« klang fast wie eine Entschuldigung. Ich nickte stumm zurück. Ich war ihm nicht böse; wer einen Mordfall bearbeitete, brauchte eine Portion Galgenhumor, und bei diesem Fall brauchte er eine doppelte. Wenn der Stress immer mehr und die Nachtruhe immer weniger wurde, waren makabre Witze eine Strategie zum nackten Überleben.

Chetterling wartete, bis auch Matt die Gegenstände studiert hatte, dann packte er sie vorsichtig zurück in den Beutel. Ich wusste, dass man die Beweisstücke nach der amtlichen Registrierung sofort in das Kriminallabor in Sacramento schicken würde, wo Experten sie auf mögliche DNA-Spuren des Täters im Speichel auf der Umschlagklebung sowie auf Fingerabdrücke auf dem Schreibpapier untersuchen würden. Ein Grafologe würde die Handschrift begutachten.

Chetterling protestierte nicht, als ich sagte, dass ich mit zum Fundort der Leiche fahren wollte. Ein Blick in mein Gesicht, und er wusste, dass es keinen Zweck hatte, mir das ausreden zu wollen.

Ich fuhr in seinem Wagen mit; die anderen folgten in drei weiteren Wagen.

Zehn Minuten nach acht. Die Sonne sank langsam zu den Hügeln hin, um ihr Gesicht zu verstecken nach diesem furchtbaren Tag. Ich schaute zum Seitenfenster hinaus, betrachtete die Straßen, Häuser, Menschen, die vorbeiglitten. War einer von ihnen der Giftmörder? Wohnte er in vielleicht in dem Haus da vorne?

Wir wechselten lange kein Wort. Als wir auf die Autobahn kamen, die in Richtung Norden aus der Stadt führte, sagte ich, zu meinem Fenster gewandt: »Tully Road. Da war ich gestern.«

»Da warst du? Was hast du da gemacht?«

Ich zuckte die Achseln. »Bin einfach durch die Gegend gefahren. Hab mir eine Predigt über das Beten angehört.« *Gott, vergib mir, wenn meine Stimme bitter klingt.*

Eine Pause. Chetterling versuchte, zwischen den Zeilen zu lesen. »Oh.«

»Ich wartete auf deine Nachricht über Trenise. Gerri Carson hatte mir diese Kassette ausgeliehen, und ich wollte nicht nach Hause fahren ...« Es fröstelte mich in den Schultern. »Das ist so ... so unheimlich, der Gedanke, dass ich *da* war, vielleicht ganz in ihrer Nähe, ohne es zu wissen. Weißt du, was ich meine?« Ich drehte mich zu ihm hin; er warf mir einen verstehenden Blick zu. »Das Böse ist gleich um die Ecke herum, und du merkst es nicht. Es könnte sich jederzeit auf dich stürzen, und du sähst es erst, wenn es zu spät wäre.«

Luft zitterte meine Kehle hinab. Vielleicht wäre ich besser doch nicht mitgefahren. Wir waren noch gar nicht da, und mir wurden schon die Knie weich.

»Was gibt's Neues mit Dalveeno?«, fragte ich.

Chetterling schüttelte den Kopf. »Wir suchen ihn. Und wir haben bis jetzt noch nicht mit den vier anderen reden können, aber wir fahnden auch nach ihnen. Deine Zeichnung von Dalveeno kommt uns jetzt sehr zugute. Wir haben sie an alle umliegenden Polizeibezirke geschickt, zusammen mit Marke und Kennzeichen seines Autos. Interessant, wie der Knabe plötzlich wie vom Boden verschluckt ist.«

In der Tat.

Ich lehnte aufseufzend meinen Kopf an die Kopfstütze.

»Annie, vielleicht solltest du mal 'ne Weile ausspannen und mit den Kindern irgendwohin fahren.«

Wenn einer einen Urlaub brauchte, war es wohl Chetterling. Sein ganzes Gesicht hing nach unten, und alle paar Minuten sog er extratief die Luft ein, als könnte seine Lunge nicht genug Sauerstoff bekommen. Und täuschte ich mich, oder wollten ihm manchmal fast die Augen zufallen?

»Ich kann jetzt nicht weg, das weißt du. Was, wenn ihr das nächste unidentifizierte Opfer findet und jemand braucht, der es zeichnet? Wer soll das machen? Ich mach's wie du: Ich mach Urlaub, wenn das alles vorbei ist. Wenn es je vorbei sein wird.«

Chetterling legte seine Hand auf meinen Arm. »Annie, du bist einer der stärksten und besten Menschen, die ich kenne. Du wirst das hier schaffen. Das mit den Morden, das mit deinem Sohn – alles.«

Ich starrte die Hand an, die da auf mir lag, die Finger sanft, aber fest. Ich wusste nicht, was ich sagen oder machen sollte. Diese Berührung, die so gar nicht Ralphs Art war. Warum hier? Warum jetzt? Und was er da sagte, es war voll verrückt. *Ich* sollte einer der stärksten Menschen sein, die er kannte? Oder waren seine Kollegen lauter Weicheier?

»Also, ich ... danke.«

Wenn es heiß wird, wechsele das Thema. »Ralph, wie denkst du über den letzten Satz in dieser Mitteilung des Mörders, wo er sich über die Beter lustig macht?«

Chetterling nahm seine Hand weg. Nach der Wärme seiner Finger fühlte meine Haut sich plötzlich kühl an.

»Ja, klingt ganz so, nicht?«

Ich musste an meine Gebetserlebnisse denken – wie mächtig sie gewesen waren. Sollte ich Chetterling davon erzählen? Aber würde er mich verstehen? »Du, da fällt mir gerade was ein. Hast du schon Gerri angerufen? Sie betreut ja die Fogertys. Und wissen Karens Eltern schon Bescheid?«

»Wir haben den Eltern mitgeteilt, dass wir ihre Tochter möglicherweise gefunden haben. Aber ... Mist, Gerri hab ich noch nicht angerufen.«

»Dann mach ich das jetzt eben.« Ich holte mein Mobiltelefon hervor, dankbar, etwas zu tun zu haben. Als der Ruf durchging, sah ich das Schild für die Ausfahrt Wonderland. »Du musst hier ab und auf die Tully Road.«

»Ja.« Chetterling wurde langsamer und fuhr auf die Ausfahrtspur.

Gerris ruhige Stimme kam an mein Ohr.

»Hallo, hier Annie.« Ich berichtete ihr mit tonloser Stimme das Nötigste. Von dem Brief, den ich bekommen hatte, erwähnte ich nur den Zettel mit der Wegbeschreibung zu Karens Leiche.

Chetterling bog auf die Tully Road ab. *Die zweite nach links,* hatte es auf dem Zettel geheißen, *dann ungefähr eine Meile.* Wir kamen an der Stelle vorbei, wo ich gestern geparkt hatte. Und an dem Haus, wo die Frau im Garten gearbeitet hatte.

Da war der erste Abzweig nach links.

»Gerri, ich kann jetzt nicht viel reden, wir sind gleich da. Aber vielleicht willst du dann gleich zu den Fogertys fahren.«

»Da bin ich schon. Die Polizei hat mich schon angerufen. Darum sprech ich so leise.«

»Oh. Gut.« Die liebe Gerri. Ich hätte es mir denken können, dass sie schon im Einsatz war.

Da vorne. Der zweite Abzweig nach links.

Plötzliche Panik. Ich wollte da nicht hin, wollte nicht Karen sehen. Was hatte ich mir bloß gedacht, warum war ich mitgefahren? Mein Atem stockte. Chetterling schaute zu mir hin.

»Annie, ist alles in Ordnung?« Gerris Stimme kam wie aus weiter Ferne.

»Ja, ich bin nur ... ich muss jetzt Schluss machen.«

»Okay. Dann also ...«

»Gerri, warte, noch was. In diesem Brief macht der Typ sich über die Beter lustig. Schreibt, sie sollen sich ein neues Hobby aussuchen.«

Ich hörte, wie sie Luft holte.

Chetterling bog nach links ab. Jetzt nur noch eine Meile. Die Angst kroch durch meine Lunge.

»Schreibt er das?« Gerris Stimme war bedeutungsschwer.

»›Hobby‹ – der Ausdruck spricht ja Bände. Als ob das Beten eine Art Sport ist und nicht die Starkstromleitung unserer Existenz.«

Starkstromleitung unserer Existenz. Komisch, wie die Worte auf mich wirkten. Fast spürte ich, wie dieser Strom durch meinen Körper, meine Seele floss.

Das schmale Band der Straße spulte sich unter unseren Rädern ab. Ich hielt ein Auge auf den Kilometerzähler geheftet. Jetzt war die nächste Zehntelmeile vorbei. *Rechts,* hatte der Mörder geschrieben. Ich musste das Gespräch beenden und durch das Fenster schauen, nach etwaigen Spuren im Unterholz. Die Angst in meiner Brust wurde noch größer, und ich klammerte mich an das einzige Gegenmittel: Hoffnung. Vielleicht lag da gar nicht Karens Leiche, vielleicht lag da gar keine Leiche und der Ring an dem Finger war auch nicht Karens Ring. Vielleicht machte der Briefschreiber, der sich so über die Beter lustig machte, sich jetzt über uns alle lustig, weil wir uns so brav auf den Holzweg führen ließen. Oder – mein Gott, oder er lauerte woanders, um sich, während wir hier beschäftigt waren, sein nächstes Opfer zu holen.

Jenna. Kelly. Erin.

Sie waren gerade in der Stadt, im Kino. Was, wenn der Mörder jetzt auch dort war und sie beobachtete, wie sie das Kino verließen?

Gott, nein! Beschütze sie, bitte!

»Gerri.« Der Kloß in meinem Hals war so dick, dass ich kaum sprechen konnte. »Jetzt muss ich wirklich aufhören, wir sind fast da. Ich ruf dich dann wieder an.«

»Okay. Ich weiß, wie schwer das für dich ist, Annie. Ich bete für dich.«

»Danke.« Ich schaltete das Telefon aus und legte es neben mich.

Chetterling drückte meine Schulter. Die Geste war fast zu viel für mich. Die Tränen schossen hoch, wollten hinaus. Ich presste meine Augen zusammen und schluckte heftig. *Nicht jetzt. Reiß dich zusammen.*

Ich zwang mich, durch das Fenster zu sehen. Chetterling bremste den Wagen auf Schritttempo ab.

Kapitel 35

»Ralph, guck. Da.«

Chetterling bremste.

Ich zeigte durch mein Fenster, etwas nach vorne. »Da ist einer durchgegangen.«

Er schaute in die Richtung, die Augen zusammengekniffen. »Ja. Könnte sein.«

Wir fuhren noch ein paar Meter weiter, dann hielten wir an. Die anderen Wagen überholten uns und parkten vor uns, um den potenziellen Tatort frei zu lassen. Wenn wir an der richtigen Stelle waren, hatte irgendwo hinter uns der Mörder selber geparkt.

Ralph und ich stiegen aus und schlossen die Türen. Ein vertrauter Geruch begrüßte uns. Wir wechselten einen Blick. Das Geräusch anderer Autotüren, Füße, die auf dem ramponierten Asphalt landeten, leise Stimmen. Jetzt, wo wir da waren, war meine Angst weg und an ihrer Stelle die schwüle Ruhe vor dem Gewittersturm.

»Ralph.« Ich hielt ihn an. »Wenn das wirklich Karen ist, möchte ich dich um was bitten.«

»Schieß los.«

»Wenn ihr fertig seid, kann ich dann ein paar Minuten allein mit ihr sein?«

Seine Augen begegneten den meinen, und ich sah ihr Mitgefühl. Er nickte knapp, dann drehte er sich um.

Ich lehnte mich an das Auto, die Arme verschränkt, und schaute auf meine Füße. Wartete. Hinter mir gingen die anderen Männer vorbei, in Chetterlings Schlepptau. Ich wusste: An der Stelle, wo die Lücke im Unterholz war, würden sie anhalten und ihn allein vorgehen lassen. Wenn er etwas fand, würde er Matt und Jim zu sich rufen, danach vielleicht auch die anderen. Je weniger Füße an dem Tatort herumtrampelten, umso besser.

»Alles okay, Annie?«, rief Harry über das Dach des Autos, als er vorbeiging.

»Ja, danke.«

Ich hörte, wie Ed Trumble Tim Blanche leise aufklärte, dass ich das Opfer gekannt hatte.

Gekannt hatte. Vergangenheit. Meine Hoffnung zitterte, dann flog sie weg, wie Rauch im Wind.

Chetterlings Stimme aus dem Dickicht. »Sie ist hier.«

Ich sackte nach unten, nahm den Kopf in die Hände. *Nein. Nein, nein, nein. Gott, warum? Warum hast du das zugelassen?*

Ich weiß nicht mehr, wie lange ich so da stand und mit Gott haderte, Antworten verlangte, versuchte, diese neueste Hiobsbotschaft zu verdauen, spürte, wie ihre giftige Säure in meine Seele sickerte. Erinnerungen an Karen. Ihr Lächeln. Wie rührend sie sich um Kelly und Erin gekümmert hatte. Der Klang ihrer Stimme.

Was mochten ihre Eltern jetzt durchmachen?

Gott, ich spüre dich nicht, ich höre dich nicht. Aber ich kann auch nicht einfach weggehen von dir. Wo sollte ich hin? Bitte hilf mir, bei dir zu bleiben, hilf uns allen!

Als ich meinen Kopf wieder hob, tat mir der Nacken weh.

Die Geräusche, die die Männer machten, drangen in mein Bewusstsein. Sie waren jetzt voll beschäftigt, hatten keine Zeit für die Traurigkeit, die doch sicher auch sie spürten. Die umständliche Suche nach Indizien, vom Rand der Fundstelle aus nach innen. Notizen, Fotos. Jemand würde den – scheußliches Wort! – »Kühlwagen« zum Abtransport der Leiche herbeiordern, aber kommt bitte nicht zu schnell, wir brauchen noch eine Stunde ... All die hektische Aktivität, das leise Summen der Stimmen, das Geräusch knickender Zweige, raschelnden Laubes.

Ich konnte es nicht ertragen.

Ich setzte mich zurück in das Auto. Chetterlings Schlüssel hing in der Zündung. Ich drehte ihn halb um, um Strom für die Fensterheber zu bekommen, und öffnete mein Fenster etwas. Dann wartete ich, und meine Seele wurde stumpf. Tränen wären jetzt eine Erlösung gewesen, aber sie kamen nicht. Sie sammelten sich hinter einer Staumauer tief drinnen, suchten nach der kleinsten Öffnung, aber die Mauer hielt.

Die Zeit verging. Ich nahm mein Telefon zur Hand und rief Dave an. Auch jetzt, wo ich ihm alles erzählte und seine so mitfühlende Stimme hörte, konnte ich nicht weinen. Auch nicht denken. Er fragte mich, was wir mit den Mädchen machen sollten, und ich musste mich zwingen, die Frage zu registrieren, bevor ich ihm antwortete, dass wir wohl am besten noch warteten. Erst einmal mussten Karens Eltern benachrichtigt werden.

Es wurde langsam dunkler. Aus dem Rückspiegel kam das Zucken der Blaulichter. Erinnerungen jagten sich durch mein Gehirn. Pastor Sheppards Aufforderung zum Beten, die hasserfüllten Worte auf dem Zettel des Mörders, Gerris Reaktion, meine Gebetserlebnisse ...

Starkstromleitung unserer Existenz.

Ich widerstand der Versuchung, Gerri wieder anzurufen. Inzwischen hatte man Karens Eltern sicher benachrichtigt, und Gerri hätte alle Hände voll mit Trösten zu tun.

Als meine Taubheit verging und das Gefühl zurückkam, erst als Rinnsal, dann als Bach, strömte es mit einem Zorn des Gerechten, der am Mark meiner Seele riss. Als ich vor einem Jahr Christ geworden war, war mein Leben anders geworden. Endlich hatte ich festen Boden unter den Füßen, Sinn, Hoffnung. Und jetzt wollte dieser Mörder, dieses Tier mir das alles wieder wegnehmen. Wollte mir meinen Glauben, mein Gottvertrauen rauben.

Hatte er nicht schon genug gestohlen?

Du böser Mensch, du Monster! Das darfst du nicht! Ich lasse mir von dir nicht meinen Glauben nehmen.

Jawohl. Ich würde *nicht* bitter auf Gott werden. Ich würde diesem Killer nicht die Befriedigung geben, zu siegen. Ich würde weiterbeten, und die anderen Christen auch. Und Gott würde uns erhören. Die Morde würden aufhören, jawohl! Es reichte, endgültig.

Wenn das Böse mit uns kämpfen wollte, konnte es das haben. Und es würde nicht gewinnen.

Mein Atem wurde schneller. Ich spürte, wie eine neue Entschlossenheit mein Gesicht fester machte, meine Schultern anhob.

Auf einmal konnte ich das, was da vor mir lag, fast nicht mehr erwarten.

Schon nach halb zehn. Bald wäre es so weit. Auf der Straße waren die drei Polizeiwagen pulsierende Schatten in dem Blaulicht. Ich stieg aus Chetterlings Wagen aus und ging zurück zu dem Absperrband. Die Scheinwerfer eines gegenüber stehenden Wagens tauchten die Szene in ein halbherziges Grau, in das die rotierenden Blaulichter dunkelrote Muster schnitten. Der Gestank wurde dicker.

Schon liefen die ersten Reporter herum. Ein Hilfssheriff bewachte die Absperrung. Woher um alles in der Welt wussten die das schon? Als ich näher kam, erkannte ich Adam Bendershil; nach dem Bill-Bland-Fall hatte ich mir geschworen, kein Wort mehr mit ihm zu reden. Und Luke Bremington, der Reporter, der mich wegen dem Beten befragt hatte – war das wirklich erst gestern gewesen? Ich fragte mich, ob sein Artikel morgen in der Zeitung käme.

Als sie mich sahen, liefen die Reporter wie ein Hühnerhof zusammen. Eine Fernsehkamera schwenkte in meine Richtung, ich kniff die Augen gegen das grelle Licht zusammen. Jetzt umringten sie mich, wollten das Neueste hören. Ich stotterte, dass ich ihnen keine Auskunft geben konnte.

»Mrs Kingston«, versuchte Bremington eine andere Taktik, »beten Sie noch?«

Ich erstarrte in dem grellen Licht. Sie beobachteten mich wie die Geier, lauerten auf einen Gefühlsausbruch. Das rote »Aufnahme läuft«-Licht der Fernsehkamera leuchtete. Ich wollte die Fragen ignorieren, aber dann passierte etwas. Der Zorn meines Glaubens kam unvermittelt hoch, saß wie eine Blase in meiner Kehle.

Ich schob meinen Unterkiefer vor, in meiner Brust brannte es.

Wartende Kugelschreiber über Notizblöcken.

»Uns reicht es.« War das wirklich meine Stimme? Sie war leise, aber fest. »Dieser elende Mörder wird seinen Willen nicht kriegen. Jetzt fangen die Christen in dieser Stadt erst richtig an, zu beten. Und Sie alle hier, egal, was Sie bis jetzt geglaubt haben, ich rufe Sie auf, ich *bitte* Sie: Machen Sie mit, beten Sie zusammen mit uns im Namen Jesu, dass dieser Mörder dingfest gemacht wird. Jetzt. Gott *wird* handeln.«

Verstohlen belustigte Blicke, tanzende Kugelschreiber. Fast hörte ich das Kichern in den Gehirnen. Es störte mich nicht. Sollten sie sich ruhig einbilden, mich an der Angel zu haben. *Ich* hatte *sie* an der Angel.

Adam Bendershil öffnete seinen Mund – und im gleichen Augenblick rief Jim Cisneros meinen Namen. Ich nickte den Reportern knapp zu und drehte mich um, in Jims Richtung. Die Kamera lief weiter.

»Ralph sagt, du kannst kommen.« Jim sagte es leise. »Du wolltest sie kurz sehen, ja?«

»Ja. Danke.«

Cisneros ging mit einer hellen Taschenlampe voran. Ich folgte ihm, vorsichtig darauf bedacht, nur dort hinzutreten, wo er auch hintrat. Bald waren wir da. Die Kriminalbeamten beendeten gerade ihre Arbeit, Matt Stanish nahm seine große Kamera auf seine Schulter.

»Okay, Leute.« Chetterling fuhr sich mit seiner breiten Hand über das Gesicht. »Ich komm gleich nach, ich warte nur eben auf Annie.«

Die anderen Männer sahen mich stumm an. Matt versuchte tapfer ein Lächeln. Jim reichte mir seine Taschenlampe. »Bis gleich dann.«

Sie gingen ohne ein weiteres Wort.

Ich holte tief Luft und richtete meine Augen auf Karen.

Sie lag drei Schritte entfernt, vor dem Stamm eines mächtigen Baumes, ein Schatten im Schein unserer Taschenlampen. Meine Augen glitten über ihre Beine und den einen Arm, dann wandten sie sich ab.

Chetterling räusperte sich. »Ich geh ein paar Schritte zurück, okay?«

»Danke.«

»Du weißt, dass du sie nicht berühren darfst?«

»Ja.«

Ich trat, den Lichtkreis der Taschenlampe vor mich herschiebend, näher. Unter mir zischelte Gras und Farnkraut. Als ich die Stelle erreicht hatte, schaute ich auf den Boden zwischen meinen Füßen und bückte mich langsam, um die Taschenlampe hinzulegen, so, dass ihr Strahl von Karen weg in den Wald zeigte. Dann kniete ich mich, die Augen immer noch abgewandt, hin; Zweige knackten unter meinen Knien. Ich legte die Hände in meinen Schoß, verschränkte meine zitternden Finger und neigte meinen Kopf.

Irgendwo hinter mir schaute Chetterling wahrscheinlich zu. Es war mir egal.

Erst wollten keine Worte kommen. Wieder nur der Zorn, als ich an Karen dachte und ihr so helles und so kurzes Leben.

Gott, gib, dass dieses Elend aufhört!

Dann begannen meine Lippen, sich zu bewegen.

»Oh Gott, hier bin ich bei einem deiner Kinder. Es ist tot, zerbrochen. Schau herab zu uns, hier in diesem Wald, schau herab und sieh, was der Mörder mit Karen gemacht hat. Gott, mein Herz ist in Stücken. Wie mag es jetzt ihren Eltern gehen? Woher soll ich die Worte nehmen, um für sie zu beten? Herr, sei du bei ihnen, tröste sie jetzt. Mögen sie deine Arme um sich spüren, auch wenn sie weinen, ja gerade wenn sie weinen. Lass sie daran zurückdenken, was sie mit Karen Schönes erlebt haben. Lass sie hören, wie viel Freude sie anderen gebracht hat, wie Kelly und Erin und so vielen ihrer Freunde in der Kirche.« Ich schluckte heftig. »Oh Jesus, aber ... dieser Trost, er ist so klein, wenn sie daran denken, wie lieb ihre Tochter war und dass sie nicht mehr ist. Nur *du* kannst sie da durchbringen, nur du. Wenn ich an ihrer Stelle wäre, ich wüsste nicht, was ich machen sollte.«

Ich betete weiter für Karens Eltern, und dann merkte ich, wie ich Gott für Karen dankte. Für ihr Leben und dafür, dass sie jetzt im Himmel war und nie mehr Schmerz oder Traurigkeit erleben würde. Und ich dankte ihm für all das, was sie so vielen Menschen gegeben und bedeutet hatte, auch mir und Kelly. Aber während ich so dankte, begann der Zorn wieder in mir zu sieden wie Öl in einer Pfanne, und ich fing an, Jesus um Gerechtigkeit anzurufen.

»Bitte, *bitte* beschütze du uns! Hilf uns, den Täter zu finden, bevor er den Nächsten ermorden kann. Hilf den Kriminalbeamten, Blake Dalveeno bald zu finden. Wenn er nicht der Mörder ist, dann zeige Ralph und den anderen das, und wenn er es ist, dann gib, dass sie genügend Indizien finden, um ihn festhalten zu können.« Meine Stimme wurde lauter und fester. »Bitte, Jesus, zeige du *deine* Macht und besiege das Böse, das die Hand dieses Mörders lenkt! Erhöre die Gebete deiner Kinder, Herr. Wir rufen, wir schreien zu dir. Handele, tu es *jetzt* ...«

Meine Gebete gingen weiter. Bitten, die mir noch vor einer Woche nicht über die Lippen gekommen waren und die ich selbst jetzt nur halb verstand. Ich merkte, wie mein Oberkörper hin- und herschaukelte, meine Finger sich zu Fäusten pressten und auf meine Beine drückten. Die Worte strömten und strömten. Und dann wurden sie weniger, der Strom wurde zum Rinnsal, bis ich nur noch stumm schaukelte, Augen geschlossen, am ganzen Körper zitternd. Wie lange hatte ich gebetet? Ich wusste es nicht. Meine Augen waren trocken, aber innerlich hatte ich mit jeder Faser meiner Seele geweint.

Die Männer warteten auf mich, ich musste gehen. Ich drückte mich hoch. Meine Waden waren halb eingeschlafen und kribbelten. Hinter mir tauchte Chetterling auf. Ich stützte mich auf seinen Arm und befahl meinen Beinen, wieder lebendig zu werden.

»Danke Ralph, dass ... du mir das möglich gemacht hast.«

»Keine Ursache.« Seine Stimme klang rau.

Er führte mich zurück zu der Straße. Die Kegel unserer Taschenlampen zerschnitten die stickige Dunkelheit.

Als sie Karens Leiche in den wartenden Transporter geladen hatten und wir wegfahren konnten, war es fast elf Uhr. Chetterling und ich redeten erst wieder, als wir auf den Parkplatz der Sheriffbehörde fuhren.

»Ich hoffe, Annie, du kannst etwas schlafen.« Er versuchte zu lächeln, aber nur die eine Seite seines Mundes machte mit.

»Du bist derjenige, der Schlaf braucht. Aber jetzt kriegst du sicher keinen, oder?«

Er presste aufseufzend zwei Finger zwischen seine Augen. »Vielleicht zwei, drei Stunden.«

Ich hob meine Handtasche vom Fußboden auf. »Ruf mich an, wenn ihr Dalveeno habt, okay?«

»Machen wir. Willst du bei dem Verhör dabei sein?«

»Auf jeden Fall.«

Er nickte.

Als ich in meinem Auto saß, rief ich Jenna an, um ihr zu sagen, dass ich unterwegs war. Sie sagte, dass die Mädchen wieder bei Dave waren. Ich rief als Nächstes ihn an, und wir unterhielten uns, wie und wann wir den Mädchen die Nachricht beibringen wollten. Allzu lange warten konnten wir nicht; morgen stünde alles in der Zeitung. »Wie wär's, wenn du morgen früh eben rüberkommst?«, sagte Dave. Ich pflichtete ihm bei; heute Abend hatte ich keine Kraft mehr.

Als ich nach Hause kam, wartete Jenna auf mich. Wir unterhielten uns etwas, und sie umarmte mich und konnte sich nicht beruhigen, wie mitgenommen ich aussah. So brutal ehrlich konnte nur eine liebe Schwester sein. Als die Mädchen gegangen waren, hatte sie Stephen von dem neuesten Mord erzählt. »Er ist ziemlich kleinlaut. Die ganze Sache scheint ihn mitzunehmen.«

Ich konnte nur nicken. Meine Augenlider wurden immer schwerer. »Ab mit dir ins Bett«, sagte Jenna.

Ich kroch unter die Decken, zitternd wie vor Kälte, obwohl unsere Klimaanlage kaum gegen die Hitze ankam. Mein Gehirn ließ sich nicht abschalten, sein Projektor spuckte Bilder von Karen aus, wie ich sie gekannt hatte, und dazwischen ihre verzerrten und verdreckten Glieder auf dem Waldboden. Mein letzter Gedanke, bevor endlich der Schlaf kam, war Blake Dalveeno und wo er sich verstecken mochte.

[illegible] und [illegible] Mädchen [illegible] [illegible] [illegible] sollten. Nicht lange, [illegible] [illegible] [illegible] [illegible] [illegible] der [illegible] [illegible] [illegible] [illegible] [illegible] Ich [illegible] [illegible] [illegible] [illegible] [illegible].

[illegible] [illegible] [illegible] [illegible] jemand [illegible]. [illegible] [illegible] [illegible] [illegible] und [illegible] [illegible] [illegible] [illegible] [illegible] [illegible] [illegible] [illegible] [illegible] ziemlich [illegible] [illegible] [illegible] [illegible] [illegible]

Ich [illegible] auf dem [illegible] [illegible] [illegible] [illegible] [illegible]

Samstag, 25. Juni

Kapitel 36

Liebe, süße Karen Fogerty. Wie erleichtert ich bin, dass sie dich gefunden haben. Dort in dem Wald warst du so allein, keiner hat sich um dich gekümmert. Jetzt werden sie sich um dich kümmern, und wie! Sie werden dich schön zurechtmachen und betrauern, wie es sich gehört.

Was für ein schönes Gefühl es ist, die Nachricht von gestern Abend auf der Titelseite der Zeitung zu lesen. Wieder haben sie ihre Druckerpressen angehalten, extra für mich. All diese Reporter, all die Polizeiautos mit ihren Blaulichtern. All diese Menschen, die herbeigerannt kommen, wenn ich mit dem Finger schnippe.

Aber was ist das?

»Jetzt fangen die Christen in dieser Stadt erst richtig an zu beten.«

Was?

Wie könnt ihr es wagen!

Dieser Satz, fett eingerahmt in einem Extrakasten, wie könnt ihr es wagen, ihn mir vor die Nase zu halten? Bestimmt habt ihr das nur gemacht, ihr Zeitungsleute, um mich zu ärgern. Noch mehr leeres Geschwätz über das Beten und über Gottes Werk ... Wessen Werk habt ihr denn gestern Abend gesehen?

Schändliche Worte! Aufrührerische Worte! Wer ist der Reporter, der einen solchen Unfug glaubt? Annie Kingston glaubt also, dass Gott handeln wird. Was wird er denn tun? Einen Blitz vom Himmel auf mich schleudern? Wo ist er überhaupt?

Wo war er, als ich ein Kind war und jener furchtbare Tag auf mich zurollte wie ein unsichtbarer Zug, der sich nicht stoppen ließ?

Ausgerechnet Annie Kingston. Wie merkwürdig. Wie ironisch.

Dass sie einer von denen *ist.*

KAPITEL 37

Meine Morgenandacht am Samstag war alles andere als schwungvoll. Nach dem Erlebnis am vergangenen Abend hatte ich nichts anderes erwartet, als dass meine Gebete nur so strömen würden. Ich glaubte doch an Gottes Macht. Warum blieben mir die Worte dann schier in der Kehle stecken?

Den Kopf in meinen Händen, versuchte ich, Bitten um Bewahrung zu formulieren. Aber nur ein einziges Wort kam: *Jesus.* Immer wieder wiederholte ich es, mal laut, mal so leise, dass ich es selber kaum hörte. Ich stand frustriert von meinem Schreibtisch auf und starrte ins Leere.

Dann langte ich nach dem Telefon und wählte Gerris Nummer.

Ich berichtete ihr, dass ich nicht beten konnte. Und das jetzt, wo das Beten doch so wichtig war wie nie zuvor. Gerri ließ sich nicht erschüttern. Sie sprach lange mit mir, baute mich auf, wie ein Fußballtrainer seinen verunsicherten Stürmerstar in der Halbzeit aufbaut »Du *hast* gebetet. Du hast genau das getan, wovon in Römer 8,26 und 27 die Rede ist. Versprich mir, dass du die Verse liest, gleich nachher, wenn du aufgelegt hast.«

Gerri war in ihrem Element an diesem Morgen. Ich versprach ihr, die Stelle zu lesen.

»Und da wir gerade bei dem Thema sind«, fuhr sie fort, »will ich dir erzählen, was seit gestern Abend alles geschehen ist. Seit sie Karens Leiche gefunden haben, sind wir echt auf dem Kriegspfad. In meiner Gemeine entsteht gerade eine Gebetsliste. Leute aus der ganzen Stadt tragen sich darin ein. Sie verpflichten sich, eine halbe Stunde lang zu beten. Die halben Stunden verteilen sich über den ganzen Tag, rund um die Uhr, und das wird jeden Tag so weitergehen, so lange, bis der Mörder gefasst ist. Die nächsten beiden Tage sind schon voll. Ich sag dir's, Annie, da geschieht bald was, ich spüre es schon innerlich. Und dass du eben den Namen Jesus so oft wiederholt hast, das gehört dazu. Deine Gebete waren so tief, dass du sie nicht mehr in Worte fassen konntest. Aber Gott hat sie gehört.« Ihre Stimme wurde lauter. »Gott *weiß*, was du gemeint hast. Mach weiter so!« Sie atmete heftig aus. »Mensch, heute Morgen könnte ich stundenlang predigen.«

Womit sie ganz Recht hatte.

Ich legte auf und nahm meine Bibel zur Hand. Da waren sie, die Verse in Römer 8:

Desgleichen hilft auch der Geist unsrer Schwachheit auf. Denn wir wissen nicht, was wir beten sollen, wie sich's gebührt; sondern der Geist selbst vertritt uns mit unaussprechlichem Seufzen. Der aber die Herzen erforscht, der weiß, worauf der Sinn des Geistes gerichtet ist; denn er vertritt die Heiligen, wie es Gott gefällt.

Die Worte hämmerten an die Tür meiner Seele. Ich las die Verse ein zweites Mal, dann das dritte Mal. *Der aber die Herzen erforscht* – das konnte nur Jesus sein.

Mann!

Ich drehte meinen Stuhl herum und schaute zum Fenster hinaus. Gerri hatte Recht. Was dort stand, ich hatte es gerade erlebt. Ich hatte nicht gewusst, was ich sagen sollte, hatte kein Wort zustande gebracht. Aber meine Gebete waren tiefer gewesen, als wenn ich eine Million Worte gesagt hätte. Der Heilige Geist selber hatte durch mich gebetet. Und *für* mich.

Ich hielt mich an diesen Bibelversen fest. Hier hatte ich wieder auf eine ganz neue Art gebetet – eine Art, die direkt von Gott selber kam. Und ich erkannte eine neue Wahrheit: Es war nicht so wichtig, ob meine Gebete von den richtigen Gefühlen begleitet waren oder nicht. Gott erhörte sie. Punkt.

***

Eine halbe Stunde später stand Jenna in der Küche und machte Omeletts mit Speck, mit der für sie typischen Mischung aus Anmut und Tüchtigkeit, die unsere Mutter offenbar bis zur Geburt meiner Schwester für sich behalten hatte. Jenna trug samtblaue Shorts und ein eng sitzendes cremefarbiges Top, das ihren braunen Teint betonte; ihr wunderbar dichtes Haar war noch halb nass von der Dusche. Sie trug noch kein Make-up, aber sie sah auch so umwerfend aus.

»Möchtest du eben die Zeitung holen?«, fragte sie.

»Nein. Ich hol sie aus dem Kasten, wenn ich von Dave zurückkomm.«

Nach dem Frühstück müssten Dave und ich den Mädchen die Nachricht von Karens Tod beibringen. In der Zeitung wäre er das Thema Nummer eins.

»Okay.« Jenna schlug ein Ei in eine Schüssel. »Dann hab ich ’ne Idee. Wir unterhalten uns zur Abwechslung über was Lustiges.«

Etwas Lustiges war gerade das, was ich brauchte. »Fang an.«

Sie warf die Schalen in die Spüle und langte nach einem zweiten Ei. »Also. Gestern Abend waren wir, wie du sicher weißt, im Kino.«

»Hm.« Ich sah, wie sie ein drittes Ei in die Hand nahm. »Soll das mein Omelett sein? Mehr als zwei Eier brauch ich nicht.«

Sie zerbrach das dritte Ei. »Jawohl, das ist deins. Und du isst drei.«

»Jenna, ich will keine drei.«

»Ist mir egal, was du willst; du brauchst drei, du wirst zu dünn.«

»Zu dünn? Ich will doch abnehmen! Dann seh ich vielleicht halb so gut aus wie du.«

Sie warf mir einen vernichtenden Blick zu, während sie eine Milchtüte in die Hand nahm. »Abnehmen ist nicht schlecht, Annie, aber du brauchst das nicht in drei Tagen zu schaffen.«

»Ich versuche nicht, das in drei Tagen zu schaffen.«

»Doch, natürlich. Was hast du denn die ganze Woche gegessen? Fast nichts.«

Ich schaute missmutig in meine Kaffeetasse. Ja, wann hatte ich das letzte Mal eine richtige Mahlzeit gehabt? Und der Bratspeckduft aus der Mikrowelle war himmlisch.

»Also, gestern Abend um fünf hab ich eine Suppe gegessen.«

»Na bravo, ein ganzer Teller Suppe!« Jenna goss etwas Milch in die Eier und begann, die Masse mit einer Gabel zu schlagen. »Also, willst du meine Geschichte hören oder nicht?«

»Wenn du nicht dauernd an mir herumnörgeln musst, gerne.«

»Ich nörgele nicht; *du* nörgelst.«

»Als Nächstes erzählst du mir, dass die Erde eine Scheibe ist, wie?«

Sie murmelte etwas in ihren nicht vorhandenen Bart und fuhr fort, die Eier zu schlagen. Dann setzte sie die Schüssel ab und inspizierte die in einer kleinen Pfanne auf dem Herd vor sich hin schmelzende Butter. »Also, wir standen an der Kinokasse, und da sah ich diesen supertollen Typ.«

Ich hätte es mir denken können. Jenna kam nie sehr weit ohne ein männliches Wesen in ihrem Leben. Wo Jenna war, geriet die Männerwelt ins Schwärmen.

»Und wer war das?«

»Nicht so schnell, so weit bin ich noch nicht.«

»Entschuldige.«

»Ein Bild von einem Mann. Dickes schwarzes Haar, sonnengebräunte Haut und *blaue* Augen. Kannst du dir die Kombination vorstellen – schwarze Haare und blaue Augen? Und er ist gebaut wie ...« Sie breitete die Hände aus, ihre Finger bogen sich um einen nicht vorhandenen Bizeps. »Wow.« Sie nahm die Schüssel mit der Rühreimischung und goss sie in die Pfanne. »Und hör gut zu: Er hatte 'nen Jungen in Kellys und Erins Alter dabei. Sein Sohn. Curt heißt er – der Junge, meine ich. Geht in dieselbe Schule wie die Mädchen. Echt netter Kerl. Er sagt ›Hallo‹ zu den beiden, und sie sagen auch ›Hallo‹ und dann sehen sie sich an und flüstern, wie ›heiß‹ er ist. Und ich denke: ›Wenn ihr was echt Heißes wollt, seht euch seinen Vater an.‹«

Sie nahm einen Beutel mit geriebenem Cheddarkäse und streute etwas davon auf das Omelett, dann legte sie einen Deckel auf die Pfanne. »Ich hatte natürlich schon seine linke Hand inspiziert – kein Ehering. Wir kommen also ins Gespräch, ich meine, die Kinder unterhielten sich ja schon, und man will ja höflich sein. Er heißt Eric. Den Namen hab ich schon immer gemocht.« Sie wackelte mit dem Kopf. »Tja, wir wollen also in denselben Film, und die Mädchen wollen unbedingt bei Curt sitzen, und sie fragen ihn und er sagt: ›Klar, gerne‹, und sein Vater hat auch nichts dagegen, und so ...« Jenna hob ihre Augenbrauen.

Die gute Jenna. Manchmal war sie die reinste Teenagerin. »Und dann hast du also neben Eric gesessen.«

»Stimmt.« Sie hob den Deckel und prüfte das Omelett. Das »Ping« der Mikrowelle verkündete, dass der Bratspeck fertig war.

»Und?«

»Tja, also: Er ist 37 und geschieden. Seine Frau verließ ihn vor zehn Jahren, als Curt ganze fünf Jahre alt war. Wohnt am anderen Ende von Amerika und sieht ihren Sohn nur noch selten.«

»Soll das ein Witz sein?« Gab es das – dass eine *Frau* ihr Kind verließ, so wie Vic seine Kinder verlassen hatte? Ich konnte es fast nicht glauben. »Der arme Curt.«

»Ja.« Jennas Ton wurde ernst. »Da hast du wohl Recht.« Sie

hob ihre eine Schulter. »Aber er scheint in Ordnung zu sein. Und sein Vater – ich sag dir, der Mann ist *toll.*«

»Was macht er beruflich?«

»Er hat das Ford-Autohaus in der Stadt unter sich.«

»Ein *Autoverkäufer*? Mein Gott, Jenna, das sind die geborenen Schwätzer.«

»Nicht Eric, der ist anders.« Sie hob den Deckel der Pfanne ab und legte ihn auf die Küchentheke. »Dein Omelett ist fertig.«

Ich holte zwei Teller aus dem Schrank und reichte ihr den einen.

Sie ließ das Omelett auf den Teller gleiten, während sie mit dem Kinn auf die Mikrowelle zeigte. »Der Speck ist da drin, nimm ihn dir selber. Aber leg ihn erst auf 'ne Papierserviette, wegen dem Fett. Meinen auch.«

Ich konnte es mir nicht verkneifen, ihr zu salutieren. Sie ignorierte es.

»Wer hätte das gedacht, dass es in Redding attraktive Männer gibt? Allerhand.« Ich wischte das Fett von unserem Bratspeck. »Weißt du noch, wie du gejammert hast, als du hierher gezogen bist, als ob das hier das Ende der Welt wäre?«

Jenna schnaubte wegwerfend. Sie gab neue Butter zum Schmelzen in die Pfanne, dann trat sie zurück zur Theke und fing an, ihr eigenes Omelett zu schlagen. »Wir haben uns unterhalten, bis der Film anfing, und nach dem Film haben wir weitergemacht. Die Kinder wollten gerne ein Eis, und da sind wir noch in die Eisdiele gegangen. Tja, und dann hat Eric mich gefragt, ob er mich diese Woche mal zum Dinner ausführen darf. Eigentlich wollte er's gleich heut Abend machen, aber ich hab ihm gesagt, dass du mich brauchst. Hab ihm erklärt, wer du bist, und er hat Verständnis gehabt; ist ja einiges los gerade. Wir haben 'ne ganze Weile über dich gesprochen.«

Zum Dinner ausführen? So schnell? Ich zog langsam die Papierservietten von dem Speck ab und warf sie in den Abfalleimer. Dann drehte ich den Wasserhahn auf, um meine speckige Hand zu waschen – und starrte wie abwesend auf den Wasserstrahl.

»Na, sagst du nichts?« Jenna warf die nächsten Eierschalen in die Spüle.

»Warum musst du jetzt schon mit dem ausgehen?«

Sie sah mich von der Seite an. »Mit so 'nem tollen Hecht? Warum denn nicht?«

»Weil ... du kennst ihn doch noch gar nicht.«

»Annie.« Sie machte ein ungeduldiges Geräusch. »Willst du dir die Hände waschen oder das Wasser angucken?«

Ich nahm die Seife und schob meine Finger unter den Hahn.

Sie wandte sich wieder ihrem Omelett zu. »Warum willst du mir den Spaß verderben?«

»Ich will dir nichts verderben. Es ist nur ... Wie du sagst, es ist einiges los. Nämlich ein Frauenmörder. Und das kann buchstäblich jeder sein.«

Jenna legte ihre Gabel hin und sah mich an, eine Hand in der Hüfte. »Willst du mir damit etwa sagen«, die Worte kamen widerspenstig wie zu harte Butter unter einem dünnen Messer, »dass ich *Eric* nicht trauen kann?«

»Zurzeit kann man niemand trauen.« Ich wusch mir die Hände extra gründlich; ich hatte keine Lust, Jenna anzusehen.

»Das ist ja lächerlich.«

Ich drehte den Wasserhahn zu und nahm ein Papierhandtuch. »Das ist nicht lächerlich, Jenna. Wenn du alles gesehen hättest, was ich gesehen hab ... Wenn du den Kripobeamten und der Profilfahnderin zugehört hättest ... Wie *normal* der Mörder wahrscheinlich aussieht. Und wie charmant er sein muss.« Ich warf das Handtuch in den Mülleimer und drehte mich zu ihr um. »Schau her, dein Eric ist also echt toll, und wahrscheinlich tut er keiner Fliege was zuleide. Aber kannst du dir da wirklich ganz sicher sein? Wenn ich durch die Straße fahre, ist mir jeder verdächtig, den ich sehe.«

Ich musste an Karens Leiche denken. Ich zeigte auf das Fenster. »Der ist irgendwo da draußen, mitten unter uns. Vielleicht geht er ins Kino und lernt da fremde Frauen kennen.« Der plötzliche Kloß in meiner Kehle überraschte mich. Ich schüttelte den Kopf und sah zur Seite. »Und deswegen will ich, dass du vorsichtig bist. Das ist alles. Sei ... vorsichtig.«

Jenna lehnte sich an die Theke und kreuzte die Arme. »Schön, da hast du wohl Recht.« Sie schaute auf den Fußboden. »Ich versteh das ja. Aber ... wenn du jemand kennen lernst, dann denkst du nicht so, verstehst du? Ich meine, ich kann mir echt nicht vorstellen ...«

Ich lächelte sie schief an. »Ich weiß.«

Sie nahm seufzend die Schüssel mit der Eimischung wieder in die Hand und goss sie in die Pfanne. »Dein Omelett wird kalt.«

»Dein Speck auch.«

Wir schauten uns an, die Lippen breit wie bei Kermit aus der Sesamstraße.

»Mami?«, sagte meine Schwester ein paar Minuten später, als ich mein Omelett aß. Es klang gekonnt wehleidig.

Oh nein. »Was ist, Jenna?«

»Darf ich mit Eric ausgehen?«

Ich seufzte zur Decke hoch. »Ich weiß nicht. Vielleicht sollten wir ihn erst mal hierher einladen. Damit ich ihn mir angucken und ins mütterliche Verhör nehmen kann.«

»Mütterliches Verhör?«

»Ja. Du weißt schon: Was sind Ihre Absichten, junger Mann? Dass Sie mir keine Dummheiten mit meiner Schwester machen.« Ich hielt kurz inne. »Zum Beispiel ihr Gift in den Kaffee tun.«

Jenna lachte durch ihre Nase. Ich begann zu kichern, dass ich mich fast an dem Omelett verschluckte.

»Annie, du bist unmöglich.«

Ich hielt eine Hand vor meinen Mund. Plötzlich verstand

ich das Bedürfnis der Kripobeamten nach schwarzem Humor. Als Jenna und ich zu kichern aufhörten, hatte ich Tränen in den Augen.

Sie stellte ihren Teller auf den Tisch, zog einen Stuhl heraus und setzte sich. Wir sprachen weiter, während wir aßen, aber das Gelächter war verflogen wie Parfüm im Herbstwind. Meine Schwester war wild entschlossen, mit Eric auszugehen. Jenna, die Sture. Mich gängelte sie, aber *sie* machte gerade, was sie wollte. Ich liebte sie – und manchmal hatte ich Lust, sie zu erwürgen.

Ich beendete mein Frühstück und stand widerstrebend auf. »Jetzt muss ich zu Dave rübergehen.«

»Ja, ich weiß.« Sie sah mich an. »Ich weiß, dass du am liebsten hier bleiben würdest, aber ... du siehst irgendwie anders aus.«

»Wie meinst du das?«

»Ich weiß nicht. Irgendwie stärker. Nicht mehr so sehr wie ein Zweig im Wind.«

Ich dachte nach und nickte kurz. »Vielleicht hast du Recht.«

»Das ist gut«, sagte Jenna. Sie hob ihre Schultern. »Und woher kommt das auf einmal?«

Ich sah sie fest an. »Das kommt daher, weil ich viel bete. Und Beten macht stark.«

»Oh.« Sie sah mich verblüfft an.

»Du solltest das auch mal versuchen mit dem Beten, Jenna.«

Sie schaute auf den Tisch, dann wieder zu mir hin, den Schalk in den Augen. »Wenn ich das mach, lässt du mich dann mit Eric ausgehen?«

Ich warf ihr meine Serviette ins Gesicht.

Kapitel 38

Die Mädchen waren noch im Bett.

Dave und ich standen in seiner Küche; wir wollten sie nicht aufwecken. Ich hatte mein Handy auf die Küchentheke gelegt. Er lächelte meine Halskette an, die ich heute über einer blauen Bluse mit U-Ausschnitt trug. »Schön, dass du die wieder um hast.«

Er stand so nah, dass ich das Limonenaroma seines Rasierwassers roch. Ich schaute in seine Augen hoch und sah, was er dachte: Er deutete die Halskette als ein Zeichen einer Verbindung zwischen uns. Ich lächelte, und durch meine Adern glitt eine Wärme, die ich lange nicht mehr gespürt hatte.

Er streckte seine Hand aus und ließ ihren Rücken sachte meine Wange hinabgleiten. Mannomann – das hatte ich nicht erwartet. Die Berührung ließ meinen ganzen Körper kribbeln. Mein Herz machte einen verlegenen Hüpfer. Unsere Augen trafen sich, seine Hand war immer noch auf meiner Haut. Die Luft um mich war auf einmal leicht und wie berauschend, wie ein Sauerstoffstoß in einem überheizten, ungelüfteten Raum. Ich ließ mich in das Gefühl fallen ...

Dann fast Panik. Wie war das *jetzt* möglich, mit all den Morden und dem Leid um uns herum? Wie war das überhaupt möglich?

Ich spürte, wie mein Gesicht dunkelrot wurde und mein Herz gegen meine Rippen pochte. Dave wollte etwas sagen. Im gleichen Augenblick wurde die Stereoanlage in Erins Zimmer lebendig. Mein Kopf ruckte zum Flur hin, Dave zog seine Hand fort und machte einen Schritt zurück.

Wir standen beide da und starrten auf die Küchentür, wie zwei Teenager, die bei irgendetwas erwischt worden sind. Wenn die Mädchen jetzt kamen, würden unsere Gesichter alles verraten.

Sie kamen nicht.

Ich lachte nervös. »Klingt so, als ob sie aufgestanden sind.«

»Ja.«

Wir sahen einander an. Das Blut rauschte und pochte durch meinen Körper. Daves Mund hob sich auf eine Art, die mir sagte, dass er gerade das Gleiche gespürt hatte wie ich und dass er das Thema mitnichten für abgehakt hielt. Ich presste meine Lippen zusammen, eine Geste der Zustimmung.

Okay, Annie, komm zurück auf den Teppich.

Vor uns lag eine schwere Aufgabe. Wir gingen gemeinsam den Flur entlang und klopften an Erins Tür.

Die Mädchen lümmelten sich auf Erins Bett, noch im Pyjama und mit Schlaf in den Augen. Ein Blick auf uns, und sie erstarrten. Ihre flatternden Augen zeigten uns, wie sie zwei und zwei zusammenzählten, es deuteten, dass da an diesem Samstagmorgen wir beide in ihrer Tür standen.

Kellys Kopf ging zurück, ihre Wangen wurden schlaff. »Ist es Karen?«

Ich nickte.

Sie warf sich von dem Bett und in meine Arme. Erin blieb sitzen und begann hemmungslos zu schluchzen. Dave setzte sich neben sie und zog sie an sich. Unsere Augen begegneten sich über den Köpfen unserer trauernden Töchter.

Sie brauchten ihre Zeit, um sich auszuweinen. Dann kamen die Fragen: Wie? War es derselbe Mörder? Wann? Wo hatte man sie gefunden? Ich antwortete so gut ich konnte, manche Einzelheiten behielt ich für mich. Dann machten die beiden sich frei aus unserer Umarmung. Sie brauchten Zeit, um alleine zu trauern, auf ihre Teenagerart. Dave und ich gingen leise aus dem Zimmer und schlossen die Tür hinter uns.

Wir gingen zurück in die Küche, beide benommen. Ich schlug die Arme vor meine Brust. »Wir müssen die beiden mal hier rausholen, damit sie auf andere Gedanken kommen. Das hier ist zu viel für sie.«

»Seh ich auch so.« Dave lehnte sich an die Küchentheke und seufzte. »Ich könnte mit ihnen bis morgen irgendwohin fliegen. Am Montag hab ich geschäftliche Termine.«

Daves Piper stand in dem Hangar, der an sein Haus angebaut war. Ich hatte sie die ganze Woche nicht gesehen; wahrscheinlich juckte es ihn, wieder einmal zu fliegen. Privatpiloten kriegen Entzugserscheinungen, wenn sie längere Zeit nicht geflogen sind. Aber ein Anderthalb-Tage-Trip war nicht genug für die Mädchen.

»Nein, aber weißt du, was? Vielleicht kann Jenna das machen. Sie hat doch versprochen, mal mit ihnen nach Disneyland zu fliegen. Wenn sie gerade keine dringenden Projekte hat, könnte sie einfach mit ihnen losdüsen.« Mein Blick wanderte zum Fenster hinaus. »Vielleicht wär das auch was für Stephen.« Ich schaute zu meinem Haus hinüber, dachte über die Idee nach.

»Klingt gut.«

Ich drehte mich zurück zu Dave. »Nicht, dass er das verdient. Aber er müsste auch mal andere Tapeten sehen. Zurzeit kann er nicht auf seinen Job, nicht zu seinen Freunden, eigentlich noch nicht mal auf die Straße. Noch zwei Tage, und der dreht mir durch und macht irgendwas, was *echt* verrückt ist.«

»Annie, das ist okay. Du brauchst mich nicht zu überzeugen.«

Ich schüttelte den Kopf. »Ich versuch, mich selber zu überzeugen.«

»Dich selber? Warum musst du das?«

»Weil ... da ist mehreres. Erstens weiß ich nicht, ob Stephen nicht besser doch dableiben sollte. Was, wenn die Polizei ihn noch mal braucht? Sie haben zwar die Informationen, die sie von ihm wollten, aber ...« Ich zuckte die Achseln. »Und zweitens ...« Ich biss mir auf die Lippe, unsicher, ob ich das Recht hatte, so offen über meine Schwester zu sprechen. »Jenna wird ihn nicht mitnehmen wollen. Sie mag Stephen nicht. Ich nehm ihr das nicht übel, er ist ja wirklich 'ne Nummer für sich. Und die Mädchen wären auch nicht gerade begeistert, wenn er mitkommt.«

Er sah mich an. »Die Mädchen hätten wohl kaum einen Grund, sich zu beschweren, oder? In 'nem Privatflugzeug nach Disneyland ...«

Ich lächelte matt. »Du hast ja Recht.«

Aber da war ja noch ein Problem. Wenn Jenna mit den Kindern fortflog, wäre ich ganz allein zu Hause, und das war mir selbst mit Alarmanlage und Revolver nicht geheuer. So, wie ich Jenna kannte, würde sie sogar darauf bestehen, dass ich nicht allein in dem großen Haus schlief. Aber wieder in Davids Gästezimmer übernachten? Nein, nicht wenn die Mädchen nicht da waren. Und schon gar nicht seit diesem Augenblick hier in der Küche. Ohne dass ein Wort gefallen war, hatten wir eine Grenze überschritten, das wussten wir beide. Im gleichen Haus schlafen, selbst auf verschiedenen Stockwerken, es wäre komisch, es wäre zu ...

Nein. Besser nicht. Besser bei Gerri übernachten oder vielleicht bei jemand aus unserer Kirchengemeinde.

»Annie?« Daves Stimme riss mich zurück in die Gegenwart. »Worüber denkst du gerade nach?«

»Ach, nichts weiter. Okay, ich werd mal mit Jenna reden. Ich ruf dich dann ...«

Das Klingeln meines Mobiltelefons ließ mich zusammenfahren. Ich trat zu der Küchentheke, wo es lag, und nahm es in die Hand. Das Display zeigte eine wohl vertraute Nummer. »Das ist Chetterling.« Ich warf Dave einen besorgten Blick zu, dann meldete ich mich. »Hey, Ralph.«

»Morgen.« Seine Stimme war rau vor Müdigkeit, aber irgendwie zufrieden. »Wir haben unseren Mann.«

»Dalveeno?«

»Ja. Dank deiner Zeichnung. Hast du sie schon gesehen? In

der Zeitung auf Seite zwei. Wir haben sofort Anrufe bekommen, und einer hat uns auf seine Spur geführt.«

Ich atmete tief aus und lehnte mich an die Theke. *Danke, Gott!*

»Möchtest du kommen und dir das Verhör ansehen?«

Mein Kopf schwirrte. Ade, Pläne. »Ja. Ja, sicher, ich komme.« Ich drehte mich zu Dave hin und runzelte entschuldigend die Stirn. Er nickte und beobachtete mich aufmerksam. »Wo habt ihr ihn erwischt?«

»Auf der Interstate-5, hinter Red Bluff, Richtung Süden. Er hat versucht zu entkommen, muss 'ne richtige Verfolgungsjagd gewesen sein. Brauchten fünf Streifenwagen, um ihn zu stoppen.«

Dalveeno auf der Flucht vor der Polizei. Die Nachricht eröffnete tausend Möglichkeiten. Blake war zu clever, um ohne einen sehr triftigen Grund sein Heil in der Flucht zu suchen. Die ganze Zeit hatte er sich stets unauffällig verhalten, seine Drogengeschäfte diskret betrieben ...

»Heißt das, dass ihr ihn erst mal in Gewahrsam nehmen könnt?«, fragte ich. »Wegen Widerstands gegen die Staatsgewalt?«

»Exakt. Aber natürlich nicht sehr lange. Hoffen wir, dass das Verhör was Brauchbares zutage fördert. Was wir eigentlich brauchen, ist ein guter Grund für einen Durchsuchungsbefehl im Zusammenhang mit den Morden und nicht nur wegen der Drogensachen.«

Ja, Gott, bitte! Gib, dass das klappt!

Ich schaltete das Telefon aus. Dave trat näher. »Gute Nachrichten?«

Ich erzählte es ihm. Ich spürte, wie das Adrenalin durch meine Adern schoss. Ich fuhr mir durch das Haar. Auf einmal wollte ich nur noch eines: zur Sheriffbehörde fahren und zuschauen, wie sie Dalveeno in die Mangel nahmen. »Ich geh eben noch schnell zu Jenna rüber und frag sie wegen der Kinder, ja?«

»Mach das.«

Meine Augen gingen zum Eingangsflur, meine Beine wollten sich in Bewegung setzen. Dann musste ich plötzlich denken, was für eine Egoistin ich doch war. Ein Anruf, und ich sauste zum x-ten Mal los und wieder hatte Dave meine Tochter am Hals. »Dave.« Ich drehte mich abrupt zu ihm um und umarmte ihn. Seine Arme glitten erwidernd um meinen Rücken, als ob das das Natürlichste von der Welt war. Seine eine Hand bog sich um meinen Hinterkopf.

»Annie«, flüsterte er.

Ich spürte, wie es in seinen Armen zitterte. Ich presste meinen Kopf an seinen Hals und blieb einen Augenblick so, *spürte* ihn einfach. Als wir uns aus der Umarmung lösten, waren seine Augen überhell. »Pass auf dich auf.«

Ich runzelte die Stirn, erstaunt über die Bitte. »Mach ich.«

Er ließ seine Hand über meine Wange gleiten, auf seinen Lippen ein zartes Lächeln. Dann ließ er mich zögernd los.

Kapitel 39

Die Sheriffbehörde summte vor Geschäftigkeit.

Ich wusste, dass die Streifenbeamten nicht lange bleiben würden, sie mussten zurück zu ihren Fahrzeugen und auf die Straßen. Aber die Nachricht hatte sich wie ein Lauffeuer verbreitet; ein konkreter Verdächtiger in dem Giftmordfall war verhaftet worden. Ein Verdächtiger, der, als er die Blaulichter hinter sich sah, prompt das Gaspedal durchgetreten hatte. Jetzt wimmelten die Flure der Sheriffbehörde von neugierigen Streifenpolizisten, die darauf brannten, Dalveeno zu sehen. Sie begegneten sich in der Eingangshalle, unterhielten sich in gedämpftem Ton, erzählten sich, was sie wussten über die Verfolgungsjagd und über den Mann.

An der Rezeption stand Ruby Mays und unterhielt sich flüsternd mit Liz Keltz, der korpulenten jungen Frau, die an den Wochenenden Beverlys Arbeit übernahm. An der einen Wand stand der lange Tisch mit den Essensspenden der Bewohner von Redding. Er war mit Sandwiches, Salaten und Desserts beladen. Ein Teller mit Schokoladenplätzchen von Ruby war auch dabei.

»Hey, Annie«, sagte Liz.

Ruby drehte sich abrupt um und sah mich an, die Arme übereinander geschlagen. »Hallo, Annie.« Ihr Blick sprang über mein Gesicht, hinunter zum Fußboden und wieder hinauf, dann schaute sie mit gespitzten Lippen zu drei Hilfssheriffs hin, die am anderen Ende der Eingangshalle zusammenstanden und sich leise unterhielten.

Sie schien nervös zu sein, was für Ruby ungewöhnlich war. »Hallo«, lächelte ich. »Hast du wieder Plätzchen gebracht?«

Sie nickte fahrig. »Ja, doch, es ist ja schon ein paar Tage her, war mal wieder Zeit.« Ihr Blick wanderte zurück zu den Polizisten. Ich sah Liz an, meine Augenbrauen hochziehend. Die eine Seite von Liz' zu grell bemaltem Mund ging nach unten, sie zuckte die Achseln.

»Wie geht's so?« Liz versuchte, fröhlich zu klingen.

»Danke.« Ruby rieb sich die Arme, als ob sie in einem Kühlhaus stand.

»Hm. Und was führst du so im Schilde? Willst du auch was essen?« Wieder Liz, die sich in mehr Smalltalk flüchtete. Sie drehte ihren blondierten Kopf zu dem Tisch hin.

»Oh, ich ...« Ich machte eine unbestimmte Geste zum Flur hin. Ich hatte keine Lust, mich darüber auszulassen, dass ich zu dem Verhör von Blake Dalveeno wollte. »Was Geschäftliches.« Ich warf Liz ein hoffentlich nicht zu gezwungenes Lächeln zu, schaute noch einmal kurz zu Ruby hin und drehte mich um.

»Ich muss jetzt auch gehen.« Ruby schnappte sich ihre Handtasche von Liz' Schreibtisch und setzte sich so abrupt in Bewegung, dass sie fast mit mir zusammenstieß. Ich schaute ihr nachdenklich hinterher. Was war nur los mit ihr? Irgendetwas in mir sagte mir plötzlich, dass ich ihr folgen sollte.

»Ruby.« Ich hielt sie draußen vor der Eingangstür an. »Entschuldige, wenn ich dich vielleicht belästige, aber ist irgendwas mit dir? Kann ich dir helfen?«

Sie schaute mich an, ihr breites Gesicht unschlüssig. Ihr Mund öffnete sich, schloss sich, öffnete sich wieder. »Nein, mir geht's gut, danke. Bin halt ein bisschen nervös. Hab in der Zeitung gelesen, dass sie schon wieder ein Opfer gefunden haben – diese Karen. Weißt du, dass sie sie gleich neben der Tully Road gefunden haben? Ich *wohne* an der Tully Road. Gleich gegenüber von dem Abzweig nach links in den Feldweg. Ich hab die Sirenen gehört, als die Polizei vorbeigefahren ist.« Sie zog ihre Schultern zusammen. »So nah bei mir hat er noch nie ein Opfer versteckt; bisher ist er immer im Süden der Stadt geblieben.« Sie schaute zurück zu dem Gebäude. »Und jetzt dieser ganze Aufruhr hier. Dass sie angeblich den Mann gefunden haben, den sie suchen, den, den du für die Zeitung heute Morgen gezeichnet hast. Und ich ...« Sie verstummte, ihr Blick glitt hinunter zu ihren robusten Schuhen.

Ich drückte ihren Arm. »Dann hoffst du, dass der es ist?«

Sie schaute mich an, zögerte und nickte. Dieses Zögern ... fast kam es mir wie ein stummer Hilfeschrei vor. Was hatte die Frau nur?

Die weiß was. Der Gedanke schoss aus dem Nirgendwo in meinen Kopf. *»Ich wohne an der Tully Road ...«*

»Ruby. Hast du ... was gesehen? Vielleicht auf der Straße, die an deinem Haus vorbeiführt?«

Ihre Augenlider flatterten. Sie versuchte, es mit einem kleinen Lächeln zu überdecken. »Nein. N-natürlich nicht.«

Ich nahm meine Oberlippe zwischen die Zähne, den Blick weiter auf Ruby gerichtet. Kein Zweifel: Sie log.

Ruby holte Luft. »Aber jetzt muss ich wirklich gehen.« Sie drehte sich um.

»Warte. Hier.« Ich grub in meiner Handtasche nach meiner Visitenkarte und hielt sie ihr hin. »Nimm meine Karte mit, okay? Da ist meine Handynummer drauf. Wenn du ... wenn du mich aus irgendeinem Grund sprechen willst, ruf mich einfach an.«

Sie streckte ihre Hand aus, zögernd, als ob sie eine verlockende, aber giftige Frucht entgegennahm. Ihre Finger schlossen sich um die Karte, und ich ließ sie los. Ich drehte mich rasch um, damit Ruby mir die Karte nicht womöglich wieder zurückgab. Aber Ruby war noch schneller.

»Danke«, flüsterte sie. Dann rannte sie zu ihrem Auto.

Ich trat wieder in das Gebäude, um mir die Dalveeno-Show anzusehen. Ich betete, dass Ruby mich anrufen würde.

KAPITEL 40

Ihr denkt also, ihr habt mich?

Hier sitzt er wie eine Ratte im Käfig, *tönt ihr,* und wartet darauf, dass der Arm des Gesetzes ihn packt und der Rachen der Gerechtigkeit ihn verschlingt.

Bildet ihr euch wirklich ein, dass ihr mich so leicht stoppen könnt?

Narren.

Seht ihr nicht, dass ich die Netze meiner Pläne weiter auswerfe denn je? Angestachelt von euren ach so frommen Betern, euren faselnden Kriminalbeamten, eurer primitiven Arroganz. Wisst ihr nicht, dass vier Wände mich nicht einsperren können? Dass ich mehr habe, als eure Augen sehen – dass ich in meiner rechten Hand mehr Macht, mehr Willen habe als ihr alle zusammen? In meiner Kindheit habe ich es gelernt, stark zu ein, und das lasse ich mir von euch nicht wegnehmen.

Komm, komm, *säuselte meine Mutter.* Komm, es ist Zeit.

Nein, Mama, lass mich. Bitte, nicht ...

Verhört ruhig euren großen Fang. Schüchtert ihn ein, schlagt ihn, foltert ihn. Mich könnt ihr nicht stoppen.

Wie überrascht ihr alle sein werdet, wie erstaunt über die Verwüstung, die ich anrichten werde. Ihr werdet alle büßen. Ich werde sie erledigen, die Beter, alle! Eure Frauen und Töchter, sie werden mir nicht entkommen. Tag um Tag, Nacht um Nacht werde ich nehmen und nehmen und nehmen. Schon plane ich den nächsten Tod, die nächste Zerstörung.

Die schwarzen Schwingen haben sich in mir entfaltet, sie brüten ihre Eier aus. Ruft zu eurem Gott, ihr alle, kriecht vor ihm zu Kreuze, jammert und schreit. Ihr wollt mich in vier Wände sperren? Schaut her, wie ich fortfliege, hinauf, hinauf, und meine Taten über diese Stadt verbreite wie Samen, die der Wind verteilt.

Wenn ihr euch umgedreht habt, werde ich zuschlagen. Ich werde stets in eurem Rücken sein.

Kapitel 41

Da saß er hinter dem durchsichtigen Spiegel in dem viel zu kleinen Verhörraum. Blake Dalveeno, mit gut geölter Arroganz, lässig zurückgelehnt, der eine Arm auf der Tischplatte. Seine Finger trommelten gelangweilt. Das einzige Zeichen dafür, dass er wütend war, war sein halb irritierter Blick, der die Flügel seiner breiten Nase zusammendrückte, seine Augen schmaler machte und seine Lippen zusammenzog. Seine Locken sahen perfekt aus in ihrer Wildheit. Er trug ein eng sitzendes T-Shirt, und dann und wann zuckte sein Bizeps.

Dalveeno seitlich gegenüber saßen an dem einen Ende des Tisches Chetterling und an dem anderen Ed Trumble. Eds Oberkörper war nach vorne gebeugt, seine hellwachen Augen funkelten Dalveeno an, als ob er ihn köpfen wollte. Chetterling hatte die Arme über der Brust gefaltet und den Kopf leicht zur Seite geneigt; sein Gesichtsausdruck war der eines Mannes, dem keiner etwas vormachen konnte.

Ich stand draußen hinter dem falschen Spiegel; mein Herz klopfte so laut, dass die anderen, die neben mir standen, es bestimmt hören konnten. Tim Blanche war aus dem Polizeirevier herbeigeeilt, um sich das Verhör anzuschauen. Er stand links von mir; gerade flüsterte er Nathan Hallibander etwas zu. Zu meiner Rechten standen zwei Hilfssheriffs, die, soweit ich wusste, bei dem Verhör nicht dabei zu sein brauchten, aber die sich die Gelegenheit nicht entgehen ließen.

Vielleicht dachten sie gerade das Gleiche über mich.

Der bloße Anblick von Dalveeno machte mir eine Gänsehaut auf den Armen. Er saß keine zwei Meter vor mir; so nah war er selbst an dem Tag, wo er in mein Haus eindrang, nicht gewesen. Mein Gehirn malte mir wieder vor, wie er sich über Kelly gebeugt hatte, und ich zitterte unwillkürlich. Dann dachte ich an Stephen. *Das* war also einer von den Leuten, mit denen mein Sohn sich abgab; *das* hier war der Mann, der das Leben meines Sohnes in seinen Händen hielt und der ihm bis in die Bay Area nachgespürt hatte.

War er auch der Mann, der Karen Fogerty und die anderen Frauen umgebracht hatte?

Sosehr ich wollte, dass sie den Mörder endlich fanden – bei dem Gedanken, dass es womöglich der Serienmörder war, der da in meinem Wohnzimmer gestanden hatte, direkt neben meiner Tochter, ja der die Fäden in der Hand hielt, die meinen Sohn wie eine Marionette tanzen ließen, wollte eine unsichtbare Schlange mir die Brust zusammendrücken.

Aber wenn Dalveeno wirklich der Täter war und für immer hinter Schloss und Riegel käme, dann würde sein Drogenring doch platzen, oder? Stephen könnte wieder frei atmen, das Haus verlassen, ohne Angst zu haben ...

Gott, kann es sein, dass nach all dem Elend die Lösung so einfach ist? Kann die Verhaftung eines *Mannes alle unsere Probleme lösen?*

Vielleicht. Und Gerri wäre nicht überrascht. Ich hörte sie förmlich, wie sie mir erklärte, dass Gottes Wege wunderbar sind, dass er die Gebete der Stadt erhört hatte und meine Muttergebete für Stephen ebenso.

Wie konnte ich mir das nicht wünschen?

Chetterling begann das Verhör, das von der in der einen Ecke der Zimmerdecke hängenden Videokamera aufgenommen wurde, mit den üblichen Formalien: Datum des Tages, Namen der Anwesenden, Verlesung der Rechte und Pflichten von Dalveeno.

»Ja, ich kenne meine Rechte«, erwiderte Dalveeno betont lustlos.

Der Kommissar begann mit den einfachen Fragen: Wo arbeitete Blake? Wann? Wer waren seine Freunde? Wo verbrachte er seine Freizeit? Falls Chetterling und Trumble gedacht hatten, sie könnten Blake so zum Reden bringen, hatten sie sich getäuscht. Blakes Blick blieb argwöhnisch, seine Augen sprangen hin und her zwischen den beiden Kriminalbeamten. Seine Antworten waren knapp, gerade so, als ob ein gerissener Anwalt ihm Instruktionen gegeben hatte. Ach ja, wo war Blakes Anwalt? Er hatte ein Recht auf einen Anwalt, und wenn er so raffiniert war, wie wir dachten, warum nutzte er dann nicht jede Möglichkeit, sich zu schützen?

Ich flüsterte die Frage Nathan zu. Der zuckte die Achseln. »Das passiert dauernd. Der Knabe denkt, dass er selber clever genug ist und dass ein Anwalt nur verdächtig wirken würde. Hochmut kommt halt vor dem Fall. Keine Bange, der entwischt uns nicht.«

Wenn er wirklich schuldig ist. Fast hätte ich es laut gesagt.

Chetterling überging die Sache mit den Drogen zunächst und kam schnurstracks auf Trenise zu sprechen. »Also, wann haben Sie sie das letzte Mal gesehen?«

Dalveeno schaute stirnrunzelnd auf die Tischplatte. »Samstag.«

»Wann am Samstag?«

»Morgens.«

»Hat Sie am Freitagabend bei Ihnen übernachtet?«

»Ja.« Blake sah pikiert aus, gerade so, als ob den Kommissar so etwas nichts anging.

Chetterling blieb ungerührt. »Und wie war das so, als Sie sie das letzte Mal sahen? Erzählen Sie mal.«

Blake sog die Luft ein, dass seine Nasenflügel sich blähten. »Wir haben uns gestritten. Wieder mal. Ich war ihre kindische Art allmählich satt. Sie wollte wegziehen, zu ihrer Schwester nach Sacramento. Ich hab gesagt: ›Schön, hau ab und nimm deinen Krempel mit.‹ Darauf hat sie ihre Sachen gepackt und ist weg.«

»Um welche Uhrzeit war das?« Chetterling musterte Dalveeno mit zusammengekniffenen Augen.

»Keine Ahnung. Vielleicht elf oder zwölf.«

»Und Sie haben danach nichts mehr von ihr gesehen oder gehört?«

»Nein.«

»Hat Sie das nicht stutzig gemacht? Sind Sie nicht auf die Idee gekommen, sie mal anzurufen, um zu hören, ob sie gut angekommen ist?«

Dalveeno schaute ergeben zur Decke hoch. »Wie ich gerade schon sagte, ich hatte die Nase voll von ihr. Sie sagte mir, dass sie mich verlassen wollte, und das hat sie gemacht. Was ist da so Besonderes dran?«

Ed Trumble schnaubte. »Nicht viel, außer dass hier eine junge Frau nach der anderen ermordet wird.«

Dalveeno hob seine eine Schulter. »Dass ihr das auch passiert, das hätt ich nie erwartet.«

Neben mir machte Tim Blanche *Ts, ts.* »Der ist echt abgebrüht.«

Trumble legte den einen Ellbogen auf die Seitenlehne seines Stuhls, strich sich mit Daumen und Zeigefinger den Schnurrbart glatt und sah Dalveeno an, als ob er ihn durchbohren wollte. »Wir kennen da zufällig ein paar Zeugen – sogar Freunde von Ihnen –, die Trenise letzten Samstag noch abends um sechs in der Stadt gesehen haben.«

Dalveenos Mund bog sich, als wollte er sagen: *Na und?*

»Und diese Zeugen haben uns erzählt, dass Sie eine Stinkwut auf Trenise hatten. Dass Sie nicht wollten, dass sie ging. Dass Sie glaubten, ein Besitzrecht auf sie zu haben.«

»Ach so.« Dalveenos Rastalockenkopf ging hin und her.

»Sie geben diesen Zeugen also Recht?«

Dalveenos Kiefer mahlte. Er schaute Trumble mit dem Blick eines erfahrenen Lehrers an, der einen Schüler beim Flunkern erwischt hat. »Nein, das tu ich nicht. Diese Aussage haben Sie frei erfunden, und das wissen Sie.«

»Stimmt das?«, flüsterte ich Nathan zu. Kriminalbeamte,

die einen Verdächtigen verhörten, waren selber nicht an die Wahrheit gebunden. Wenn Chetterling und Trumble Falschinformationen einsetzen mussten, um Dalveeno auf die Schliche zu kommen, würden sie nicht zögern.

Nathan hielt seinen Blick auf Dalveeno gerichtet. »Nein, die Zeugenaussage ist echt.« Er sprach die Worte mit einem gewissen Unterton aus. Die Kommissare hatten den Verdächtigen gerade beim Lügen erwischt.

»Sie haben Trenise nach elf oder zwölf Uhr vormittags nicht mehr gesehen?«, hakte Ed nach.

»Nein.«

Trumble und Chetterling sahen sich an.

»Schön.« Chetterling legte seine Arme auf den Tisch. »Und was haben Sie am Samstagnachmittag und -abend gemacht?«

Dalveeno wich aus. Er war eine Weile in seiner Wohnung gewesen, hatte sich dann mit Freunden getroffen. Nach einem Abendessen in dem Restaurant um die Ecke war ihm schlecht geworden, vielleicht war etwas mit dem Essen gewesen. Er war nach Hause gegangen, allein, und dann zeitig ins Bett.

Mit anderen Worten: Kein Alibi.

Ich biss mir in die Wange. Das hier musste weiter nichts bedeuten. Niemand wusste wirklich genau, wann Trenise gestorben war. Aber andererseits, wenn niemand sie nach 18 Uhr gesehen hatte ...

Trumbles Lippen bewegten sich, als ob er ausspucken wollte. »Wo waren Sie vor drei Tagen, am Mittwoch, den 22., zwischen zehn Uhr abends und Mitternacht?«

Dalveeno konnte sich nicht erinnern.

»Vielleicht strengen Sie Ihr Gedächtnis mal ein bisschen mehr an; könnte sich lohnen.«

Schweigen. Dalveeno starrte in die Ecke des Raumes. Schließlich hob sich seine eine Schulter. »Sehen Sie etwa, wie ich mir die Hände reibe?«

Trumble blinzelte. »Wie?«

Dalveeno seufzte herablassend. »Sie haben doch sicher Shakespeare gelesen und die Szene, wo Lady Macbeth sich verzweifelt die Hände reibt, um das unsichtbare Blut von dem Mord abzukriegen?« Blake sah die beiden Kommissare an. Der nächste Seufzer. »Aber Sie können ja nicht alles wissen.«

Chetterlings Zunge fuhr seine Oberlippe entlang, er musterte Dalveeno verächtlich.

»Mich deucht, der Herr, er protestiert zu viel.« Trumble schnaubte. »Aber Sie können ja auch nicht jedes Zitat kennen.«

»Gib's ihm, Ed«, murmelte Nathan.

Dalveenos Gesicht wurde höhnisch. »Für was haben Sie mich eigentlich hierher geschleppt? Sie haben nichts, was Sie gegen mich verwenden können, das wissen Sie genau. Sie suchen den sprichwörtlichen Sündenbock, jemand, dem sie alles unterschieben können. Die Leute fragen sich schließlich, warum Sie die Sache nach sechs Monaten und wer weiß wie vielen Morden immer noch nicht aufgeklärt haben. Hören Sie gut zu: Da ... mach ... ich ... nicht ... mit.« Er lehnte sich zurück, seine Augenbrauen gingen in die Höhe.

Ed sprang auf und beugte sich halb über den Tisch. »Sündenbock? Mann, dein Sündenregister ist ...«

»Warte, Ed, langsam!« Chetterlings Hand schoss nach oben.

»Ich warte nicht!« Trumble drehte sich in seine Richtung. »Der ist ...«

»Okay, okay.« Chetterlings Stimme wurde lauter. »Ist gut, Ed.« Er schaute viel sagend zu Eds Stuhl hin. Ed setzte sich langsam wieder, sein Blick finster auf Blake gerichtet, der die Szene amüsiert und scheinbar gelangweilt betrachtete.

»Also.« Chetterling schaute missbilligend in Dalveenos Richtung. »Noch mal von vorne. Wo waren Sie am Mittwochabend, den 22. Juni?«

»Ich sage es Ihnen noch mal.« Blake rezitierte die Worte wie ein Opernsänger. »Ich kann mich nicht erinnern.«

»Und wo waren Sie am Montagabend, den 20. Juni?«

Montag. An diesem Abend war Celeste ermordet und ihre Leiche in dem Wald hinter meinem Haus deponiert worden.

Dalveenos Lippen schürzten sich. »Da kann ich mich auch nicht erinnern.«

»Und Dienstagnachmittag?«

»Was soll das, Dienstagnachmittag? Da hab ich gearbeitet.«

»Echt? Sie haben sich nicht zufällig 'ne Stunde freigenommen, um die Kingstons zu besuchen?«

Dalveeno blinzelte.

»Das Haus, wo Stephen Kingston wohnt? Seine Mutter, Annie Kingston? Das Haus, das an das Waldstück grenzt, wo am gleichen Tag die Leiche von Celeste Weggin gefunden wurde?«

Ich schaute stur nach vorne. Ich spürte förmlich die Blicke der beiden Hilfssheriffs neben mir, für die Blakes Besuch bei mir neu war. Tim und Nathan reagierten nicht; vielleicht hatte Chetterling sie schon aufgeklärt.

War das Angst auf Dalveenos Gesicht, für den Bruchteil einer Sekunde? Es war so schnell wieder vorbei, dass ich mich fast fragte, ob es nur eine optische Täuschung war. Er schüttelte den Kopf. »Auf was Sie alles kommen! Also gut, das hatte ich vergessen. Ich bin an dem Nachmittag zu den Kingstons gefahren, um zu sehen, ob Stephen da war. Aber von 'ner Leiche im Garten weiß ich nun wirklich nichts.«

Chetterling begann ein wahres Trommelfeuer von Fragen, mal zu diesem, mal zu jenem Thema. Er hatte die Angst auf Dalveenos Gesicht ebenfalls gesehen und versuchte, das nächste Loch in seine Rüstung zu bohren. Er ging sämtliche Opfer durch. Hatte Dalveeno diese Frau gekannt oder jene? Er ging die Tage durch, an denen die Leichen gefunden worden waren, bis zurück zum ersten Mord im Januar. Für keinen der Tage hatte Dalveeno ein Alibi. Chetterling kehrte zu Karen zurück, zu dem Restaurant, in dem sie gearbeitet hatte.

War Blake jemals dort gewesen? War er am Mittwochabend, den 22. Juni, in dem Viertel gewesen? Wie erklärte er es sich, dass ein Zeuge ihn dort *gesehen* hatte?

»Das ist eine Lüge!« Dalveenos Finger zeigte empört auf den Kommissar. Ich konnte sehen, wie seine Brust arbeitete. »Am Mittwochabend war ich ganz woanders!«

»Ach so?« Chetterling hob seine Augenbrauen. »Ich dachte, Sie können sich nicht erinnern, wo Sie waren.«

Unerbittlich bohrte Chetterling weiter, während Ed Trumble schadenfroh grinsend auf seinem Stuhl schaukelte. Chetterling stellte weitere Fragen über Trenise. Warum hatte Blake sie, als sie ausgezogen war, nicht auf ihrem Handy angerufen? War das sein Stil gegenüber Frauen, warf er sie weg, wenn er ihrer überdrüssig war? Nein? Wie behandelte er Frauen dann? Hasste er alles, was weiblich war? Wie hatte seine Mutter ihn behandelt? Was für eine Beziehung hatte er zu ihr gehabt?

Die Fragen kamen immer härter und schneller. Ich sah, wie Dalveenos Schultern nach unten zu sacken begannen, auf sein Gesicht traten Schweißperlen.

»Was für eine Farbe hat die Fußmatte in Ihrem Auto?« Chetterling wechselte das Thema so schnell, dass Blake ihn verwundert ansah.

»Äh?«

»Sie haben mich gehört. Was für eine Farbe hat die Fußmatte in Ihrem Auto?«

Dalveenos Lippen arbeiteten. »Das ist doch wohl egal.«

Chetterling zuckte die Achseln. »Ich *weiß* die Farbe.«

»Warum fragen Sie dann mich?«

»Weil es die gleiche Farbe ist wie die der Autoteppichfasern, die wir bei zwei der Leichen gefunden haben.«

Blake sah platt aus. »Jetzt machen Sie mal 'nen Punkt! Wie viele Leute in dieser Stadt haben braune Fußmatten in ihrem Auto? Tausend? Fünftausend? Zehn?«

»Ich frage mich«, sagte Chetterling langsam, »wie viele Leute mit einem der Opfer *befreundet* waren, uns bei *keinem* der Opfer sagen können, wo sie an dem Tatabend waren, *und* Autofußmatten mit der richtigen Farbe haben.«

»Das weiß ich auch nicht. Vielleicht sollten Sie sich mal darum kümmern, anstatt Ihre wertvolle Zeit mit mir zu vergeuden.«

Chetterling schob sein massiges Gesicht vor das Dalveenos. »Warum haben Sie sich Karen Fogerty ausgesucht?«

»Ausgesucht? Für was?«

»Sie haben doch draußen vor dem Restaurant gewartet, oder? Auf das Ende ihrer Schicht.«

»Ich weiß nicht, wovon Sie reden. Ich habe die Dame nie gesehen!«

»Und als sie dann nach Hause fuhr, sind Sie ihr gefolgt und haben sie angehalten.«

»Nein! Das hab ich nicht!« Dalveenos Stimme wurde laut.

»Sie haben doch zugeschaut, wie sie starb, oder? Es macht Ihnen Spaß, Frauen leiden zu sehen.«

Dalveeno wurde rot. »Jetzt langt's mir! Hören Sie mit dem Quatsch auf, oder das Gespräch ist zu Ende!«

Chetterling breitete seine Hände aus. »Wir können jederzeit aufhören, ganz wie Sie wünschen. Aber denken Sie nicht, dass Sie sich entlastet haben. Sie haben Ihre Grube nur noch tiefer gegraben.«

»Jetzt hören Sie her, ich weiß *nichts* über diese Morde!« Dalveeno stieß seinen Stuhl zurück. »Ich bin ein anständiger Bürger, ich halte die Gesetze und bin nicht vorbestraft, das wissen Sie!«

»Sie halten die Gesetze? Auch dann, wenn Sie Meth nach New Orleans schicken?«

Dalveenos Augen weiteten sich. »Was?«

»Ich nenne Ihnen mal einige Ihrer Komplizen. Kenny Wraight, Dwayne Moody, Al Hanks, Eddy Bocerelli. Sagen diese Namen Ihnen was?«

»Ich weiß nicht, was ...«

»Das sind die vier Leute, die auf Ihre Anweisung letzten

Mittwochnachmittag Stephen Kingston in die Mangel nahmen und zweitausend Dollar von ihm forderten.«

»Am Mittwochnachmittag hab ich keinen Stephen Kingston gesehen.«

»Oh, erinnern Sie sich auf einmal doch? Nur nicht an den Abend, wo Karen Fogerty verschwunden ist, wie?«

Dalveeno fuhr sich mit der Hand über seine schweißglänzende Stirn und warf einen bittenden Blick zu Ed Trumble hin. Der funkelte ihn finster an. Blakes glatte Fassade begann sichtlich zu bröckeln. Je mehr er bei der Drogengeschichte (über die die Kriminalbeamten offensichtlich bestens informiert waren) log, umso weniger glaubten sie ihm, dass er nichts mit den Morden zu tun hatte. Chetterling ließ nicht locker, bohrte, drohte, fasste nach, hier und da mit kräftiger Schützenhilfe durch Trumble. Ich verstand die Taktik der Kommissare nicht. Es war deutlich, dass sie Blake in die Enge trieben, aber jeden Augenblick konnte er sich weigern, weitere Fragen zu beantworten, und was hätten sie davon?

Gott, lass sie keine Dummheiten ...

Mein Mobiltelefon klingelte.

Ich fuhr zusammen. Ich zog das Handy hastig aus meiner Handtasche und ging ein paar Schritte weg, außer Hörweite der vier Männer neben mir. Ich schaute auf das Display. Nein, die Nummer kannte ich nicht.

»Hallo?«

Nichts.

Ich hielt das Telefon näher an mein Ohr. »Hallo?«

»Oh, hallo. Annie?«

»Ja?«

»Hier Ruby.« Ihre Stimme klang atemlos.

Mein Kopf ging hoch, ich schaute zu Tim, Nathan und den beiden anderen hin. In den Verhörraum hineinsehen konnte ich von dort, wo ich jetzt stand, nicht mehr. »Hallo, Ruby.«

»Ich hoffe, ich stör dich nicht?«

»Nein, natürlich nicht.«

»Du hast ja gesagt, ich kann dich jederzeit anrufen.«

»Doch, ja. Was kann ich für dich tun?«

Wieder ein langes Schweigen, ein Zögern, das ich fast spüren konnte. Was, wenn sie einfach wieder auflegte? »Ruby?«

»Ja, ich bin noch da. Ich hab gedacht, vielleicht sollte ich es dir doch sagen, ich meine, du scheinst es ja schon zu ahnen. Ich hab nur solche Angst, ich will da nicht reingezogen werden, ich wohne ja so alleine hier draußen.«

»Das kann ich gut verstehen, Ruby. Willst du mir sagen, dass du etwas gesehen hast?«

»Ja.«

»Was war das, Ruby? Was hast du gesehen?«

Sie zögerte. »Autoscheinwerfer draußen auf der Straße ...« Ihre Stimme wackelte, sie unterbrach sich.

»Ja, Scheinwerfer?«

Ich hörte, wie die vier Männer hinter mir sich plötzlich bewegten, und schaute über meine Schulter. Tim und Nathan sahen sich an, Nathans Mund formte ein *Oh*. Tim hob seine Hand, drei Finger nach innen gebogen, Zeigefinger ausgestreckt, zu einer Revolvergeste. Er hielt die imaginäre Waffe an seinen Kopf und drückte den Abzug.

Dalveeno muss gerade was echt Heißes gesagt haben. Ich hatte Lust, zurück zu den Männern zu treten, um zu hören, was passiert war. Aber was sagte Ruby da gerade?

»Entschuldige, Ruby, das hab ich gerade nicht ganz mitgekriegt.«

»Er ist der richtige Mann. Der, von dem das Bild in der Zeitung war. Lasst ihn nicht entkommen!«

Ich beobachtete die vier Männer. Die beiden Beamten, die nicht zur Soko gehörten, flüsterten aufgeregt. Ich fragte mich plötzlich, warum Tim und Nathan es ihnen erlaubt hatten, hier zu bleiben. Jetzt hörten sie womöglich Dinge, die nur der Soko bekannt waren.

»Woher weißt du, dass er der richtige Mann ist?«

»Weil ...« Ich hörte, wie sie atmete.

»Ruby?«

»Nein.« Ihre Stimme war voller Angst. »Nein, ich will da nicht drüber reden. Ich bin mir nicht sicher, ob ich dir vertrauen kann.«

Ich runzelte die Stirn. »Natürlich kannst du mir vertrauen.«

»Aber ich will nicht, dass ein anderer erfährt, dass ich das gesagt hab. Kannst du es den anderen weitergeben, ohne ihnen zu sagen, von wem du es hast?«

»Also, ich ...«

»Sonst ... pack ich das einfach nicht.«

Die vier Männer schauten wieder durch den Spiegel. Tim stützte sein Kinn in die eine Hand. Einer der Hilfssheriffs stieß seine Fäuste in die Hüften.

Was soll ich machen? Etwas versprechen, das ich dann nicht halten kann, nur damit sie redet?

»Annie?«

»Ja, okay. Ich werd's niemand weitererzählen, dass ich das von dir hab.«

»Aber ich will dich nicht in Schwierigkeiten bringen.«

»Nein, das tust du nicht, ist schon gut.«

»Gut. Könntest du ... vielleicht eben zu mir kommen?«

»Zu dir? Du meinst, zu dir nach Hause?«

»Ja. Ich kann dir alles erzählen. Aber sag bitte *niemand* in der Sheriffbehörde, dass du zu mir fährst.«

Ich leckte mir über die Lippen, schaute zu den Männern zurück. Ich hatte keine Lust, ausgerechnet jetzt zu gehen. Aber etwas sagte mir, dass dies hier sehr wichtig war. »Okay, ich komme.«

»Du weißt, wo ich wohne?«

»Ja.«

»Ich warte auf dich. Ich stell mich auf die Veranda vor dem Haus, damit du mich siehst. Und auch wenn es jetzt hell ist und ihr den Kerl bei euch habt, sei vorsichtig, ja?«

Vielleicht wollte sie das nicht, aber sie machte mir Angst. Blake Dalveeno war also der Mörder, sagte sie, und er war hier, in sicherem Gewahrsam. Und trotzdem sollte ich vorsichtig sein? Es rieselte mir kalt durch die Knochen.

»Gut, ich werde vorsichtig sein. Ich werde sogar die Autotüren verriegeln.«

»Gut. Ich warte auf dich.«

Ich schaltete das Telefon aus. Ein unsichtbarer Eisfinger strich mir über den Nacken.

Blake sitzt fest, und sie hat immer noch Angst. Warum?

Aber warum sollte sie keine Angst haben? Hatte ich etwa keine Angst mehr um Stephen? Wie viele Komplizen und Helfer hatte Blake, die nach wie vor frei herumliefen?

Klar. Natürlich. Warum war ich nicht schon selber darauf gekommen?

Ruby wollte mir sagen, dass Blake die Taten nicht alleine begangen hatte.

Dann der nächste Gedanke. Er traf mich noch heftiger.

Sag bitte niemand in der Sheriffbehörde, dass du zu mir fährst ...

Rosalee Sanchez' Warnung aus der Soko-Sitzung schoss in mein Gedächtnis. *Der Täter konnte aus den Kreisen der Polizei kommen.* Ich schnappte nach Luft. Nein. Alles, nur das nicht. Hatte Ruby deswegen solch eine Angst, weil sie die Person, die sie an dem Abend auf der Straße gesehen hatte, anschließend *hier* gesehen hatte?

Bitte, Gott, sag, dass das nicht wahr ist.

Halt. Nein. Wenn Ruby Angst vor jemand in der Sheriffbehörde hatte, warum war sie dann heute hier gewesen?

Vielleicht, weil sie gehofft hatte, ihn wieder zu sehen und festzustellen, dass er es doch nicht gewesen war. Und sie hatte ihn gesehen – und gemerkt, dass sie sich doch nicht getäuscht hatte ...

Oh Gott, hilf uns!

Meine Beine waren wie Gelee. Was tun? *Denken, Annie, denken!*

Ich riss mich zusammen und ging zurück zu den vier Männern. Plötzlich sah ich sie mit anderen Augen, fragte mich, ob ich ihnen wirklich trauen konnte.

Bleib schön cool, lass dir nichts anmerken.

Ich leckte mir die Lippen. »Was war da gerade?«

Nathans Kinn ruckte nach vorne. »Dalveeno hat gesagt, er könnte nie einer Frau den kleinen Finger abschneiden.«

Meine Augen weiteten sich. Ruby hatte Recht! Wie konnte Blake das mit dem Finger wissen, wenn er unschuldig war?

Nathan schnalzte leise. »Das hättest du sehen sollen, wie Chetterling den zurechtgeknetet hat.«

Ich musterte Nathans Gesicht. Ob er ... »Hat Dalveeno gemerkt, dass er sich verraten hat?«

»Komm, du kennst doch Kommissar Pokerface.«

Ich biss mir auf die Unterlippe. Ich sah durch das Fenster, wie Trumble den Verdächtigen mit Fragen beharkte. Blake sah fix und fertig aus.

»Meinst du, das dauert noch länger?«

»Ja.« Nathans Blick war auf Trumble geheftet.

»Dann bunkern die den ein?«

»Natürlich.« Nathan sah mich halb fragend an. Tim runzelte missbilligend die Stirn über unser Flüstern. »Als Nächstes beantragen wir 'nen Durchsuchungsbefehl wegen der Drogengeschichte und dem Mord am Samstag, und wenn wir den haben, filzen wir sein Auto und die Wohnung.«

Ich schaute durch den falschen Spiegel. Ich nahm die Stimmen aus dem Verhörraum kaum wahr, so schwirrte mir der Kopf. Angst. Unschlüssigkeit. Wieder Angst. Aber wenn es einen in der Sheriffbehörde gab, dem ich immer vertrauen konnte, dann war es Chetterling.

Ich musste ihm das mit Ruby und mit meinem Verdacht sagen. Jetzt sofort, bevor mein Mut wieder weg war.

Ich ging um die Ecke und klopfte an die Tür. Die vier Männer hinter mir waren perplex. »Annie, was machst du da?«

Ich ignorierte Nathans Stimme und trat von der Tür zurück. Ich wollte nicht, dass Blake mich sah, wenn sie sich öffnete.

Chetterlings Kopf kam heraus. Er sah mein Gesicht und erstarrte. »Was ist?«

Ich bedeutete ihm, mir ein paar Schritte in den Flur zu folgen. Als ich mich zu ihm umdrehte, zitterte ich.

Chetterling holte Luft. »Was ist passiert?«

Ich berichtete ihm von Rubys Anruf. Ich brauchte ihn nicht an Rosalee Sanchez' Worte zu erinnern, er zählte selber eins und eins zusammen. Sein Kopf senkte sich, er sah auf den Fußboden. Ich sah, wie die Gefühle sich in seinem Gesicht stritten: Ungläubigkeit ... Angst ... Hoffnung.

Er hob den Kopf wieder und sah mich an. »Ich glaub nicht, dass das stimmt. Ruby muss was anderes gemeint haben.«

Ich nickte, wollte ihm so gerne Recht geben.

Er wischte sich über das Gesicht. »Ich muss da drüber nachdenken. Ich will's nicht glauben, aber ich darf nicht ...« Er schloss die Augen. »Okay. Wir bringen Dalveeno in 'nen anderen Raum, wo niemand von außen zuschauen kann. Ich werd die Sprache auf Komplizen bringen. Trumble muss ich eben vertrauen.« Er schüttelte den Kopf. »Mann, was sag ich da? Wie könnt ich Trumble *nicht* vertrauen? Oder sonst jemand hier?«

Mein Herz drückte sich zusammen. Einen Verräter unter seinen eigenen Leuten finden, es wäre das Schlimmste für Chetterling. »Ralph, wie du selber sagst, das sind alles nur Vermutungen. Lass mich zu Ruby fahren und mit ihr reden. Ich klär das ab. Ich nehm mein Telefon mit, und sobald ich klar sehe, ruf ich dich an. Und außer dir braucht keiner hier zu wissen, wo ich hinfahr.«

Sein schmerzlicher Blick fiel zurück auf seine Füße. »Ja.« Seine Stimme war rau. »Mach das so.«

Ich berührte seinen Arm. »Okay, ich fahr jetzt. Ich ruf dich an, sobald ich kann. Wenn es was dauert, weißt du, dass ich noch mit ihr zugange bin. Wie du mit Dalveeno.« Ich versuchte ein Lächeln.

Chetterlings Mund wurde weicher. »Danke, Annie. Du bist 'ne Wucht. Sei vorsichtig.«

Als ich über den hitzeflimmernden Parkplatz zu meinem Auto ging, schoss ein schrecklicher Gedanke durch meinen Kopf. Wenn hier einer vorsichtig sein musste, dann doch wohl Chetterling – mitten unter seinen Kollegen.

Kapitel 42

Ich versuchte, nicht zu viel zu denken, als ich zu Rubys Haus fuhr. Meine Gefühle fuhren Karussell. Eigentlich hätte ich erleichtert sein sollen, dass Gott unsere Gebete erhört hatte, dass der Fall kurz vor der Aufklärung stand und Dalveeno nicht mehr die Straßen unsicher machte.

Und jetzt das.

Gott, und wenn die Wahrheit noch so schrecklich ist, gib, dass Ruby sie mir sagt. Gib mir die richtigen Worte, damit ich sie zum Reden bringe.

Was ich jetzt brauchte, war Jennas Stimme. Und Daves. Ich brauchte die moralische Unterstützung meiner Schwester und Daves Gebete. Aber war es nicht der Leichtsinn pur, ihnen in dieser Situation an meinem Mobiltelefon zu erklären, was ich vorhatte? Jeder Streifenpolizist konnte mich abhören ...

Aber bei ihnen melden sollte ich mich schon. Ich wusste, dass sie darauf warteten.

Ich rief die Kurzwahlnummer meines Telefons zu Hause an. Jenna nahm ab. »Annie! Was ist los?«

»Danke, es läuft gut.«

»Blake?«

»Sieht so aus, als ob er es ist, Jenna.«

Sie atmete heftig ein: »Oh *Annie.*«

»Ich weiß.« Ich spürte förmlich, wie ihre Gedanken Amok liefen. Der Mann war in *unserem* Haus gewesen, *direkt neben Kelly.*

»Dann bist du jetzt auf dem Nachhauseweg?«

»Noch nicht ganz. Ich ... hab hier noch was zu erledigen.«

»*Was* hast du zu erledigen? Du klingst so komisch.«

Jenna, dies ist nicht der richtige Augenblick, um mich wie ein

Buch zu lesen! »Nein, es ist alles in Ordnung. Ich kann nur nicht alles am Telefon sagen.«

»Verstehe.«

Ich fragte mich, ob sie wirklich verstand. »Ich ... ruf dich später wieder an, vielleicht schon bald. Wie wär's, wenn du dich im Internet umsiehst, was es in Disneyland an Hotels gibt? Da wolltest du ja mit den Kindern hin. Vielleicht könnt ihr heute noch losfliegen; bis dahin bin ich dreimal wieder da.«

»Privatpilotin zu euren Diensten, Madam.«

»Jenna, du bist eine Wucht, dass du das machst.«

»Ich weiß.«

Ich lächelte und legte auf. Als Nächstes rief ich Dave an.

»Annie, wie geht's dir?«

Die Worte waren Balsam für meine Seele. Nicht: *Habt ihr den Mörder schon?*, sondern: *Wie geht's dir?* Die Besorgnis in seinem Ton floss mir direkt ins Herz.

»Dave, ich brauch deine Gebete, gleich jetzt. Ich kann dir am Telefon nicht alles erklären, aber ich brauche alle Gebete, die ich kriegen kann. Vielleicht kannst du auch Gerri Carson anrufen?«

»Ich habe schon gebetet. Vielleicht zehn Minuten vor deinem Anruf gerade kam dieser Druck über mich. Ich musste einfach aufhören zu arbeiten und sofort beten.«

Oh.

Ich bog langsam auf die Tully Road ein. Von hier waren es nur noch ein paar Kilometer bis zu Rubys Haus. Kaum war ich auf der schmalen Straße, schien die Luft plötzlich zu zittern, und Daves Worte, die mich doch beruhigen sollten, machten mich nur noch nervöser. Der hatte das *geahnt*, schon bevor ich ihn anrief.

Aber dass Gott ihn zum Beten aufrief, war das nicht etwas Gutes?

Oder auch nicht. In der vergangenen Woche hatte ich gelernt, dass Gott dann, wenn er die Menschen zum Beten aufforderte, meist einen guten Grund dafür hatte. Und in der letzten Zeit hatte dieser Grund so viel wie »Gefahr« bedeutet.

»Gut, dann mach weiter, Dave.« Ich versuchte, meine Stimme unbekümmert zu machen, aber sie zitterte.

»Annie, bist du okay?«

»Doch, ich ... ich will nur, dass das endlich vorbei ist. Ich will, dass mein Leben weitergeht, Dave.«

Fast hätte ich *unser Leben* gesagt.

»Ich weiß. Aber wir werden das schaffen, bestimmt.«

Wir. Hatte ich mich da gerade verplappert?

Die Frage verunsicherte mich. Das Letzte, was ich jetzt brauchen konnte, war, dass ich mir meiner Fähigkeit, die richtigen Worte zu sagen, nicht mehr sicher war.

Eine plötzliche Angst kroch mir den Rücken hoch. Vielleicht war es falsch, dass ich das hier machte. Was wollte *ich* eigentlich hier? Ruby hatte ein Geheimnis, das so schrecklich war, dass sie es schier nicht aushielt. Wer war ich, dass ich es ihr entlocken wollte? Was, wenn ich die Wahrheit genauso wenig ertrug wie sie?

Da vorne kam der zweite Abzweig von der Tully Road nach links. Der Abzweig, der uns zu der zusammengekrümmten Leiche von Karen Fogerty geführt hatte. Und gegenüber dem Abzweig Rubys Haus. Weiße Holzbretter mit grünen Fensterläden. Eine kleine Eingangsveranda, im Vorgarten rote und gelbe Blumen.

Und da stand Ruby wie ein Wachsoldat, die eine Hand um einen der Vordachständer der Veranda gewickelt.

»Dave, ich ... muss jetzt Schluss machen. Bete einfach weiter, okay? Ich ruf dich an, sobald es geht.«

»Okay. Ich warte auf dich.«

Ich schaltete das Telefon aus, schob es in meine Handtasche und bog in Rubys Einfahrt ein.

Kapitel 43

»Danke, dass du gekommen bist.«

Ruby Mays' Hakennase schaute mit einem scheintapferen Lächeln zu mir herunter. Ihre Augen sprangen ängstlich hin und her, suchten die verlassene Straße ab, als ob dort jeden Augenblick ein Gespenst aus dem Asphalt hochsteigen und uns verschlingen könnte.

Sie führte mich ins Haus und schloss die Tür.

Das Haus war kompakt, bemerkenswert sauber und schreiend bunt.

Wir gingen über den Holzfußboden des kleinen Flurs und bogen nach links in ein Wohnzimmer ab. Das Sofa und die Sessel waren mit grünen, weinroten und roten Kissen voll gestopft, auf denen große gelbe Blumen lagen. Das Sitzkissen eines Schaukelstuhls hielt mit einem kräftigen Blau dagegen. Puppen in allen Größen mit Rüschen-, Spitzen- und Seidenkleidern bevölkerten mehrere kleine Tische sowie den Kaminsims aus weißen Ziegeln.

»Bitte. Setze dich, wo du willst.« Rubys Arm machte eine fahrige Bewegung.

»Danke.« Ich wählte das eine Ende des Sofas und schob ein, zwei Kissen beiseite. Dutzende Puppenaugen starrten mich an. Es sah wie der glasige Blick eines Kadavers aus. Kaum hatte ich den Gedanken zu Ende gedacht, spuckte mein Gehirn Bilder von Celeste Weggins verzerrtem Gesicht in dem Wald hinter meinem Haus aus. Ich schaute rasch zum Teppich hinunter.

Ruby ließ sich in einen der Sessel sinken, ohne sich die Mühe zu machen, die Kissen beiseite zu schieben. Sie verschränkte ihre Finger, löste sie wieder, ihre Augen hefteten sich auf meine Halskette, dann mein Gesicht.

Einen Augenblick lang sagten wir beide nichts.

Ich räusperte mich. »Also, erzähl mir, wo dich der Schuh drückt.«

Ihr Blick glitt zu dem Fenster hin. »An dem Abend hab ich sie gesehen.« Sie sprach zu der Straße hin, als ob die Szene sich dort gerade wiederholte.

»Wen hast du gesehen?«

»Die drei. Den Mann, dessen Bild heute in der Zeitung war. Und das Mädchen. Und noch jemand, ich weiß nicht, wer das war.«

Ich weiß nicht, wer das war.

Oh Gott, danke. Ich versuchte, meine Erleichterung nicht zu zeigen.

»Ich habe so ein Fernglas.« Rubys hervorstehende Augen wurden argwöhnisch. »Ich hab das nach den drei ersten Morden gekauft. Es liegt auf meiner Frisierkommode, damit ich es gleich zur Hand hab, wenn ich nachts was höre. Aber das war das erste Mal, wo ich es benutzt hab. Die eine Wand meines Schlafzimmers geht zur Straße hinaus ...«

Sie verstummte. Ich wartete geduldig. Besser nichts antworten, damit ich sie nicht vollends blockierte.

»Ich war gerade ins Bett gegangen und hatte das Licht gelöscht. Da hörte ich auf einmal draußen ein Geräusch – eine knallende Autotür. Wenn ein Auto vorbeigefahren wäre, das hätte mich nicht weiter gestört, aber dass da einer anhielt und ausstieg ...« Sie hob ihre Augenbrauen. »Ich bin aufgestanden und hab mein Fernglas geholt.«

Sie schaute wieder zum Fenster hinaus. Sie schwieg so lange, dass ich Angst bekam, sie würde nichts mehr sagen. »Und was hast du gesehen?«, fragte ich schließlich.

Sie holte tief Luft. »Das Auto hatte am Straßenrand angehalten. Auf meiner Seite. Und dann stieg der Fahrer aus. Es war der Mann, der heute in der Zeitung stand und der mit Vornamen Blake heißt. Ich bin mir ganz sicher, dass er es war. Ich konnte ihn deutlich sehen mit meinem Fernglas, das Gesicht, die Haare. Der Mond war ziemlich hell, und dann machte er die hintere Tür auf und es kam noch das Licht aus dem Auto dazu.«

Von der gegenüberliegenden Wand starrte eine Puppe mich aus großen Porzellanaugen an, wie schockiert von dem, was sie da hörte.

»Er sprach mit jemand auf dem Rücksitz. Dann ging die rechte vordere Tür auf, und jemand anderes stieg aus. Ein Mann. Er ging um das Auto herum und stellte sich neben diesen Blake, und da hab ich auch ihn gesehen.«

Es juckte mich, sie zu fragen, wie der zweite Mann ausgesehen hatte, aber ich wusste, ich durfte nicht zu hastig sein. *Lass sie ausreden, Annie.*

Die Puppe starrte mich weiter an. Sie und all die anderen Puppen auf dem Kaminsims. Fast hatte ich den Eindruck, dass dann, wenn ich aufstehen und umhergehen würde, ihre Augen mir durch den ganzen Raum folgen würden.

»Blake sagte was zu ihm, dann trat er zurück. Darauf sagte der andere etwas zu der Person in dem Auto. Er sah wütend aus, als ob er einen Befehl gab und die Person nicht gehorchen wollte. Dann langte er in das Auto hinein – und riss eine Frau an ihrem Arm heraus.« Ruby presste ihre Hände zusammen. »Die Frau hab ich nicht richtig sehen können, ihr Rücken war immer zu mir. Aber ihren Bewegungen nach war sie ziemlich jung. Und sie hatte Angst. Sie duckte sich gegen das Auto, während der andere Mann mit ihr sprach. Die Worte hören konnte ich natürlich nicht, aber so wie sein Mund sich bog und wie seine Gesten waren, konnte es nur was Böses sein.«

Oh, Karen. Was musste das Mädchen Ängste ausgestanden haben. Sie hatte gewusst, was kommen würde ...

»Und dann ist es passiert.« Ruby schaute nach links und rechts, als ob ein unsichtbarer böser Geist im Raum war. »Ich hab einen dummen Fehler gemacht. Ich habe auf meiner Frisierkommode eine von diesen Touch-Lampen, die keinen Schalter brauchen. Wenn man sie einmal berührt, geht das Licht etwas an, bei zweimal wird es heller und bei dreimal ganz hell. Da steh ich da und schau durch mein Fernglas und denke, die sehen mich nicht – und dann schaut auf einmal dieser Blake zu meinem Fenster hin und nimmt den anderen beim Arm und sie gucken beide richtig zu mir hoch, als ob sie mich *sehen* können. Gott, war das ein Schreck!« Rubys eine Hand ging an ihren Hals. »Ich nahm das Fernglas von meinen Augen, und dann sah ich, dass die Lampe voll an war. Ich muss wohl den Schirm berührt haben, dreimal, auf volle Kraft. Ich hab die Lampe sofort wieder ausgemacht, aber es war schon zu spät, die hatten mich mit meinem Fernglas im Fenster *gesehen* ...«

Ruby blinzelte heftig und schaute auf ihren Schoß hinunter; ihre Lippen arbeiteten.

Ich atmete aus. Kein Wunder, dass sie solch eine Angst hatte. Sie war ja die einzige Zeugin dieser Tat – jemand, der in Blakes Augen unbedingt zum Schweigen gebracht werden musste. Was hatte Blake denn mit Stephen gemacht, und den verdächtigte er nur, Geld unterschlagen zu haben ...

Ruby wischte sich die Hände an ihrem Rock ab. Ihre Angst war förmlich greifbar. Die Puppen schauten stumm zu, als wollten ihre kalten, toten Augen mich durchbohren. Wie hielt die Frau es aus, mit diesen Puppen zu leben? Ihre Gesichter, ihre Augen wirkten alles andere als beruhigend. Sie sahen gerade so aus, als ob sie jeden Augenblick lebendig werden und mich anzischen würden. Und die Wände – die Wände dieses Hauses, dieses Chaos aus Nippessachen und grellen Farben, sie schienen langsam, aber unerbittlich enger zu werden, im Zeitlupentempo auf mich zuzukommen.

Um Himmels willen, Annie, was ist mit dir? Das sind doch nur Puppen ...

»Ruby, ich kann gut verstehen, dass du Angst hast. Du denkst, die kommen womöglich wieder, um dir was anzutun.«

Sie wackelte mit dem Kopf. »Ich wusste ja nicht, was da los war. Ich glaub, ich *wollte* es nicht wissen. Ich hab mir gesagt, dass das wahrscheinlich nur ein dummer Streit war, nichts weiter. Es konnte nichts mit diesen Morden zu tun haben, denn sonst wäre ich ja ...« Sie befeuchtete ihre Lippen. »Und dann kamen gestern Abend die ganzen Lichter und Sirenen, und da hab ich mir Gedanken gemacht. Heute Morgen war aus irgendeinem Grund die Zeitung nicht da. Ich bin dann in die Stadt gefahren, weil ich wieder ein paar Plätzchen zur Sheriffbehörde bringen wollte, und da hab ich es dann gelesen. Die Sache mit dem anderen Mädchen, Karen Fogerty, die sie hier fast vor meiner Tür gefunden haben. Und ein Bild von dieser Schwarzhaarigen, die sie endlich identifiziert hatten; hieß sie Trenise oder so? Und deine Zeichnung von diesem Blake. Und dann war mir auf einmal alles klar.« Ihr Gesicht zuckte. »Tut mir leid, dass ich so komisch war dort in der Sheriffbehörde, aber als ich dahin kam, war das alles noch frisch und ich wusste nicht, was ich machen soll.«

Von draußen kam Motorengeräusch. Ruby fuhr zusammen, sprang auf, lugte durch die Gardinen. Ich beugte mich nach vorne. Was käme jetzt?

Ruby stand starr und steif an dem Fenster. Ich hörte das Abrollgeräusch der Reifen, jetzt schon näher. Mehrere Sekunden vergingen.

»Oh!«, keuchte Ruby. Sie richtete sich auf und drehte sich zurück zu mir. »Es ist vorbeigefahren. Entschuldige, ich bin gerade richtig schreckhaft.«

»Ist schon gut.« Ich lächelte sie unsicher an. Wenn ich nur Chetterling anrufen könnte und ihm sagen, dass der zweite Mann doch nicht jemand aus der Sheriffbehörde war.

Halt.

Was hatte Ruby da eben gesagt? *Die Sache mit dem anderen Mädchen, Karen Fogerty.* Anderes Mädchen ... Ruby setzte sich wieder.

»Was ist, Annie? Du siehst so nachdenklich aus.«

Ich blinzelte. »Ja, ich ... Als du da zum Fenster rausgeguckt hast, Ruby, das war also am Mittwochabend, nicht?«

Sie schaute hastig weg, auf den Teppich. Ihre Arme falteten sich; das hatte ich bei ihr noch nie gesehen. Ich wartete.

Schweigen.

»Ruby?«

Sie holte tief Luft und sah mich wieder an, mit den Augen eines Kindes, das die Mutter beim Stehlen in der Vorratskammer erwischt hat. »Nein. Nicht Mittwoch. Am letzten Samstag.«

Samstag?

Ich sah sie an, meine Gedanken mahlten. Samstag vor einer Woche. Dann war es doch nicht Karen gewesen ...

»Was für eine Haarfarbe hatte das Mädchen?«

»Schwarz. Langes schwarzes Haar.«

Meine Finger wickelten sich um die Armlehne des Sofas. Was ich da hörte, ich konnte es nicht glauben. »Dann hast du Trenise gesehen ... vor *einer Woche.* Und du hast nie was gesagt?«

Sie biss sich auf die Lippe und nickte.

Ich schluckte, versuchte, sie nicht anklagend anzusehen. Wie konnte sie nur? Sie mochte an dem Samstag nicht alles begriffen haben, aber nach all den Morden hatte sie doch sicher einen Verdacht gehabt. Und sie war doch dauernd in der Sheriffbehörde, sie musste doch wohl wissen, dass solch eine Information enorm wichtig für die Beamten war. Und was hatte sie stattdessen gemacht, um ihr Gewissen zu beruhigen? Plätzchen gebacken!

Und Karen war *tot.*

Oh Gott, warum? Wo so viele Menschen gebetet haben? Wenn sie nur rechtzeitig etwas gesagt hätte, wenn du sie dazu gebracht hättest, würde Karen jetzt vielleicht noch leben!

Kein Wunder, dass Ruby so ungern auspackte. Zur Hälfte

war es sicher Angst, aber die andere Hälfte war, dass sie sich bodenlos schämte. Die Frau *wusste*, dass sie Karen das Leben hätte retten können.

Sie saß still da, die Finger verschränkt, als warte sie auf mein Verdammungsurteil. Und ich spürte, wie es in mir hochstieg. Ich hatte Lust, es ihr zu geben, oh ja. Ihr ins Gesicht zu sagen, was sie mit ihrer egoistischen Angst angerichtet hatte. Wie ihr Verhalten ein Menschenleben gekostet hatte. Ein kostbares, liebes Menschenleben. Sie hatte Angst gehabt – na und? Ich hatte auch Angst gehabt in den letzten Tagen – und tat trotzdem das, was ich tun musste.

Gott, warum? Warum hast du das nicht verhindert?

Die Wut stieg hoch, machte mir das Gesicht heiß, aber ich zwang sie zurück nach unten, in den Keller meiner Seele, und knallte den Deckel zu. Ich durfte Ruby nicht zeigen, wie ich innerlich zitterte und mich verzweifelt fragte, wo Gott jetzt war. Ich durfte nichts tun, was das Band zu ihr zerriss. Eine falsche Reaktion und ich würde Ruby verlieren. Alles, was ich jetzt tun konnte, war, das *nächste* Menschenleben zu retten, und dazu musste ich Ruby dazu bringen, dass sie mit mir zur Sheriffbehörde fuhr und ihre Aussage machte.

Die Puppen beobachteten mich schmutzig lächelnd, warteten, was ich als Nächstes sagen würde.

Ich durchkämmte mein Gehirn nach den richtigen Worten.

»Ruby, ich ... glaub, ich kann dich verstehen. Du hast sicher Angst vor Blake Dalveeno – was alles passieren kann, wenn sie ihn wieder auf freien Fuß setzen sollten. Und vor diesem anderen Mann, der mit dabei war.«

Erleichterung glitt über ihr Gesicht. »Ja.« Ihre Stimme war leise. »Besonders seit diese Zeichnung von Blake in der Zeitung gekommen ist. Ich hab Angst, dass er denkt, dass er wegen *mir* verhaftet worden ist – weil ich der Polizei die Informationen für die Zeichnung geliefert hab. Und da mach ich mir so meine Gedanken, dass vielleicht dieser andere Mann, auch wenn es jetzt gerade hell ist ...« Ihre Augen wanderten zu dem Fenster zurück.

Zeichnung. Das war das Stichwort, das ich brauchte.

Ich beugte mich in ihre Richtung und machte meine Stimme so ruhig wie möglich. »Jetzt, wo ich hier bin, könntest du mir ja erzählen, wie dieser Komplize, den du da gesehen hast, aussieht. Dann kann ich sein Gesicht zeichnen und es in der Sheriffbehörde zeigen. Die kriegen den, verlass dich drauf, und dann brauchst du keine Angst mehr zu haben. Dann kannst du deine Zeugenaussage in aller Ruhe machen, weil niemand mehr hinter dir her sein kann. Du wirst die Heldin von Redding sein, Ruby, die Frau, die es der Polizei möglich gemacht hat, den Fall aufzuklären.«

Sie musterte mich, ihre Finger arbeiteten in ihrem Schoß. »Ja, daran hab ich auch gedacht. Ich meine, dass du das Bild zeichnest. Und vielleicht ... Wenn du denen das Bild zeigst und sie finden den anderen, dann sind sie mir vielleicht nicht mehr so böse, weil ich ...«

»Sie werden dir nicht böse sein, Ruby.« Hoffentlich glaubte sie mir. Vielleicht würde ich es eines Tages schaffen, ihr selber zu vergeben. »Aber ich hab gerade nichts zum Zeichnen dabei.«

»Das macht nichts.« Sie stand entschlossen aus ihrem Sessel auf. »Ich zeichne selber ein bisschen. Natürlich nicht so gut wie du. Aber ich hab einen Skizzenblock und ein paar weiche Bleistifte. Reicht dir das?«

»Ja klar, danke.« Ich stand ebenfalls auf. Sie ging aus dem Raum, und ich wartete. Dutzende Puppenaugen folgten jeder meiner Bewegungen, ihr Lächeln schien höhnisch zu werden – als ob sie wussten, wessen Gesicht bald Gestalt annehmen würde auf meinem Blatt, und meinen Schock nicht erwarten konnten.

Ich drehte mich um ... und spürte ihre Blicke in meinem Rücken.

Kapitel 44

Ruby führte mich aus dem Wohnzimmer in die Küche, die auf ihren hinteren Garten ging. Ein gut gepflegter Rasen, mit ein paar braunen Stellen. Am Rand standen mehrere Obstbäume. In der Mitte des Rasens ein rotierender Rasensprenger, der an einen langen Schlauch angeschlossen war. Ich stellte mir Ruby vor, wie sie den Rasensprenger in der Hitze immer wieder an eine andere Stelle trug, bis der ganze Rasen bewässert war. Es musste ein hartes Stück Arbeit sein – in einem trockenen Sommer jeden Tag neu.

Hinter dem Garten ein Stück offene Wiese, dann der Wald. Mein Blick ging unwillkürlich zu den Bäumen hin. An jedem anderen Tag musste die Aussicht schön sein, jetzt schienen die Bäume uns zu drohen. Was, wenn jemand unter ihnen kauerte und uns beobachtete?

Was, wenn Blake ihn geschickt hatte, um Ruby zum Schweigen zu bringen?

Meine Arme bekamen eine Gänsehaut.

Fast wünschte ich mir, wir wären in dem Wohnzimmer geblieben, trotz der starrenden Puppen und enger werdenden Wände. Hier waren die Fenster zu groß, und das hohe Gras und die Bäume da hinten zu ...

Annie, hör auf!

Rubys Bewegungen waren fahrig. Ich tat, als merkte ich es nicht. Sie ging hin und her, goss uns je ein Glas Limonade ein, tat Plätzchen auf einen Teller. Sie stellte die Gläser und die Plätzchen auf den Tisch; ihre Hände zitterten. »Die Zitronen sind aus meinem Garten.« Sie ruckte ihren Kopf zu dem Fenster hin. »Sie sind ein bisschen stark, ich hab extra viel Zucker reingetan. Ach ...« Sie blinzelte zu den Plätzchen hin. »Wenn du die isst und dann einen Schluck nimmst, schmeckt es glatt noch bitterer.«

Ich lächelte. »Ist schon gut, Ruby, danke.«

Wir ließen uns an dem Tisch nieder. Ich setzte mich so, dass ich durch das Fenster in der Hintertür den Garten und den Wald im Blickfeld hatte. Ich wollte nicht, dass diese Wiese und die Bäume in meinem Rücken waren. Ruby wollte den Stuhl mir gegenüber herausziehen. Ich sagte: »Nein, setz dich bitte hierhin, rechts von mir. Und während du mir sagst, wie der Mann aussieht, schaust du bitte nicht mich an, sondern die Wand, okay?«

Wenn Ruby mich ansah, konnte es passieren, dass ihre Erinnerung an das Gesicht von Blakes Komplizen sich unbewusst mit *meinem* Gesicht verwischte. Nein, dieses Bild hier durften wir nicht verfälschen ...

Bitte, Gott, gib, dass diese Zeichnung uns zu dem zweiten Mann führt – bevor der nächste Mensch sterben muss.

»Okay.« Ruby gehorchte mit zitternden Händen.

Ich setzte mich zurecht und nahm den Bleistift in die Hand. Ich drehte den Zeichenblock so, dass sie nicht sehen konnte, was ich zeichnete.

Mein Rücken begann zu kribbeln. Ich versuchte, mir einzureden, dass das weiter nichts bedeutete, dass Ruby mich halt mir ihrer Nervosität ansteckte. Aber hatte ich nicht ein ganz ähnliches Gefühl gehabt, kurz bevor ich Celestes Leiche entdeckte? Nein, diesmal durfte ich es nicht einfach wegwischen.

Irgendetwas sagte mir, dass das Gesicht, das ich jetzt zeichnen würde, ein großer Schock für mich sein würde.

Einen Augenblick lang wollte ich den Bleistift wieder hinlegen.

Ich nahm einen Schluck von der Limonade. Ruby hatte Recht. Das Zeug war süß, aber mit einem Nachgeschmack, der mir den Mund zusammenziehen wollte.

Rubys Hand ging an ihren Mund. »Ist dir das zu stark? Möchtest du lieber ein Glas Wasser?«

»Nein, das schmeckt gut, danke.«

Sie lehnte sich auf ihrem Stuhl zurück, das Gesicht weiter skeptisch.

»Okay.« Ich merkte, wie mein Herz schneller wurde. »Sag mir als Erstes, wie er so allgemein aussah.«

Sie war sich nicht sicher, wie die Haarfarbe gewesen war. Blond? Oder hellbraun? Der Mann war jung gewesen, aber als ich sie fragte, *wie* jung, wurde sie unsicher. »In meinem Alter kommen einem die meisten Menschen jung vor.« Sie zuckte entschuldigend die Achseln.

Na prima. Am Ende hieß »jung«, dass der Kerl in meinem Alter war.

Ich stellte weiter meine Fragen, ließ Ruby nachdenken, bevor sie antwortete. Die Minuten zogen sich dahin. Meine Augen suchten die Wiese und den Wald nach plötzlichen Bewegungen ab, ihre waren geschlossen, während sie sich das Gesicht vorstellte und mir zu beschreiben versuchte. Sie trank ihre Limonade, ich meine. Sie sprach langsam, gewissenhaft, in kleinen Portionen, und ich skizzierte die Umrisse des Gesichts. Ich befahl mir, an nichts als die Zeichnung, die ich fertigen wollte, zu denken, aber mein überaktives Gehirn gehorchte nicht. Es neckte mich mit grausigen Szenen, eingebildeten wie wirklichen. Ich folgte Ruths Beschreibung der Augen des Unbekannten und sah

Celestes Augen, weit offen und glasig, die in erstarrtem Entsetzen zum Himmel hochstarrten ...

Ich schüttelte den Kopf und nahm einen Schluck von der Limonade.

»Mein Gott.« Rubys Oberkörper ruckte. »Ich mach das nicht sehr gut, wie?«

»Doch, Ruby. Ich bin nur etwas …« Meine Augen hefteten sich wieder auf das Fenster in der Hintertür.

Sie sah mich an und folgte meinem Blick zu dem Wald. Sie atmete aus. »Ich weiß.«

Wir schauten uns an, die Angst wie ein Strudel zwischen uns. Woher hatte ich bloß dieses Gefühl, dass wir einen Countdown begonnen hatten und die Minuten vorbeitickten?

»Wir schaffen das.« Ich beugte mich über mein Blatt.

Wir beendeten die Augen und gingen zu den Brauen über. Sie waren flach, sagte Ruby, irgendwie gerade. Und die Wangen. Sie dachte laut nach. Waren sie vielleicht ein bisschen gerundet? Ja, ein bisschen. Eckiger Unterkiefer. Und die Lippen. Sie waren … wie sollte sie sie beschreiben? Sie schaute zur Seite, dachte nach und ich sah

Karens Mund in Großaufnahme, im Strychninkrampf erstarrt …

Ich packte den Bleistift fester und wartete. Meine Nervosität wuchs. *Komm, Ruby, mach schon! Wer ist dieser Mann? Wer ist er?*

Sie beschrieb seine Lippen. Ich zeichnete sie, versuchte mich zu konzentrieren. Mein Gehirn spulte das Gesicht hervor,

wie es aus den Bäumen hinter Rubys Haus hervorkommt. Es schleicht sich an, der Mund heimtückisch grinsend, die Augen dämonenrot vor Hass. Ruby und ich stehen wie angewurzelt vor Angst. Ich reiße mich los, will zum Telefon, aber es ist zu spät, schon zertrümmert er das Fenster mit einem großen Holzknüppel und drückt sich durch die Scherben, unverletzt und nicht zu stoppen …

Ruby lehnte sich zurück, sie sah erschöpft aus. »Kannst du es mir eben mal zeigen, bevor wir weitermachen?«

Ich musterte den Grobentwurf, und ein Gedanke floss

durch meinen Kopf. *Dieses Gesicht kenne ich nicht!* Zum zweiten Mal Erleichterung. Aber halt, warte! Wir waren ja noch nicht fertig.

Ich zeigte Ruby die Zeichnung.

Sie starrte sie an, wohl eine Ewigkeit lang. Dann sah sie mich an, und ihre Lippen zogen sich nach innen, die Finger nestelten ...

Ich stählte mich. »Es sieht nicht sehr ähnlich aus, nicht wahr?«

Sie schüttelte ihren Kopf wie ein Kind, das seiner Mutter eine Enttäuschung bereitet hat.

Oh, nein. Sie hatte nur unsere Zeit vergeudet, und wir hatten doch keine mehr. Ich *spürte* es. Bald wäre er da.

Ich legte meine Hand auf die ihre, mein Herz stolperte. »Es ist okay, Ruby, das kriegen wir hin.« Ich stotterte die Worte fast.

Reiß dich zusammen, Annie!

»Ja«, sagte sie mit fester Stimme, als wollte sie sich selber überzeugen. »Wir kriegen das hin.«

Sch, sch. Mein Blut rauschte durch meine Adern. Ich versuchte, mich auf das Blatt zu konzentrieren, aber meine Augen ruckten wieder hoch. Der Garten, die Wiese, der Wald. Die Haare auf meinen Armen hoben sich. Kam er näher? Leise, unsichtbar, auf den Flügeln des Windes. Er würde uns beide mit Gift voll pumpen, sein irres Gelächter die Begleitmusik zu unserem Tod ...

Annie, konzentrier dich!

»Okay, Ruby, ich bin bereit. Wir ...« Ich japste plötzlich. »... fangen mit den Augen an.«

»Ist dir nicht gut?« Rubys Stimme war besorgt. »Sollen wir besser aufhören?«

»Nein, nein. Los geht's.«

Der Wald ... die Wiese ... der Vorgarten. Wo war er jetzt? Wie viel Zeit hatten wir noch?

Der Bleistift in meiner Hand zitterte. Ich nahm einen langen Schluck von der Limonade.

»Ich mach es schnell, Annie, ja? Du musst nach Hause und dich ausruhen.«

»Ja. Gut.«

Ihre Hand schoss unvermittelt nach vorne und blätterte die Seite auf dem Zeichenblock um. »Wir fangen am besten noch mal von vorne an.«

Normalerweise hätte ich mir von niemandem vorschreiben lassen, wann ich von vorne anzufangen hatte. Aber wenn Ruby das auf einmal so wollte, schön. Wenn ich das hier nur hinter mich brachte.

Ich schaute zu den Bäumen am Waldrand hin. Ich sah, wie ihre Blätter sich heftig bewegten. War es ein Windstoß?

Ruby presste ihre Augen zusammen, ihre Stirn fältelte sich. »Also. Jetzt seh ich ihn besser vor mir. Seine Wangen sind ...«

Und sie fing an, den Mann zu beschreiben. Anders als beim ersten Mal. Sie sprach, ich zeichnete. Und mein Herz bumbum-bummste gegen meine Rippen. Ich öffnete meinen Mund, um besser Luft zu bekommen. Meine Nerven flirrten, geisterhafte Luftfinger hauchten mir über die Arme. Meine Augen sprangen hoch zu dem Wald, wieder hinunter auf das Blatt, zu dem Wald, auf das Blatt. Meine Finger, die den Bleistift führten, zitterten. Ich hörte das Zischen der Bleistiftspitze. Langsam gewannen die Wangen des Mannes Gestalt ... jetzt das Kinn ...

Dann die Augen.

Ich weiß nicht mehr, wann ich es wusste. Aus den trüben Wassern meines Hirns stiegen die schemenhaften Umrisse eines Kopfes hoch, nur um gleich wieder hinabzutauchen in den Verdrängungskeller meiner Seele. Nein, das hier konnte nicht stimmen. Das Gesicht in meinem Gedächtnis und das, das hier auf dem Zeichenblock Gestalt gewann, sie waren einander zufällig ähnlich, das war alles. Die fertige Zeichnung würde anders aussehen. Rubys Beschreibung würde eine neue Wendung nehmen, und meine Hand würde ihren Worten folgen. Die beiden Gesichter, sie waren nicht, nicht, *nicht* identisch.

Meine Beine waren wie Blei, die Brust tat mir weh. Selbst meine Fußsohlen kribbelten. Die Bäume draußen im Wald – ich hätte schwören können, dass sie sich bewegten, dass eine unsichtbare Hand ihre Stämme beiseite schob, eine übernatürliche Kraft, die über die Wiese zu uns hin floss und ihren Todesatem über das Gras fahren ließ ...

»Und jetzt seine Nase.« Ruby schaute zu der Wand hin, die Unsicherheit in ihrer Stimme war weg. Sie beschrieb sie, *seine* Nase – die eckigen Linien, die schmalen Nasenlöcher. Ich zeichnete, und ich sah und wollte nicht sehen, und mein Puls hämmerte und Luft schlitterte meine Kehle hinab.

Ein plötzliches Geräusch.

Ich fuhr zusammen. »Was war das? Hast du das gehört? Vor dem Haus?«

Ein Fragezeichen trat auf Rubys Gesicht. Sie riss sich aus ihrer Konzentration heraus und beäugte mich. »Gehört? Nein.« In ihrem Gesicht stand Angst. Sie stand auf. Verließ die Küche. Ließ mich *allein* dort sitzen, allein mit dem Fenster und dem Garten und der Wiese und dem Wald. Ihre Füße gingen *tapp, tapp* über den Linoleumboden. Ich wartete, rutschte auf meinem Stuhl hin und her, meine Nerven vibrierten, mein Oberkörper wollte sich drehen.

Ruby kam wieder, eine Hand an ihrer Brust. »Da ist nichts, aber, Mensch, hast du mich erschreckt.«

»Entschuldige.«

Sie setzte sich. Die Luft fauchte aus dem Sitzkissen ihres Stuhls.

Ihre Augen schlossen sich. Sie fuhr mit ihrer Beschreibung fort.

Ich zeichnete.

Mein Körper zischte.

Die Gesichtszüge wurden deutlicher. Das Wissen, wer das hier war, tauchte wieder aus den Wassern meines Gehirns hoch, diesmal stieg es ganz an die Oberfläche. *Nein. Gott, bitte, nein!* Meine schockierten Augen sprangen zu dem Wald. Jetzt wollten sie, dass mein imaginärer Angreifer real wäre, flehten ihn an, herbeizuspringen aus den Bäumen und über das Gras und seinen Holzknüppel durch das Fenster zu schleudern. Alles und jeder durfte er sein, nur nicht das Gesicht, das Rubys Gedächtnis und meine Hand geschaffen hatten.

Meine Glieder bibberten, und immer noch sagte ich mir *Nein.* Noch hatte ich Hoffnung. Sein Haar wäre anders. Bestimmt. Dieses Detail allein würde sein ganzes Aussehen verändern. Lauter Lügen, aber ich klammerte mich an sie wie ein Ertrinkender an einen Rettungsring.

Ruby beschrieb sein Haar.

Nein, nein, nein.

Meine Hand zeichnete. Sie gehörte nicht mehr meinem Körper, hatte sich selbstständig gemacht, führte ein Eigenleben, schuf, was ich nicht schaffen wollte. Verspottete mich, folterte mich.

Meine Kehle zog sich zusammen, meine Lunge blähte sich nach Luft. Mit unsicherer Hand hob ich das Limonadenglas an meinen Mund und trank wieder.

Ruby schaute mich an. »Du Arme, ich hab dir zu viel zugemutet. Aber jetzt bin ich fertig. Lass sehen.«

Ja, lass sie sehen. Damit sie mir sagt, dass ich ihn ganz falsch gezeichnet habe, alles vergessen habe, was ich in den letzten beiden Jahren als Zeichnerin gelernt habe, wieder dort bin, wo ich war, als ich Erin Willit befragte, nach dem Tod ihrer Mutter, und nicht wusste, was ich machte …

Ich hob den Block hoch und drehte ihn zu Ruby hin.

Ihre Glubschaugen weiteten sich. »Ja! Ja, das ist er. Mein Gott, er ist wirklich jung, nicht wahr? Ich hätte mich eher daran erinnern sollen. Aber du hast ihn perfekt getroffen. Danke, Annie!«

Mein Kopf nickte, auf und ab, auf und ab. Meine Lippen bewegten sich, aber es kam kein Laut. Der Schock nahm mein polterndes Herz in seine Klauen und presste es. Drehte es um und schüttelte es trocken. Mit einem Siegerlächeln warf Ruby den Zeichenblock auf den Tisch. Der Klick seines Spiralrückens auf dem Holz donnerte in meinen Ohren.

Meine Augen gingen zu der Zeichnung.

Das Gesicht meines Sohnes starrte mir entgegen.

KAPITEL 45

»Annie, was ist mit dir? Du siehst gar nicht gut aus.«

Ich konnte nicht antworten. Ich konnte nur das Limonadenglas in die Hand nehmen und den Rest trinken. Der süßmetallische Geschmack zog mir die Schleimhaut zusammen und füllte meine Sinne. Ich behielt ihn in meinem Mund, genoss seinen Biss, bat ihn, meine ganze Kehle hinabzubeißen, mich abzulenken von der schrecklichen Wahrheit, die sich da vor mir erhob.

Meine Hand setzte das Glas mit einem dröhnenden *Bums* ab. »Entschuldige.« Ich drückte mich von dem Tisch weg. »Ich muss eben ... zur Toilette.«

»Gerne.« Ruby stand auf. »Die ist dort hinten.« Sie zeigte in den Flur, weg von dem Wohnzimmer. »Brauchst du Hilfe?«

»Nein.« Meine Stimme krächzte, mein Puls donnerte. »Das geht schon.«

Ich wankte aus der Küche, meine eine Hand glitt Balance suchend die Arbeitsplatte entlang. Jetzt die Schwelle, dann der Flur. Ich blieb unschlüssig stehen. Was hatte sie noch gesagt? Rechts? Links? Ich schaute nach rechts. Wohnzimmer. Böse Puppenaugen. *Nein, nicht die Puppen!* Ich wandte mich nach links.

Stampf, stampf, meine Füße auf dem Holzfußboden. Meine Finger strichen an dem Rauputz der Wand entlang. Da war eine Tür. Ich schaute hinein. *Badezimmer.* Ich ging hinein. Versuchte, die Tür zu schließen, aber mein Körper stand im Weg. Trat zurück, schloss die Tür. Das Geräusch des Riegels echote durch meinen Kopf.

Was soll ich machen, was soll ich machen?

Ich konnte die Zeichnung nicht zur Sheriffbehörde bringen und Chetterling geben. Sollte ich einfach die Koffer packen und mit den Kindern fliehen, irgendwohin, und nie wiederkommen?

Meine Hände umklammerten den Rand des Waschbeckens; das Porzellan war hart und kalt. Meine Fußknöchel bebten.

Aber vielleicht stimmte das Bild gar nicht. Vielleicht hatte Ruby das Gesicht doch nicht richtig beschrieben, hatte nur behauptet, dass es stimmte, um mir einen Gefallen zu tun.

Wo war Stephen gewesen am letzten Samstagabend? Ich hielt mich an dem Waschbecken fest, suchte in meinem wirbelnden Gehirn. Nein, er konnte nicht bei Blake gewesen sein, unmöglich. *Denk nach, Annie, denk nach! Erinnere dich, an irgendetwas!* Ich starrte in den silbrigen Ausguss und wünschte mir, selber dort verschwinden zu können wie Schmutzwasser, hinein in die Rohre und in den Kanal und irgendwann ins Meer. *Samstag, Samstag ...*

Die Erinnerung kam wie ein Hammerschlag. Stephen war mit Freunden ausgegangen. Und viel zu spät zurückgekommen ...

Nein. Das hieß noch gar nichts. Ein bloßer Zufall. Aber was war Mittwoch gewesen, als Karen verschwand?

Meine Knie wurden weich. Ich drückte mich von dem Waschbecken weg und setzte mich heftig auf den geschlossenen Deckel der Toilette. *Denken, denken.* Mein Kopf sank in meine Hände.

Ja! Mittwoch! Mein Kopf ruckte hoch. Ich starrte benommen auf ein blaues Handtuch, das an einer Stange an der Wand hing. Am Mittwochabend war Stephen doch gar nicht da gewesen, er war bei Jenna in der Bay Area gewesen! Erleichterung; sie schlug Purzelbäume in meiner Brust. Ich sog die Luft ein, schickte ein stummes Dankgebet zu Gott hoch ...

Halt. Warte.

Bilder, Erinnerungen. Nein. Stephen und Jenna waren doch gestern, am Freitag, nach Grove Landing zurückgekommen. Also waren sie am Donnerstag fortgeflogen, und am Mittwoch war Stephen doch daheim gewesen. In seinem Zimmer. An dem Tag hatten sie ihn zusammengeschlagen.

Und er hätte sich – es wäre nicht das erste Mal gewesen – durch die Schiebetür, die auf den Garten ging, fortschleichen können.

Und zu Blake Dalveeno gehen, dem Mann, der ihn so hatte zurichten lassen?

Nein, bei Karens Mord hatte Stephen nicht mitgemacht. Vielleicht bei Trenise am Samstag, aber nicht bei Karen.

Die Übelkeit rollte durch meinen Magen. Vielleicht hatte Stephen die Geschichte mit dem Drogengeld nur erfunden. Vielleicht hatten sie ihn zur Warnung geschlagen, damit er sie auch bestimmt nicht verpfiff und jemand etwas von den Morden erzählte.

Ich fuhr mir über das Gesicht. Nein, auch das konnte nicht sein. Einen Menschen umbringen, das machte Stephen nicht, das *konnte* er nicht. Vielleicht hatten sie ihn gezwungen, dabei zu sein, aber dass er selber diese schrecklichen Taten begangen hatte – unmöglich!

Aber wer würde ihm das glauben? Ruby hatte ihn gesehen, zusammen mit Blake und Trenise. Ruby, die Zeugin, der ich so eifrig ihre Geschichte hatte entlocken wollen.

Oh Gott, was soll ich machen?

Ich rappelte mich hoch. Mir war schwindlig. Meine Augen zuckten hin und her, unfähig, etwas festzuhalten. Ich packte mit beiden Händen das Waschbecken und starrte mein eigenes Spiegelbild an. Meine Augen sahen eingesunken aus, das Gesicht bläulich weiß wie der Tod. Meine Gehirnströme schienen sich zu verheddern. Das schiere Pflichtbewusstsein trieb mich voran, mein Mutterherz schien nicht mehr zu schlagen. Ich merkte, wie ich wieder im Flur stand, bereit, zurück in die Küche zu gehen, die elende Zeichnung in die Hand zu nehmen und sie zur Polizei zu bringen. Aber vielleicht würde ich es nicht schaffen. Vielleicht würde ich, wenn ich den Tisch erreichte, das Bild in hundert Stücke reißen. Ruby erklären, dass sie falsch lag. Nach Hause fahren, und damit wäre die Sache erledigt. Ruby würde niemandem etwas sagen, und ich würde Gott bitten, diesen Nachmittag auszuradieren, die Uhr zurückzustellen zum Morgen, als ich aufstand und Jenna in der Küche war und unser Frühstück machte. Alles würde wieder gut sein. Irgendwann, irgendwie.

Die Fantasien stolperten durch meinen Kopf, während ich mich Halt suchend an der Wand festhielt, bereit, den Gang zur Küche, zu meinem Schicksal anzutreten. Jeder Atemzug dröhnte durch meine Brust. Ich hörte, wie mein Blut durch die Adern pumpte. Ich hob meine wässrigen Augen, mein verschwommener Blick torkelte den Flur entlang zu einer offenen Tür an seinem Ende; dort blieb er an etwas hängen.

Tanzendes Blau, halb durchsichtig. Auf der Wand des Zimmers da hinten. Winzige blaue Tupfer wie ein schimmernder blauer Sprühnebel.

Ich kniff die Augen zusammen. *Was ist das?* Flackernder, schimmernder Tanz auf der Tapete. Der Anblick lockte mich, zog mich, als ob ein unsichtbares Seil um meine Brust lag. Meine Beine bewegten sich nach vorne, zu dem blauen Lichttanz hin. Meine Hand an der Wand des Flurs. Wie rau die Wand war; gleich würden meine Fingerspitzen bluten.

Ich erreichte die Tür.

Rubys Schlafzimmer.

Was machte ich da? Sie wartete doch in der Küche auf mich. Was schlich ich mich hier in ihr Schlafzimmer?

Blau, schimmernd blau. Winzige Elfenlichter an der Wand, die mir zuwinkten, ihnen zu folgen. Vielleicht würden mir gleich Elfenflügel wachsen, und ich würde mit ihnen fliegen, über die Wand, durch das Fenster hinaus und fort.

Mein Kopf legte sich lauschend zur Seite. Kein Geräusch aus der Küche.

Ich trat in das Schlafzimmer, ging über einen abgewetzten

Teppich. Streckte wie gebannt meinen Arm aus nach dem himmelblauen Glitzern.

Ein Sonnenfinger kam durch das Fenster und ließ den Staub in der Luft tanzen. Mein ausgestreckter Arm ging durch den Lichtkegel hindurch – und der blaue Tanz hörte auf. Nanu, was war das? Ich betrachtete meinen Arm. Wie hatte ich das gerade gemacht? Ich zog den Arm zurück, und das blaue Glitzern war wieder da.

Mein Blick folgte dem Lichtstrahl. Er ging schräg nach unten durch das Zimmer, bis er auf einer Kommode landete, die ich von dem Flur aus nicht gesehen hatte. Und dort lag die Quelle der tanzenden Farbe. Etwas leuchtete und funkelte in dem Sonnenlicht, schoss Licht in meine Augen und durch meinen Kopf, dass ich zusammenzuckte. Was war das?

Ich bückte mich, um das Ding hochzuheben, hinaus aus der Sonne. Jetzt lag es auf meiner Hand, sonnenwarm.

Ein Ohrring. Mit einem großen blauen Stein. Um den Stein kleinere weiße Steine. Billiger Modeschmuck.

Wo hatte ich diesen Ohrring gesehen?

Stolpernde Gedanken. Mein Körper bibberte. Mein Kopf begann zu wackeln.

Die Erinnerung wie eine eisige Kralle in meiner Brust.

Ich ließ den Ohrring fallen.

Meine Hände hoben sich, die Finger ausgebreitet und zitternd, zitternd. *Nein. Nein, nein, nein, nein, nein.* Ich wollte zurücktreten, als meine Augen auf etwas anderes fielen. *Oh Gott, oh Herr, hilf mir!* Die Kuppe eines Fingers mit einem langen, mit Erde verschmutzten roten Nagel. Mein Unterkiefer kippte nach unten, bog sich ...

Und dann sah ich die anderen Gegenstände.

Eine weiße Sandale mit Glitzersteinen.

Und da. Ein rechteckiges Stück Stoff mit Perlenstickerei.

Eine schwarze Haarsträhne. Und dort eine blonde.

Ein schwarz gewordener, verschrumpelter kleiner Zeh.

Meine Eingeweide zogen sich zusammen.

Ich wich zurück, zurück, zurück, meine Füße schwammen, in meinem Kopf lief ein Horrorfilm rückwärts. *Denk nach, Annie!* Spule das Band zurück, drehe die Weltkugel auf ihrer Achse zurück an den Anfang. All die falschen Theorien, die Missverständnisse, sie schrumpeln, sterben, verwandeln sich ...

Die Welt wurde neu.

Mein überdrehtes Herz hämmerte gegen meine Brust – *lass mich raus, lass mich raus, lass mich raus!* Ich hielt die Hand vor mein Gesicht, sah, wie sie zitterte.

Natürlich. Sie hatte mir ihr Gift gegeben. In der Limonade. Dieser süßmetallische Geschmack. Und jetzt war es in meinem Magen, gebremst nur durch die Reste des großen Frühstücks, das Jenna mir aufgezwungen hatte.

Bald würde ich sterben.

Ich stand da wie ein Schiff mit Schlagseite und versuchte verzweifelt, klar zu denken.

Nein. Die Dosis konnte nicht tödlich sein. Dann hätte die Limonade noch bitterer geschmeckt.

Aber was änderte das? Sie wollte mit mir spielen wie die Katze mit der verwundeten Maus. Bald käme sie mit ihrer Nadel. Bestimmt wartete sie schon in der Küche, die Augen mörderisch glänzend. Ob sie sich fragte, warum ich so lange brauchte? War sie gerade bereit, die Tod bringende Lösung zu mischen, zufrieden kichernd, wie sie mich zum Narren gehalten, wie ein Instrument gespielt, mich meinen eigenen Sohn hatte verdächtigen lassen?

Woher wusste sie, wie er aussah? Wie hatte sie *das* geschafft?

Ruby. Ruby. Ruby. Ruby.

Ich torkelte über die Schwelle des Schlafzimmers zurück in den Flur. Wie lange hatte ich noch, bevor sie mich suchen kam? Wie lange war ich schon aus der Küche heraus? Eine Minute? Fünf? Zehn?

Mein Handy. Meine Pistole. Beide in meiner Handtasche,

im Wohnzimmer am anderen Ende des Flurs. Ich musste dorthin, mir die Tasche holen. Dann nach draußen in mein Auto und die Türen verriegeln.

Wie viel Zeit hatte ich noch, bis der erste Krampf kam?

Meine Knie zitterten. Das Wissen, dass ich den Todestrank geschluckt hatte, beschleunigte die Symptome nur. Meine Beine schienen aus Wackelpudding zu sein. Ich würde es nie schaffen, durch den Flur zu gehen, nie mehr aus diesem Haus herauskommen. Ich würde sterben, hier drinnen, und Ruby würde meine Leiche hinaus in den Wald schaffen. Mein Gehirn spielte mir die Szene vor:

Der Mund verzerrt, die Augen offen und glasig, die Arme und Beine grotesk verbogen. Chetterling beugt sich zu mir hinunter auf den Waldboden; er kämpft darum, seine professionelle Haltung zu bewahren, während er meinen verdreckten und kaputten Körper mustert ...

Ein leises Stöhnen kam aus meinem Mund. *Oh Gott, vergiss all die Gebete nicht.*

Aus der Küche tanzte ein Geräusch. Meine Ohren spitzten sich.

Ruby sang.

Kapitel 46

Die Zeit ist gekommen, all ihr Selbstgerechten. Euer Augenblick, er ist nahe. Ich halte einen doppelten Preis in meinen fähigen Händen, nicht wahr? Annie Kingston, einer eurer Beter. Annie Kingston, Freund und Kollegin der Kriminalkommissare.

Habe ich nicht gesagt, dass ihr mich nicht fangen könnt? Ihr sitzt in euren Büros und prahlt: Wir haben unseren Mann! *Narren. Wir werden sehen, wie ihr prahlt, wie eure Brust sich schwellt, wenn ihr dieses nächste Opfer findet. Und ihr, ihr Beter: Wohin wollt ihr euch wenden, wenn ihr merkt, wie euer Gott euch verlassen hat?*

Oh, wenn eure Gesichter sehen können, wenn ihr hört, dass sie verschwunden ist! Oder hat sie es gewagt, jemandem zu sagen, dass sie zu mir wollte? Es macht nichts. Ihr werdet trotzdem in meine Augen schauen und nicht sehen. »Mein Gott«, werde ich jammern, »sie wollte mich besuchen, jawohl, aber sie ist nie angekommen! Wo kann sie nur sein? Ich habe solche Angst um sie. Bitte suchen Sie sie; wenn ihr nur nichts zugestoßen ist!«

Und ich werde eure gierigen Münder und Mägen mit meinen gut gebackenen Plätzchen stillen.

Jawohl, esst, was ich backe. Und suhlt euch in dem Elend, das ich bringe. Schreit und kreischt und heult und jammert. Ihr seid nicht mehr als wütende Ameisen unter der Tatze der Löwin.

Niemand wird meine Hand aufhalten! Ich werde weiter unter euch wohnen, sichtbar und doch unsichtbar, das schwache und misshandelte Kind, aus dem ein Krieger und Rächer geworden ist.

Mama, nein, ich will nicht!

Sei still! Deine Zeit ist gekommen. Du bist jetzt groß, elf

Jahre alt. Ich habe meine Ketten um deinen Hals gelegt, meine Armreife um deine Handgelenke. Du wirst tanzen und bei den Männern sein, du wirst mitmachen bei unseren Zeremonien.

Damals war keiner da, der mich rettete. Und auch dich wird niemand retten, Annie Kingston.

Ich werde sie foltern. Ich werde sie tagelang warten lassen, bis sie entdecken, was mit dir passiert ist. In der tiefsten Tiefe der Nacht werde ich dich verstecken, und sie werden dich erst finden, wenn ich es befehle. Aber sie werden nicht alles von dir finden, oh nein. Mit dieser hässlichen, glitzernden Halskette werde ich anfangen. Sie wird mein sein. Jetzt sitzt du in meinem Badezimmer, Annie, verzweifelt und verstört, und heulst über die Übeltaten deines Sohnes, während meine flüssige Ambrosia in deine Venen fließt. Ja, du leidest, genau so, wie ich es wollte. Die Schadenfreude in meiner Seele, als ich deine Gedanken las! Armes Ding, du hast mit deinem Gott gehadert wegen Karens Tod. Wie schön dieser Schmerz auf deinem Gesicht war! Sieh, wie ich dir selbst deinen Glauben weggenommen habe.

Ja, leide und stöhne, oh fromme Annie, verlassen und allein, während ich deinen Zauberstab fertig mache.

Kapitel 47

Wie lang war der Flur?

Ich musste an der Küche vorbei, um das Wohnzimmer zu erreichen.

Ruby summte und lachte in sich hinein. Feierte mein Elend. Wie laut das Geräusch war, wie *laut.* Lichter und Sinneseindrücke stürzten auf mich ein, spielten mit meinem Gehirn.

Ich drückte die eine Hand, Stütze suchend, gegen die dornige Wand. *Rums!* Mein Schritt donnerte gegen das Holz. Ich biss mir auf die Lippe und zog den einen Schuh aus. Dann den anderen. Jetzt stand ich barfuß, der Fußboden ein heißer Strudel unter meinen Füßen. Ich öffnete den Mund, schnappte nach Luft. Hob meinen Fuß, machte einen zweiten Schritt. Das Holz wurde zu Treibsand, wollte meine Füße durch den Boden nach unten ziehen, in einen schwarzen Abgrund.

Ein Scheppern aus der Küche. Ruby bewegte sich.

Der Flur drehte sich, dann wurde er zu einem grauen Tunnel, einem Vakuum, das die Luft aus meiner Lunge saugen wollte. Unsichtbare Spinnen wurden lebendig und krabbelten meine Beine und den Rücken hinab. Mein Kiefer knarrte auf, suchte Sauerstoff.

Weiter, Annie, weiter!

Schlurfende Füße, die Wand riss mir in die Hand. Meine Brust ging in Flammen auf. Mein Kopf ging hin und her, wackelte – erstarrte, die Bilder vor meinen Augen tanzten. Am Ende des Tunnels, unten, weit unten, pulsierten die Farben des Wohnzimmers. Irgendwo dort hinten, untergehend in dem gelb-blau-grünen Meer, floss meine Handtasche, mein Schlüssel zur Freiheit.

Aus der Küche, hundertfach verstärkt, das Geräusch laufenden Wassers, ein Katarakt, der in meine Ohren krachte. War das Ruby, die mein Glas spülte?

Meine Fußknöchel zögerten, wurden hart. Ich versuchte, ein Bein zu heben. Es bewegte sich nicht. Konnte ich vielleicht einfach nach vorne rutschen? Die Haut unter meinem Fuß wurde zu Klebstoff.

Jesus, Jesus, Jesus.

Die Badezimmertür kam in Sicht. Ich krallte meine Finger um den Türrahmen und zog, *zog*, bis mein Körper nach vorne ging. Ein Schritt, noch einer – und dann konnte ich nicht mehr anhalten. Meine Beinmuskeln waren plötzlich Hölzer, die mich wie eine Strohpuppe weitertrugen. Jetzt kam rechts die Küchentür, irgendwo da drin war Ruby, und ich befahl mir verzweifelt, zu stoppen, *stoppen*, bevor sie mich hörte, bevor sie mich sah. Ich musste doch auf Katzenpfoten vorbeischleichen, und stattdessen hämmerten, hämmerten, *hämmerten* meine Fersen auf den Fußboden ...

Mein Körper hielt ruckartig an. In der plötzlichen Stille klapperte und rasselte mein Herz. Bestimmt konnte Ruby es hören. Die Küchentür war nur noch einen Schritt entfernt. Ich beugte mich nach vorne, lugte um die Ecke, sah nur die Seite der Schränke. Wo war sie? Was machte sie?

Vielleicht stand sie dort, wo ich sie nicht sehen konnte,

mit einer Spritze in ihrer Hand, der Mund höhnisch verzerrt, und wartet, bis ich komme, und da stürzt sie sich schon auf mich und sticht ihre Nadel in meinen Arm. Ich falle zu Boden, mich windend und zuckend ...

Jemand schaltete die Kamera in meinem Kopf ab, und die Szene verschwand.

Das Wohnzimmer, Annie. Geh ins Wohnzimmer.

Ich schob mich zu der linken Wand, machte den nächsten Schritt. Jetzt sah ich die Küche besser. Ein paar Linoleumfliesen. Die hintere Wand, eine Ecke eines gerahmten Bildes. Wo war Ruby?

Das Singen hörte auf.

Luft schoss durch meine Kehle, Blut durch meine Adern, dass meine Ohren donnerten. Mein Nacken presste sich zusammen, mein Mund verzerrte sich. Schmerz schoss durch mein Gesicht und um meinen Kopf herum. Ein scheußlicher Schmerz.

Dann lösten die Muskeln sich wieder.

Mein Gott. Ich hatte nicht mehr viel Zeit.

Wie lange würde es dauern, bis ein Krankenwagen hier war? Fünf Minuten? Zehn? Zehn – ganze – Minuten.

So lange hatte ich nicht mehr. Schon fingen mein Körper und mein Gesicht an, mich zu verraten, bekamen meine Muskeln und Sehnen ein brutales Eigenleben. So könnte ich nicht mit Ruby kämpfen.

Tränen zerkratzten meine Augen. *Gott, lass wenigstens meinen Tod den letzten sein. Und sorge für meine Kinder.*

Aus der Küche das dröhnende Rasseln einer Schublade, die geöffnet wurde, polternde Küchenutensilien. *Rums!* Die Lade schloss sich wieder. Ich kniff meine Augen zusammen, versuchte, mich an den Grundriss der Küche zu erinnern. Wo waren die Schubladen?

Ja, richtig! Auf der anderen Seite. Ruby stand gerade zu dem Wald hin, mit dem Rücken zu mir ...

Mein Körper bewegte sich weiter nach vorne. Mein hämmerndes Herz, das Haus, die Welt, alles wurde still, während ich langsam vorbeiglitt, die Schultern hochgezogen, den Kopf zur Seite gedreht, um Rubys Rücken zu beobachten. Sie stand über die Spüle gebeugt, ihre Arme mit irgendetwas beschäftigt.

Sie drehte sich nicht um.

Ich erreichte die andere Seite der Küchentür, und Rubys Silhouette verschwand.

Ich linste nach vorne. Der Korridortunnel wurde gerade, weitete sich. Das Wohnzimmer stieg hoch, wie die Flut am Meer, lauter wogende Farben und Sonnenlicht. Ich streckte beide Arme aus, schlurfte hin zu der Lichtorgie, und die Puppen wurden sichtbar, auf dem Kaminsims, auf den Tischen, ihre dunklen Glasaugen glitzerten und glotzten mich an. An der Tür zögerte ich kurz, dann watete ich in den Raum. Meine Füße verließen den Holzfußboden, platschten über den Teppich. Die Puppen runzelten ihre Stirnen, ihre Münder schrien stumm nach Ruby: *Komm! Komm schnell und stoppe sie!*

Ich stolperte gegen die Rückenlehne des Sofas. Ein Stöhnlaut brüllte aus meinem Mund. Ich erstarrte. Bestimmt hatte Ruby das gehört. Jetzt würde sie kommen, mich packen, und es wäre aus mit mir ...

Mein Körper ruckte. Ich schlängelte mich um das Sofa herum. Dann um einen Tisch, gegen den Strom schwimmend, meine Handtasche suchend. Wo war die Tasche, wo *war* sie?

Da. An dem einen Bein des Sofas.

Geräusche in der Küche. Fußschritte. Ruby kam. Kam, um mich zu töten.

Meine Arme wurden dick und hart. Die Beine auch. Ich beugte mich zu der Handtasche hin. Sie lag vielleicht einen Schritt entfernt. So weit, unheimlich weit. Ich hob einen hölzernen Arm, versuchte ihn zu strecken. Meine Fingerspitzen spürten Leder, jetzt hatten sie den Bügel der Tasche erreicht, jetzt versuchten sie, ihr Bleigewicht zu heben.

Meine Beinmuskeln erschlafften. Ich ließ die Tasche fallen. Das dumpfe Klatschen von Leder auf Teppich, das Klappern und Poltern des Tascheninhalts. Das Geräusch dröhnte durch meinen Kopf, erschütterte das Fundament von Rubys Haus.

Gleich wird sie da sein, gleich, und ich muss bereit sein.

Meine Knie gaben nach. Ich sank neben einem kleinen Tisch auf den Fußboden. Die Augen einer Porzellanpuppe auf ihm verspotteten mich.

Schritte in der Küche. Ruby rief meinen Namen.

Ich stieß eine Hand in die Handtasche, suchte, suchte. Mein Handy und die Pistole. *Muss jemand anrufen. Muss mich schützen.* Wühlende Finger. Geldbörse, Kamm, Schlüssel. Sie stachen mich, rissen mir in die Haut.

Wo ist mein Telefon? Wo ist mein Revolver?

Wo ist mein Revolver, wo ist mein Revolver, wo ist mein Revolver?

Da, über dem Sofa. Ruby in der Tür, die Augen mörderisch suchend. Sie trug etwas in der einen Hand; seine Spitze glänzte in dem Licht.

Spritze.

Jetzt sah sie mich. Ihr Kopf bog sich zurück wie der einer Kobra. »Annie.« Ihre Stimme war Zuckersirup. »Was machst du denn auf dem Fußboden?«

Die Welt wurde flach, die Zeit schwappte über einen fernen, unerreichbaren Horizont. Ich starrte Ruby an.

Gleich sterbe ich.

»Suchst du deine Pistole?« Ruby schüttelte den Kopf. »Ja, glaubst du, ich hätte dich so in meinem Flur herummachen lassen, wenn ich die in deiner Tasche gelassen hätte? Ich hab sie an mich genommen, als du im Badezimmer warst. Sie liegt auf dem Küchentisch. Neben deinem Telefon.«

Sie lächelte ein vernichtendes Lächeln. Jetzt kam sie um das Sofa herum, immer näher, erklärte mir, dass es zu spät war, dass der Rachen meines Schicksals sich öffnete, um mich zu verschlingen. »Aber warte, ich habe eine Idee!« Sie winkte fröhlich mit der Hand. »Wenn du schon so schön auf den Knien bist, könntest du doch beten. Komm, lass mich hören, wie du betest, das wäre *so* reizvoll! Ich mache dir ein Angebot: Solange du betest, lass ich dich am Leben.«

Oh Gott, bitte ...

Die Puppe kicherte.

»Komm, Annie, los, du kannst das.«

Ein glühendes Eisen schien in meinen rechten Arm zu schießen. Meine Hand flog nach vorne, packte die Puppe, holte mit ihr aus, ließ sie los.

Zack! Sie traf Ruby an dem einen Auge.

»Aaah!« Sie beugte sich nach vorne, ihre Finger pressten sich um die Wunde. Die Spritze fiel aus ihrer Hand auf den Teppich und rollte unter das Sofa.

Ich krabbelte weg wie eine Krabbe. Kroch, zuckte, rollte, um das Sofa herum, dann in den Flur. Ruby schrie Flüche. Ich hörte, wie ihre Knie über den Teppich stampften. Sie suchte die Spritze. Sie würde mich verfolgen, sie in meine Haut stechen ...

Meine Arme und Beine hasteten über den Holzfußboden des Korridors ... jetzt über das Linoleum in der Küche. Ich war ein leeres Gehirn, das mitritt. Irgendwie erreichte ich den Tisch. Im gleichen Augenblick merkte ich, wie meine Glieder sich zusammenziehen wollten. Bald käme der nächste Krampf.

Ruby hinter mir. »Wie kannst du es wagen, wie kannst du es *wagen?«*

Meine Augen zuckten hoch. Sahen meine Pistole. Meine Hand langte danach, packte sie.

»Nein!«

Mein Körper ruckte herum, zu Ruby hin. Ich hob die Waffe.

Meine Hand blockierte.

Rubys Gesicht, verzerrt vom nackten Hass. »Annie Kingston, deine Zeit ist gekommen.«

Sie kam, die Spritze erhoben. Meine Hand krampfte sich, zog den Revolver tiefer ... tiefer ...

Mein Finger erstarrte.

Dann ein Ruck, und die Muskeln entspannten sich.

Ich zog den Abzug.

Peng! Der Knall echote durch meinen Kopf.

Ein Loch öffnete sich an Rubys einem Schenkel, auf ihrem Rock war plötzlich Blut. Sie schlug beide Hände darauf, taumelte. Fiel hin.

Luft pfiff über meine Lippen. Ich konnte mich nicht bewegen, nicht denken. Der Schuss splitterte in meinen Ohren. Eine innere Stimme schrie: *Steh auf, steh auf, steh auf!* Ich rappelte mich auf die Füße, die Finger der einen Hand um die Pistole gepresst, während die andere über das Holz der Tischplatte strich ... dann über meine Zeichnung von Stephens Gesicht ... bis sie sich um mein Mobiltelefon schloss. Meine Rückenmuskeln wurden kürzer. Ich ruckte weg von Ruby, die sich vor Schmerzen krümmte.

Raus, Annie, raus.

Mein Körper kippte in den Flur, meine Lunge wollte sich schließen. Ich schwankte, torkelte, sog keuchend Sauerstoff ein, die Luft schoss mit Todesrasseln meine Kehle hinab. Meine nackten Fußsohlen ruckten über den Fußboden. *Zur Tür, zur Tür, weg von ihr ...*

Ich erreichte die Haustür, versuchte, mit der linken Hand den Türgriff zu drehen. Das Handy war im Weg. Und die Tür war verschlossen. Wo war der Riegel? Da. Meine Finger wurden kürzer, wurden zu Klauen. Ich brauchte beide Hände frei, aber ich wollte das Telefon und die Pistole nicht hinlegen.

Hinter mir Rubys Zischen. »Du entkommst mir nicht, Annie Kingston. Deine Zeit ist gekommen. Ich werde dein Leben nehmen, und dann werde ich dir noch mehr nehmen.«

Grunzen, Stöhnen. Ruby kam langsam auf die Füße.

Das Schloss gab nach, drehte sich mit einem hallenden *Klick*. Das Geräusch bog mir den Rücken, mein Kopf ruckte zurück. Ich schob meine Brust nach vorne, zog die Tür auf, stolperte nach draußen.

Die Sonne blendete mich, bewarf meinen Kopf mit sengenden Ziegelsteinen. Ich taumelte über die Veranda vor der Haustür, sah die Stufe nicht, fiel hinunter auf den Weg. Meine

Knochen klangen, als ob sie zerbrachen. Mein Handy fiel auf den Zement, es klang wie ein Meteoriteneinschlag. *Heiß, heiß, brennend heiß.* Ich rollte mich auf das Gras. Die Pistole war noch in meiner rechten Hand. *Mein Telefon.* Ich schob einen Arm über die Wüstenhitze des Weges und zog das Telefon an mich. Starrte es an. *Wenn soll ich anrufen?* Konnte keinen Gedanken fassen, mich an keine Nummer erinnern.

Dann ein lichter Augenblick. Ich presste die Wahlwiederholungstaste.

Poltern und Krachen aus Annies Haus, ihre Flüche Lava in meinen Ohren.

Gras kratzte und stach. Mein Körper versteifte sich. Mein Arm ruckte hoch, dass das Telefon an mein Ohr kam.

»Hallo?« Eine Stimme. Von einem Mann.

»H-h-hal...« Meine Kehle erstarrte.

Stille.

»Hallo? Wer ist da, bitte?«

Die Stimme, dieser bekannte Ton ... Ich stöhnte Luft aus meiner Kehle. Drückte die Zunge gegen meinen Gaumen. »D-da...«

»Wer ist ... Annie? *Annie?«*

»Ja ...« Meine Zähne klapperten in der Gluthitze der Sonne. Jeder Quadratzentimeter meiner Haut war ein kalter Kieselstein. Meine Kehle entspannte sich, mein Mund ging auf. »Dadave. Es ist Ruby. Mörder. Ich bin in ihr ... Haus. Sie hat mir G-gift ...«

Mein linker Ellbogen löste sich. Das Handy flog weg von meinem Ohr und landete mit einem dumpfen Schlag im Gras.

Ich versuchte, mich zu bewegen, aber meine Muskeln waren Wasser.

Von der Tür kam Rubys Keuchen. »Ist es ... warm da ... draußen, Annie?«

Luft floss in meiner Lunge zusammen. Mein Wackelpuddingkopf drehte sich zu ihr hin. Sie hing an dem Türrahmen, das Gewicht auf ihrem unverletzten Bein. »Wann hattest du den letzten Krampf? Du wirst in dieser Hitze backen, bis der nächste kommt.« Ihr Gesicht zog sich schmerzlich zusammen, an der einen Schläfe troff der Schweiß herab. Und in ihrer Hand die Spritze.

Ich hob meinen Kopf eine halbe Hand breit von dem Gras, sank zurück. Meine Kraft war weg. Meine Augenlider fielen zu.

Du hast gewonnen, Ruby. Komm her, ich kann nicht mehr kämpfen.

Höllischer Lärm in meinen Ohren, als Ruby sich über die Veranda schleppte, dann die Stufe halb hinunterrutschte, halb fiel. Sie landete mehrere Schritte entfernt, stöhnte, dass sie es nicht erwarten konnte, mich sterben zu sehen. Dann das Kratzen von Stoff und Haut, als sie sich über den glühenden Zement schob.

Ein Rasseln in ihrer Kehle, das in ein abgehacktes, zufriedenes Gurren überging. »Das wär doch ... *die* Gelegenheit für dich ... zu beten, Annie. Komm, sprich ... ein Gebet. Tu's für ... mich.«

Sie schob sich aufstöhnend neben mich. Ich spürte ihren Atem an meinem Hals, aber ich konnte mich nicht bewegen.

Oh, Jesus. Jesus, Jesus. Jesus.

»Bete ... für mich, Annie ... komm! Nur ... ein, zwei Sätze.«

Ihre Finger waren Bleigewichte auf meinem Ellbogen. Meine Augen öffneten sich, und ich sah, wie die Spritze, die mit einer milchig weißen Flüssigkeit gefüllt war, näher kam. Auf mich zu. Ich flog aus meinem Körper heraus, schwebte wie eine heimatlose Seele in der stickig heißen Luft, schaute hinab und sah Ruby zu, frei und unbeschwert.

Ein Stich. Die Nadel schoss tief in meinen Arm.

Ruby drückte den Inhalt der Spritze in meinen Körper.

Kapitel 48

Die Welt bröckelt.

Verschwindet ...

Ich schwebe in der Luft, flattere hin und her. Spüre nichts. Dann stürze ich abrupt zurück in meinen Körper, und der Schmerz und der Krampf foltert und presst jeden Quadratzentimeter. Meine Muskeln reißen und mahlen. Mein Gesicht wird starr, die Lippen verzerren sich. Die Sonne zündet meine Haut an.

Dann haben meine Glieder Erbarmen und entspannen sich – und Ruby legt ihren Mund an mein Ohr und schreit. Das Geräusch peitscht in meine Stirnhöhlen, meinen Kopf. Und mein Körper beginnt sich wieder zu winden.

Meine Kehle kämpft um Luft.

Ruby trällert verzückt, vegisst ihren eigenen Schmerz.

Es gibt nur noch meinen gefolterten Körper. Nur noch die Krämpfe ...

Dann Entspannung.

Rubys nächster Schrei.

Krampf ...

Entspannung.

Und dann ...

Etwas.

Mein Körper zieht sich wieder zusammen. Geräusche ... sie kommen näher. Reifen auf Asphalt, Motoren, kreischendes Gummi. Der Donner von Türen, Stimmen, Schritten und Rubys Schreien und Flüche reißen meinen Rücken zusammen, heben meinen Körper hoch. Meine Muskeln spucken Nägel. Jemand ruft: »Sie ist bewaffnet!«, und weit, weit weg fragt mein Gehirn sich, wo meine Pistole ist und ob sie mich jetzt erschießen wird.

Schieß, Ruby, damit das aufhört. Bitte ...

Stoßen und Poltern, ein überkochender Kessel aus Rufen und Befehlen, eine Frau kreischt. Dann, rau, mein Name. »Annie, Annie!« Und ich weiß: Das ist Chetterling. Aber ich kann nicht reden, nicht atmen, jede Sehne in mir presst und reißt, schleudert mich in das Gras ...

Dann hoch.

In das Gras.

Hoch.

Mein Körper schmilzt.

Ich fließe auf den Rasen, sickere durch die Grashalme in die Erde hinein, die Tropfen fliegen in alle Richtungen ...

Wieder mein Name. Geflüsterte Befehle. »Ruhig. Sie braucht absolute Ruhe.«

Menschen. Jemand drückt mir vorsichtig die Hand, ein neuer Stich in meinen Arm.

Ich versuche, mich zu wehren, öffne meine Augen. *Das ist Ruby mit der nächsten Spritze ...*

»Annie, ganz ruhig.« Chetterling ... ist das Chetterling? »Sie geben dir was gegen die Krämpfe.«

Eine andere Stimme: »Wird sie's schaffen?«

»Vielleicht.« Eine dritte Stimme. »Wenn sie die nächsten zwölf Stunden packt, ja.«

Sie heben mich hoch, schieben mich in irgendetwas hinein. Ein Grab. Weg von der Sonne. Kühler. Körper folgen mir, schwebende Stimmen, Klappern, schließende Türen. Bewegung. Wo ist Ruby? Sie wird kommen, mich finden, wo ich auch bin, Spritze in der Hand. Bis zu den Enden der Erde wird sie mir folgen. Hilf mir, hilf mir, rette mich vor ihr.

Oh Gott. Jesus, Jesus, Jesus ...

Montag, 27. Juni

Kapitel 49

»Annie.«

Ein Flüstern öffnete einen Spalt weit die Tür des dunklen, kühlen Zimmers meines Schlafes.

»Annie.«

»Mm.« Meine Kehle war stumpf wie eine Gardine, die über zersplittertes Holz gezogen wird. »Mmmmm.«

Meine Augenlider flatterten. Der Türspalt wurde breiter. Licht.

»Sie kommt zu sich.« Eine Frauenstimme.

»Ja. Gott sei Dank!« Ein Mann.

»Annie? Kannst du was sagen?«

Nein, nein, lasst mich in Ruhe. Schlafen ...

»Annie.« Jetzt schärfer. »Wach auf! Das ist ein Befehl.«

Jenna.

Ich schlug die Augen auf.

Ihr Gesicht hing über mir, verschwommen ... dann klar.

»Hey.« Ihr Mund spaltete sich zu einem Lächeln.

»Hallo.«

»Na bitte, du *kannst* reden.«

Meine Augen schlossen sich wieder. *Geh weg, Jenna.*

Jemand nahm meine Hand. »Annie. Ich bin's, Dave.«

Dave. Dave. Ich zwang meine Augenlider auf. Spürte, wie meine Lippen sich bogen.

»Na toll. *Ihn* lächelst du an und deine eigene Schwester nicht.«

»Mm-mm.«

Jenna schnaubte.

Die unsichtbare Tür knarrte in ihren Angeln. Schloss sich wieder, und es wurde dunkel.

Ich schlief ...

***

Ich wurde wieder wach, langsam. Dave saß an meinem Bett. In einem Privatzimmer im Krankenhaus. Ich lächelte ihn an, und er nahm meine Hand, dann beugte er sich zu meiner Stirn und küsste sie.

Es war Montagabend, erklärte er mir. Jenna war lange da gewesen und gerade gegangen, um mit den Kindern essen zu gehen.

Mein Gehirn war wie Wolle. Ich versuchte, das Wort zu begreifen. *Montag.* Was war am Rest des Samstags passiert? Was am Sonntag?

»Bleib ich am Leben?«, fragte ich.

Er machte ein komisches Geräusch. Schwieg. Dann nickte er. »Erst waren wir nicht sicher. Ich kann dir gar nicht sagen, wie viele Leute für dich gebetet haben, die ganze erste Nacht durch. Die Ärzte haben dir alle möglichen Medikamente gegeben und dir den Magen ausgepumpt. Dein Zimmer haben sie ganz dunkel und ruhig gehalten. Jenna und ich, wir sind nur auf Zehenspitzen hier rein. Die Kinder haben sie gar nicht erst reingelassen; sie werden's jetzt kaum erwarten können.«

Er ging, um eine Schwester zu holen, die sich nicht beruhigen konnte, dass ich endlich aufgewacht war. Sie schüttelte ihren Blondschopf.

Ich musste an die Haarsträhnen auf Rubys Kommode denken und bibberte unwillkürlich.

»Ist Ihnen kalt?« Die Schwester faltete eine Decke, die an meinen Füßen lag, auseinander und breitete sie über mich. Dave half ihr, sie glatt zu streichen.

»Nein, danke, ich hab nur ...«

Die Schwester huschte fort, um den Arzt zu informieren, dass ich wach war.

Dave nahm wieder meine Hand. Meine grauen Zellen kamen in Gang. Fragen. »Sind die Kinder und Jenna okay?«

Den Kindern ging es gut, sagte Dave. Erst hatten sie natürlich eine Heidenangst um mich gehabt, und dieser Nachmittag, wo sie auf Karens Beerdigung waren, war hart für sie gewesen. Aber Erin, Kelly und Stephen waren so froh, dass es mir jetzt besser ging, dass Gott eingegriffen hatte. Und Jenna ... nun ja, Jenna war sowieso nicht leicht unterzukriegen.

Ich nickte benommen. Karens Beerdigung. Eigentlich hätte ich da auch hingemusst.

Aber Karens Eltern – wie könnte ich ihnen jemals wieder in die Augen sehen? Das war alles so *ungerecht.* Warum hatte Gott mir das Leben gerettet, aber nicht ihrer Tochter? *Warum?*

Ich schluckte heftig. »Dave, ist Ruby ...?«

Er drückte meine Hand. »Sie kann dir nie mehr etwas tun. Sie kann niemandem mehr was tun.«

Am Samstag hatten sie Ruby verhaftet und ihre Schusswunde versorgt. An diesem Morgen war die Anklage erhoben worden wegen achtfachen Mordes und eines weiteren Mordversuchs. Sie hatte sich für nicht schuldig erklärt, hatte kein Geständnis abgelegt, keine Aussagen zu den Taten gemacht.

Dave schüttelte seinen Kopf. »Wie und warum sie das alles gemacht hat – da gibt's eine ganze Menge, was wir noch nicht wissen.«

In der Schublade von Rubys Frisierkommode hatten die Ermittler ein Jahrbuch der Foothill High School gefunden. Die Seite, auf der Stephens Bild war, war mit einer Büroklammer markiert, sein Foto rot umrandet. Und auf ihrem Küchentisch hatte ein Zeichenblock mit einer Skizze von Stephens Gesicht gelegen. Die Reporter ergingen sich in den wildesten Spekulationen darüber, was diese Bilder bedeuteten; sie hofften, dass ich ihnen von A bis Z erklären würde, was dort in Rubys Haus passiert war.

»Oh Dave.« Ich seufzte auf. »Sag denen nicht, dass ich wach bin, die rennen mir sonst die Tür ein.«

Er lächelte. »Auf gar keinen Fall.«

Ich schloss die Augen, ruhte mich einen Augenblick aus.

Stephen.

»Was ist mit Blake Dalveeno?«

»Der ist in Untersuchungshaft. Der Durchsuchungsbefehl hat's gebracht. Sie haben bei ihm Drogen und alles mögliche Zeug gefunden, sogar Buchführungsunterlagen über seine diversen Transaktionen. Er hatte die Sachen gut versteckt, aber ich schätze, ein erfahrener Kriminalbeamter findet so ziemlich alles. Jenna hat mit deinem Freund gesprochen, Ralph Chetterling. Er hat ihr noch mal zugesagt, dass Stephen nicht belangt werden wird, wenn er vor Gericht gegen Dalveeno aussagt.«

Danke, Gott! Danke, danke, danke.

Ich bat ihn um etwas Wasser. Er brachte mir ein Glas mit einem Strohhalm, den er mir an die Lippen hielt. Wie gut das Wasser schmeckte.

»Möchtest du dich aufsetzen?«

»Ja, gerne.«

Er drückte den Knopf zum Anheben des Kopfteils, dann schob er mir die Kissen zurecht.

Mein Gedächtnis meldete sich. »Jenna wollte doch mit den Kindern nach Disneyland fliegen.«

Dave legte seinen Kopf schräg. »Das stimmt. Aber wir haben uns was anderes überlegt. Sobald du wieder gesund bist, natürlich. Wir fliegen alle nach Hawaii, wie letztes Jahr.«

Hawaii. Lange Sandstrände. Palmen. Und Dave. Oh ja, Hawaii wäre nicht schlecht.

Ein leichtes Klopfen an der Tür. Chetterling kam herein, das Gesicht angestrengt vor Erwartung, in seiner riesigen Linken eine Vase mit roten Rosen. Dave richtete sich auf und zog seine Finger von meiner Hand weg. Chetterling sah ihn, bemerkte die Bewegung unserer Hände und blieb stehen. Ein unidentifizierbarer Ausdruck huschte über sein Gesicht.

»Ralph, hallo.« Ich hob meinen einen Arm.

Er zögerte. »Hallo, Annie. Hallo, Dave. Lange nicht mehr gesehen.«

Ja, seit über einem Jahr nicht mehr. Das letzte Mal, wo die beiden Männer sich gesehen hatten, musste bei dem Fall Bill Bland gewesen sein. Auch damals war ich in einiger Gefahr gewesen.

»Das stimmt.« Dave streckte seine Hand aus; Chetterling schüttelte sie kurz.

Ralph drehte sich wieder zu mir hin und schaute mich an; die Verehrung in seinem Blick war offenkundig. »Die Krankenschwester hat strikte Anweisung gehabt, mich sofort zu benachrichtigen, wenn du aufwachst. Du glaubst ja gar nicht, wie froh ich bin, dass es dir gut geht.«

»Ich freu mich auch, dich zu sehen, Ralph.«

Wir lächelten uns an.

Er schaute zu Dave hin, dann auf die Blumen in seiner Hand. »Äh ... die Blumen sind für dich. Von ... von uns allen in der Abteilung.« Er räumte umständlich das Wasserglas und die Blumen auf meinem Nachttisch beiseite und stellte die Vase daneben.

»Danke. Was sind die schön.«

»Nicht halb so schön wie du.« Die Worte stolperten aus seinem Mund, er zuckte verlegen die Achseln. »Ich meine, du siehst viel besser aus als vorgestern.«

Ich lachte wegwerfend. »Das heißt nicht sehr viel.«

Er fixierte mein Gesicht. Seines sah plötzlich ernst aus. »Annie.« Er stoppte sich, schluckte. »Es ... tut mir leid.«

Ich runzelte die Stirn. »Hä?«

Er fuhr sich mit der Hand über das Gesicht. »Dass ich dich hab dahin fahren lassen. Ich hätte das ahnen müssen. Als ich dich da auf dem Rasen sah ... Du glaubst ja nicht, wie ich ... Wenn du das nicht geschafft hättest, ich hätte mir nie vergeben können.«

Ich schaute in sein Gesicht, sah den Schmerz in seinen Augen. »Ralph, komm, das war doch nicht deine Schuld! Du konntest das doch nicht riechen. Ich hab's ja selber nicht geahnt.«

»Aber ich bin der Kommissar! Ich hab zu sehr auf Dalveeno gestarrt, ich hätte ...«

»Hör auf.« Die Worte schossen aus mir heraus. »Hör auf. Das war *nicht* deine Schuld. Ich will nicht, dass du das noch mal sagst.«

Er öffnete seinen Mund und schloss ihn wieder. Blinzelte ein paar Mal. Dann nickte er.

Einen Augenblick sagte niemand etwas.

Chetterlings Blick glitt zu Dave hin, dann zurück zu mir. Er holte tief Luft. »Ryan Burns möchte dich übrigens sprechen. Erinnerst du dich? Der Mann, der die 50 000 Dollar Belohnung ausgesetzt hat. Die gehören dir.«

Eine Belohnung. Fast lachte ich laut. Geld war das Letzte, woran ich jetzt dachte. »Ich will keine Belohnung.«

»Sie steht dir aber zu, Annie. Du hast sie dir verdient. Er wartet darauf, dir den Scheck auszustellen. Soll ich ihn für dich anrufen?«

Ich schaute zu Dave hin, meine Augen unsicher. Er zuckte leicht die Achseln. Chetterling wartete. Ich spürte förmlich die Gewissensbisse, die er immer noch hatte. So ging das nicht!

Und dann wusste ich plötzlich, was ich zu tun hatte.

»Ralph, gib mir Ryans Telefonnummer, dann ruf ich ihn selber an. Ich werd ihm sagen, er soll das Geld der Sheriffbehörde geben. *Ihr alle* habt eine Belohnung verdient. Wenn ihr nicht gekommen wärt, wär ich jetzt tot.«

Er protestierte natürlich. Aber ich ließ mich nicht beirren. Ich versuchte, ihn streng anzusehen. »Schäm dich, Chetterling, so mit einer schwachen Frau zu streiten.«

Das wirkte. Er drehte sich um, um zu gehen, aber ich wollte, dass er noch blieb, mir all das erzählte, was ich noch nicht wusste. Was hatte Ruby gemacht, als sie verhaftet wurde? Und Dalveeno – wann würde Stephen gegen ihn aussagen müssen?

Chetterling schüttelte den Kopf. »Annie. Wir haben sie, und wir haben ihn. Lass das andere jetzt mal in Ruhe.«

Ich seufzte. »Okay. Aber eines musst du mir wirklich sagen: Woher wusste Dalveeno das mit Karen Fogertys Finger?«

Der Kommissar legte seine Hände in die Hüften. »Annie, das hat doch wirklich Zeit.«

»Nein, das hat es nicht. Ich will es *jetzt* hören.« Mein Gott, ich klang wie ein quengeliges Kind.

Aber *das* musste ich wirklich hören.

»Also gut.« Chetterling trat auf den anderen Fuß. »Er hatte das von Stephen.«

Ich blinzelte überrascht. »*Stephen?* Wie hat er das denn gemacht?«

Chetterling zuckte die Achseln. »Du weißt doch, wie die Kids sind. Als du dieses Paket geöffnet hattest, musste er das einfach jemand erzählen. Rief einen Freund an, der rief einen anderen an, und irgendwann ist es bei Dalveeno gelandet.«

Oh ...

Ich schloss die Augen, plötzlich erschöpft.

»Gut.« Chetterling räusperte sich. »Dann lass ich euch beide mal allein.«

»Nein, Ralph, bleibe noch. Ich bin nur ... Danke, dass du meine Frage beantwortet hast. Es war hart, zu hören, dass das von Stephen kam. Wieder mal. Das tut mir leid.«

»Das braucht dir nicht leidzutun, das ist jetzt gegessen.«

Ich brachte ein Lächeln zuwege. »Das hoff ich, ja.«

Chetterlings Blick wanderte zu Dave hin.

»Also, Ralph«, sagte ich, »nimm dir ’nen Stuhl und unterhalt dich eine Weile mit uns.«

Er hob die eine Schulter. »Ich sollte wirklich gehen. Hab ’nen Haufen Arbeit.«

Arbeit. Wann machte der Mann Urlaub? »Dann komm morgen wieder, okay?«

Er versprach es mir, dann drehte er sich zu Dave hin, streckte seinen Arm aus und die beiden schüttelten sich wieder die Hand. Chetterling hielt Daves Hand eine Sekunde zu lange fest, sah ihn an, der Blick plötzlich forschend. Dave erwiderte den Blick mit einem leichten, taxierenden Stirnrunzeln.

Chetterlings Mund presste sich zusammen. Er nickte kurz, fast wie jemand, der nach fairem Kampf dem Sieger gratuliert. Dann ließ er Daves Hand los.

Mit einem wehmütigen Lächeln sah er wieder zu mir hin. »Tschüs, Annie.« Seine Stimme klang schroff.

Er ging zur Tür hinaus und schloss sie leise hinter sich.

Dave sah ihm hinterher, als ob sein Geist noch im Zimmer war. Dann holte er Luft und setzte sich auf seinen Stuhl. Schob seine Finger durch meine. Wir sahen uns an, unsere Augen sagten alles, was es zu sagen gab. Dann beugte Dave sich langsam zu mir und presste seine Lippen auf die meinen.

Das Kribbeln, das meine Nerven entlanglief, hatte nichts mit Angst zu tun. Oder mit Gift.

Bald kam wieder die Müdigkeit. Ich wäre eingeschlafen, sicher und geborgen in Daves Gegenwart, wenn nicht keine zehn Minuten, nachdem Chetterling gegangen war, Jenna und die drei Kids gekommen wären, mit Küssen und Umarmungen und Geschenken und hundert Liebesgesten. Stephen hatte mir ein Stück Schokoladenkuchen aus der Cafeteria mitgebracht. Ich konnte Kelly und Erin nicht fest genug drücken, nicht lange genug das jetzt schon nicht mehr ganz so lädierte Gesicht meines Sohnes betrachten.

Stephen setzte sich auf die Bettkante und flüsterte mir ins Ohr: »Mama, wenn du wieder zu Hause bist, unterhalten wir uns, okay? Mir tut das echt leid. Alles. Ich mach solche Sachen nicht mehr. Ich ... ich will nicht mehr so sein.«

Er bog seinen Oberkörper zurück, um zu sehen, wie ich

reagierte. In seinem Gesicht standen die Angst um mein Leben und die ungeheure Erleichterung, dass er mich nicht verloren hatte, bevor er die Mauer, die er zwischen uns errichtet hatte, wieder niederreißen konnte. Tränen bissen mir in die Augen. Dann ein kühner Gedanke: Hatte Gott dieses Drama in meinem Leben vielleicht deswegen zugelassen, damit mein Sohn endlich in sich ging?

Ich legte meine Hand auf die Stephens und drückte sie, mein Herz zu voll, um zu sprechen. Ich würde ihm später noch all das sagen, was ich jetzt nicht sagen konnte und auch gar nicht wollte, solange wir nicht allein waren. Dass er, wenn er wirklich anders werden wollte, Gottes Hand ergreifen musste. Dass Gott ihm die Kraft geben würde, stark zu bleiben und den Versuchungen, die mit Sicherheit wieder kommen würden, zu widerstehen.

Und dass ich ihn lieben würde. Immer. Und für ihn beten.

Nach Stephen kam Jenna. Sie sah so fertig aus, wie ich sie noch nie gesehen hatte. Sie ließ sich neben mich sinken – und heulte los. Worauf meine eigenen Tränen kamen, und wir umarmten uns, meine Schwester und ich, und weinten und heulten.

Oh Jesus, höre auch meine Gebete für Jenna! Sie braucht dich so.

Es dauerte etwas, bis wir uns ausgeweint hatten. Kelly drückte uns Papiertaschentücher in die Hand.

Jenna setzte sich auf und musterte mich, ihre Lippen wurden langsam wieder fester. Ich konnte förmlich sehen, wie ihr Gehirn das Programm wechselte.

Was würde jetzt kommen?

Der Schalk trat in die Augen meiner Schwester, ihr Kinn ging nach oben. »Annie«, sagte sie. »Rate mal.«

Oh Mann. »Null Ahnung.«

»Du hast keine Ausrede mehr.« Sie hob eine Augenbraue, ein siegesgewisses Lächeln trat auf ihr Gesicht. »Jetzt *musst* du mich mit Eric ausgehen lassen!«

Nachwort an meine Leser

Intensives Beten, wie Annie es in dieser Geschichte erlebt, ist eine Realität. Ich habe es selber erfahren in den Krisen meines Lebens. Im normalen Alltag empfindet man das Beten leicht als Routine. Gebete kann man flüstern, singen, schreien, sogar weinen. Aber egal, welche Form es hat, Beten verändert die Dinge. Wie Pastor Paul Sheppard es in seiner Predigt sagt: Beten ist nie umsonst, sondern es ist »eine sinnvolle Beziehung zwischen einem allmächtigen Gott und machtlosen Menschen«.

Meine Absicht beim Schreiben dieses Kriminalromans war es, Ihr Vertrauen auf die Macht des Gebetes zu stärken. Die Achterbahn dieser Geschichte hat uns durch tiefe Abgründe hindurch zum Sieg geführt, und dieser Sieg ist die Macht des Gebets, Gottes Kraft freizusetzen in jeder Situation, wie verfahren sie auch aussehen mag. Mögen Sie diese Wahrheit selber entdecken und zum Fundament Ihres Lebens machen.

Brandilyn Collins

Kennen Sie schon die anderen Romane
der »Hidden Faces«-Serie von
Brandilyn Collins?
Wenn nicht,
dann sollten Sie weiterblättern …

Der Auftaktband der »Hidden Faces«-Serie:

Brandilyn Collins
Die Nacht hat kein Gesicht
Roman

Verlag Johannis, Lahr
Bestell-Nr. 72452
336 Seiten
kartoniert, 13,5 x 20,5 cm
ISBN-10: 3-501-01513-5
ISBN-13: 978-3-501-01513-1

Annie Kingston hat sich von ihrem Umzug nach Grove Landing ein ruhiges Zuhause für sich und ihre Familie erhofft. Doch dann wird ihre Nachbarin Lisa Willit brutal in ihrer Wohnung umgebracht. Lisas zwölfjährige Tochter Erin, die den Mörder gesehen hat, ist zu traumatisiert, als dass sie sofort eine brauchbare Beschreibung des Täters geben könnte. Annie, von Beruf Gerichtszeichnerin, wird von den Ermittlern um Mithilfe gebeten: Kann sie es schaffen, anhand von Erins Erinnerungen ein zutreffendes Phantombild zu erstellen? Denn wenn die Polizei am Ende nach dem falschen Gesicht fahndet, kann der Mörder ungestört sein nächstes Opfer in der Nachbarschaft suchen ...
Annie fühlt sich überfordert. In ihrer Hilflosigkeit wendet sie sich an Gott, der bisher in ihrem Leben keine Rolle gespielt hat. Ein Wettlauf mit der Zeit beginnt – ein Wettlauf um Leben und Tod.

Leseprobe

Flüchtig, huschend wie nächtliche Gespenster, wisperten ihr die Geräusche ins Unterbewusstsein.

Nur der schwache Schein einer Straßenlaterne, der durchs Kinderzimmerfenster fiel, und das grüne Nachtlämpchen neben der Schranktür erhellten die Finsternis, als die zwölfjährige Erin Willit die Augen aufschlug. Sie spürte, wie sich ihre Stirn krauste und eine Hand sich zusammenballte, während sie versuchte herauszufinden, was sie geweckt hatte.

Irgendetwas stimmte nicht.

Eine Eiche schob knorrige Zweige zwischen die Straßenlaterne und das Fenster, und ihre Blätter warfen unheimliche Spinnenschatten an die gegenüberliegende Wand. Als sie noch kleiner war, wollte Erin, dass nachts auf dem Schreibtisch an jener Wand ein Licht brannte. Damit der ruckartige Blättertanz nicht ganz so gruselig aussah. Doch seit einiger Zeit schon schaute sie völlig furchtlos zu, wie die Dunkelheit zittrig über die Popstarposter an der Wand huschte.

Aber nicht heute Nacht. Heute Nacht zuckten und krümmten die Schatten sich.

Erin lauschte.

Die vagen Geräusche aus dem Büro ihres Papas hinter ihrer Wand wurden deutlicher. Eine Schublade wurde aufgezogen. Der Inhalt raschelte.

Ihr Herz schlug einen Purzelbaum, dann kämpfte es um sein Gleichgewicht. An den Geräuschen war nichts Ungewöhnliches. Jeder, der im Büro arbeitete, könnte sie verursacht haben. Jemand, der Rechnungen bezahlte, wie sie es ihren Vater schon so oft hatte tun sehen, der kein Geräusch und keine Bewegung machte, bis er einen Stift brauchte oder ein Stück Papier … bis eine Schublade aufgezogen wurde, um Unterlagen herauszuholen. Erin wusste, wie still ihr Papa sein konnte, wenn er im Büro arbeitete. Sie war an das Quietschen seines Stuhls gewöhnt, an den Bums, wenn er die Aktentasche auf den Schreibtisch stellte.

Die Schattenblätter an der Wand huschten über das Gesicht eines männlichen Stars, ließen die Stirn hervortreten und die Wangen einsinken und gaben ihm etwas Zombihaftes. Erin wandte den Blick ab.

Sie hob den Kopf vom Kissen und lauschte angestrengter. Der Atem blieb ihr im Halse stecken und es machte leise klick, als ihr Mund aufging. Wieder Geräusche. Das konnte nicht ihr Papa sein. Der war mit seinem Flugzeug erst am Nachmittag nach San Diego geflogen, um seine kranke Schwester zu besuchen.

Vielleicht war Mutti im Büro. Dort stand ein zweiter Schreibtisch, an dem sie arbeitete, wenn sie Papa half. Erin schaute auf den Radiowecker. Fast halb eins. So spät arbeitete Mutti nie. Und außerdem klangen die Geräusche verstohlen, heimlich. Nach jemandem, der irgendwo herumschleicht, wo er nichts zu suchen hat.

Erins Herz schlug noch einen Purzelbaum, dann schlug es gleichmäßig hart und schnell. *Wusch, wusch, wusch*, rauschte ihr das Blut in den Ohren. Alle anderen Geräusche verstummten, gingen im Adrenalinfluss unter. In dem krampfhaften Bemühen, etwas zu hören, packte Erin den Saum ihres Schlafanzugoberteils. Sie hob so lange den Kopf vom Kissen, bis ihr der Nacken schmerzte. *Wusch, wusch, wusch*. Das war alles, was sie hörte.

Sie biss sich auf die Lippen und legte den Kopf aufs Kissen.

Erin atmete tief ein und versuchte, ihr klopfendes Herz zu beruhigen.

Sie hatte sich die Geräusche eingebildet. So, wie sie sich den geisterhaften Totentanz an der Wand eingebildet hatte. Sie zwang sich, die zittrigen Silhouetten anzuschauen, den Blick so lange in sie hineinzubohren, bis sie die Umrisse einzelner Blätter ausmachen konnte. Siehst du? Bloß die Schatten von einem alten Baum.

Ein gedämpftes Rumsen drang aus dem Büro. Eine Schublade hatte sich geschlossen. Dann ein leises *Tapp* auf Parkettboden. Ein Fußtritt.

Urinstinkte regten sich. Erin wollte zu ihrer Mama – jetzt sofort. Ihre Mutter bedeutete Sicherheit, Schutz vor allem Bösen. Mama schlief oben im Elternschlafzimmer – so weit weg. Doch Erin musste dorthin. Sie würde alle Lichter zwischen hier und dort anknipsen.

Zitternd schlug Erin die Decke zurück und schlüpfte aus dem Bett. Kühle, klimatisierte Luft legte sich ihr um die Schultern. Sie blieb stocksteif stehen. Was, wenn irgendein Raubtier nebenan ihre Bewegung wahrgenommen hatte? Sie konnte sich geradezu die feuchte Schnauze eines riesigen Biests vorstellen, das ihre Angst witterte.

Oh, jetzt dachte sie aber *wirklich* verrücktes Zeug.

Sie schob sich vor. Die dunklen Blätterbilder an der Wand machten einen Aufstand, warnten sie: *Geh nicht, geh nicht!* Der verschwommene Umriss ihres eigenen Schattens wanderte riesig über den Schreibtisch und die Wand, die Eichensilhouette verdeckend. Auf unhörbaren Sohlen schlich Erin durch das Zimmer. An der Tür angelangt, legte sie die Hand auf den kühlen Metallknauf.

Wieder ein Geräusch aus dem Büro. Ein schwaches Poltern.

Erins Entschlossenheit bröckelte. Das brachte sie nicht fertig! Sie sollte die Tür zuschließen, zurück ins Bett hüpfen und sich die Decke über den Kopf ziehen. Sich ganz ganz tief in ihre warme Geborgenheit hineinkuscheln.

Doch was dann? Sich so lange in panischer Angst und schutzlos verstecken, bis dieser Jemand sie holen kam?

Niemals! Sie musste zu ihrer Mutter. Sobald sie die Tür öffnete, würde sie den Lichtstrahl aus dem Arbeitszimmer sehen.

Sie würde einfach in den Raum spähen und ihre Mutter sehen, die noch spät arbeitete. Vielleicht bei einer Tasse Tee, die auf dem Untersetzer stand, der nie auf ihrem Schreibtisch fehlte. »Tut mir leid, dass ich dich aufgeweckt habe«, würde Mama in ein paar Sekunden sagen. »Ich konnte nicht schlafen und hatte noch ein bisschen Papierkram zu erledigen.«

Erin konnte förmlich den singenden Tonfall ihrer Mutter hören. Beinahe ihr Gesicht sehen, eingetaucht in den Schein der Schreibtischlampe. *Bitte, Mama … bitte sei dort.* Erin hielt den Atem an und drehte den Knauf. Sie zog die Tür einen Spaltbreit auf und spähte hindurch.

Kein Lampenlicht drang aus dem Büro. Der dunkle Flur wurde lediglich von einem Nachtlämpchen wie dem in Erins Zimmer erhellt.

Vielleicht war die Bürotür geschlossen. Das musste es sein. Darum waren auch die Geräusche alle so gedämpft. Erin zog ihre eigene Tür vorsichtig ein Stückchen weiter auf und steckte den Kopf hinaus. Vom Hauptflur, der vor Erins Zimmer endete, ging noch einmal ein kurzer Korridor zum Büro ab. Sie konnte die Tür zum Büro nicht sehen, ohne sich weiter aus ihrem Zimmer zu wagen.

Stell dich doch nicht so an! Geh schon. Wenn sie sich bloß einen Schritt vorwagte, würde sie das Bürolicht sehen, das den unteren Türspalt füllte. Von der Anwesenheit ihrer Mutter auf der anderen Seite sprach.

Plötzlich drang ein Lichtschein aus dem Arbeitszimmer und huschte über den Flur wie der schwache Rand eines Taschenlampenstrahls. Es folgte ein Rascheln und ein leises Rumsen, eine weitere Schublade öffnete und schloss sich. Erin erstarrte. Mutti würde doch nicht mit einer Taschenlampe in einem verdunkelten Büro herumpoltern.

Grässliche Bilder aus ihrer Kindheit kamen Erin in den Sinn – von gruseligen Kleinkindvorstellungen vom schwarzen Mann bis zu Bildern des mörderischen Freddy Krueger. Letztere waren besonders furchterregend. Freddy war kein Fantasiemonster. Er war real, ein Mann, der einem mit einer Maschine das Herz zum Stillstand bringen konnte. Eine ganze Woche lang hatte Erin Albträume gehabt, nachdem sie bei ihrer Freundin verbotenerweise gleich ein paar Horrorfilme hintereinander geguckt hatte. In jener Woche brannte die Lampe auf ihrem Schreibtisch die ganze Nacht durch wie damals, als sie noch ein kleines Mädchen war.

Mutti schnalzte. »Genau darum möchte ich nicht, dass du dir solche Filme anguckst.«

In solchen Dingen hatten Muttis Recht.

Mutti. Wie konnte Erin zu ihr gelangen? Wenn Erin durch den Flur flitzte, würde Freddy sie hören, sie vielleicht sogar *sehen*. Er würde sie verfolgen. Freddy verfolgte seine Opfer mit Vorliebe.

Erin kauerte sich zusammen, halb in der Tür, halb draußen, die Unschlüssigkeit machte sie bewegungsunfähig. Und die Angst.

Am anderen Ende des Hauses ging der Kronleuchter in der Eingangshalle an. Erin zuckte zusammen, die Nerven waren zum Zerreißen gespannt. Freddy musste das Licht sehen! War das Mutti, die nachschauen wollte, was das für Geräusche waren? Von ihrem Schlafzimmer aus konnte sie die doch unmöglich gehört haben. Vielleicht war sie nach unten gekommen, um sich ein Glas kaltes Wasser zu holen. Vielleicht hatte sie auch der Mutterinstinkt aus dem Bett und zu ihrer von panischer Angst ergriffenen Tochter gerufen.

Am Ende des Korridors tauchte Erins Mutti auf, einen rosa Morgenrock umgebunden. Sie blieb stehen, um das Flurlicht einzuschalten, und rieb sich ein Auge. In ihrem Gesicht stand keine Furcht, keine Spannung zerrte an ihren Gliedern. Erins Schultern sackten herunter. Wenn Mutti keine Angst hatte, dann gab es nichts zu fürchten. Als sie Mutti so gelassen sah, fühlte sich Erin zurückversetzt in die Zeit, als sie drei Jahre alt war und sich in den Schoß ihrer Mutter kuschelte.

»Sch, sch, es ist niemand hier; du hast bloß einen Schatten gesehen.«

Siehst du? Kein Grund zum Fürchten.

Die Wirklichkeit holte sie wieder ein und ließ Erin das Mark in den Knochen gefrieren. Diesmal *hatte* sie etwas gesehen. Sie *hatte* Geräusche gehört. Geräusche, die sich durch keine noch so beruhigenden Worte wegerklären ließen.

Geh zurück, Mama, geh zurück!, wollte Erin rufen. *Freddy ist im Büro! Lauf!*

Sie machte den Mund auf, brachte aber nur ein Gurgeln heraus. In diesem Augenblick sah ihre Mutter sie in der Türe stehen.

»Erin, was machst du –«

Der Blick ihrer Mutter ging zum Arbeitszimmer. Ihr Gesicht verzerrte sich, dann erstarrte es zu einer Maske.

Hilfe, Gott. Sie sah Freddy. Hilfe!

»N-nein!« Muttis Stimme bebte. »Erin, geh zurück!«

Instinktiv trieb es Erin zu ihrer Mutter. Ganz gleich, welche Entfernung sie trennte, ganz gleich, was dazwischenlag, die Arme ihrer Mutter bedeuteten immer noch Sicherheit. Sie zog die Tür weiter auf, von einer Kraft gezogen, der sie nicht widerstehen konnte. Ihre Mutti streckte beide Hände aus. »Nicht! *Nicht!*«

Die Zeit setzte zu einem Albtraumtanz an, drehte sich vor Erins Augen. Eine dunkle Gestalt – *Freddy!* – sprang aus dem Flurstück vor dem Büro hervor. Ein Mann in schwarzem Oberteil und schwarzer Jeans. Nicht besonders groß, aber muskulös, mit einer Statur wie ein Lastwagen. Er stürzte sich auf Erins Mutti und versetzte ihr einen brutalen Stoß. Sie prallte gegen die Wand, dann holte sie aus und trommelte mit den Fäusten auf ihn ein. *Los!* Das Wort gellte in Erin, befahl ihr, die Knie in Bewegung zu setzen, ihrer Mama zu Hilfe zu kommen …

Doch ihre Muskeln verwandelten sich zu Stein.

Die Geräusche und Eindrücke prügelten auf Erin ein, legten ihr schraubstockartige Finger um den Kopf. Der Mann wehrte die wirbelnden Arme ihrer Mutti mit einer Hand ab und schlug ihr mit der anderen ins Gesicht. Mutti taumelte rückwärts gegen die Wand. Mit einem Aufschrei kam sie zurück, tretend.

Erin schaute erstarrt zu, wie sich ihre Mutter in ein ihr unbekanntes Wesen verwandelte, gewalttätig und schreiend. Arme und Beine wirbelten, verknoteten sich ineinander, als Mann und Frau auf Leben und Tod kämpften. Dann gab Erins Mutti nach, sie war dem Kampf nicht länger gewachsen. Der Mann legte ihr die behandschuhten Finger um den Hals und drückte zu. Ihre Hände schnellten zu diesen Fingern, zogen und zogen. Die Augen traten hervor, der Mund ging auf. Erstickte Laute blubberten von den blau anlaufenden Lippen. Da schleuderte der Mann sie durch den Flur und in die Küche, aus Erins Blickfeld. Erin hörte einen grässlichen Knacks, dann einen Bums, als ihre Mutti auf den Fliesenboden stürzte.

Ekel erregende Hitze strömte Erin durch die Adern. Ihr Mund öffnete sich zu einem Schrei, doch es entwich nur ein verzweifeltes Wimmern. Der Mann drehte sich um und schaute ihr für die längste Sekunde, die sie je erlebt hatte, aus leuchtend blauen Augen in die Augen.

Das ist nicht Freddy, das ist nicht Freddy, das ist nicht Freddy.

Dieser eine klare Gedanke ging ihr durch den Kopf. Obwohl Erins Hirn schon abschaltete, wusste sie, dass sie am Rande des Todes stand. Es wurde dunkel im Flur und die Welt begann sich zu drehen; schwarze Punkte fraßen an den Rändern ihres Blickfelds. Die Punkte wurden größer und begannen zu krabbeln. Wie Kakerlaken.

Erins Bewusstsein entschlüpfte in einen langen dunklen Tunnel, sah noch einmal zurück auf ihre versteinerte und bald sterbende irdische Hülle.

Lauf, lauf! Schließ die Tür ab! Doch das letzte Flehen ihres Gehirns kam zu spät. Viel, viel zu spät.

Der Mann richtete sich auf, schwer atmend. Der Klang war gedämpft. Erin glitt tiefer in den Tunnel. Er starrte sie immer noch an.

Die Kakerlaken fraßen die Wände und die Decke und den Boden auf. Fraßen sich bis zu dem Mann vor, dann fraßen sie seine Arme, seine Zehen, seinen Kopf. Erins Knie gaben nach.

Beim Sturz stieß sie mit dem Ellbogen heftig gegen den Türrahmen und der Schmerz schoss ihr den Arm hoch. Die Kakerlaken wimmelten und schwärmten. Dann bedeckten sie ihre Welt mit Dunkelheit.

Der zweite Roman der »Hidden Faces«-Serie:

Brandilyn Collins
Ohne jede Spur
Roman

Verlag Johannis, Lahr
Bestell-Nr. 72454
352 Seiten
kartoniert, 13,5 x 20,5 cm
ISBN-10: 3-501-01520-8
ISBN-13: 978-3-501-01520-9

Seit zwanzig Jahren schon fahndet die Polizei vergeblich nach dem Mann, der den Unternehmer Don Tarell und seinen Geschäftspartner ermordet hat. Dabei ist allen klar, wer der Täter ist: Bill Glatt, ein ehemaliger Firmenangestellter, der Gelder veruntreut hat und nach dem Blutbad spurlos verschwunden ist. Nun setzen die Hinterbliebenen ihre letzte Hoffnung auf die erfolgreiche Fernsehsendung *American Fugitive,* die ungelöste Kriminalfälle vorstellt. Doch niemand weiß, wie Bill heute aussieht. Die Phantombildzeichnerin Annie Kingston erklärt sich bereit, sein mutmaßliches Gesicht zu zeichnen. Dazu muss sie alles über Bill in Erfahrung bringen, seine Gewohnheiten, Denkweisen und Charakterzüge. Kurz, sie muss in die Haut eines Mörder schlüpfen. Ihr graut vor dieser Aufgabe, die ihren Glauben auf eine harte Probe stellen wird.
Als ein Unbekannter Annie um jeden Preis zu stoppen versucht, nimmt das Drama seinen Lauf ...

Weitere Romane von Brandilyn Collins im Verlag Johannis:

Wohin führst du mich?
352 Seiten
Bestell-Nr. 72 426
ISBN-10: 3-501-01443-0
ISBN-13: 978-3-501-01443-1

Mal mir ein »Ich liebe dich«
528 Seiten
Bestell-Nr. 72 434
ISBN-10: 3-501-01462-7
ISBN-13: 978-3-501-01462-2

Fang den Wind für mich
480 Seiten
Bestell-Nr. 72 444
ISBN-10: 3-501-01493-7
ISBN-13: 978-3-501-01493-6

Die einzige Zeugin
528 Seiten
Bestell-Nr. 72 428
ISBN-10: 3-501-01451-1
ISBN-13: 978-3-501-01451-6

Verschwiegen wie das Meer
528 Seiten
Bestell-Nr. 72 438
ISBN-10: 3-501-01471-6
ISBN-13: 978-3-501-01471-4